U0018165

喜嫁 肆

目次

壹之章◆白事應承嚼辭鋒

林夕落前往雅香居，才剛剛進去，就看到姜氏與宋氏兩人都在此地。

怎麼她也在這裡？林夕落見到宋氏略有奇怪，前些日子侯夫人可都不允許她來插手大房的事，如今怎麼會放了手？

林夕落再往前行進幾步，姜氏率先看到她，一張臉上滿是無奈和氣惱，「五弟妹，妳來了。」

「三嫂。」林夕落看著她，「二嫂今兒這般空閒，也能來此地幫襯著大嫂做事了？」

宋氏冷哼一聲，心虛地將鬢角髮絲順至耳後，「今日是我娘家人來此地送白禮，我自要來見上一面。」

「來見一面，為何要看禮單？」姜氏忍不住念叨，宋氏則陰沉了臉……

姜氏話語中已經說得很明白，宋氏就是在沒事找事兒。

興許她並非是要看什麼娘家送的禮單，就為了在此地賴著好探聽點兒消息。

林夕落看著宋氏，吩咐一旁的婆子道：「禮單呢？」

婆子愣了，看看姜氏與宋氏，臉上滿是難色，「五奶奶，禮單就在那兒擺著……」婆子一指角落桌上擺的禮單，原是林夕落往日裡吩咐的地界。

「拿來給二奶奶看，連帶著將那大箱子全都抬來，一件都不許落下，否則唯妳是問。」林夕落這話一出，姜氏略有躊躇，這般做豈不是答應了宋氏？她來大房吩咐事是不該應承的……可往日都由林夕落處事，她雖說是來幫忙，卻也知道胳膊肘不能往外拐……

婆子怔愣半天，連忙將禮單取來送至宋氏跟前，宋氏卻不肯接，瞪著林夕落道：「五弟妹這是何意？」

「二嫂想瞧，那自是要給您看，看完也省得您在這兒累著，早早回去歇著多好。」林夕落這話是明擺著要攆她走，宋氏咬著牙道：「我在這兒礙著妳什麼事了？這般就想攆我走？」

林夕落輕扯嘴角，諷刺道：「那您來應承事，我與三嫂回去？娘家來送點兒禮，至於這般緊張嗎？鹽運衙門可是肥缺，您該不會是怕送的禮太多，回頭我去找祖父說起，他彈劾您娘家的爹貪汙受賄吧？」

宋氏急得還未等回話，林夕落又摸著嘴巴道：「也不應該啊？好歹也得要一張臉！要麼是怕送得太少，被人瞧見您顏面無光，想往裡填補點兒？總不會是您想往外拿吧？白禮您也伸手，不嫌喪得慌嗎？」

林夕落一邊說著一邊往後退，臉上全是厭惡和唏噓的表情，宋氏急得跳腳，「我一句話都還沒說呢，妳就快把人說死了！算了，我這就走還不成！」

宋氏說著，卻回頭看一眼姜氏，那一副怨懟之色格外可憐。

姜氏被她看得有些尷尬，也不知是否該出來說和兩句。

林夕落將姜氏擋在身後，「二嫂慢走，不送了！」

宋氏氣得轉身就走，上了轎，嘴上叫嚷：「快離開這喪氣地方，看得我頭疼！」婆子們不敢耽擱，恨不得跑著離去，姜氏無奈地搖了搖頭，「她這是何必呢？」

「蒼蠅不叮無縫兒的蛋，這院子亂七八糟的，她怎能不動心？」林夕落如此說辭，姜氏只能無奈一笑，「也就是妳來了，否則我還真不知怎麼讓她走。大奶奶也知道，可卻沒有說要將她往回趕，我總不能去尋侯夫人，否則不以為她有什麼歹意，倒該覺得我有私心了。」

「不管您怎麼做她們都會覺得有私心，針眼兒裡看人，能看出什麼好來？」林夕落安撫地拽著姜氏坐在一旁，「倒不如順著自個兒的意思做，她們愛如何想是她們的事，您心裡頭不跟著煩就行。」

「說的也是，何苦操這份心？」姜氏嘀咕一句也不再多說，與林夕落兩人用了午飯便繼續在此核對禮單。有姜氏在一旁幫襯著，速度格外的快。

明兒便是出殯之日，更有許多事需要準備，但這便不容林夕落與姜氏插手，大房的事，縱使魏仲良是個孩童，他也要擔起這份責任。

兩人在這裡守至下晌，林夕落揉額休歇的功夫，卻是青葉從院子跑來傳話。

青葉自從被林夕落提成了二等，做事雖一如既往，但也比過去勤奮些許……

「奴婢剛得了五爺的吩咐，請您回去一趟。」青葉說完，林夕落問：「豎賢先生可是到了？」

青葉點頭回道：「是的，豎賢先生已經到了，正在院中與五爺品茶。」說罷，青葉朝著後方的兩個婆子一擺手，自有拜帖和白禮呈上，其上署名乃是林豎賢。

這時候讓她回去作甚？林夕落心底略有埋怨，魏青岩明知道她出來是為了避嫌的，可他卻還往回找……

既是當著眾人來找了，她再尋說辭拒絕就是撅了林豎賢的顏面，無論從何處說，這事兒都不應該發生。想了半天，林夕落起了身，與姜氏道：「三嫂，我先回去一趟……」

姜氏點了點頭，「這兒也用不上我什麼了，這就去與大奶奶回上一聲，然後再去向侯夫人回稟，明兒的事咱們是插不上嘴的。」

「這自然是，讓插手也不能亂答應，否則落一身的不是，連帶著三哥都受埋怨。」林夕落也是囑咐，說罷便帶著丫鬟們離去。

姜氏感慨一聲，便也起身離去，若非林夕落提醒，她恐怕還真是會任人喝之聽之吧……

回到郁林閣，林夕落進了院子就見林豎賢與魏青岩站著談事，林豎賢一臉凝重，而且頻頻點頭，魏青岩依舊在說，可見林夕落行進門，他便停下話語，目光也朝這方投來。

林豎賢本是聽得認真，卻見魏青岩突然無聲，順著他的目光看去，正見到林夕落往這方走。

林豎賢低頭，看腳下石子，他本是直視卻又覺不妥，只得做著這種毫無意義的動作，可越是這般躲閃越讓人覺得滑稽。

魏青岩朝前走了兩步，背手等候著她。林夕落走上前，距之一步之遙才停下腳步。

魏青岩伸出手拽著她，「去見一見妳的先生，如今翰林院修撰之首，無人能敵。」

林夕落朝林豎賢看去，林豎賢卻略有羞澀，揚直身子看向她，先行禮道：「五奶奶。」

「先生。」林夕落行了師生禮，「這等時日請您前來，也實在是難為您了，但能有如今成就乃是先生資才大讚，學生也跟隨著沾光了。」

「不敢。」林豎賢看向魏青岩，「都是魏大人提攜，木秀於林風必摧之，在下幾次慘遭迫害都蒙魏大人出手相救，否則恐是鍘刀之下一冤鬼了！」

「這是怎麼回事？」林夕落瞪眼，魏青岩可從來沒說過這等事……

魏青岩沒對此多敘，拽著林夕落坐於一旁的石凳上，與林豎賢繼續道：「你終歸是姓個林字，故而這件事你若出面，林忠德也不會推脫，只是你是否願意做這出頭鳥，被那一方罵成胳膊肘向外拐了。」

林豎賢苦笑一聲，「何為胳膊肘向外拐？嫡子繼位、子死孫繼乃是歷代的規矩，但我只怕這事兒誤了魏大人的戰功，何必如此？」

林夕落聽兩人之話，明擺著是在說明日大殯，宣陽侯世子位的承繼之事，要有多方對峙……

但林豎賢這般擔憂，想必此事並非那般簡單。

林夕落心中猶豫，卻並未在此刻出口，魏青岩看向林豎賢，沒正面回答他，卻是問道：「依你所想，要了戰功我能得何榮耀？」

林豎賢斟酌片刻，「受皇上封賞、眾官恭賀。」

「那你覺得這兩樣我還缺嗎？」魏青岩的問話讓林豎賢愣住了，半晌才搖頭道：「都不缺！除卻皇親之外，皇上對魏大人格外信任，若再封賞便是伯、侯、公之爵位，眾官恭賀……在下雖不知是否恭賀，但卻知道此時無人敢惹魏大人。」

「既是如此，我何必再爭這一功？」魏青岩話語說著，好似自評：「我爭來這份功勞，恐怕會被斥癡心妄想、嫡庶不分，讓人汙衊宣陽侯府內亂，損失重大；我若不爭，讓他承世子之位，恐怕只得個庶子艱難的同情名號，不了了之！」

林豎賢聽他如此之說，接話道：「如若魏大人得同情之名，聖上自會再對您有所補償。聖上乃是明君，自是看得清楚何人有功、何人有過。」

「你聰明。」魏青岩一拍大腿，隨即看向林夕落，「妳覺得這般如何？」

林夕落抽著嘴，「心眼兒都被你們長了，我還能覺得如何？」

魏青岩哈哈大笑，「讓妳回來與先生相聚，妳個丫頭卻不領我這份人情！」

「與先生相聚何日不可，偏偏要選今兒？」林夕落四處掃了幾眼，「如今這周圍是四處一片草綠綾白，連點兒肉腥都沒有，如何來招待先生？」

林豎賢連忙往後退，「我這就告辭。」

「不許走！」魏青岩一聲喝：「必須在這兒陪著吃苦！」

林豎賢怔愣瞪眼，林夕落忍不住捂嘴笑，吩咐著冬荷道：「去告知陳嬤嬤，必須做一桌格外可口的素菜孝敬先生！」

魏青岩笑著便起了身，轉頭與林豎賢道：「等候之時不如來與我下一盤棋，如何？」

他話語中帶有調侃，林豎賢拱手道：「自當從之。」

兩人一前一後進了屋，林夕落則親自去了大廚房，看著陳嬤嬤做菜，已是準備了一桌七八個菜樣，卻全都是青綠素材，林夕落看在眼裡便覺得口中發澀。

沒多大會兒功夫，門外有人來回稟：「豎賢先生走了！」

走了？林夕落瞪眼，剛剛還說在此用飯，這會兒怎麼走了？不是又鬧出什麼事了吧？

林夕落從大廚房出來時，魏青岩已經站在院子裡。

「先生走了？」林夕落過去相問，魏青岩點了點頭，「走了。」

「飯還沒用呢。」林夕落往大廚房一指，「一桌子素菜，不會都讓你我兩人用吧？」

「不問問他走的原因？」魏青岩直戳這一層紙，林夕落直視著他，「他為何走？」沒有半分的心虛，這不正是魏青岩想要的嗎？

魏青岩捏了她僵持的小臉一把，認真言道：「他是覺得到此談事、敘事、議事，以及讓他吃飯、下棋，他都是在被牽著走，這一盤棋還未等下，他便已心無勝意，如何能贏？」

林夕落嘴角抽搐，「這心思也著實太深了……」

「男人之間無論親友或仇敵都存在博弈關係，我與他雖算不得至交，但也在同一條線，他骨子裡的清高氣傲妳又不是不知道，如何肯讓我牽著鼻子連下棋都輸？那會讓他的自信心跌宕谷底，許久都緩不過來。」

魏青岩說得認真，林夕落不由望天。男人，真是讓人難以琢磨的動物。

「我不懂，可這一桌子素菜怎麼辦？」林夕落臉色發苦。

「要不全送去給三哥和三嫂？他還得念我一聲好。」魏青岩這般說著自己都忍不住壞笑，林夕落瞪他一眼，「三爺有你這兄弟，可真是倒了楣。」

「賞了全院子人一起用。」魏青岩說完又湊到林夕落的耳邊輕聲道：「然後我帶妳去福鼎樓解解饞。」

「心眼兒真壞！」林夕落笑罵，可仍舊回了屋中換衣裳，準備隨著魏青岩出府。

好事易辦，壞事難成，林夕落剛收拾好衣裝便有人來通稟，侯爺請五爺與五奶奶到前堂去一趟，商議明日大爺喪葬之事，而且特意囑咐必須到。

林夕落苦著臉捂著肚子，「這飯是吃不成了。」

「明兒葬禮之後，再帶妳出去吃個舒坦。」魏青岩無奈地安撫兩句，林夕落也只能點頭，兩人在院子中隨意用了幾口飯菜便去了侯府的前堂。

此時的前堂便是明日葬禮大殯之地，雖然明日才是正禮之日，但如今已全部布置好，一、二、三道門檻兒，更是分行拜的等級，林夕落等女眷不允進最裡面的那一道，這倒更合她的心意，誰樂意與從未謀面的死人圓一面之緣？

宣陽侯、侯夫人及大房、二房、三房的人全都在此，魏青岩與林夕落進來後，宣陽侯顯然不滿兩人姍姍來遲，卻也不願在此時出口埋怨，與魏仲良言道：「你乃嫡長孫，這事兒由你說吧。」

白髮人送黑髮人，宣陽侯這才幾日過去便已蒼老了十幾歲，髮鬢如雪，連那雙鋒銳無比的眼睛都被疊下的皺紋淹沒。越是臨近正式出殯之日，他反而不想吐半個字。

魏仲良格外鄭重，起身先朝向宣陽侯行禮，隨即一一看過眾人，才言道：「各位叔父、嬸娘都知道，明日乃仲良之父大殯之日，侯府世子大殯葬禮自要依照禮制而行，各位叔父、嬸娘也應願此事順利，侄兒就宣讀一下事宜分類。」魏仲良頓了片刻，便嚷聲道：「二叔父管靈堂二道接待，三叔父管三道靈堂接待，五叔父……」魏仲良念到此頓了下，「門口迎客接待，各位嬸娘負責各位女眷。」說完，看向宣陽侯，「祖父，孫兒已說完了。」

宣陽侯抽搐嘴角，未理魏青煥與魏青羽，直接看向魏青岩，「老五，你有何說的？」

「管大門？」魏青岩淡淡說出這三字，隨即看向魏仲良，「那要管事的做何事？」

魏仲良被他這一瞪，臉上不禁多幾分硬色，「五叔父，您這是不願意了？」

「仲良！」侯夫人怕魏青岩翻臉，立即叮囑他別過分，看向宣陽侯道：「還是侯爺來定吧。」

宣陽侯瞪了魏仲良一眼，隨即才開口道：「分什麼大門、二門、三門的，都撤了！來客拜祭，齊齊接納謝禮便罷，搞這麼多花花腸子作甚？嫌死的人少嗎？」

「祖父，這是規禮！」魏仲良有些不情願，這可是他問詢多人之後才制定這份葬禮安排。

他這般做已是明擺著告誡眾人，他才是堂堂正正的世子位承繼之人，魏青岩縱使功績過人，可庶出之子只能看守個大門罷了。

魏仲良這般思忖如若用尋常的腦子來琢磨倒是無錯，可惜他卻忽略了一個很重要的問題，他這位五叔父是什麼樣的人。連宣陽侯都不能讓他依言從命，魏仲良的父親也要沾了他的榮光才能得功績，他會聽他一個小毛崽子的話來行事？

何況，魏仲良除此之外犯了一個更大的錯誤，那便是一竿子得罪了除卻大房之外的所有人！

魏青煥與魏青羽兩人雖不如魏青岩這般霸氣桀驁，但魏青煥早已野心勃勃地瞄向世子位，這時候即便讓他守著二門，他的心裡頭豈能不膈應？宣陽侯剛一說完，魏青煥當即便道：「規禮什麼？你這都是從哪兒學來的文人酸腐？這裡是宣陽侯府，若守規禮，你祖父怎能得皇上親封侯位？宣陽侯府如今的榮耀是用刀砍出來的，是用命拚出來的，不是守規禮守出來的，你這幾趟隨軍出征也無長進，腦袋都長了狗肚子裡去了！」

「還是依照父親之意吧，也莫給禮客分三六九等，朝堂之上，某些品級官位的官員可不是分等級能看出有多大本事的。」魏青羽也不悅，可他為人甚有涵養，沒如魏青煥那般陰損斥罵。

兩人如此這般還嘴，魏青岩卻依舊一句話都不說。

魏仲良有意再上前爭論，卻被侯夫人一手給拽了回去，「你閉嘴！」

「祖母……」魏仲良瞪了眼，這幾位叔父不肯同意便罷，怎麼如今祖母也在斥責他？她不一向都站在自己這方的嗎？

侯夫人不肯答他，更是埋怨地看了一眼孫氏。

她雖然早就知道魏仲良心有計策，特別是又見過齊獻王，但她派人去傳見時魏仲良總是在拖延，如今宣陽侯召集眾人，他卻招呼都不打一個就辦出如此糊塗事來，這簡直就是荒唐！

侯夫人雖不喜魏青岩與林夕落，更是看重嫡庶之分，可她這麼多年的侯夫人也不是白當的，還不會胳膊肘往外拐，讓齊獻王得了逞。就知不能讓這孩子私自做主，太浮誇了……

「侯爺之意為最佳，但侯爺與我已年邁，明日都依靠你們兄弟三人了，具體的事宜也不多囑咐，都瞧著辦吧。」侯夫人說到此，主動吩咐齊呈：「去吩咐人把那一二三道門撤掉，大爺的葬禮乃是鄭重之事，沒得讓人拿宣陽侯府當筏子說嘴。」

齊呈看向宣陽侯，見他無異議便立即拱手，「遵命，這就去辦。」

「侯府中還得依靠父親、母親，多保重身子，明日之事不必過多操心，有我兄弟三人絕不會出現差錯。」魏青煥此時柔了臉色，開始當起好人安撫。

宣陽侯點了點頭，起身後則看向魏青岩，「你隨本侯來。」說罷，進了前方的書屋之中。

侯夫人不理他，看向宣陽侯道：「侯爺，若無吩咐，便讓他們去歇了吧。」

魏青岩沉上半晌，才看向林夕落，「在此稍等。」

「五爺去吧。」林夕落看著他離去，這父子兩人一前一後離開，卻讓在座眾人格外僵硬尷尬。

魏仲良站出來想裝嫡出最大，侯夫人話語雖委婉，但也是委曲求全，魏青煥剛剛巴結半晌，孰料宣陽侯離去誰都不帶，偏偏是與魏青岩私談。

這樣豈不等於給他們幾人臉上一人一巴掌？

還什麼嫡重庶從，還什麼世子之位，都是胡扯！

眾人各懷心思，而這時候齊呈正吩咐侍衛在拆掉那一、二、三道門，就好像是在拆掉嫡庶之分的那堵牆，讓侯夫人都有些看不下去。

「累了，先回去歇一歇了。」侯夫人滿臉無奈，尋個藉口先行離去，孫氏與宋氏跟隨而走，魏青煥也不在此留，拽著魏仲良道：「先隨叔父去看一看禮客名單，來人你也知道如何行禮！」

魏仲良欲掙扎，卻被魏青煥狠狠地拽走。魏青羽與姜氏兩人連連苦笑搖頭，這是何必呢？

「三哥、三嫂如若不願久留，不妨先回去歇了吧。」林夕落看著姜氏，「您二位剛剛歸來不久，院子都沒能拾掇好呢，我自己在此等五爺即可。」

姜氏也知這是林夕落體恤她二人，何況即便等候，侯爺出來她二人能說什麼？侯夫人若知曉，定以為她二人有何企圖。再者，侯爺與魏青岩就在前堂屋內，如若她二人聽到了什麼不該聽的，對魏青羽可不是好事。

「五弟妹在此稍坐，晚間再去看妳。」姜氏這般留了話，林夕落當即送她二人出了前堂。

而此時，林夕落剛一轉身，準備坐下繼續等，還沒等茶至嘴邊抿上兩口，就聽見宣陽侯的雷霆咆哮從屋中傳出：「堂堂的世子位你都不想要，你到底有多大的野心？」

這句話從屋中傳出，連帶著門口的侍衛都不由得渾身一抖。

下人們立即灰溜溜地離去，膽怯惶恐得恨不得把耳朵揪下來，這等話語誰敢多聽？不要命了！

林夕落心底也在驚詫宣陽侯居然如此直言，她在這裡到底是走還是不走？

冬荷在一旁有些慌，顫抖的手好似不知該往哪兒放才是，林夕落拽住她，「別亂，無事。」

林夕落的話語斬釘截鐵，帶著強勁的鎮定，冬荷福身致歉，卻半個字都不說……

主僕倆就在門外這般等候，而屋內魏青岩看著宣陽侯，好半晌才回答道：「我即便有意，您能將那位子讓給我？」

「你明知故問！」宣陽侯怒嚷後沉寂片刻，「你要什麼條件才肯容得下仲良？」

「我一沒打他，二沒揍他，也沒四處宣揚他自傲無為，怎被評為不容？」魏青岩的反問讓宣陽侯氣惱，咬牙道：「你在縱容他攀至高峰，跌宕谷底便是粉身碎骨，絕沒有復起的機會！」

「壓也不對，縱容也不對，我這兒子當得實在窩囊！」魏青岩站起身，「此事不必再問我，明日朝堂之上如何對峙爭辯，結果都是皇上說的算，不是我說的算。」

「你不允林家出面與大學士爭鋒相對，還敢說你不插手，你到底想怎樣？」宣陽侯直接說出林家，林夕落在門口聽得這聲音，心裡好像被針扎了一下，不知不覺間，額頭已滲出冷汗……

冬荷連忙上前安撫，林夕落擺了擺手，依舊是那一句：「放心，無事。」

魏青岩聽宣陽侯如此說辭，不由冷笑，「我不允林家對世子位爭鋒也成了錯？您屢次出爾反爾，做事非比尋常，您到底當我是您的兒子嗎？我的榮光是恥辱，連讓位都別有居心？荒唐，簡直荒唐透了！」

魏青岩說完便要往外走，宣陽侯叫住他：「你就不肯容他一步？」

魏青岩回頭道：「您肯容我一步？」

宣陽侯擺了手，可魏青岩轉身往門口走時，宣陽侯緊握的拳頭狠狠捶在桌案之上，將三指厚的花梨木桌案敲出深深的指印。

林夕落看到魏青岩出來，直直地看著他。冬荷的心算是落了地，連忙扶著林夕落往那方走。

魏青岩看著她，「咱們回吧。」

林夕落重重地點頭，夫妻兩人牽著手，就這樣一同往園中走去。

「青岩……」林夕落剛開口，魏青岩當即打住，「這事兒我不知答案，仍舊無法告訴妳是怎麼回事，妳給我點兒時間。」

「我不想問，我只想說你不必因我而顧忌林家。」林夕落快走幾步行至他的面前，仰頭認真地道：「祖父尋的是利益，但急功近利對你來說並非益事，別因侯爺的幾句怒惱而慌了心神。」

「妳倒是長進了，不似之前那般魯莽硬闖了。」魏青岩摸著她的髮絲，臉上滿是寵溺之色。

林夕落扭頭躲開，從地上撿起一顆石子兒，拋向前方的池塘底，「我嚮往一石置底，可惜經歷這般多事之後，我明白了憑我一人之力是無法護佑身邊的人……」

她又朝著池塘之中扔去一顆石子，卻是低手側拋，石子兒在水面上接連起伏三次才沉入水底，她口中喃喃地道：「這府裡、這世道都要求我學會進退自如，我雖不情願，卻也是不得已。我適應不了這裡，最終吃虧的定然是我。」

「這小模樣和悲涼心態，我心疼。」魏青岩又牽起她的手，林夕落用頭頂在他的胸口處來回地扭，「也並非悲涼，我是在學著長大。」

林夕落這一句並非是虛言，而是真切的心態。

上一世，她自幼便孤身一人，雖憧憬父母之愛，可尋常的生活便是雕物賣，簡單、明瞭，不需要過多的思考。因這一場夢，她來到了不同的世界，曾經嚮往的親情她已全部擁有，可她越發的緊張。過去她屢屢犯錯，如今明知自己的缺點，她如何能不改正？要想在這一世暢快的生活，改變的只能是她，絕非是這個世界。

魏青岩撫摸她的小臉，「我會給妳一個圓滿的答案，給我些時間。」

林夕落小雞啄米般的點頭，兩人相視而笑，牽手朝向郁林閣行去。

這一晚林夕落睡得格外的香，枕著魏青岩粗壯的手臂，心底十分安穩，因為這一日如若過去，她便可以順利出府，去探一探她一直思念的父母和弟弟，過上幾日舒暢順爽的日子……

魏青岩沒有睡，一直盯著她，有寵愛有親暱，也有心底不遮掩的彷徨無奈、忿恨失望。可如今連這個丫頭都知道為生活而改變，他自己呢？是否也要為她去創一片天地，由著她盡情地笑、盡情地撒嬌、盡情地在自己懷中耍賴。或許，他要好好地想一想了……

寅時末刻，院子裡便已有了些許聲響。今日是大殯之日，眾人都要早早起身，下人們死契的戴孝，活契的則被攆出宅邸，只在府外應酬做些雜事。

林夕落起身後只隨意淨了一把臉，用那一半的銀針木簪束髮，一身黑白雙色的喪服，和魏青岩兩人收拾妥當，林夕落又問冬荷：「仲恆少爺可已收拾妥當了？」

「奴婢這就去將他帶來。」冬荷應下連忙前去，未過多久，魏仲恆便帶著小黑子前來，「給叔父、嬸娘請安了。」

「怎麼不換上孝裝？」林夕落看著他依舊一身便服，而非孝衣，小黑子當即邁出步子行禮道：「昨兒奴才去為主子求孝衣，被……被仲良少爺罵回來了。」

「他憑什麼不給？」林夕落氣惱，雖說嫡庶有別，但魏仲恆好歹也是魏青石之子，他個不懂事的孩子這般做便罷，難不成孫氏也不管？

小黑子一臉苦色，連忙回話道：「不管奴才怎麼求，仲良少爺說了，如今仲恆少爺被歸在五爺院子中，那便不算大房的人……」

「渾說！」林夕落忍不住氣罵出口：「跟我走，我倒要看一看他今兒想不想順順當當地把這喪事辦完！」

魏青岩沒有反駁，隻身率先往外走。

魏仲恆一臉的頹色，目光之中也帶有一股不忿的怨恨。

林夕落帶著魏仲恆便往前堂而去，魏仲恆的腳步沉重，卻也緊緊跟隨。

此時的宣陽侯府眾人已齊聚於此，昨日那一二三道門拜祭大門被拆掉，只剩下一道拜祭之門。

魏仲良與孫氏正在靈堂正中之地跪候，侯夫人與宣陽侯在一旁的座位上靜靜地沉著，這裡的事宜全部都由魏青煥主掌。

昨兒他揪著魏仲良辦事，將這小子好一通教訓，如今魏仲良已被魏青煥壓制得只允在靈堂之處叩首，不允他到處亂動。魏青煥是嫡子，自當要應承起府中迎來送往的事。

魏青羽也在此處跟隨魏青煥辦瑣事，瞧見魏青岩與林夕落到來，姜氏才算是鬆了口氣，不再與宋氏爭執不休，而是朝她二人行來，「五弟妹，妳可算來了！」

林夕落掃向一旁的宋氏，出言道：「三嫂先稍候，我先帶著仲恆去尋大嫂要一套孝衣。」

孝衣？姜氏此時才注意到魏仲恆一身黑衣，並沒有戴孝，這是怎麼回事？好歹這也是大爺的兒子……想起之前大房將魏仲恆推給林夕落教養，這會兒不用過多思忖便能想明白是怎麼回事，心中滿是不屑之色，口中忿道：「今兒有侯爺在場，可容不得他們這般胡鬧，我也隨妳去！」

魏仲恆之前若是呆滯之子，經歷了這段短短時間的事後，也算能明白些好賴。

姜氏這般作為顯然是為他抱不平，他便朝著姜氏行禮道：「謝過三嬸娘。」

「有你兩位嬸娘幫忙出頭，你這小子也得硬氣起來。」魏青岩交代了一句，便率先在前行走，宣陽侯與侯夫人見到眾人來此，特別是看到魏仲恆之時，臉上各有異色。宣陽侯一直盯著魏仲恆，待他近前之時才問道：「怎麼不換好孝衣？」

宣陽侯這般問辭，侯夫人立即看向魏仲良與孫氏。

孫氏嚶嚶而泣，顧不上這許多，魏仲良則一臉心虛，侯夫人當即明白這事兒與他脫不開干係。與魏仲良脫不開關係，自也與她這位祖母有關，侯夫人準備將此事就此揭過，當即吩咐花嬤嬤道：「這般粗心，怎麼不將孝衣送去？這時候現換上，誤了時辰可唯妳是問！」

花嬤嬤自當了解侯夫人之意，連忙福身道歉：「都是老奴誤事，這就去取，仲恆少爺稍等。」

「允不允孝衣上身，也得問一問大嫂吧？昨兒派了奴才來取都不肯給，今兒就這麼順暢了？」林夕落在一旁陰陽怪氣，顯然是非要揭了這事兒的遮羞布。

侯夫人瞪她一眼，「別在這個時候鬧事！」

「如若想鬧事，我就等賓客齊拜之時再領仲恆來到此地了……」林夕落話語中帶著警告。

侯夫人知她定不會輕易甘休，只得叫來魏仲良：「是你做的？」

魏仲良支支吾吾，因有宣陽侯在此，他不敢輕易開口。

侯夫人準備斥責兩句便攆他走，可宣陽侯上下打量了魏仲良半晌，又看向魏仲恆，開口道：「去為你父親守孝吧。」

宣陽侯這句話說出，讓侯夫人與魏仲良驚愕得張大了嘴。

如若是尋常人這般說辭倒無大礙，宣陽侯開口可絕對非比尋常。

這種事若非了解侯爺的人恐怕不會多心，但在侯夫人這裡，她的心底陡然一沉，雖知這是為大房著想，但她不由多看了魏仲良幾眼，卻沒有開口駁上半句。

魏仲良有意上前反駁，孫氏立即拽住他，仍舊在一旁嚶嚶而泣。

這時候她能說什麼？只得裝成受委屈，否則這事兒真的掀開了鬧，她豈不是更沒了臉面？

魏仲良冷哼一聲別過頭，齊呈趕來帶著魏仲恆去換孝衣，眾人則又沉默不語。

侯夫人見宣陽侯不動聲色，便與林夕落說道：「別在這兒站著了，幫襯著應酬下，今兒府中絕不能出亂子讓外人看笑話！」

林夕落翻了個白眼，嘴快撇了天上。

魏青岩拽著她，「陪我去門口迎客為好，在這地方壓抑。」

「我得看著仲恆換上一身什麼顏色的孝衣才行，也要問一問大嫂，她的孩子養在我院子裡，又不是過繼給了我，怎麼就不把孝裝送去，反而還要上趕著來求？從嫡親往庶房過繼孩子可絕無僅有，她若有這心，我就敢收！」林夕落咬牙切齒，明擺著這事兒不能這樣算了。

孫氏哭聲更盛，恨不得快昏過去。

門口已有人前來，宋氏在一旁左右探看，也不去幫忙阻攔應酬，巴不得事情鬧開了花才好。

侯夫人胸口氣悶，本就怨恨嫡庶之事，林夕落居然還說孫氏要把魏仲恆過繼給她？這好比在侯夫人胸口插一把刀，扎得她恨不得掐死林夕落。她強忍著不在此時暴怒，只低沉著道：「快走快走，別在這時候鬧脾氣，她一個寡喪的人，妳跟她較什麼勁？」

這話雖有指責孫氏之意，但也在斥林夕落不懂事……

「母親怎能如此說大嫂，她豈不會傷心？」林夕落這會兒裝成好人，翻臉比翻書還快，一副驚呆地看著侯夫人，好似她刻薄一般。

侯夫人氣得不知說何才好，宋氏與姜氏兩人儘管不願，也不得不過來將林夕落拽走，「……這會兒正忙著，有什麼事待今兒過了再說。」

宋氏初次說話不帶擠兌，姜氏只得挽著林夕落往外走，林夕落半推半就地也就隨著姜氏離去。

魏青岩也起了身，宣陽侯言道：「你去何處？」

「看大門。」魏青岩也不多留，快步地追上林夕落。

宣陽侯抽搐嘴角，目光狠狠瞪向魏仲良，「去跪著！」

魏仲良驚嚇一跳，連忙行去靈堂側邊下跪，可此時已有魏仲恆在他旁邊跪下守孝，他的心裡格外不痛快。

侯夫人用帕子抹了抹額頭的汗，仍舊忍不住心裡的怨氣與宣陽侯道：「雖說不知侯爺為何如此袒護老五家的這個，或許是顧忌林府，抑或是她有什麼能幫得上侯爺的，但她如今在內宅橫行霸道、無事生非，連這等場合都要攪和兩下才肯甘休，我是有些忍不住不管了。」

侯夫人見宣陽侯沒開口反駁，不由得回頭看了一眼正在靈堂一旁跪著的母子三人，擦擦眼角繼續道：「世子之位不知仲良可否能承繼下來，如若能得皇上開恩，我這心裡頭也穩當了！」

宣陽侯看向魏仲良，他守孝之餘目光一直都在瞪著魏仲恆，其中的怨恨、厭煩格外濃厚，待見宣陽侯看他，便立即轉過頭去，故作一門心思為父守孝。

「他若得了這世子位，妳才不得安寧！」宣陽侯悶斥一聲，初次與侯夫人緩緩開言：「妳瞧瞧他，這副模樣如何能撐得起整個侯府？單有一個世子位就行了？婦人之仁，鼠目寸光，妳就不想一想，他若得了世子位，侯府要有多大的變動？」

宣陽侯越說越激動，讓侯夫人心底不由得驚慌起來……

變動？她只知道如今世子位不穩，大房的位子就保不住，何況世子位若承繼下來，不出大事就不會再有更改，能有如何的變動？

「仲良年幼，待大一些自能懂事，何況還有侯爺在一旁扶持，他早承了世子位，也會學得成熟穩重。」侯夫人狡辯，宣陽侯直視她，「妳就沒想過他若承繼世子位，老二、老三、老四還有老五都要搬離侯府？偌大的府邸之中，除卻妳與本侯兩個老不死的，便是一寡婦和兩個不懂事的小娃子，怎麼能安穩得了？只看眼前卻不顧以後，他想慢慢學得承擔起侯府之責，誰能給他時間？」

宣陽侯這一句話卻是讓侯夫人驚了，結結巴巴不知該說何才好，「可……但也可以不讓他們幾房離去……」

這話侯夫人說得也心虛，魏青石畢竟與另外幾個兄弟是同輩之人，共處一府也能說得過去，可若是魏仲良承位，這幾位叔父自要離開宣陽侯府，不得再於此地居住，要另立新居。但宣陽侯府若真的讓這幾房人離去，侯府豈不成了空架子？

侯夫人這時已心慌意亂，有些不知怎麼辦才好。

旁日裡只想著讓魏仲良保住世子之位，如今這位子若真的到手，她的確不知所措……

「妳旁日裡不是最講究規矩禮法？可禮法與現實相比，到底哪個更重？」宣陽侯冷哼起了身，侯夫人看他蹣跚離去的腳步，心中也格外的涼。

若真如宣陽侯所言，其餘幾房人全都離去，仲良這一個孩子怎能承得起啊？

侯夫人心驚彷徨，不由看向靈堂魏青石的牌位，熱淚留下，泣聲從弱變大，直至歇斯底里地痛哭。花嬤嬤不知出了何事，連忙扶著她快速離去。

孫氏不明所以地看著侯夫人離去，又將目光收回來，在魏仲良的耳邊輕聲道：「仲良，娘都指望你了……」

宋氏、姜氏與林夕落出了正堂，不由都看向後方趕來的魏青岩。

姜氏有意讓林夕落陪同去應酬各府女眷，林夕落卻看向他，「五爺這是去哪兒？」

「去看大門。」魏青岩背著手閒庭信步地溜達，「妳隨同三嫂一起，稍後我再過來尋妳。」

林夕落點頭，魏青岩便真往門口行去，姜氏嘆氣，「五弟的脾氣仍是怪，還真去大門……」

「這是不想幫襯著府裡的事罷了。」宋氏嘀咕一句，就見林夕落在瞪她，只得轉了話題道：「走吧，今兒咱們仨都是幫襯著幹活兒的，做得再好也得不到誇讚，但若出了錯兒可都逃不過去，認命吧！」

宋氏嘀咕完，逕自先去了女眷側院，林夕落白眼更重，「這一身喪裝都能扭擺著走，她還真是與眾不同。」

姜氏拉著她的手，「她的話不中聽但也無錯，出了事都會怪罪在咱們頭上，更是跑不了妳我二人，還是走吧。」

「能出什麼錯兒？喪事還來挑毛病，除非是想尋碴子找事兒的，誰那麼不長眼睛在這時候惹侯府，那才出了熱鬧呢！」林夕落說著，便與姜氏往側院走，姜氏無奈搖頭，「就服了妳這張小嘴。」

三人去招待女眷，魏青岩行至大門，魏海早已等候在此。

「情況如何？」魏青岩背手探問，魏海立即湊到他的耳旁道：「林修撰剛剛派人傳來消息，大學士今日沒提世子位承繼之事，林大人自接不了話。皇上未對大爺喪葬之事提及半句，沒人回稟要事便退朝了。」

「一句都沒說？」魏青岩眉頭蹙緊，魏海連連點頭，「恐是都在等有人提這話題而後附和幾句，但沒人開這個頭。」

魏青岩點了頭，「既是無人說，那便順著事辦，讓侍衛們都不允對外透露半句，也暫且別告知旁人。」

「卑職遵命。」魏海離去，魏青岩則在門口迎候前來拜祭的賓客，可每入府一位來客，看到他在門口，都不由嚇了一跳，隨即戰戰兢兢地上前寒暄幾句，魏青岩便讓侍衛引領往前堂行去，女眷們則直接從小門乘轎進入，壓根兒不往他這方湊合……

林夕落在側院內迎候，可這時候宋氏更願意露面，她也不往前湊合，有過來與她敘話的才會寒暄兩句，如若沒有，她就坐在一旁慢慢地等。可時辰一久，前來此地的夫人太多，宋氏又不願意過來叫林夕落，只得拽著姜氏幫襯著……

姜氏終歸撂不下這張臉，時而還得吹捧宋氏兩句，寒暄話語說得牙疼，林夕落更是聽得牙酸，而宋氏寒暄久了，不知是真的感念大爺喪悲，還是累得不成了，真的流了眼淚兒出來……

林夕落懶得在這裡盯著，索性吩咐冬荷：「如若是羅夫人或林家人的人來，便叫我一聲。」

冬荷點頭應下，林夕落尋了個話由子去了側院的角屋中歇息。

可眼睛好似剛剛閉了沒一會兒工夫，冬荷便匆匆從外趕來，林夕落睜了眼，冬荷連忙上前道：「奶奶，聖旨到了，侯爺與五爺等人已經聚集到門口，讓奴婢通稟您同去接旨！」

聖旨？與世子位有關？

林夕落起身趕往侯府門口，而此時接旨的桌案、香爐已經擺上，全府眾人齊聚此地，魏青岩看到林夕落趕來，朝她招手。

「這位是陸公公。」魏青岩引著那位傳旨官給林夕落相見，林夕落當即行了禮，「陸公公勞累了，給您請安了。」

「魏夫人可莫要如此說辭，否則咱家要被皇上責罵了，都知魏五奶奶是位聰穎的伶俐人兒，如今咱家得以見到，是咱家的榮幸！」

這位陸公公並非如林夕落印象中的太監形象那般娘聲娘氣。話語之音有些柔細不假，但行事做派來看，並沒有卑躬屈膝的巴結，更無滿臉擠褶子的諂媚。

林夕落顧不得再多思忖，「能得見陸公公也是我的榮幸。」

陸公公只笑了笑，便與魏青岩道：「魏大人，人可是到齊了？咱家宣旨了。」

「公公請。」魏青岩拱手後看向宣陽侯與侯夫人，眾人雖有怨氣，可也都準備跪下接旨。

侯夫人面色複雜，也只能隨著宣陽侯行事，這位陸公公可是皇上身邊伺候的，來此不過只與宣陽侯寒暄兩句便只與魏青岩一人敘話，而且問事也只問他一人……侯爺都沒有多說半句，她一個女眷能有何說辭？

魏青煥的目光一直落在那份聖旨之上，迫切想得知這份皇命到底是什麼，不過比他更急迫的是魏仲良，他恨不能衝上前去打開看上兩眼，可這不過是心中念想，他本人是絕沒有這膽量的。

陸公公也不再耽擱，走至香案前，恭恭敬敬地準備宣旨。

侯府眾人齊齊跪地，只等候聽著那「世子」二字從旨意之中傳出。

魏青羽與姜氏兩人則朝後面的魏青岩看上幾眼，這位公公來此便與魏青岩格外親近，難不成這聖旨之上與他有關？

眾人跪好聽命，所有人的心全都繫在聖旨之上……

「皇帝詔曰……魏青石今日大喪，朕深表哀傷，特賜百兩黃金以表悼念，賞宣陽侯素齋一餐以表朕同念之意，欽賜……」

旨意宣完，眾人皆跪在地上瞠目結舌，一動不動。

這兩句話就完了？如此大的陣仗前來宣旨，就只百兩黃金、一頓素齋便完了？

宣陽侯的手不禁顫抖，可那顆心卻落了地，他寧肯有今日這番場景也絕對不願聽陸公公將「世子位」三個字出口。侯夫人雖然已得宣陽侯提點，可如今皇命如此，她心裡一時還真的無法接受。

魏仲良嘴巴有些合不上，眼睛都快瞪了出來，翕了翕嘴，有意上前追問，卻被孫氏一把給拽了回來，「不許亂動。」

「世子……」魏仲良兩字剛剛出口，就被孫氏狠狠地捂住他的嘴。陸公公目光看來，宣陽侯立即率眾叩謝，「謝皇上恩典……」

眾人叩拜接旨，才算將魏仲良的無意之言揭過。

宣陽侯看向一旁小太監抬進來的素齋與銀兩，走至陸公公面前道：「望陸公公為老臣向皇上稟明，皇上之意老臣忠心感激，更謝皇上恩典。」

「侯爺，皇上也惦念您，您的話咱家定會傳到。」陸公公若有所指地側頭看了一眼魏仲良，隨即轉身走至魏青岩身旁，「魏大人，咱家這就先告退了。」

「我送您。」魏青岩側身引路，陸公公拱手道謝，隨之一同離府而去。

魏青煥的臉上略有幸災樂禍，再看向周圍前來拜祭的官員也低聲議論，不免拽著魏青羽上前張羅葬禮依舊進行……

林夕落站在門口等魏青岩，姜氏湊過來，「今兒這一齣可夠嚇人的！」

「怕什麼？」林夕落看向侯夫人，「最怕的恐怕不是咱們，而是別人。」

姜氏順著她的目光看向侯夫人與孫氏，侯夫人也正看向她們，前所未有的平和，侯夫人道：「各府的夫人都還在，妳們去應酬下，如若累了就換著休歇。」說罷，叫著孫氏：「還在這兒站著作甚？好好教教他，別這般不懂規矩！跋扈囂張也要有本事，這時候都敢擅自插嘴，可不僅僅是丟臉，是險些丟了命！」

侯夫人破天荒的話語嚴厲，孫氏不敢多說，如今她一個寡居無靠之人，還不得說什麼聽什麼？

魏仲良此時也有些膽怯，「祖母……」

「快去！」侯夫人臉上帶有不耐，花嬤嬤上前攙扶著她，「您還是先去歇一歇吧。」

「老了，這院子裡也管不動了……」侯夫人邊說邊走，卻是讓宋氏在一旁難以置信。

侯夫人何時對魏仲良這般嚴厲？這簡直是從未出現過的奇聞！旁日裡即便是魏仲良的錯，她都會找出理由來包庇或怪罪到旁人身上，何時會如此厲色斥責？

不僅宋氏這般思忖，連姜氏和林夕落也覺得奇怪，可兩人面面相覷片刻，只隨意應付兩句便去應酬女眷。這一路往側院行去，直至坐下與眾府的夫人們寒暄，林夕落心裡都在對侯夫人的態度納悶，將這搶風頭的事完全讓給了宋氏，她則坐在一旁仔細地想今日之事。

之前習慣了直來直去，如今不得不繞著彎來思忖這幫人揣著什麼心思……

聖旨中沒提到世子位的承繼之事，這件事讓侯府所有人都驚愕難信，但林夕落納悶的是侯夫人居然沒憤怒得將此事怪罪給魏青岩與她，甚至還斥罵了孫氏和魏仲良……這老婆子在早間可還不是這番態度。

不提侯府的人，剛才宣旨時，一旁前來拜祭的官員們也都在等著此事落定，大學士與林忠德對世子位之爭辯被傳得沸沸揚揚，如今皇上卻只這一道不疼不癢的旨意頒下，他們也都瞠目結舌得不敢相信。

直至剛剛都回了側院，還有膽子大一些、好奇心更強的夫人拽著宋氏與姜氏問長問短，一探究竟，連姜氏的脾氣都有些忍耐不了眾人的糾纏。

林夕落在一旁看著處處鋪就的白綾祭品，只覺這是天大的諷刺，魏青石還躺在棺材裡沒能入土，他這世子位卻成了眾人心中話題，誰還記得這位故去的人能不能死得瞑目？

宋氏與姜氏被糾纏著，但無人敢來問林夕落，她坐在一旁歇息半晌，便是大葬開始。

從清音寺請來的大師超渡，隨即便抬棺入祖墳之地……

外房的女眷不允跟隨，只允送到門口，宣陽侯帶著侯府的男子們送棺入靈，拜祭的官員和夫人們也陸續離去，原本喧囂的侯府如今只剩寥寥女眷和遍地的白，微風吹起浮動於空中，讓人心裡發慌。

送走最後告辭的夫人們，只有孫氏仍在靈堂守著，宋氏、姜氏與林夕落都去了侯夫人的筱福居，往後的事該怎麼辦，還得聽這位老婆子的吩咐。

侯夫人讓人上了茶，隨即讓三人坐下。林夕落連那茶杯都未端起，只等著侯夫人說完她好立即回郁林閣準備收拾東西，待魏青岩歸來後便離開侯府。

侯夫人思忖片刻，才開了口：「妳們也都瞧見了，侯府之中如今事情雜亂，妳們大嫂如今已不適於管這府邸的事，誰能主動出來承擔一二？」

她這話說出可著實讓三個人都愣住了，這些時日侯夫人可硬壓制著宋氏，不允她管府中事，反而仍舊把孫氏拽在身邊，對大房的護佑可謂嚴絲合縫，不允任何人插手，可如今大爺的棺材剛抬出門，她立即就變了？

她們三人在之前不都是侯夫人最為抵觸厭惡之人，如今卻讓她們出面，這到底是安什麼心？

宋氏瞪了半天的眼睛，不由得看向林夕落，見她沒有反應，立即出面道：「如今大嫂雖不宜再出面，可終歸還有母親在，您有何事，吩咐給媳婦兒等人即可。」

這話也不過是在試探，誰知侯夫人這話問的是真是假？如若只是試探三人是否有野心，那豈不是暴露了？

宋氏問出這話，卻是遭了侯夫人一記白眼，「我這身子妳也瞧見了，哪裡管得了府中事？妳若不想應這份累人的活，那就閉嘴別說話，別在這兒給我添堵心！」

侯夫人的斥責讓宋氏連忙擠出笑，「母親這話可是冤了媳婦兒，媳婦兒為人笨拙，生怕辦不好讓母親操心，並非不願為母親分憂。」

侯夫人不看她，而是看向了姜氏與林夕落，「妳們兩個呢？就不肯出來說上一兩句？」

姜氏扛不住侯夫人盯著的眼神，只得出面道：「都聽母親的吩咐，兒媳遵著做就是。您還要多顧忌著身子，家裡頭還指望著您。」

「妳呢？」侯夫人直指林夕落，擺明了就等她的回話。

宋氏不由心驚，雖說挨個的問了三人，但其實不就是問林夕落一人？她與姜氏都是陪襯罷了，難不成連侯夫人的硬氣都扛不住五房的掘起？如若這丫頭應承了府邸的中饋之事，她們往後可要怎麼在這府裡頭待？

侯夫人這般看著林夕落，倒是讓林夕落更迷惑這老婆子心裡有何打算。

她雖反應沒那麼快，想不通侯夫人為何突然這樣，但果斷拒絕總是無錯……

「這府裡大嫂雖不能應承家事，可還有二嫂、三嫂和未見過面的四嫂，怎麼也輪不到我的身上，何況我連在母親身邊侍奉都做不踏實，更別提管府中事了……」

林夕落嘟嘟囔囔說得自己好似笨得不行，侯夫人沉上片刻，帶著些許不悅，「都不能痛痛快快地答，偏要扯出一堆理由來不落責任！都走吧，再容我想一想！」

宋氏扭頭看一眼林夕落，卻又不捨離開此地，「我留此處侍奉母親……」

「都走！我這兒有花嬤嬤，用不著妳們！」侯夫人帶了幾分厲色，宋氏只得扭身離去。

行至門口，宋氏看到林夕落與姜氏在門口敘話，她便湊上前道：「妳們二人也甭尋思這差事接了手裡便多榮耀，想得美不見得事兒就美……」

「二嫂這話是自己嘀咕的？您還真是想得美。」林夕落擠兌著，宋氏沒了好臉色，「不識好人心，沒妳好果子吃，縱使再硬氣也得瞧瞧是什麼出身。」

「出身好不好，也得看是否有本事。」姜氏忍不住還嘴一句。

宋氏氣惱瞪她，卻聽侯夫人在屋中的咳嗽之聲，只得將怨氣壓下離開。

林夕落往屋中看上兩眼，拽著姜氏立即離開，而花嬤嬤這時已經從門口的角落處走回屋內，與侯夫人回稟道：「都已經走了……」

「妳可知侯爺今兒如何與我說？」侯夫人急切地要尋一傾訴的對象，「他說若是仲良承了世子位，老二、老三及老五等人都要搬離侯府，這孩子應承不起來！」

侯夫人也不等花嬤嬤回話，便是繼續道：「如今聖旨沒提世子位，我雖是鬆了口氣，可心裡卻怎麼都過不去這個坎兒，我得尋個機會讓仲良長大，讓他成材，否則……否則如他現今的狀況，我怎麼放得下心閉上眼？」

花嬤嬤聽了侯夫人的話，心中也是驚詫，「侯爺這話也是與您推心置腹，您也理解他為何袒護五爺與五奶奶了。往後您不妨對五奶奶親近些，五爺雖人冷面冷，可也不是個有野心的。」

「不成！」侯夫人當即反駁，「我怎能對他親近？即便如今要忍一步，容他們在府中再囂張一陣子，我也可容這丫頭插手府中中饋之事，但絕不能讓她親近，否則……否則我怎對得起故去的舅母？怎能對得起青石？」

侯夫人說著不由抹著眼淚兒，花嬤嬤也知與侯夫人是講不通這個道理，只得閉口不說，可她這般想，侯夫人卻不放過她，「妳與我這麼多年是最貼心的，比侯爺更貼心，如今我是雜亂了，妳幫我思忖個主意，我如何能穩住如今的局面？」

侯夫人雖是如此說，但花嬤嬤卻並沒逾越，侍奉侯夫人多年，她怎能不知侯夫人是何脾性？

花嬤嬤沉思片刻，才開了口：「如若侯夫人不願與五奶奶親近，不妨還按照以往婆媳相處的方式，也可顧忌著她的肚子，以此為由頭，多安撫一二為好。」

「妳是讓我毒了她？」侯夫人好似當真，花嬤嬤連忙擺手，「是爭取讓她早日懷上，便於在侯府中安胎。」

「她憑什麼在侯府中生子？」侯夫人氣惱正欲駁斥，花嬤嬤連忙道：「以前那兩位夫人您不肯撒手，是五爺還沒成氣候，可如今您再看，五奶奶若想為五爺誕下子嗣，您還攔得住嗎？即便您暗自做了事，五爺若是惱了，這侯府絕不安寧，恐怕連仲良少爺都要受牽連。」

侯夫人怔住，眼淚掉得更盛，「這……這不是要我的命嗎？」

「您不是要為了仲良少爺考量長遠嗎？」花嬤嬤初次回駁侯夫人的話，「老奴說句逾越的，過世的那位前夫人脾氣軟，您動了手腳她也不敢張揚，最終出了事，五爺沒抓到把柄也無說辭。第二位還沒過門便出了事，可這二人與如今的五奶奶相比，怎能比得了？」

「她一個跋扈性子，我不信治不了她！」侯夫人不忿，花嬤嬤也沒話再說，「可如今侯爺已經答應了五爺，允他帶著五奶奶離府些許時日。」

侯夫人仰頭靠在床上，閉目沉聲道：「我自有辦法！」

林夕落與姜氏離開了筱福居，姜氏拽著林夕落道：「去我那裡坐一坐？」這是有話要談……

「還是去我那裡，連帶著孩子們一同過來為好。」林夕落這般說，姜氏也答應了，她的院子裡如今剛收攏好，丫鬟婆子們也都是侯夫人派來的，說點兒話難免被聽了去。

讓丫鬟婆子們去帶孩子，姜氏直接與林夕落往郁林閣而去。

一路上，兩人在轎中就已經開始說起今日的事，姜氏忍不住問道：「本是一點兒消息都沒有，忽然來了一道聖旨把侯府人的心都揪了一起，本以為會與五弟有關，孰料……」後續的話不用再說，林夕落心中也是明白。

林夕落想起魏青岩與侯爺在屋中爭吵時的話語，「聖旨不奇怪，奇怪的是侯夫人的態度。」

「這事兒我起初也覺得奇怪，不過五弟妹妳可想到了？如若世子位定了，侯府可就亂了。」姜氏的話讓林夕落摸到一絲門道，仔細思忖這個亂字，陡然道：「三嫂的意思是，如若世子位定了，府中各房都要有變動？」

「這是自然。」姜氏掀開轎簾往外探看一眼，隨即湊近與林夕落小聲道：「世子位無論定給五爺還是仲良都不能穩穩當當，特別是定給仲良，那變動可是更大！」

「怪不得！」林夕落這會兒也想明白當初宣陽侯為何說魏青岩不要世子位是不容魏仲良，依著姜氏所說，的確如此，一個毛孩子成了世子，這些叔父嬸娘都要離開侯府，就剩侯爺與侯夫人，還有孫氏個寡婦，那也叫侯府？

「如今妳也明白侯夫人忽然變了臉色是為何？」姜氏話語說著，臉上不免湧上苦澀，「如若是以前那番聲色厲喝我倒不擔心，就怕她突然變了，軟刀子扎進來，那才是最可怕的。」

林夕落連忙道：「想拖延時間讓仲良成長起來，可也得看一看是不是那材料，您看他如今的做派？我覺得恐怕不成，何況她硬我更硬，她軟我不會更軟？我左右都被她們說成不守規矩的跋扈之女，那我就繼續這樣下去，我這心腸可不是說兩句軟話就能服貼的。」

「妳這性子才好，妳三哥與我的性子才是吃虧。」姜氏道出這話，林夕落不由給她吃顆定心丸，「三嫂，說句逾越的，從認識五爺開始，只見他與三哥是最親近的，有他在，不會讓三哥受罪的。」

「五弟面冷心熱，我自當放心。」姜氏這般說，心裡也是有了底。

兩人敘起瑣事，沒多久便到了郁林閣。

一進院子，林夕落立即張羅著收拾物件，待魏青岩回來就離開宣陽侯府。

冬荷、秋翠、秋紅及紅杏和青葉、夏蘭都跟著忙碌起來，秋翠忍不住過來問：「奶奶，那春萍怎麼辦？」

時至如今也沒弄明白常嬤嬤與她到底是個什麼關係，常嬤嬤咬舌成了啞巴，半句話都不說……

「帶著她一起走，告訴常嬤嬤就說我順路把她賞給了賭場管事的當個妾。」林夕落覺得常嬤嬤說不說是誰害魏仲恆已經不重要了，可她就厭惡常嬤嬤這執拗的性子，談條件？她也得有那個價值。

秋翠出了門去，而這一會兒，姜氏的三個孩子也已經到了。

魏仲嵐沒見到魏仲恆，不由問起他：「五嬸娘，仲恆哪裡去了？」

「他跟去送葬了，稍後會回來。」林夕落讓三個孩子先去玩，思忖著要不要連魏仲恆都帶走。單留他一人在郁林閣，若真出了事，還是她的責任，但帶走大房的孩子，這事兒她作不了主，還得問一問魏青岩才行。

魏青石的過世在孩子們心中並沒有半點兒感覺，除卻知道這位大伯父的葬禮要去磕頭之外，回來後便聚了一起開始玩鬧，嘰嘰喳喳，只有那最小的春菱賴了林夕落腿上不肯下去，只嚷著讓她再雕兩個小玩意兒送她。

時至晚間，魏青岩與魏青羽也沒有歸來，林夕落讓丫鬟們擺了飯，姜氏帶著孩子們在這裡陪著她一起用，直至星月高空，外院依舊沒有人歸來的聲音。

孩子們都有些睏，姜氏只得帶著回去，「恐怕是遇上了什麼事，如若不成明早再走也不遲。」

「三嫂先回吧，孩子們都睡著了。」林夕落送她一家子出門，便在院子裡靜靜地等，卻是不知不覺就在院中的椅子上睡了過去。

不知何時，睜眼看到魏青岩的面龐，林夕落朦朧之間聽見馬蹄聲和他的話語：「我們到了！」濛亮的清晨帶有幾分涼氣，霧月的光芒已經減淡，遠處的澄色只露出一縷邊芒，卻已映亮整個天空。紅漆高門琉璃瓦，門口兩個小石墩子，上面雕刻的荷花紋乃宣告眾人此地是朝官之府。

景蘇苑大門雖因林政孝的官位接連提升修葺了幾次，其餘之地依舊沒變，而站在門口迎著魏青岩與林夕落到來的眾人，笑容也燦爛依舊。

林夕落從轎簾的縫隙中看到了胡氏在往車上探望，顧不得重新梳攏髮髻，就從魏青岩的懷中起身，想立即蹦下車，撲向胡氏的懷中……

有這份心思卻沒這份體力，在魏青岩懷裡窩了許久，雖是剛醒可腿腳酸麻，林夕落站起來沒等邁出幾步就小腿兒一軟，險些跌下了車。

魏青岩一把拽住她，語氣中帶幾分抱怨：「這麼快就把我扔了後面了？」

林夕落看他那副怨懟之色，趕緊上前親一口，撒嬌地道：「扶我下去。」

魏青岩無奈地看著她，抬起胳膊將她扛在肩膀上便下了車。

林夕落掙扎半天卻動彈不了，這一幕被胡氏與林政孝瞧見不由瞠目結舌，好歹是成婚嫁人，都被稱一聲五奶奶了，還這般調皮？

「哎喲，可別傷著了！」胡氏忍不住上前扶她下來，林夕落被魏青岩撂下，踉蹌幾步，隨即看到胡氏在眼前，立即撲她懷中，欣喜地叫喊：「娘……」

「娘好想妳。」胡氏被她摟著快透不出氣，林政孝在一旁觀笑片刻，又看向了魏青岩。

魏青岩率先上前行禮，「岳父大人。」

林政孝連忙點頭，「連夜趕路實在太勞累了，還是進去歇歇再說吧。」

「是。」魏青岩應了聲，看著林天詡正扎在胡氏與林夕落之間左擁右抱，蹦高地叫嚷……

「天詡。」魏青岩輕咳兩聲，喊了他的名字，林天詡當即一顫，轉頭正見魏青岩那狹長雙眸在盯著他，好似見到老鷹的小雞仔兒，當即上前行禮，甜笑地喊了一聲：「姊夫！」

魏青岩點了點頭，「書讀得怎麼樣了？」

林天詡縮著脖子，「父親請的先生教習功課，都能按時完成。」

「我說的是兵法。」魏青岩的眉頭蹙得更緊，林天詡回答：「還在讀……」

魏青岩拎起他的褲腰，直接提了就進院子，「我來考校一番，不允錯超三次，否則今兒你就甭出門了。」

「大姊救命啊……」

林天詡的呼聲高亢，可無人敢去救他，林夕落在一旁幸災樂禍地笑沒完，胡氏也帶幾分埋怨：「這小子也大了，還如同兒時那般親暱，是該教訓了。」

「娘放心，五爺不會傷了他。」林夕落收攏下髮髻，隨後便看到了秋翠，「我睡過去了，該帶來的東西可都帶了?」

「五爺都吩咐好了，另外春桃姊姊馬上跟來。冬荷留在院子裡掌事，奴婢把春萍也帶來了。」秋翠細細回著，而這會兒魏仲恆與小黑子也從後方的轎子上下來。

林政孝與胡氏不識此人，林夕落介紹道:「這是大爺的二兒子仲恆，如今在我院子裡，我出了侯府不放心，索性連他也帶著了。」

胡氏倒吸一口涼氣，林政孝則問起魏青岩:「這可是五爺的意思?」

林夕落沒等說，秋翠立即在一旁回話道:「奶奶出門時已困倦了，奴婢與五爺回了仲恆少爺的事，是五爺點頭答應的，讓帶著仲恆少爺一同出門。」

林政孝聽了此話才連忙點頭，格外放心，「這就好!這就好!」

一家幾人往院子裡走，林夕落也沒立即就讓魏仲恆來與她父母相見。帶魏仲恆來，只是不願他在侯府出事，而且大爺的葬禮已過，她還不知這孩子心理上會否有什麼變化。

讓林政孝與胡氏先回院子歇息，林夕落也帶著丫鬟婆子們安頓好後才去前院兒與父母敘舊。秋翠去張羅著安頓丫鬟婆子，魏仲恆與小黑子則在林夕落最初的院子落腳。

踏過一扇大門，這是林夕落與魏青岩成婚以後第一次回到之前相處許久的地方。

依舊是那棵高聳的槐樹，依舊是靜謐的台閣，林夕落再次走進這裡，溫馨之感從心底湧上，此時林天詡朗朗背書的聲音從屋中傳出，讓她臉上的笑意更深。

林夕落邁步進去，林天詡苦著臉看她，明顯是被魏青岩狠狠教訓了一頓。

「這事兒別看我，我認同你姊夫的看法，光是死讀書有什麼用?光是練拳腳也無用。」林夕落斬釘截鐵地落井下石，林天詡嘆氣。魏青岩見她這般斥責也不再逼迫，便吩咐魏海道:「不能讓他偷懶了。」

「是！」魏海在一旁嘿嘿的笑，林夕落忽然出了主意，「帶著天詡去與仲恆見一見，這些天除卻念書就是玩，盡情地玩，想做什麼，姊都依著你們！」

「真的？」林天詡眼睛冒光，林夕落點了頭，魏海則看向魏青岩，顯然在問這是否可行。

「別出去，在院子裡無礙的。」魏青岩允了，魏海自是扛起林天詡就往外走。秋翠與秋紅等人離去，屋中自又剩下林夕落與魏青岩二人。

魏青岩一把將其拽在懷裡，「還沒在這兒圓一次房。」

「這什麼心思，天都大亮了！」林夕落推脫，卻掙不開。

魏青岩抱著她進了內間，依舊是那一張床……在大婚之前幾次親暱，他都忍住不過最後一道防線，而如今的兩人已成夫妻，何不再補一次缺憾？

林夕落摟著他的脖頸，魏青岩直接壓上，「怎麼不再調戲了？」

「不敢了。」林夕落嘟著小嘴兒，「回不到過去了……」

魏青岩聽她這一句，摩挲的大手停下，「妳想回到過去？」

「不想。」林夕落趁他不動之時，從他手臂的空隙裡鑽出來，趴在他的身上，「我如今最懷念的，卻是在侯府的角院裡陪你養傷的日子，如今再也回不到過去的恬靜和隨心所欲了。」

魏青岩將她摟在懷中，頭枕手臂念叨著：「大學士與妳祖父兩人誰都未再提世子二字，侯爺定是與大學士有過私談，恐怕這也是皇上之意。」

「那我們該怎麼辦？」林夕落抬頭看他，魏青岩摩挲她的小臉，「日子依舊要過，侯府少了一位，還有其他的人。」

「連帶著侯夫人都態度有轉變，這倒讓我心裡更不穩了。」林夕落嘴上說著，不由拽著魏青岩的胳膊，「快說點兒好事，讓我心裡痛快痛快。」

「好事？」魏青岩的大手又摸上她的胸前，「好事便是妳我二人如今在侯府之外，可隨心所欲地玩了。」

林夕落咬他嘴唇一口，「討厭！」

「我可一年不戰沙場，這算好事兒嗎？」魏青岩親她一口，林夕落當即喜形於色，「真的？」

「自是真的，皇上下了令，沒生出個男丁之前，不用我再出征。」魏青岩俯身在她之上，「依皇命也要生子，不如妳就從了？」

「渾說，你不出征與生兒子有什麼關係？」林夕落用手推著他，魏青岩認真地道：「皇命無虛言，我怎會騙妳？」

「真的？」林夕落仍舊半信半疑。

「自是真的。」魏青岩斬釘截鐵，林夕落眉頭依舊緊皺，「那為何要一年呢？」

「一年都生不出兒子，我豈不是廢物死了？」魏青岩這般說辭，惹得林夕落哈哈大笑。

她越是笑，魏青岩臉色越沉，而他越是黑臉，林夕落笑得越盛，直至最後她自己都無法停下，他才狠狠地堵住她燦笑不停的嘴，按住她亂抓的手……情慾旖旎，笑聲消，呻吟起，衣衫一件接一件地褪去……

日頭高升於空，後院的屋內依舊偶爾傳出輕聲旖旎呻吟，秋翠早已讓丫鬟們都離這裡遠著些，而此時春桃也已趕到，可等了半晌這兩位主子都沒從屋中出來。

春桃終歸已成人婦，秋翠臉紅成了蘋果，魏海帶著林天詡從外歸來，春桃連忙迎上去給攆走，「五爺與奶奶還在屋中，你怎能帶著孩子來？」

「這大白天的……」魏海抽搐嘴角，將林天詡往外帶了幾步，急忙與春桃言道：「得去通稟二位主子一聲，林忠德到了！」

「這怎麼去通稟？」春桃指著魏海，「你去？」

「我不去。」魏海急忙搖頭，春桃埋怨地瞪他一眼，「除卻林老太爺，還有何人？」

「還有先生與另外一個不認識的人。」林天詡在一旁接了話，春桃看向魏海，魏海搖頭，「我也不知那是哪位大人，總不能當面問。」

「這要如何回話？」春桃只覺棘手，而這會兒，秋翠急忙趕來，「春桃姊姊，奶奶起身了！」

春桃小跑著往屋中去，林天詡也要跟著進去，卻被魏海一把拽住，「少兒不宜！」

「少兒不宜是什麼意思？為何少兒不宜？」林天詡的問話讓魏海啞口無言，隨意扯了一句道：「這種事要去問你們先生……」

春桃已是向林夕落回稟了事：「除卻老太爺和豎賢先生之外，還有一魏海都不識之人。」

林夕落怔住，魏海可是魏青岩的貼身侍衛，連他都不認識，那能是誰？

魏青岩淨身後從屋中行出，林夕落與其說起林忠德與林豎賢前來，正在前堂候著，「……還有一人，連魏海都不認識，這能是誰？」

林夕落說完，魏青岩的眉頭蹙緊，顧不得衣著不整，只用布條隨意束起濕漉的頭髮，拿起外袍邊穿邊往外走。

「奶奶可要跟去？」春桃為她梳攏頭髮，林夕落搖頭，緩緩地道：「魏海都沒見過的能是何人？也只有五爺進了宮他才不能跟著。秋翠跟去回來告知我一聲是怎麼回事，我還是穿著規整再露面為好。」

秋翠應下後便匆匆離去，春桃去箱子中取出幾套正服、繡鞋，連帶著頭面首飾都一一配好。

林夕落在一旁瞧著，笑著道：「可惜妳不在我身邊兒了，只有妳最懂我。」

「我也想，可您不讓奴婢回那院子去。」春桃一邊選配著一邊嘮叨，林夕落連忙阻她，「別奴婢長、奴婢短的，聽著彆扭。」早就把她的賣身契給作廢了……

春桃連忙福身謝了，才又繼續說著：「起初倒覺得有些不適應，可如今看來我不在您身邊，能幫襯的事倒更靈活。若是去了您院子做管事僕婦，恐怕拘著的事更多了。」

「我怕的就是這個。」林夕落想著身邊的人，「妳如今不單是一人，還連著魏海一家子，出了差錯兒，連他都跟著受牽連，還是不進來為妙。」

「知道奶奶最疼我。」春桃坐了林夕落身邊，「您也應該再培養兩個丫鬟了，冬荷年紀也不小了，還有那秋翠……」

「這事兒我知道，可也得看機緣。」林夕落看向外面的紅杏與青葉，「這兩個也是剛挑出來看的，還有那個夏蘭。」

「我也幫您瞧著。」春桃說完，秋翠匆匆跑來回稟道：「奶奶，奴婢沒問清楚來的是何人，五爺一進去便被侍衛圍上了，進去便不能再出來，奴婢怕不能給您回信兒，便跑了回來。瞧衣著都是皇家侍衛，圍了不知多少層。」

林夕落心中更是驚了，「這麼嚴密？」

秋翠連連點頭，「奴婢隨意一瞧就是幾十侍衛，這還只是個後門。」

聽了她的話，林夕落不多耽擱，吩咐春桃道：「選一套正服，首飾也莫逾越，越素淡越好。」

既是皇家侍衛，那恐怕便是宮中來人，選正服是尊敬，素淡是低調，林夕落也知她「匠女」、「刁蠻」的名聲遠揚各處，這會兒卻不能變本加厲，起碼還有林家和魏青岩的臉面。

規整裝扮妥當，臉上也略施淡淡的脂粉，她只覺得這好似除卻大婚當日的喜妝，是初次鄭重其事地打扮。而就這一會兒功夫，門外有侍衛前來，「回稟奶奶，魏大人請您到前堂見客。」

「來客是何人？」林夕落忍不住問。

「卑職不知，內層由皇家侍衛把守。」

林夕落的心中更添一分謹慎，留下了秋翠，帶著春桃與秋紅往前堂而行。出了這院落，幾步便有一名皇家侍衛看守，莫說是人了，恐怕連隻耗子都鑽不進來。

至於這樣？林夕落左右瞧著心中腹誹，總不會是皇上來此地？

緩緩而行，走到前堂，邁步進門，最先映入眼簾的便是林豎賢，他正筆直地站在門口，面朝堂內格外鄭重，連後方有腳步聲都不轉身探看。

侍衛通稟：「魏五奶奶到！」

這一聲將林豎賢嚇了一跳，回頭正對上林夕落的臉，驚慌之餘急忙側身恭請。林夕落有些納罕，他個氣傲之人何時膽怯過，嚇成這副模樣？

堂內數雙眼睛投來，林夕落覺得這好似一根根鋒銳的針朝她刺來……

目光微掃，她看到了林忠德與林政孝，魏青岩正與一中年男子下棋。林夕落先是拜了林忠德與林政孝，隨即行至魏青岩的身旁，「五爺。」

「老五，怎麼不為本宮介紹一下？」中年男子抬頭看向林夕落，林夕落當即上前道：「太子殿下福安。」

「妳怎知是本宮？」太子周青揚驚詫地問出口，可怔了片刻，苦笑著連連擺手，「不必答了，皇家侍衛看著本宮，自稱也露了馬腳，倒是本宮愚鈍了。」

魏青岩的目光全在棋上，對這等閒話一字不說，林忠德則在一旁使著眼色給林夕落，林夕落就是裝作看不到。魏青岩此時不開口，她豈不是越做越錯？

周青揚看魏青岩專注的模樣，又將目光轉回棋局之上。兩人誰都不語，屋中之人只得在一旁屏住呼吸地等著。

林夕落在旁候著，餘光則在觀察著魏青岩與太子。

她早前並非對此人一無所知，起碼林芳懿可還在太子妃的跟前侍奉著。太子年紀已不輕，有近四十不惑之年歲，臉色晦暗，嘴唇泛白，明顯身體不健。之前魏青岩曾經提及齊獻王的霸道來自於他母妃得寵，皇后雖能扶持太子，可太子的身體可不佳。

這便是宣陽侯府一直輔佐的人嗎？林夕落身子不動，眼睛在兩人之間來回地轉……

「不下了，再下的話，你這位夫人眼睛恐怕要瞪出來了。」周青揚看著林夕落，嘴角湧起笑意，「本宮知道妳是什麼脾性，不必在這裡裝著了，隨意即可。」

林夕落被他這麼一說，倒是愣了，連忙看向魏青岩，魏青岩卻是一本正經地道：「明明這局是殿下輸了。」

「哈哈哈，好，本宮認輸！」周青揚拍手起了身，林忠德忙上前道：「殿下下棋不過閒暇戲樂，不會當真，倒是老臣這孫女婿認真了。」

林夕落看向魏青岩，他的嘴角也在抽搐著，聽林忠德叫他孫女婿，怎麼就這般彆扭呢？

「並非是他認真，是本宮不願認輸而已。」周青揚這般說辭，讓林忠德不知該如何接話，只得向林豎賢使眼色，可林豎賢不知在思忖何事，一門心思地低頭思考，完全不往旁邊瞧……

林政孝這會兒心中哀苦，也得上前圓場，「殿下大氣度，不在這小事之上糾纏不清。」

「除卻他之外，無人能實心實意與本宮下棋，哪裡需要氣度？更沒有糾纏！但對此人無氣度也沒轍，這是個硬石頭，較真起來吵得臉紅脖子粗，連本宮都怕他。」周青揚玩笑般的說辭，卻是讓林忠德額頭上的汗更盛。

魏青岩這時才從棋局上轉回心神，周青揚看著他，「私談幾句？」

周青揚這般說，林忠德立即帶著林政孝與林豎賢就走，而林豎賢這會兒還沒反應過來就被架走，倒是又被嚇了一跳。

林夕落翻了白眼，他今兒是怎麼著了？如此失態！

心中想著，林夕落便欲跟隨眾人離去，周青揚卻叫住她：「五奶奶留此片刻。」

「臣妾？」林夕落看著魏青岩，魏青岩走過來拽著她的手，小指輕動，示意她放下心來。

林夕落站在他的身後，心中也想知道太子到底為何而來……

「福陵王快回來了，你可有他的消息？」周青揚也沒多耽擱，就這般開口直問。

魏青岩挑眉，「就為了問他而特意出宮來到此地？」

「自然不是，只是隨意問起。」周青揚沉了片刻，「今日來此也有父皇之意，你此時離開侯府不知有何打算？父皇當面問你，你卻連連推脫，如若有何牢騷，不妨與本宮說說。」

「沒有。」魏青岩兩字答覆，周青揚不信，「果真沒有？」

「不過攜妻出府探親遊玩，並無其他打算。殿下之心不敢擅自揣摩，有何吩咐，臣奉命行事。」

魏青岩滿嘴官話，絲毫沒有剛剛下棋時的隨意……

林夕落想不明白他們對話中隱藏更深一層的含義，可她心中感覺太子可不是個好對付的人，而魏青岩這般回答，也是在劃高低之分。

「既然如此，本宮回去如實向父皇稟告便是。」周青揚說著又笑看林夕落，「說起來妳與妳的那位姊姊倒不太像，她溫婉待人，行事有度，連太子妃都離不開她了，閒暇時會提起妳的趣聞趣事，讓本宮與太子妃想起便笑，如今見到真人，卻無論如何都無法想像那些趣事會是妳做出的。」

林夕落臉上硬擠出笑，「讓殿下見笑了。」

林芳懿會溫婉待人？會行事有度？這幾個字怎麼可能與她連結在一起？到底是太子眼睛瞎，還是林芳懿太會偽裝？

周青揚搖著手中摺扇，「縱使過往的事有遺憾、有怨懟，時而憶起覺得不夠灑脫，還可以做得更好，但都已是過去的事，無法再挽回了，不妨就當做趣聞趣事，心中自有清閒一樂。」

「時候不早了，殿下如若再不回宮，恐怕來此的侍衛會再加一倍了。」魏青岩煞風景，周青揚看他半晌，卻是道：「本宮有意把林芳懿許給福陵王，你覺得合適嗎？」

林芳懿？林夕落瞪了眼，這事兒為何來問魏青岩？是這位福陵王與他有何糾葛？

福陵王，林夕落曾經聽羅夫人提及過此人。

一位喜好雲遊各地的王爺，與魏青岩之間除卻那一個福鼎樓之外好似再無瓜葛，太子有意將林芳懿許給他，這事兒與魏青岩有何關係？

魏青岩沉了片刻，隨口道：「此事都依皇上與殿下做主，倒是要恭賀福陵王了。」

周青揚只牽動幾下嘴角，扇敲手心，「可惜本宮之意鮮少有如願的時候，就不知這件事情會否如願了。」

魏青岩不回答，周青揚也不再多說，只是邁步朝堂外離去。魏青岩帶著林夕落隨從送行，可前腳邁出門的那一刻，周青揚突然回頭，直看向林夕落，「下次本宮再見妳，定要瞧一瞧妳親手刻字，就不知妳的技藝能將字刻得多麼微小？」

林夕落心中一顫，連忙低頭，「殿下的吩咐，臣妾定當遵從。」

魏青岩鬆開林夕落，直接上前引路，林忠德、林政孝與林豎賢三人也簇擁而來，送走周青揚。

林夕落仍舊僵持原地一動也不動，若非胡氏拽著她行至一旁，她不知道要在那裡站多久。

一句話都不想說，她只等著魏青岩快些歸來，太子最後一句的警告與脅迫壓得她喘不過氣，雕字會有多麼微小？難不成他猜出些什麼了？

林夕落也不敢與胡氏說，只能在心底胡亂猜測。魏青岩等人很快便歸，他看著林夕落滿是疑問的目光，立即走近，湊其耳邊道：「別怕，他只是猜測，還不能作準。」

「可……」林夕落剛吐出這個字，林忠德與林政孝等人已進門，她只得閉嘴過後再議。

林忠德有意探問太子與魏青岩私談何事，可瞧著魏青岩那副冷色，他不敢開口，林豎賢這會兒倒搶了先，「魏大人，太子殿下與您私談之時可有提及福陵王？」

魏青岩神色清淡，「怎麼？」

林豎賢急忙道：「在下今日隨太子殿下一同來到此地，在路上時曾經停了半晌，而後隊伍再繼續前行時，曾聽一名侍衛提及福陵王好似已與太子殿下見過面，在下剛剛找那名侍衛詢問，他卻道是我聽錯了。」

「你隨同我進來。」魏青岩帶著林豎賢便往屋內走，林忠德有意跟隨，卻被林夕落擋住，「祖父許久不見，身體可安康？」

林忠德見她擋上前，自知也無法再跟去，只得與林政孝一同坐下敘話：「今日朝堂之上陡然提及孫女婿，太子殿下才點了老夫與豎賢兩人陪同來此……昨日侯府的葬禮如何？」

「順利完成，隨後五爺便帶著我一同來探父母。」林夕落說完，林忠德一臉的不信，「他可說過是否再回去？」

「自是還要回去，只是時間未定。」林夕落扯了一句毫無用處的廢話，反倒是問起他來：「太子殿下好似格外著緊這位福陵王，這位王爺不是只好閒散雲遊的日子？」

涉及到這等事，林忠德也沒必要隱瞞，看了一眼林政孝，抿口茶後緩緩開口：「福陵王雖喜好雲遊，可他自幼過目不忘，格外聰穎，文經古典倒背如流，十歲之時就被皇上賜為『福陵王』，無論是長相、性格，乃至說話的語調都是最近似皇上的人，故而極為受寵。」

說到此，林忠德嘆了口氣，「可他無論多好，終歸不是皇后所出，生母因一點兒小事被禁冷宮而後病逝，他便離宮四處雲遊。」

「可……可太子殿下如今尋他是為何？」林夕落沒想到福陵王是如此經歷。

「什麼事是最危險的？」林政孝插了話：「那便是看不見的……」

「福陵王與孫女婿關係交好……」林忠德說到此不由問向林夕落：「難道剛剛太子殿下與孫女婿私談時提到了福陵王？」

話語雖帶著打探，林夕落也未隱瞞，「太子殿下有意將芳懿許給福陵王。」

林忠德與林政孝震驚不已，僵持半晌，林忠德才張嘴說出話：「老夫這三個孫女都是福澤之人不成？芳懿一庶出，怎能成正王妃？」

提及庶出二字，林政孝與林夕落不由得對視一眼，林忠德似也覺出這般說辭傷感情，「唉，這本應該是喜事，可老夫這心裡怎麼越發的不安穩了？」

「安穩什麼？」林夕落當即揭穿他，「如若芳懿成為正王妃，林家這幾房人恐怕再也湊合不到一起了，想擰成一根繩，豈不是做夢？」

「妳……妳的這張嘴啊……」林忠德帶了幾分指責，林夕落也不顧他心中驚愕未緩，繼續問出心中不解：「可這麼多年福陵王都在外雲遊，太子殿下為何這時候來尋他？」

林忠德似自言自語般感嘆：「太子殿下不惑之年，皇上……也老了……」

話語太沉重，林夕落不再多問，讓春桃取來茶點為他二人備著，索性讓人去福鼎樓訂席面。

魏青岩與林豎賢兩人私談近一個時辰才從屋中走出，而這時林豎賢也不再是剛剛那副癡呆模樣，恢復了尋常的淡定灑脫。

眾人在此用了飯，林忠德便回了林府。林豎賢如今已是翰林院的修撰，也有府邸居住，可人丁稀少，三進的宅子除卻他一位主子外，全都是零零散散的小廝僕婦，實在是沒個伴兒陪他說說話。

本是有吉祥這書僮在身邊兒，可多了宅邸，林豎賢沒有貼心管事的人，吉祥只得硬著頭皮上，每天累得吐了泡，晚間上了床就一覺到天亮，哪還有心思與他這位主子談詩書、談風月？

林政孝自知他如今的情況，索性留他在此居住一晚。林豎賢也沒推辭，拽著林天詡行字、讀書，連魏仲恆也沒落下。

林天詡本是高興大姊和姊夫的歸來，可先是被看著背兵法、練拳腳，如今好不容易有口氣休歇下，卻又被林豎賢揪去讀聖人之書，小臉好似一張苦瓜般難看。而魏仲恆則樂顛顛地跟著，在他眼中，林天詡如今過的日子簡直比神仙還要快活，這麼多先生教他本事，這是他做夢都想的……

在請示過林夕落之後，魏仲恆也顧不得尋常的規矩，跟著林天詡就跑了，胡氏在一旁看著道：「這孩子也夠可憐的。」

「也是天詡有一位好姊姊。」林政孝這般誇讚一句，倒是讓林夕落笑了。

胡氏這會兒終於得出時間來與林夕落敘話，可開口的第一句就讓林夕落噎住了。

「這都幾個月了，妳的肚子怎麼還沒動靜兒？」

林夕落一口水就噴了出來，嗆咳著道：「娘，您是親娘，可不是婆婆，催這事兒幹什麼？」

魏青岩在一旁忍俊不禁，一本正經地道：「岳母大人關心此事乃理所應當，我正也對此不解，帶她歸來小住，還請岳母大人多多關切，早日有一子嗣為好。」

「這事兒包在我身上了。」胡氏一口應下，林夕落連瞪了魏青岩幾眼，卻只看到他一臉壞笑。

林政孝沒注意到兩人擠眉弄眼的調侃，反倒對胡氏的話格外認同，「有一子嗣終歸是應當的，不孝有三，無後為大，夕落，這事妳不能兒戲，這是妳的責任。」

「我還不足十六歲……」林夕落去年才及笄，雖也快至七月初七，可還有幾日才到，十六歲她怎麼當娘？

「十六歲已不小了。」胡氏說著便急起來，「我這就去約羅夫人，請她尋兩位大夫來給妳診一診脈象，喝上一陣子藥來調理。如若不成，再花重金去請宮內太醫院的太醫。」

胡氏雖是個精打細算過日子的人，但在這上面她可下得了血本。

魏青岩在一旁拍馬溜鬚，「岳母大人說的是，宮內太醫院的人我也有結識，不僅是夕落需要時可去請來診脈，您與岳父大人有需要時，也可隨時去請。」

「都聽姑爺的。」胡氏對女婿格外滿意，林政孝更是連連點頭。

林夕落只覺得腦袋捶桌子，剛還對林天詡的苦日子幸災樂禍，這報應就來了。

林政孝接連官位提升，胡氏也養成了雷厲風行的性子，這口中說著，當即就派人去給羅夫人下帖子。這還不夠，她更是自己率先找了兩位相識的大夫來給林夕落診脈。

診脈的結果無非是氣躁體寒，需喝藥調整，苦藥湯子開了十六副，春桃已預備好了藥罐子。

「娘……不是要去請太醫？」林夕落聞著那藥味兒便覺得犯噁心。

胡氏看著她道：「先喝著，待太醫來了，看看這方子是否可行，如若需調整，娘當即就給妳換了，咱們不差這點兒銀子！」

「我心疼銀子，還是過後再喝……」林夕落尋著藉口就想把藥倒了。

魏青岩在她身後盯著道：「藥再不喝就涼了。」

「快喝！」胡氏一眼不眨地看她將苦藥湯子灌進嘴，「明兒娘還來盯著妳喝藥。」

林夕落快哭出來了，看著魏青岩咬牙切齒道：「我恨你！」

「乖，我愛妳。」

貳之章◆婆媳角力拖戲棚

太子周青揚到景蘇苑與魏青岩相見的消息就好像春季的柳絮，一陣微風吹向遍地，不出一日的功夫，朝堂官員已經多半知曉。宣陽侯府自也不例外，不但是得知消息，而且還成了話題的焦點。

侯府世子大殯，皇上只賞了銀兩和一餐齋飯，而魏青岩翌日離府，便有太子親自登門至他媳婦兒娘家，誰能不將此事當成談資？

除卻嗤笑宣陽侯其餘幾個兒子沒本事之外，不免也在猜測，這位五爺是否還會回到侯府……

兒子是否歸家，這如若是尋常人家自是小事，但魏青岩是例外，他可是皇上賞識之人，而且侯府的世子位遲遲沒有落定，也是從未有過之事，可即使吵得雷聲大雨點兒小，皇上不開金口，誰能有旁的辦法？

景蘇苑是無人敢直接來尋魏青岩的，但林政孝在此府，不免接了不少帖子來拜見。可說是邀約他，不如說是繞個彎子想來探點兒魏青岩的消息，林政孝也非傻子，索性早出晚歸，故作勞累不堪的模樣，無暇應邀，這些帖子便都成了廢紙。

宣陽侯府一點兒消息都沒漏出，左右都得不著半句口風，這些好奇心旺盛的人只得穩下心神，等事情的進一步發展了。

外面眾人熱鬧，林夕落在這府裡才三天，就已經開始叫苦了。

胡氏每天都親自來看著她喝藥，三天已是看過六位大夫，最終是魏青岩從宮中請了一位太醫來，藥方還是最初的那一張，太醫也不過是把十六副改成三十二副藥。

原本太醫有意讓她喝上三個月，可林夕落的目光狠狠瞪過去，太醫額頭冒汗，只得向胡氏回稟先喝三十六副藥再看一看。魏青岩定下每隔七日診脈一次，太醫應下後便立即奔離。

林夕落閉上眼，這瞪人也是個力氣活兒，眼睛都已僵澀了。胡氏將新熬好的藥汁端到她的嘴邊，林夕落張開嘴就往裡倒，隨即接連嘔吐出來。

胡氏急忙上前，焦急地道：「怎麼還吐了？」

「娘……這也太燙了！」林夕落扶著胸口，春桃連忙遞上了清水漱了口，嘴中的苦味兒仍舊未完全消去。

林夕落閉目躺在榻上，再這麼下去，沒病也得折騰出病了……

魏青岩也覺得這有些逼迫她，「帶妳出去走一走？」

林夕落白了他一眼，撒嬌道：「不去。」

她這副小模樣，胡氏臉上多了笑意，春桃立即扶著胡氏離去，只留下他們夫妻在此敘話。

「還鬧上脾氣了？」魏青岩將她抱入懷裡，林夕落嘟嘴道：「都是你，添油加醋的，明知道我拗不過娘，再說了這藥湯子喝下去，好像我是個病秧子一般。」

「並非全是為了孩子，也是為妳的身子。」魏青岩理著她的髮絲，一根一根。林夕落柔膩地枕著他的手臂，突然想起林芳懿，不由問道：「太子會否真的將芳懿許給福陵王？」

魏青岩肯定作答：「他不會要妳那位姊姊。」

「為何？」林夕落隨口一問，魏青岩扯了扯嘴角，「他怎會要太子的女人？」

林夕落瞪了眼，「你是說……」

「何況妳那位祖父定也不願如此，否則當初就不會將林芳懿送去服侍太子妃了。」魏青岩自嘲：「這老爺子的野心可不小，左右逢迎，齊獻王那方他也哄得格外順暢。」

「這事兒與我無關，我又不是被他送出去的，是被你搶去的。」林夕落瞇眼笑看著他，魏青岩低頭道：「誰讓妳衝至我的馬前。」

「無賴！」

魏青岩低頭吻她的小嘴，林夕落習慣性的摟住他的脖頸，兩人甜蜜癡纏之餘，門外春桃輕咳，

「五爺、奶奶，羅大人與羅夫人來了。」

「讓他等著！」魏青岩咬牙切齒，林夕落嗔笑，越笑越盛，兩人也知不能再繼續，只膩歪了半晌，便起身收拾著裝出門見羅家人了。

羅夫人在側間與胡氏敘話，看到林夕落紅著臉出來，便出言調侃道：「早知道這會兒忙著，就不該來的。」

林夕落行了禮，坐在一旁笑著道：「追到娘家來逗弄我，這可是上門來找碴子的，可不能讓您輕易地走了。」

「讓我走，我都不能走了。」羅夫人笑容收斂些許，臉上也多了幾分無奈，胡氏在一旁道：「剛說著涵雨的事，我是不懂該怎麼辦，妳來給羅夫人分一分憂吧。」

「涵雨怎麼了？」林夕落忍不住忙問，那個孩子可是羅夫人的寶兒……

羅夫人沉了片刻，便與林夕落道：「你們剛剛離開侯府的第二日，便有人送了帖子來，是侯夫人請人送來的，有意求涵雨訂親。」

「跟魏仲良？那豈不是眼睛瞎了！」林夕落想起那魏仲良就覺得頭疼，自大自傲，屁本事沒有，除了自以為是，還懂什麼？

縱使老天爺長眼讓他成熟長大有所改變，但那是往後的事，如今來看他絕非羅涵雨的良配。

「上一次是婉轉地提了一下，如今是直接上門了。」羅夫人臉上也帶著無奈，「我與夫君商議過，終歸是以年幼為由子把這事兒往後推了，可就怕侯夫人盯著不放，直接掃她的面子實在不合適，這才來尋妳想個辦法。」

「您確定不想應她？」林夕落直接再問，羅夫人笑拍了她一下，埋怨道：「我怎能將孩子往火坑裡推？」

「那這事兒就先沉著吧，我心中有數，何時五爺準備回侯府，我自會把這事兒攪和了。」林夕落說起回侯府，羅夫人也有意探問：「他有意回去？」

「暫時不知，但估計這事兒總要有個結果。」林夕落不敢作準，羅夫人也不便再問，兩人說起近期外界對宣陽侯府的傳言，果真是五花八門，什麼都有，連帶著林夕落懷有身孕怕在侯府中沾了喪白的晦氣都能傳得沸沸揚揚。

林夕落聽了就是苦笑，摸著肚子道：「我倒是想懷上，可這苦藥湯子喝得我實在忍不了了。」

林夕落這般抱怨，羅夫人則是笑，「那是五爺的心病，妳要理解。」

林夕落一巴掌拍了額頭，「我也有病！」

提及女人生子的事，羅夫人與胡氏算是有了話題，兩人嘰嘰喳喳開始為林夕落說起尋好的大夫和侍奉的老媽子，就連接生的婆子都已開始選了。林夕落聽得耳朵生疼，索性尋了去淨房的藉口到門口喘兩口氣。

春桃跟隨出來，也接連舒幾口長氣，瞧著林夕落一臉的放鬆，不由笑道：「羅夫人也是好心，奶奶別往心裡去，五爺可沒給您壓力。」

「這事兒不用安慰我，五爺的心思我比她們更懂。」林夕落想著魏青岩，他生來就那麼苦，而上一任夫人難產，連帶著孩子都一起死了。都說他是個冷漠的人，其實那不過是一遮掩的面具而已，他的心並非如此。

或許是與他相處久了，林夕落已習慣了他的笑容，習慣了他的呵護。提及孩子的問題，她能看出他的迫切，但這要看老天爺的安排，不是他與她之間能夠決定的。

從大婚至現在也有幾個月了，兩人親近從沒用過避孕的物件，她也納悶為何一點兒動靜都沒有，難道說真的是她身子不成？

這般思忖，倒不覺得那苦藥湯子難喝了，林夕落心中連連搖頭，將這件事拋開，與春桃說起侯夫人提親的事：「……她追著羅家要結親，恐怕也是為了牽制五爺，不過如此急功近利，卻不知旁人都在躲著她？」

「奴婢覺得仲良少爺的世子位沒得到手，這事兒無人能應。」春桃說完，林夕落點頭，「羅夫人雖是疼涵雨，可她今兒來與我說此事，無非也是要個話罷了。不提涵雨嫁了魏仲良，咱們得不著好處，縱使他是個世子，涵雨嫁去也得不著好日子過。」

上面有侯夫人還有孫氏，她那麼軟的性子能得什麼好？

即便林夕落有心護著，都無法將手伸得那麼長……

「奶奶是好心，羅夫人不會怪的。」春桃說著便陪林夕落往回走，天色已不早，羅大人與魏青岩敘談過後，他們夫妻兩人便離開了景蘇苑。

魏青岩歸來，臉上多了幾分凝重之色，林夕落沒問他，倒是率先將羅夫人的事說了：「侯夫人向羅府正式提了親，羅夫人以年歲太小為由往後推脫了。她來問我的意思，我直接告訴她這事兒不成，待回侯府便去攪和了。」

「妳想怎麼攪和？」魏青岩看她臉上湧起壞意，倒多了一分笑容。

「這事兒得慢慢想，你有什麼主意？」林夕落問著，魏青岩的大手又在她的身上摸索，「旁人家孩子的事甭搭理了，先想想我們的兒子……」

「你就這麼確定是兒子？」

「必須是兒子……」

月升柳梢頭，微風吹進窗櫺，撫上床邊的輕紗。月影映照之下，春色蕩漾，一夜風情……

林夕落翌日睜開眼已近午時，魏青岩坐於書桌旁靜靜地看書，見她醒來，臉上多了一絲笑，「岳母大人早上已經端了藥來，可見妳還未醒，只說稍後再來，要我讓丫鬟找她？」

「壞人！」林夕落連忙起身，看著那一碗仍有溫度的湯藥，只得端起灌入了嘴，口中苦味兒仍讓她心裡不舒暢，又看到魏青岩一副幸災樂禍的模樣，便直接跑過去，二話不說，摟住他的脖子就印上他的嘴。

「唔……」魏青岩輕輕推下，她卻摟住不肯撒手，他又不能太用力，怕弄傷了她……

林夕落終究得逞，狡黠地笑了許久。魏青岩抹抹嘴，用清水漱了口中苦味兒，「妳滿意了？」

「嗯。」林夕落輕應一聲，魏青岩走近她，單個手臂將她拎起便往床上走去，「那就該輪到我滿意一回了！」

「你還來……」

雲雨過後已是下午時分，春桃早已經擺上了飯菜，林夕落坐了床上忍不住灌下一碗粥，隨即起身吃著飯。魏青岩邊吃邊笑，林夕落時而眼睛瞪去，待吃用完，魏青岩帶著林天詡學騎馬，林夕落才鬆了口氣，歪在床上仍想睡。

秋翠從外進來，「奶奶，春萍怎麼辦？」

林夕落吩咐將她帶來也是為了治一治常嬤嬤，可真的要把她賞了金四兒嗎？

金四兒這人雖不怎麼，可對媳婦兒孩子倒足夠呵護……

林夕落心中猶豫，半晌才吩咐道：「先讓人將金四兒叫來，我順便問一問近期的情形。」

秋翠應下便出了門，春桃在一旁道：「夫人不妨趁著這日子處理一下四個鋪子的事，如今您幾月不管，事兒也出了不少，單有那幾位大管事還是不行。」

「我也正有此意，前兒個也聽說了糧倉鬧事，還是五爺過去才甘休。」林夕落想著嚴頭子和方一杜，「糧倉糧行終歸是五爺為了養殘將傷兵的地兒，只要不再往裡頭填補銀子就成了。錢莊、賭場我本就不懂，何況有五爺在，他們也鬧不出花樣來，我更擔心的是鹽行。」

二奶奶的娘家可是鹽運衙門的人，這事兒不好辦……

春桃也是嘆氣，兩人沒說幾句，秋翠從外回來了，「奶奶，都沒用奴婢跑去，這位金大管事倒來了，說是一早來過，但被打發回去，午間又來，已等了一個時辰了。」

「他還有這份心？」林夕落驚詫，金四兒可不是個老實人，他主動上門可有什麼事不成？

秋翠面色不悅，叉腰數落著金四兒道：「奴婢見了他了，您猜他當即問奴婢什麼事？直接就問奶奶您是不是有個丫鬟要賞了他，他一早就來巴巴地等，而且還讓……還讓奴婢先帶他去見一見春萍！」

秋翠手中的帕子都快掀了地上，「旁的事他不著急來尋您回話，這事兒他倒是著急了！什麼東西，奴婢狠狠地臊了他幾句，這才來給您回話的！」

「之前曾派人與他說過，可後來侯府裡出了事，便把此事撂下不提了。」林夕落想著金四兒這副模樣也覺得可笑，「讓他進來吧，那麼肥的身子，太陽底下這番曬，再曬便出了油。」

「您可不能讓他這麼痛快地就將春萍領走，」秋翠帶了幾分不悅，「不然奴婢不依！」

「妳怎麼還生了氣了？」林夕落側頭看她，秋翠臉色通紅，直搓著自己的胳膊。

林夕落調侃道：「可是被他調戲了？那我就賞他一頓板子，讓妳舒坦舒坦？」

「板子倒不用，奴婢也是遵禮的人，他是個大管事，不能跟他一般見識，您……您別縱了他就是。」秋翠臉色更紅，春桃也知她這副模樣不合適再去傳金四兒進來，便逕自到門口去找。

金四兒瞧見她自是灰溜溜地進門，連半句閒話都不敢說。並非春桃多麼厲害，而是這可是魏海統領的媳婦兒，他若惹了事，豈不是自己找死？

幾月未見，金四兒原本肥碩的身子又圓了兩圈，走起路來一顫一顫，可這番滋養倒是膚白無褶，一身金絲紫錦衣，腦袋上還頂了個瓜皮帽，帽頂上一晃人眼睛的珠球，手上沉香雕佛珠串，指頭上卻是一金鑲玉的粗大戒指，看著就是四個字：不倫不類。

進了門，金四兒先向林夕落行了禮，林夕落上上下下打量半晌，皺著眉頭道：「你這是什麼打扮？開賭場的還戴雕佛珠串，你腦袋是被驢踢了吧？」

金四兒肥臉抽搐，連忙道：「這不是來見奶奶，要好生裝扮裝扮？如若平常在賭場，只是粗布衣裳隨意一圍，省銀子不說還舒坦，您是不知道，單這一身行頭，可花了我不少銀子！」

「裝扮好了來見我？矇鬼吧！我又不是第一次見你，早前兒什麼德性沒見過？這是來找我要人的，所以裝扮一副土財主的模樣，好讓那姑娘痛痛快快地跟你走？」林夕落這一說，金四兒露了滿口牙，「瞞不過奶奶，您最了解我！」

林夕落再問：「賭場盈利的銀子你帶來了嗎？」

「賭場的帳本帶了嗎？」林夕落突然提起，金四兒便道：「沒帶……」

「沒帶……」

「都不帶來，你跑來作甚？」林夕落臉色冷下來，「滾回去！」

「我這不是來領人的……」金四兒耍賴不肯走，坐了地上道：「今兒領不到人，我不走了！」

林夕落起身喚外方的侍衛道：「不肯走？將他給我打出去！」

「奶奶饒命。」金四兒陪了笑臉道：「好歹也是攀得上親戚，打了我，您覺得合適嗎？」

「合適。」林夕落看著他，「帳目拿來、盈利的銀子搬來，我就考慮考慮是否把那丫鬟賞了你，即便賞了你，她也不能受委屈，要有正式的名分。」林夕落朝著秋紅一擺手，秋紅去內間將春萍帶了出來。

一溫潤的小丫頭，眉清目秀，皮膚嫩得快滴了水。

金四兒看到口水快流出來，當即便道：「我這就回去取帳目和銀子，奶奶，您等著！」說罷就往外跑，這會兒也看不出他那一身肥膘肉是負擔。

秋翠和春桃忍不住哈哈大笑，林夕落叫來了春萍：「將妳許給他，妳樂意嗎？」

春萍沒想到林夕落會這般問，當即行禮道：「奴婢……奴婢都聽奶奶的！」

「奶奶，金四兒終歸有那麼多家人，不如許給肖總管？」秋翠在一旁提議，她雖是個丫鬟，可也不願意丫鬟給人家當小……

林夕落沒說話，春桃道：「肖金傑是個簽了死契的奴才，金四兒別瞧著是賭場的管事，攀遠一點兒，他的出身是南方金家大族之人，正妻自金四兒在林府出事後就臥病在床，雖是好吃好喝養著，大夫來給瞧著，可沒過一個月人就沒了……如今府裡剩了幾個小妾，他雖護著，可也沒扶正哪一個，何況是奶奶賞的人，誰敢給她氣受？」

秋翠這般一聽，心中大驚，「是奴婢心思狹隘了。」

林夕落擺了擺手，讓她先去一旁別說話，而春萍聽了春桃的話，立即跪了地上道：「奴婢謝奶奶恩典，謝奶奶……」

春萍跪了地上連連磕頭，她這個不起眼兒的小丫鬟，尋常的主子也頂多是賞個門房的小廝當媳婦兒，依舊在侯府裡勞苦地幹雜活，也就是這輩子的生計了，可奶奶……她著實心裡有愧啊！

「奶奶，其實……其實奴婢也不知道常嬤嬤為何對奴婢這般照料，她只是私底下讓奴婢喊她一聲娘。」春萍哭著將心裡話說出，她的確不知道為何被買進侯府之後，常嬤嬤隔了老遠就來關照她，縱使她是個粗使丫鬟，可私底下給她的物件也格外的厚重。

春萍只記得自己的養父養母將她賣入侯府便不知所蹤，而這位常嬤嬤對她呵護備至，她也的確將常嬤嬤當了親人。

林夕落並沒有過多的意外，只是心中更為篤定些許，「甭哭了，妳如若願意，那就讓秋翠去為妳選些嫁妝。妳雖不是我的陪嫁丫鬟，可也是郁林閣出來的，往後的日子怎麼過，可就都是妳自己的了。」

春萍連連磕頭，秋翠扶她都不肯起來，連拖帶拽的才將她帶走，林夕落才算鬆了一口氣。

春桃在一旁看著道：「我也是遇上了奶奶，才能過上好日子。外人都說您狠，其實您最善。」

「換個旁的丫鬟定不會如此，春萍這丫頭傻得沒心眼兒。」林夕落撫著臉，「不過現今這日子，沒心眼兒的人興許過得更輕鬆……」

金四兒的動作極快，沒出一個時辰，帳目和兩箱銀子全都搬來了。

林夕落細細地看，他在一旁急得跳了腳，可半句話都不敢說，生怕林夕落反悔。

可就這一會兒功夫，門外侍衛前來回稟：「奶奶，有一個叫肖金傑的人前來見您，說是賭場出事了！」

賭場出事了？

林夕落立即看向金四兒，凌厲的目光讓金四兒也嚇了一跳，他剛回去時肖金傑也沒說有事啊？這兔崽子找上門來給他小鞋穿？旁日裡溜鬚拍馬地巴結，這會兒抽他的臉？那畜生沒這麼大膽子吧？金四兒心裡想著，不得不顧林夕落瞪來的目光，連忙說道：「奶奶稍等，我這就去問一問他！」

「讓肖金傑進來，我倒要問問是何事。」林夕落聲音淡然，金四兒抽搐著嘴不敢多說，心裡直把肖金傑的祖宗十八代罵了個遍……

青葉去門口傳話，肖金傑從外小跑而來，進門便跪地磕了頭：「奴才給奶奶請安了！」

「什麼事這般急著來，剛剛我回去你怎麼不說？」金四兒看他那副笑臉就忍不住斥罵：「你小子別褲兜子裡揣著壞，跑到這兒來掀臺子！」

「奴才哪敢啊！」肖金傑委屈道：「我剛剛追著您說這事兒，可您動作太快，沒等追上，您已經……已經走了。」

肖金傑越說聲越小，只覺得再說下去，金四兒會一屁股坐死他。

「到底怎麼回事？別在這兒廢話沒完。」林夕落瞧他那一口大金牙就覺得刺眼，肖金傑連忙道：「奶奶，近期賭場裡有一位客人，每天贏百兩銀子就走，一個銅子兒都不多贏，這接連三天了，奴才本是與金大管事商議著找他的短兒，可壓根兒沒發現啊！此人瞧著也不是個普通人，去尋魏統領他不在，可今兒這位客人坐了賭場裡不走了，已是二百兩的贏利，奴才實在不知怎麼辦了！」

「還有這等事？」林夕落格外驚奇，什麼人這般厲害？

金四兒一聽這話，不由也齜牙道：「還真是有這樣一個人，我過去跟他盤道行，他卻比我懂得還多，本尋思著每日送點兒銀子餵飽就算了，可他居然還沒完沒了了！」

肖金傑左右亂蹦，只等著林夕落拿主意，可林夕落能說什麼？她連葉子牌都不會玩的人，她懂什麼？屋內靜謐無音，林夕落仔細思忖，這時門外傳出個聲音道：「他長得什麼模樣？」

林夕落抬頭望去，正是魏青岩帶著林天詡與魏仲恆而來……

金四兒與肖金傑連忙行禮，魏青岩指著肖金傑，「你來說，他長相、衣著、舉止有何特點。」

肖金傑怔住半晌，動了兩下嘴，「……是個男人，長得很俊的男人。」

「滾！」金四兒一腳把他踹了邊上，上前拱手道：「五爺，他身高與您相平，沒您這般魁梧但也不是瘦弱之姿，看他的衣著打扮雖是平平常常並不出奇，可那份氣度絕非普通人。每次下注之前都會笑，可笑得卻格外讓人發慌。另外，他愛好福鼎樓的餐食，每次都由那裡的夥計來為他送茶點和飯菜。」

金四兒這番話還算那麼回事，魏青岩的神色也淡漠下來，吩咐魏海道：「去告訴福鼎樓，今兒我要去包場，不允他們往外賣一個米粒兒。」

林夕落納了悶，「這是要作甚？」

「放心吧。」魏青岩看著林天詡，「可想去賭場看看？」

「姊夫，那裡我能去？」林天詡當即兩眼放光，一副巴不得立即就走的模樣，魏仲恆在一旁壯了膽子，「叔父，侄兒也想去。」

林夕落當即阻攔，「兩人加一起還不足二十的年歲，你帶他們去那種地方作甚？」

「大姊，我是男人！」林天詡揮著小胳膊捶著自己的胸口，魏仲恆不敢吭聲，只做好了林天詡若去，他必跟著的打算。

魏青岩看著她，「一起去？」

「爹和娘若知道，一定不會讓的。」林夕落一臉擔憂，如若讓胡氏知道魏青岩帶林天詡去了賭場，她還不得嚇死？

「放心，岳母大人會同意的。」魏青岩斬釘截鐵，林夕落無奈地翻了白眼，又擔心林天詡，「那就同去吧。」

肖金傑見兩位主子已準備動身，可事兒還沒吩咐完，只得追問道：「可……可那位爺贏銀子怎麼辦？」

「贏銀子就從你的薪俸裡頭扣！」林夕落指著他，「還不去看著，在這裡傻呆著作甚？」

肖金傑聽了立馬就跑，金四兒也顧不得媳婦兒的事，拱手道：「我這就回去看著，有消息便派人去福鼎樓稟報。」

魏青岩點了頭，金四兒立即就走，秋翠帶著林天詡去換衣裳，小黑子也陪著魏仲恆離去，林夕落問向魏青岩：「你知道這人是誰了？」

「福陵王。」魏青岩提起這三個字，讓林夕落一愣，「他？王爺還賭錢……」而且還是來她的賭場贏錢。

魏青岩拽她坐於梳妝鏡前，為她別好那根銀針髮簪，「他視財如命，更是好賭；博愛女色，處處留情。但二者相比，他更愛財。」

林夕落抽搐嘴角，嘀咕道：「怎麼這幾位王爺就沒一個正常的。」

齊獻王好男風，這位又財色全好，太子更是個病秧子，皇上就生不出個正常兒子了？

林夕落心中腹誹，看向魏青岩的目光不由帶了幾分複雜，侯府裡好像也沒幾個正常的？

魏青岩捏她小臉一把，「尋思什麼呢？」

「沒什麼。」林夕落心虛地轉身梳妝，她這話也就敢在心裡嘀咕，可不敢真說出來……

魏青岩帶著一行人離開景蘇苑，林政孝因公事繁忙還未歸家，胡氏則在家等候。

眾人先到福鼎樓，林夕落吩咐夥計為胡氏送去餐品，才安下心來吃用。

林天詡已是吃慣了福鼎樓的飯菜，而魏仲恆是第一次品，看著琳瑯滿目、色香味俱全的菜品擺滿一桌，不由往嘴裡嚥唾沫。魏青岩拿了筷子，兩小傢伙兒才開始拚命往嘴裡塞。起初魏仲恆還守著規矩，可見林天詡端碗狂吃，魏青岩與林夕落也不在意，他便壯了膽子也猛吃起來。

兩個小傢伙兒這般狼吞虎嚥，實是今日菜品格外精美，幾乎把大周國能尋到的好物事全給一桌子做了，絕非尋常用的家常菜肴。

林夕落吃上幾口，湊至魏青岩一旁道：「這一桌席面得多少銀子？」

魏青岩搖頭，「我也不知道。」

「不知道你就點？」林夕落瞪眼的功夫又往嘴裡填了一口，魏青岩一本正經，「點了又如何？反正不給錢！」

林夕落嘆了口氣，她怎麼把這事兒給忘了？

悶頭吃上一頓，可菜肴眾多，便給丫鬟們單開了一桌席，菜肴雖比不得這邊，也沒遜色太多。吃得差不多，魏青岩擦了擦嘴，問向一旁的夥計道：「什麼時辰了？」

「回大人，已經未時末刻了。」

魏青岩點了點頭，看向林天詡與魏仲恆，「可都吃好了？」

林天詡點頭，高聲嚷道：「姊夫，我吃飽了！」

「可是還想去賭場看看？」魏青岩提起這個話題，林天詡自動蹦了出來，「去，一定要去！」

「母親同意了嗎？」林夕落仍擔心胡氏知道後會生氣，這麼點兒的孩子就去賭場……

魏青岩拍了拍她，「放心，我已經與岳母大人說過了。」

「說帶他去賭場？」林夕落瞪了眼，魏青岩點頭，「我何須說謊？自當實話實說。」

「母親答應了？」林夕落不敢置信，胡氏那麼守規矩的人，怎麼會答應這個的？

魏青岩認真地點頭，「岳母答應了，妳滿意了？」

「這還真是胳膊肘往外拐，你說什麼她都答應。」林夕落只覺得太陽是從地底下鑽出來的，魏青岩則道：「我自是有帶他前去的理由，何況也不會白白讓他去玩。」

說到此，魏青岩讓人拿來二十兩銀子，分成兩份，指著給林天詡和魏仲恆，「你們一人十兩銀子，允許你們去賭場下注，贏了或保本，便再賞十兩銀子，但如若是輸了，即便是輸一個銅子兒，那便要將兵法背誦完整，而且講義能過我這關才可以出家門，否則就小院子裡圈著，如此你們可還想去？」

林天詡本是興高采烈，聽了魏青岩的話當即像落秧的茄子蔫兒了，「姊夫，我們怎懂這個？」

「一句話，答應還是不答應？如若不答應的話，那就罰抄寫一百遍兵法。」魏青岩這般說辭，卻讓林夕落忍不住樂了。

早就知道他沒這麼包庇縱容，抄一百遍？那如若再記不住就見鬼了！

林天詡小臉抽搐，又向林夕落投去求救的目光……

林夕落搖頭，「這事兒我不管，你二人若不敢應的話，那就回去受罰。」

「我答應了！」林天詡終歸是膽子大一點兒，魏仲恆被逼得沒了轍，只得也跟著點了點頭，他是打定主意就跟著林天詡了。

兩人拿了銀錢的小囊包，魏青岩則帶著眾人離開福鼎樓，奔向賭場而去。

雖說是經營此地，但林夕落也初次到來，剛邁步行進門口，就聽到了屋內眾人的喧囂叫嚷：「這位爺，您厲害了，三百兩的盈餘還不走？那就祝您再贏一千兩，兄弟們可都跟著吃紅頭嘍！」

一千兩？林夕落聽了這個數目，不由顫抖一下。

尋常百姓人家，二兩銀子能一家老少三輩過上富足的一個月，這剛多大一會兒工夫，輸贏便已百兩，更是奔著千兩而去……

若非魏青岩說此人是福陵王，林夕落便想吩咐侍衛將他打出去。

魏青岩站在門口，已有侍衛先行，賭場內的人立即朝此方向看來。

本是喧囂嘈雜，此時寧靜無聲，金四兒擺了手，「繼續繼續，沒你們的事！」

話語這般嚷出，賭鬼們自不會離開場地，但這一行人走過之時，眾人都自動自覺讓出了道，魏青岩朝向最內側走去，一男子翹腿兒歪坐，也將目光看向他們。

這就是福陵王？林夕落從魏青岩身後看去，果真是一俊男子，可那笑容中怎麼帶了股邪魅？

魏青岩走近他，福陵王側手相請，「來一局？」

「奉陪。」

魏青岩坐至他的對面，林夕落跟隨到他身後，林天詡與魏仲恆被魏海帶著站在一旁玩，賭場內的凌亂已讓兩人看傻了，如今再看魏青岩坐在賭桌之上，更是目不轉睛。

侍衛已將此地層層圍住，連視線都透不過來，外方的賭徒們自知來了不好招惹的人，閃到一旁卻也豎著耳朵聽聲音。

「帶著女人和孩子來？老五，你變了。」福陵王看向林夕落，打量之色讓林夕落不適，下意識地朝魏青岩身後再邁一步，卻見福陵王的嘴角微揚，隨即看向魏青岩。

「大小？」福陵王抓了一把色子，「你來猜，賭注便是一千兩。」

沒搖盅，只手掌翻過向下一拍，福陵王就看著魏青岩，臉上依舊是那副悠然自得的詭笑。

魏青岩搖頭，「我若輸了，往後我在福鼎樓用飯就付銀子；你若輸了……」魏青岩的目光更冷一分，「你要幫我再管一個鋪子。」

「哦？」福陵王挑眉，「是何鋪子？不妨說一說，如若有興趣，我當即認輸！」

福陵王的笑容更燦，林夕落瞪眼，這人什麼脾性？有興趣就認輸？這可是賭局……而且魏青岩要讓他管什麼鋪子？從來未聽他說起過……

林夕落看著福陵王手下的色子，那麼一大把，怎麼猜啊？

「不說。」魏青岩看著他，「因為你輸定了。」

「這麼有自信？」福陵王笑容更深，魏青岩點了點頭，看向一旁的林天詡和魏仲恆，「你們倆打算壓誰贏？」

「姊夫贏！」林天詡當即掏出兜裡的十兩銀子放在桌上，「寧可背書，也要姊夫贏！」

「意氣用事！」福陵王帶有一絲鄙夷，又看向魏仲恆，「你可要想好了，這手捂著的色子，可看不出具體的數點兒來，他能否猜中全憑天意……」

話語說完，魏仲恆帶了一絲膽怯，猶猶豫豫地掏出懷中錢囊放置桌上，往魏青岩那一邊推了推，雖是沒說話，可那副表情已經寫明：胳膊肘不能往外拐！

福陵王抽搐嘴角，冷哼一聲看向魏青岩，「一副冷面閻王的模樣，連孩子都信得過你？」

「因我說出的話必都辦到，從無失言！」魏青岩話語說罷，舉起巴掌狠狠地朝著福陵王捂住色子的手上拍去。

福陵王一驚，未等鬆手就被魏青岩一掌蓋住，只聽耳邊有魏青岩的聲音道：「色子都沒了，哪裡還有點數？」

疼痛之餘，福陵王立即抽手，桌上一堆白色的碎沫子，哪裡還有色子的影兒了？

林天詡在一旁震驚大喜，「姊夫厲害！」

魏仲恆張大了嘴巴看著，趴在桌上不可置信地瞪著眼。

福陵王揉著疼痛不已的手，「你作弊！還真下得去狠手……」

「你之前沒說過不許如此。」魏青岩反駁，看他齜牙咧嘴地揉著手掌，冷哼道：「這手下得不夠狠，眼睛不許往我女人身上亂看！」

林夕落一驚，連忙看向自己的衣著，也沒什麼不妥啊？

福陵王臉上沒了那副氣惱，倒是瞇眼側頭笑看著林夕落，「就這麼護著她？」

魏青岩冷哼不語，吩咐魏海讓侍衛清場，福陵王也不再多坐，起身往門外走去，林夕落看著他的背影嘀咕道：「……的確是長得很俊。」

「嗯？」魏青岩神色一冷，林夕落撇嘴道：「可我討厭比女人還好看的男人！」

魏青岩怔了一刻，隨即哈哈大笑，拽著林夕落的手便往外走。林天詡與魏仲恆兩人面面相覷地撓頭，這擺著的銀子到底能不能拿回來啊？

魏海揪著兩人便往外走，林天詡順手將銀子拿回，魏仲恆瞧見，便從魏海的手中掙脫，跑回去將錢袋子揣了兜裡，連忙跟緊眾人的腳步……

福陵王有意去福鼎樓，魏青岩不允他動，「福鼎樓今日被我包場，不允對外送上一粒米飯，王爺如若想用，不妨先答應履行賭約。」

「魏青岩，你太過分了，本王好歹也是個王爺，居然被你迫到如此地步？小心本王去父皇那裡告你一狀！」福陵王忍不住抽開摺扇拚命地搧著，林夕落在一旁道：「恕臣妾直言，您若還想……雲遊四方，恐怕去見皇上是不成的，太子殿下已打算要為您納妃了。」

林夕落悶聲將此話說完，福陵王眉蹙一分，「連你們都知道了？」

「自當知道，因太子要你納的妃子就是林家人。」魏青岩這般說辭，卻讓福陵王沒了剛剛那份淡然之色，可又不願這般遂了魏青岩的心意，「那女子可是美人？」

「姿色上佳。」魏青岩四字品評，福陵王嘖嘖仰頭，「莫不如先去看一看？若合本王心意，索性就娶了！」

「看她自當要進宮，如今此女在太子妃的身邊。」魏青岩不往挖苦兩句，「我倒是榮幸，或許要與兩位王爺成了親戚。」

福陵王的神色徹底冷了下來，陰冷刺骨，讓人看著不由得寒毛直豎，「信你一次，應了你的事兒了，不過本王胃腹空當，福鼎樓的飯菜不食也罷，尋一杯清水也要充飢才可，自會再去找你。」

福陵王當即轉了身，角落中湧出四位便衣護衛隨他身後而行……

林夕落看著那背影，嘆氣嘀咕道：「怎麼覺得這位王爺很奇怪……他果真是雲遊之人？」

「皇上共有八子六女，各有千秋，他若真是雲遊四野的閒散之人，太子怎會旁人都不顧忌，偏偏要找他？」魏青岩話語好似自言，隨即摟著林夕落，「林家已福厚過盛，不得再往前邁步，妳那位姊姊很難熬出頭了。」

這姊姊說的恐是林芳懿……

林府之中的姑娘們屬她姿色最佳、性子最傲，結果天不遂人意，老天爺就不允她得個好歸宿。

魏青岩的話語也是告誡，上一輩人不提，單說她們這三姊妹，林綺蘭為齊獻王側妃，如若林芳懿許了福陵王成為王妃，那林家可謂是風頭浪尖，多少雙眼睛盯著。林忠德身居左都御史已是朝官高位，林政武、林政齊與林政孝三人又各自高升，這卻是皇上所不能容的。

太子這著棋無非是讓福陵王也融入權位之爭當中，齊獻王能耀武揚威，如若福陵王因娶了林芳懿被拽入這個圈子，兩位王爺之間是水火不容，他這太子豈不是等著看戲就成了？而皇上最不能容忍的便是一家權重，故而林家不會有任何一人能再升官職，直到林忠德老死……

這事兒想著都覺頭疼，林夕落揉了揉額，「你就這般有把握福陵王能推掉太子的許親？」

「他又不是傻子，再探得更深一層的消息後，他自會來找我。」

「你尋他所為何事？」林夕落問起那鋪子的事，糧倉、錢莊、賭場已經都能把持住，難不成魏青岩想他經手鹽行？

「雕木鋪子。」魏青岩說出這四個字，林夕落陡然想到傳信的事，「他信得過嗎？」她更驚訝他要將此事傳開……

「我是否信得過並不重要，關鍵是皇上信得過他。」魏青岩攥緊林夕落的手，「這事兒主動提是功勞，被人發覺後再說是有窩私之心，夕落，要勞苦妳了。」

「勞苦說不上，只要對你有利就行。」林夕落這般說，魏青岩不由得將她拽入懷中，兩人親暱之餘，一旁兩個小腦袋在角落中嘀咕著：「叔父和嬸娘是在幹什麼？」魏仲恆撓頭問道。

「在親熱。」林天詡嘿嘿的笑。

「親熱？為什麼要親熱？」魏仲恆自幼身邊就小黑子一個小廝侍奉著，連個丫鬟都沒有，對此十分木訥。

「為什麼……」林天詡也懵了，他只是個七歲的孩子，哪裡懂這些事？

兩人正在盯著瞧時，魏海從一旁闊步趕來，「看什麼呢？」

「什麼叫親熱？」魏仲恆順嘴一問，卻讓魏海愣住了，順著目光看去，正見魏青岩與林夕落兩人卿卿我我的，可他怎麼回答這個問題？兩雙眼睛認真地盯著他，魏海只得道：「親熱就是關係好！」說到此，忙又補了一句：「而且只能跟女人好！」

林天詡自覺頓悟，「原來要跟女人好！」

魏仲恆滿腹感慨，怪不得大家都不喜歡他，看來要換個女書僮了……

魏青岩與林夕落帶著兩個小傢伙兒一同在外遊玩至深夜才歸，而今日林天詡和魏仲恆的表現倒讓魏青岩滿意。但提及魏仲恆，魏青岩的心裡多少有些忌諱，因他是魏青石的兒子，可這一被冷落的庶子，不免讓他憶起曾經苦難日子，才由著他跟隨林天詡遊樂玩耍。幾日過去，已能看到魏仲恆不顧禮規、不顧長幼，發自內心的笑。

魏仲恆的變化，林夕落自也看在眼中。

她倒希望魏仲恆能真正地成長起來，她有私心不假，將魏仲恆帶在身邊也是給侯府大房的告誡和把柄，但她更不希望魏仲恆被侯府養成個隨意指使的奴才。

回了景蘇苑，胡氏早已在門口迎著幾人歸來，讓丫鬟帶著林天詡和魏仲恆去洗漱歇息，胡氏才算放了心，偷偷地與林夕落道：「姑爺說起帶他們去賭場，可嚇了我的心都要跳出來，沒遇上事吧？」

「他說您就答應，偏心！」林夕落笑著抱怨，胡氏連忙道：「他是姑爺，又與我說了一通道理，他從未與我說過這麼多話，我總不能駁回去。」

「還是偏心。」林夕落這般說，胡氏也沒了轍，只得問起最後的情況：「聽姑爺說，若兩個孩子輸了可要罰的？」

「罰什麼？玩得比誰都瘋！」林夕落說完，胡氏也只是輕笑一嘆。

魏青岩與林政孝敘話歸來，與胡氏寒暄幾句，便和林夕落往後院而去……

瀟灑悠閒的日子總是過得很快，這兩日魏青岩帶著林夕落在城內各處遊走，除卻到糧倉和錢莊又看過之外，城內好玩的、好吃的，林夕落是見了個遍。

自從來到這個時代，她還是第一次如此放縱地玩，每當她自得其樂地笑，都能看到魏青岩在一旁守護的身影和深情的目光。

不過林天詡和魏仲恆兩人倒成了小尾巴，每天早早起來就跟隨出遊，晚間回去躺臥便睡。魏青岩自不會覺得兩人是累贅，倒是讓魏海累得額頭冒汗。

如若是大人還好，可這兩位小公子年幼不說，連看個捏泥人都覺得好奇，他帶著侍衛在一旁守護不提，還要哄著兩人樂呵，他一個大老爺們兒，何時做過這等事情？可一有魏青岩的吩咐，二來春桃也在一旁盯著，他也只能提前體驗一把當「爹」的感覺了。

林夕落遊玩之餘，心中一直都在想著福陵王何時會來找魏青岩。她雖心有疑問，卻未對魏青岩問出口。那位王爺她不了解，但魏青岩這般篤定，想必他心中自有思量，如若真的與那位王爺一同做雕木鋪子，她少不得要參與其中。

可那位王爺……她知道他興許很得女人喜歡，可在她的眼中就是個禍害，笑容之中帶著陰險狡詐，相交之餘也要多多提防才行。

早間用了飯，林夕落與魏青岩商議著今日去何處，林天詡與魏仲恆兩人早就扎在院子裡不肯走，只等著林夕落定了去向，隨即讓魏海帶著出行。

「城內算是逛遍了，今兒出城？」魏青岩看她坐於妝奩臺子前挽著髮髻，依舊是親手為她插上銀針髮簪……

「都聽你的，我是何處都不認得，與你在一起就好。」林夕落說著，不由聽向門外林天詡的嘰喳亂叫，連忙補話道：「可出遊要多帶幾個侍衛，魏海一人恐是看不過來他二人了。」

「這自是應當的。」魏青岩應下，正準備到門口吩咐侍衛備車馬，魏海從外匆匆進來，「福陵王請您現在去福鼎樓相見。」

「他已經去了？」魏青岩神情冷淡，出遊的灑脫已瞬間無影。

魏海點了頭，「已經到了。」

「這就走。」魏青岩說完，轉身看著林夕落，「待我歸來再帶你們出遊，今日如若不成，還有明日。」

「可需我隨同？」林夕落縱使不喜歡福陵王，可涉及雕木之事她拒絕不得，不妨主動一些。

魏青岩沉了片刻，「不穩妥，待下次再說。」

林夕落點了頭，魏青岩離去，林天詡與魏仲恆瞧見魏海等侍衛跟隨而行，不由閉上燦笑的嘴，跑進屋中問道：「大姊，姊夫和魏統領怎麼走了？」

「你姊夫有事，今兒出遊的事暫且擱置了，待他有空之時再說。」林夕落話語出口，林天詡長長地哀嘆一聲，「咱們不能自己去？」

「不行。」林夕落揪著他的小耳朵，拽至身邊道：「這些日子你玩瘋了，字寫了？書背了？」

「姊夫說了，這幾日讓我陪著仲恆好生玩樂，不必習學課業。」林天詡梗著脖子，一副極其有理的模樣。

林夕落冷下臉來訓斥道：「今兒不出去，老老實實去抄一遍兵書，晚間我要看，但凡有隨意糊弄，明兒出行你就老老實實在家，不允跟隨。」

「姊……」

「還不去？」林夕落瞪了眼，林天詡不敢不從，雖說有姊夫撐腰，可他也知道惹不起大姊，灰溜溜地便往外走。

魏仲恆則站在屋中央，納悶是否也要跟去習書？

「仲恆，這幾日玩得如何？有什麼想法不妨與嬸娘說一說。」林夕落讓春桃給他拿來果點，有意跟這孩子聊一聊。

魏青岩讓林天詡帶著他瘋玩，顯然也有讓他開闊眼界，尋一份自在的心思……

聽及林夕落這般相問，魏仲恆拱手行禮後，坐在一旁的小凳子上言道：「回嬸娘的話，仲恆覺得這幾日乃九年以來最快活的日子。」

「快活是其一，還有旁的嗎？」林夕落遞給他一個果子，他放入口中咬了一口，想了片刻回答道：「除了書本，外面還有這番熱鬧，也並不是所有人的生活都與侄兒一樣，或許……或許之前是我笨拙。」

「並非你笨拙，只在侯府當中行字背文，怎能想出世間萬物到底是何模樣？耳聽為虛，眼見為實，而這世間興許親眼所見之物都非實物，更何況書本上的墨字了。」

林夕落這般說辭，魏仲恆連連點頭，「嬸娘說的是，侄兒長見識了。之前嬸娘講的故事，侄兒縱使背得滾瓜爛熟也不懂其中奧義，如今才略微明白其中的道理。」

「那我問你，如今你再回到侯府當中，第一件要做的是何事？」林夕落話語尖銳，雖說問個九歲的孩子這等問題不免苛刻些許，可他既是宣陽侯的庶孫，他就不得不快些長大。

魏仲恆沉默了，林夕落也不催促，這等問題他自當要好生考慮後才作答，如若隨意說出，反倒是心血來潮，不能信了。

兩炷香的功夫，魏仲恆從小凳子上起了身道：「回到侯府，侄兒要認認真真地讀書、行字，再將嬸娘曾經講給侄兒的故事重新複讀一遍，並且再編上一套講給嬸娘聽。」說完這一句，停頓片刻，「還有就是哥哥再隨意打罵我的時候，我不能哭……」

魏仲恆這句話說出，讓林夕落心裡泛起了酸，拍拍他的小腦袋安慰道：「人不能有傲氣，但不可無傲骨，我與你五叔父不可能長時間帶著你，這你自當懂得的，將來的日子要靠你自己，可嬸娘希望你能過得瀟灑自如，別活在哀苦當中。如若覺得不順心，便靜靜地思考一二再做決定，韌性如若過了勁兒，便成了任性了。」

林夕落這般說辭，也是在總結她過往的錯兒。當初任性得以為自己能護得了父母、弟弟，能撐得起這個家，如今回頭來看，錯事一堆、麻煩一筐，若非有魏青岩的出現，她不知自己會是什麼德性了……

她對魏青岩的感情中有一股說不清的依賴和信任，她不知這是否是所謂的「愛」，只覺如此甚好，她離不開他。

林夕落的話，魏仲恆並非能即刻就懂，可他不是癡傻之人，當即拱手道：「侄兒知道叔父與嬸娘的呵護之心，這輩子絕不做讓嬸娘與叔父傷心的事。」

「小傢伙兒，說這等話語作甚？把果子吃了，隨天詡一同行字去吧。」林夕落拍拍他的額頭，看著他笑嘻嘻地吃用……

魏仲恆又與林夕落聊了半晌的書本行字，便跑去書房找林天詡一同讀書。林夕落正想著是否到前面去陪一陪胡氏，這會兒卻是紅杏跑來傳話了。

「怎麼了？跑得這般快，上氣不接下氣的，快坐下歇歇，慢慢地說。」林夕落瞧著紅杏那一張小臉都泛白了，不知道的還以為出了什麼大事。

「奶奶，不好了……」

紅杏話語一出，林夕落心一驚，「怎麼了？」難不成還真有事？

春桃連忙上前為紅杏拍著後背，「別急！別急！」

紅杏捶捶胸口，隨後才道：「侯夫人……侯夫人來了！」

侯夫人？林夕落聽了紅杏的回話也驚愕不已。

好端端的日子，這老婆子怎麼突然跑來了？無事不登三寶殿，她又想了什麼壞主意？

林夕落本已經卸掉了髮髻上的釵簪，如今得知侯夫人來，只得氣鼓鼓地又別在髮髻上。

她一邊動手裝扮，一邊冷靜下來思忖侯夫人來此所為何事。

一聲招呼都不打，而且還是她親自登門，這恐怕是從未出現過的事吧？

這事兒不得不聯想到魏青岩的身上……

離開侯府，太子來探過魏青岩，又與福陵王見過面，這才幾日的功夫而已，難道說侯夫人覺出他們離開侯府，對魏仲良不利了？

不過事出反常即為妖，林夕落是絕不會認為侯夫人心存善意，冷靜地想了一通之後，她便帶著青葉與秋翠兩人往前堂而去。

胡氏正陪著侯夫人用茶談敘，臉上雖然笑著，可她本就不願應酬這等公侯王貴，即便能寒暄幾句，心裡也是不舒坦的，何況這位侯夫人隻字不提來意，這是為何？夕落怎麼還不來？

胡氏已不知心底多少次湧了這個念頭，侯夫人看她走神，不由輕笑道：「妳還是惦記著女兒吧？說起來夕落這孩子倒是個聰慧的，雖說性子跳脫了些，規禮不足，可為人直爽也極為能幹，她在侯府的時候不覺得，這離開沒幾日，我倒有些想她了……」

胡氏聽了這話，渾身乍起冷汗，她想林夕落？也真說得出來！縱使自己這腦子不夠靈光，也知道這是睜著眼睛說瞎話。

「家中就這個女兒，自幼便是疼愛的，我家老爺拘謹慣了，實在不願孩子們也被禮規束縛，這才縱著兩個孩子隨意遊樂玩耍，不過夕落也是爭氣的，性子雖厲了些，好歹不受委屈，提及詩書女紅，她也是數一數二，拿得出手的……」

胡氏壓根兒不提林夕落有一點兒錯，她這當娘的可以說閨女的不足，旁人憑什麼拿這說嘴？

侯夫人怔了片刻，嘴角微微抽抖，說兩句話吹捧下便罷了，她這當娘的還真不知自家閨女是個什麼德性？若非想讓林夕落回侯府，她怎會親自來到這景蘇苑？

「林夫人提及夕落的女紅，我倒是沒見過了，居於侯府倒不需她自個兒動手做什麼，只是偶爾還喜歡把玩那雕刀、雕木的物件。哎喲，說起來不怕您笑話，瞧著那鋒銳的針刺我就眼暈，可老五那孩子就是縱著她，我也只得容了，物件倒是雕得好看。」

侯夫人提及雕藝，無非在斥林夕落是個「匠女」沒規矩，可這話她自己覺得是寬容大度，不對林夕落過於拘束，但聽在胡氏的耳朵裡卻是大大的諷刺。

「不是一家人，不進一家門，否則姑爺當初也不會執意娶夕落。不過侯夫人這般說倒讓我驚詫了，說句逾越的，宣陽侯爺是武將出身，一刀砍出個爵位來，您卻怕雕針雕刀的小物件？若非您說，我還以為您的膽量高於旁人……」

胡氏回得尖銳，侯夫人心裡也起了惱意，她主動上門來，卻還被這一個小出身的女人擠兌，她這侯府夫人的顏面往哪裡放？

心中氣急，正準備再回一二句，而這一會兒功夫，門外的丫鬟傳話道：「五奶奶到！」

林夕落進門就看到侯夫人與胡氏都黑沉著臉，顯然話談不攏……

「母親。」林夕落上前行禮，隨即選了胡氏身旁的位子坐下，看著侯夫人道：「您今兒前來也沒派人來知喚一聲，五爺不在……」

魏青岩都不在，她還能有何可說？

但凡提了事，林夕落都可以魏青岩不在為由頭推掉，男人不在家，她個女人怎麼做得了主？

林夕落這番說完，侯夫人的臉色果真又沉了幾分，可人既已經來了，她也不能二話不說就回去，沉思片刻才開了口：「仲恆在這裡不給你們添麻煩吧？」

「您要帶他回嗎？」林夕落不答反問，侯夫人怔住不知該如何說。胡氏從中圓了場，也是想離開此地不願多留，「說起仲恆我倒是忘記了，今兒姑爺出門了，沒帶你們眾人去玩，倒是要吩咐大廚房多籌備些飯菜。我先去囑咐一聲，侯夫人稍坐。」

「林夫人慢行。」侯夫人與她互相見了禮，胡氏匆匆離去……

林夕落看胡氏行出此地，心裡也鬆了口氣。

胡氏離去也是給她騰出個能隨意說話的地兒來，否則胡氏若在，林夕落若說出幾句反駁無理的話，她這當母親的很容易被侯夫人拿捏住。

只剩這婆媳兩人，侯夫人便換了一分姿態，雖沒有在侯府中的嚴厲，但也掛上威嚴之色，「妳探望娘家人已有多日，也該回侯府了。」

「這事兒要聽五爺的意思，我是做不了主的。」林夕落當即又把魏青岩擺出來，侯夫人只淡笑一下，「這裡是妳的娘家，妳若先提及，他怎會不應？別鬧得讓妳父母攆妳二人走才好……」

「您在威脅我？」林夕落聽及這話，她無非是要向胡氏施壓，父母是她的逆鱗，無人能碰！

「這話從何說起？難不成我好心好意地邀你們回府，還成了錯兒？妳也不出去瞧一瞧，誰家的媳婦兒不住在婆家，還帶著姑爺跑回娘家？妳總不能讓老五落個入贅的名聲，林家也能擔得起？」侯夫人陰陽怪氣地說著，又換了話道：「除卻這個，我也不能讓人謠傳我不容人，妳若不回府，我就要與林夫人好生說道說道了。」

「可這事兒五爺……」

「他回不回我不管，但妳得回！」侯夫人不容林夕落反駁，壓根兒將魏青岩拋除在外。

林夕落心中氣得犯暈，可又對此無可奈何。

說及無奈？她自是不怕這位侯夫人，可她怕胡氏的名譽受損。

林政孝接連提升官位就已是魏青岩在後推動的結果，當初耳邊雜言惡語也沒少聽，可一場大戰，林政孝在太僕寺功勞卓越，乃是眾人親眼所見，故而這等傳聞也淡淡消去，可林政孝有本事、有資歷能挽回這份顏面，胡氏怎麼辦？

何況林夕落更覺得侯夫人巴不得鬧開此事，傳出她親自接兒媳歸府卻被硬性拒絕的故事來，然後侯夫人成了寬容大度的可憐人，胡氏與她反倒成了惡人了，連魏青岩也會被牽扯進去，林政孝因女婿而升官位恐怕也會再炒一遍。怪不得這老婆子親自登門，心腸夠歹毒的……

林夕落雖能想出她的目的何在，可提及回宣陽侯府，她是一百個不樂意。剛舒坦幾天，就這麼要回去了？飛出籠中的鳥兒，怎能自願鑽回囚籠之中，當個被人觀賞的笑柄？

如若是在以前，她便會當即強硬拒絕，管你什麼侯府的夫人，管你什麼牽扯出一串利益關係，她自己心裡舒坦為好，可如今的她不會這樣做，她要想出個辦法，既不能讓自家人吃虧，更不能讓侯夫人得逞……

可她不是個反應超快的人，她需要慢慢地想，想出個辦法來讓侯夫人啞口無言。

侯夫人見林夕落低頭不語，便知她心中擔憂何事。

之所以親自來到景蘇苑，就因為她知道林夕落是孝女，自不會讓父母丟失顏面，何況，她此時不能對魏青岩與林夕落鬆手，因她已被逼至絕路，再無回頭的餘地。

想起昨日宣陽侯回來的告誡，想起孫氏晚間來說的話，哪一樣是對她這侯夫人有利的？沒有魏青岩在後撐著，即便魏仲良得了宣陽侯世子之位，那也是個空架子……

林夕落在尋辦法留出時辰，轉頭吩咐秋翠道：「天氣炎熱，母親最怕熱，吩咐人沏果茶來。」秋翠應下便走，林夕落則是說起果茶的來歷：「這是前陣子羅夫人送來的，因色澤違了規制，才沒拿去侯府。」

侯夫人見她開始轉移話題，不由追問道：「果茶我自是喜歡的，可妳到底跟不跟我回去？總要有句痛快話兒。」

「事兒不是我一個人能作主的，總要由我與五爺商議一下。」林夕落話音還未落地，侯夫人當即道：「他在何處？我這就派人去問一問。」

「他去何處，我卻不知道了。」林夕落話語說著，花嬤嬤從外湊了來，「侯夫人，門口有侍衛前來回稟，壽永伯夫人前去拜訪，正在侯府中等您。」

有人到訪？林夕落一驚，隨口道：「既是有人來訪，那便不久留您了。」

侯夫人卻沒起身，看著林夕落，口中與花嬤嬤道：「不回了，去告知壽永伯夫人，我正親自來接五兒媳婦兒回家……」

侯夫人這話一出，林夕落眉頭蹙緊，兩人對視的目光中擦出了前所未有的鋒銳火苗，侯夫人在挑釁、在威脅，告知旁人她來接林夕落回家？如若林夕落不回，這事兒一傳十，十傳百，以訛傳訛，指不定會傳出什麼花樣。

這老太婆實在太陰損了！

林夕落心中不爽，侯夫人臉上的笑意則多了一分。

花嬤嬤站在原地未動，侯夫人那般說辭無非也是想讓五奶奶跟隨歸府，哪裡是真的要將這等事傳出去？

侯夫人見林夕落沒表態，使了眼色給花嬤嬤，「還在等什麼？怎麼還不去？今兒本邀約了壽永伯夫人，如今再讓她等久，實在對不住她。告訴她改日我親自登門致歉，讓她別往心裡去，我這也是無奈之舉……」

侯夫人這話說得漂亮，卻讓林夕落突然有了主意。

花嬤嬤正欲往外走，林夕落當即讓秋翠攔住，「既是您已經邀約了壽永伯夫人，哪裡能讓她再等候？即便再登門致歉也是失禮……」

侯夫人立即道：「可是跟隨我一同回去？」

林夕落沒回覆，而是吩咐秋翠道：「去告知門口的侍衛，到福鼎樓最好的雅間置辦一桌席面，請壽永伯夫人前去，侯夫人在那裡請她。」

秋翠聽罷就往外走，侯夫人反應過來欲阻攔時，秋翠已經跑出老遠……

「妳到底想幹什麼？」侯夫人厲聲叱喝：「繞這麼多彎作甚？給我一句準話，到底回不回？」

「繞彎子的話也並非我樂意，而是您要這般說，我自要這般附和。」林夕落嘆了口氣，緩緩地開口道：「何況在福鼎樓的雅間宴請壽永伯夫人，媳婦兒也是在給您漲臉面，自會陪您一同前往。

但這事兒也不必瞞您，外人都覺得媳婦兒是個跋扈性子，如今陪您出去見壽永伯夫人，也是讓她幫襯著往外傳一傳話，媳婦兒……還是個孝順的。」

「妳幹什麼？還不去攔著？」侯夫人瞪向花嬤嬤，在一旁厲聲怒斥，花嬤嬤無奈地道：「那丫鬟已經跑了許久，老奴這身子怎麼追得上？」

何況即便是追上了又能如何？對內婆媳兩人爭執不休，對外還能口徑不一？

壽永伯夫人本就是個嘴快的，幽州城公侯王府裡的新鮮事兒她就沒有不知道的，這若是傳了出去，丟的豈不是宣陽侯府的臉？可這話花嬤嬤自不能說得太明，只能讓侯夫人自個兒想……

侯夫人自也知事情如此，卻忍不住撒氣道：「追不上追不上，妳就不會出去吩咐侍衛？如今我老了，說話都不當回事了！」

「您何必如此？都是一家子人，若五爺應允了我們自當回府，何況您即便帶我回了侯府，五爺的性子您也知曉，他就是不回去又能如何？外界傳言豈不是更花哨？」林夕落這話倒是實在。

魏青岩絕不會受威脅，而她也不會……

侯夫人悶聲悶氣地坐了半晌，是一句話都說不出，林夕落讓人送來茶點水果，而這一會兒外面已有丫鬟前來通稟：福鼎樓的席面訂好了，壽永伯夫人已往那方趕去。

侯夫人是最要這張臉面的，事已至此，她只得起身道：「席面妳訂了，人妳便不必見了，三日之後妳必須歸府，否則妳自己想一想後果！」

尋了臺階，侯夫人便由花嬤嬤陪著往外走，林夕落隨從送至景蘇苑門口，在扶侯夫人上了馬車之後，花嬤嬤湊她身邊小聲道：「五奶奶，您也別怪侯夫人，五爺不在，府裡亂了……」

花嬤嬤說罷，便快步行至後方的小轎中啟程。

林夕落朝著侯夫人的馬車行了禮，目送她離去。

侯府亂了……這說的應該是大房與二房？

林夕落沒有幸災樂禍，因為魏青岩仍是侯府的人……真的要回侯府嗎？

胡氏這會兒也從院中出來，見林夕落送走了侯夫人，便上前氣惱道：「妳這位婆婆可真是個難伺候的，一張嘴就說不出一句中聽的話，還想要妳回侯府？」

「早晚都得回，只是沒尋思這般快。」林夕落挽著胡氏往回走，「就是捨不得娘。」

「娘也捨不得妳……就想讓妳在身邊陪著。」胡氏心裡仍有氣，林夕落逗她道：「誰讓您不將我生成個兒子，那豈不是能在您身邊陪一輩子？」

胡氏「噗哧」一樂，「妳這張嘴，娘只擔心妳的肚子。」

又提起這事兒……林夕落心底無奈，「這可不是女兒想想就能來的了！」

陪著胡氏回了院子，又聽她為侯夫人、為懷孩子兩件事絮叨了一晚，待魏青岩歸來後她才走。

魏青岩臉上略有醉意，狹長的雙眸中露出的幾許壞笑格外明顯，大手在她的身上摸來摸去，沒有半分空閒的功夫。林夕落一邊推開他的手，一邊說著今兒侯夫人來此的事：「……硬逼著我隨她回侯府，臨走時還限定了三日的期限，你是什麼心思？」

這事兒終歸都要他來做主，林夕落卻巴不得他說出兩句不回。

「三日？」魏青岩的手停下，也沒了調情的興致，「一侯府內宅的婦人罷了，能攪和出多大的氣候？我等著三日後她能鬧出什麼花樣來！」

「她可說了，把你拘了我娘家住，外人還以為你是個贅婿倒插門的……」林夕落調侃地笑著，魏青岩嘖嘖道：「明兒我就跟岳父大人磕頭，當個贅婿有何不可？」

「侯爺還不得拎刀追上門來！」林夕落白了他一眼，魏青岩捏著她的小下巴，「妳怕？」

「我怕傷及爹娘。」林夕落這是實話，魏青岩苦笑哀嘆，「怎麼認個爹都這麼難，這輩子到底誰是爹啊？」

林夕落覺得他今兒話語格外奇怪，可沒等再細思忖，就被魏青岩一手摟上了床，壓其身上道：「不認爹了，我要當別人的爹！」

「討厭！」林夕落輕斥，他的唇印上來，極為輕柔，帶有絲絲殘存的酒香，靈活的舌挑逗著她的耳垂、面頰，順著她的脖頸一直向下……

似被這酒醉的氣息感染，林夕落渾身酥麻呻吟之餘，覺出衣襟已被解開褪去，不由雙腿夾於他的腰間，在背後盤緊。他訝異她的主動，再見她一雙吊稍杏眼兒中透著期待。

他猛烈地進入、癡纏，呻吟聲交織迭起，春情蔓延四散。熱流湧出，將兩人情慾帶至狂癲之峰。進入睡夢之前，她躺臥在他懷中，心底只有一個念頭：我想要個孩子……

翌日清早，林夕落醒來時魏青岩已經不在身邊。

起了身想喊一聲秋翠，就聽到胡氏的聲音在外間響起，聲音雖輕柔，卻隱約能聽出話中之言。

「……夕落的脾氣姑爺是知道的，她雖嘴上不說，但心裡也想儘早有一孩子，你二人成婚才幾個月而已，不足一年，旁的事我也不多要求，這一年內無論是妾氏或通房，還是暫不要進門的好，雖說這等話語直接來與姑爺說有些不合適，但我也不得不開這個口。」

「夕落是我最惦念的人，自上一次她出了事到現在變化極大，說她跋扈囂張也好，說她性子直來直去也罷，這也都是過往壓抑久了才會這樣，可她的性子別的事興許能說得通，對女人這些事……我怕她想不開再鬧出事……」

胡氏的聲音越來越小，嘀嘀咕咕終歸也就一句話：一年內不允魏青岩有通房丫鬟和納妾。

林夕落坐了床上苦笑，這是幹麼呢？

胡氏是這時代的女子，她這般做的確是為自己著想，但……魏青岩會怎麼說？他也是生長在這時代的人，如若她一直不能生育，他會有變嗎？

林夕落想到此，眼中有些酸澀，其實這一直是她心底掛念的事，只是從來沒問出口罷了。豎起耳朵，她仍舊坐在床上不動，她想聽聽魏青岩會如何回答。

「岳母大人多慮了。」魏青岩的聲音低沉，「無論夕落會否生子，我不會納妾，也不會要通房丫鬟。」

他這話說出，胡氏震驚，而林夕落的心也懸了嗓子眼兒……

「您不必這般看我，這並非假話。我的出身想必岳母大人也知曉一二，我不願讓後輩再重踏我的覆轍。」魏青岩說至此，胡氏連忙起身，「都是我這話太過了……」

「我更願岳母大人直言。」魏青岩這話鄭重，胡氏有些不安，或許魏青岩的回答讓她感到尷尬，可這不正是她想得到的答案嗎？

屋外寒暄話語絮絮叨叨，林夕落沒有再聽，趴在床上，頭腦空白，直到他從外進來……

「怎麼了？」魏青岩上前撫著她的髮絲，或許是與胡氏剛說完她的事情，目光中仍帶著寵溺。

林夕落側頭看他，突然摟住他的脖頸，用力將他推倒在床上，印上小嘴狠狠地親。她這番瘋狂讓魏青岩納悶地瞪了眼，兩隻手扶住她圓潤的屁股，臉上帶了幾分笑意。

兩人都沒有再多說多問，親暱、癡纏，合為一體。這次她再沒有任何負擔，心底湧滿了愛。

晚間林政孝歸來之後，林夕落與魏青岩便去他那裡共同商議侯夫人要兩人歸府的事。

雖說這是早晚的事，可林夕落卻覺得即便回去，也不能是侯夫人來威脅兩句便軟了，要有一個恰當的、合適的方式回侯府，否則被這老婆子拿捏住把柄，她回去便成了個軟柿子。能成為威脅她把柄的事，無非就是她的父母、弟弟，故而她兩人才要特意前來商議該如何處理才妥當。

林夕落將事明明白白地與林政孝說了，而後才道：「防人之心不可無，侯夫人雖不會當面來與父親、母親對峙翻臉，可更怕她暗自作祟。父親不怕，可母親的聲譽要緊，如今與您說此事，也是請父親、母親遇事多思量一層，別因小事再惹出麻煩。」

「此事不必多慮，我來往於太僕寺極少應酬，你們不歸來時，妳娘也就在院子裡鮮少出府，偶爾與羅夫人往來，那也是信得過的，其他的人……無暇。」林政孝對林夕落這般多思倒有興致，「那依著妳的意思，這就要回去了？」

「我不會這樣蔫聲蔫氣地回去，當初五爺從侯府離開時那麼強硬，如今自要尋個光明正大的理由才行。」林夕落氣鼓鼓的模樣讓魏青岩笑了，「既然妳如此說，那便都依妳，妳說怎麼辦就怎麼辦。」

林夕落撇嘴，「給我出難題？」

「妳已經有想法了？」魏青岩笑看她，林夕落頓了下，直接道：「我覺得侯夫人來接不能回，但侯爺若親自來尋五爺，倒是可以回侯府，當然，前提是你還想回去。」

「還是回去得好。」林政孝不等魏青岩開口，在一旁言道：「世子之位遲遲不定，你離開侯府時，朝堂私底下已經快翻了鍋，太子殿下親至此地，而你又與眾人密交，這等事瞞得了任何人，卻瞞不過一個人……」說著拱手朝北拘禮，「此人便是皇上。」

「皇上？」林夕落沒想到會牽扯得如此之遠，魏青岩聽林政孝這般說，同意地點了頭，「岳父大人言之有理，我與您所想略同。」

林政孝見魏青岩也這般想，不由多了分興致，「你如今所要做的事，無非都是在給一個人看，那便是做給皇上看。從近來講，侯府世子歿了，而你被非議成奪爵位之人。眾人吵嚷爭奪後，皇上沒有任何表態，你也沒對此事有半句的抱怨，功讓給兄長、位讓給侄兒，這乃大義所為，皇上對你更會高看一眼，也會更加器重；從遠了講，你這次離開侯府，若想自立門戶恐是不足，還差一個更合適的契機，但此契機絕非世子位的承繼。」

「岳父大人思慮甚細，我心中對此更能篤定了。」魏青岩起身朝向林政孝拱了手，林政孝連連搖頭，「一家人不說兩家話，能為你二人多思，是我做父親的責任。」

這句話雖平淡，可在魏青岩的心中卻格外之重。父親的責任？這話在林政孝的口中似隨意說出，可在他的心裡豈不是奢望？

林夕落看他眉頭微蹙，便知他心中的鬱結仍不能消褪，索性轉了話題，言道：「你們口中的事我是想不明白的，但於內宅來說，我不願被侯夫人牽著走，那不僅是對我不利，連帶著你也受牽連。」頓了下，繼續道：「我心裡倒是有個主意，若想讓侯爺前來，不知可否儘快籌備雕木的鋪子？我覺得這事兒傳出風聲，他必定上門！」

「哦？」林政孝不明雕木鋪子之意，直接看向魏青岩。

魏青岩目光中多了幾許讚賞，「妳繼續說。」

林夕落又道：「我覺得單單傳出風聲，侯爺不會立即前來，所以這事兒要選個恰當合適的時機，抑或有何舉動能引其注意……這鋪子的選地許能成為引子。」

「妳想選在何地？」魏青岩問完，林夕落嘴角揚了笑，口中淡出仨字：「麒麟樓。」

麒麟樓？這是被稱之為魏青岩「禁地」的地方。

「好！」魏青岩當即拍手，又拍了林夕落的腦袋，「聰明！」

林夕落抿嘴一笑，「你真覺得可以？」

「自當可以。」魏青岩也不再隱瞞，「麒麟樓乃皇上賞賜之地，也是眾人不敢靠近的地方，這自是因我有刑剋之名，都怕沾染了死得早。百姓們是這等心思，朝官眾人也極為敏感。」

「這是為何？」林夕落不解，當初她被拽進麒麟樓，幫他雕字傳信，卻並未覺出有什麼不對的地方。

林政孝看著她，「因為那裡死過幾位朝堂重臣。」

話說至此，林政孝不再往下多說。林夕落看向魏青岩，死過朝官？是他親手所殺嗎？

魏青岩蓋住她的眼睛，不允她多想，反倒是認真思忖起雕木鋪子的事，正如林政孝所說，如今的契機不夠充分，他既然要回侯府，便不如早些回去為好。

「既是這般決定，選誰來傳這個信兒最好？」林夕落忽然問出這個問題，麒麟樓已定，傳消息也定了，可誰來做這個散播消息的人？她與魏青岩自不能主動說這個事，誰的嘴巴最快，耳朵最長，也是最關注魏青岩動向的人呢？

林夕落問出，魏青岩答道：「齊獻王。」

齊獻王……他可是許久都沒有音訊了，自上一次在魏青石大葬前日去過宣陽侯府之後，他便再沒有影兒……

事情決定，魏青岩的動作迅速，當即便出門吩咐魏海行動。

林夕落沉了口氣，如若宣陽侯能主動找上門，她與魏青岩回侯府才算名正言順，侯夫人那個老太婆也絕不會順意。

三日？她倒是要看看三日後，侯夫人要承受什麼後果。

魏青岩離去，林夕落叫來了春桃，她之所以留著春桃沒讓她插手侯府院子的事，就是在想有朝一日她能任更大的差事。如今這雕木鋪子，她首先想到的就是春桃。

雖說這事兒要她來插手，可還有福陵王也摻雜其中，她一邊對付侯夫人，一邊還要與福陵王周旋，所以必須要有信得過的人在一旁輔佐，春桃是她最信任的人之一，也是最合適的人。與春桃大概說一下事情的安排，林夕落便道：「這就要妳出侯府幫忙了，妳如若覺此不妥，不妨直說，我再尋另外的人。」

「您選了我是我的福氣，如今侯府裡能幫襯上的也少了，何況您在侯府中有何需要自可尋魏海的爹娘，他們都是在侍衛營院子裡能說得上話的，有沒有我都無謂，能出府幫您我自是樂意。」

「魏海呢？他可會同意？」林夕落不由想到他，如今春桃已嫁了人，可不是她自個兒說行就行的，魏海如若要她留在家相夫教子，也是理所應當的事。

春桃撇了嘴，嘟囔道：「我終歸是奶奶帶出來的丫鬟，哪裡能容他反對？何況公公婆婆對五爺極為敬重，只要是五爺與奶奶的事，他們都不會有異議。出了侯府也不礙著旁的事，魏海那廝興許會覺得更樂。」

春桃說著抿嘴一笑，林夕落放了心，「這我就放心了，待五爺那方有了消息，妳就等著回麒麟樓吧，也事先與妳公公婆婆打個招呼，免得唐突了，讓他們受不得。」

春桃點了頭，兩人又敘了幾句閒話，林夕落便讓她先回了。

魏青岩晚間都沒有回來，林夕落知道他是為了雕木鋪子的事忙碌著。雖說林政孝與胡氏不明白這鋪子的意義何在，可兩人都沒有主動好奇相問，林夕落自也沒說。

這事兒分不清好壞，誰知將來會不會成為禍端？

她絕不可以將父母牽扯進來，絕對不可！

林夕落洗漱後便先行睡下，可這些時日有他的陪伴，獨自一人入眠，不由覺得空落。

這世間最可怕的便是養成習慣……

翌日清早醒來，林夕落起身洗漱，問起魏青岩：「他一夜都沒回？」

秋翠答道：「丑時回來一趟，但沒回咱們院子就又走了，說今兒回來接您去麒麟樓看一看，讓奴婢早些為您籌備妥當。」

林夕落聽她這麼說倒是放了心，心中更是感嘆魏青岩速度驚人，才一晚的功夫，麒麟樓就已經開始動手了……雕木鋪子，她還有何落下的細節？

這絕非是她曾經經歷過的買賣鋪子，這裡買賣的是資訊，是人命……

用過了早飯後，林夕落打扮周整，等候著魏青岩歸來便隨他前去麒麟樓。

這時，門外有兩個小腦袋湊進來，林夕落餘光瞧見，擺手讓兩人進來。

林天詡最先跑進來，魏仲恆在後面磨磨蹭蹭，半晌才開口問道：「嬸娘，侄兒也要馬上跟隨回侯府了嗎？」

魏仲恆一副可憐兮兮的模樣，顯然是不願回侯府，其實是不願失去自由。在這裡可無憂無慮地玩耍，即便是讀書行字也有人在身旁陪著，連所寫的字都已有幾分灑脫之韻，可這日子還沒等享受幾日，便要回去？

魏仲恆壯了膽子來問林夕落，可林夕落也不知該如何回答他……

終究是侯府的孩子，總不能縱他在外吧？

林夕落心中沉嘆，林天詡在一旁沒出聲，魏仲恆慢慢地走進來，腳步沉重。

「你今年幾歲？」林夕落問著魏仲恆，他訝異林夕落的問題，但仍撓頭回答道：「侄兒馬上就到十歲。」

林夕落便道：「就快十歲了，你不想回侯府誰來供你讀書？誰來照料你的衣食住行？侯府規矩雖大，但你要記得，你姓的是魏字，你還不到可隨心所欲的年紀，羡慕你五叔父嗎？」

魏仲恆連連點頭，「五叔父是大英雄。」

「那你為何不朝他努力，偏偏只記得玩？前兩天你如何與我說的，回到侯府要怎麼做？才這兩日便不想回了？」林夕落雖有責備，可並不苛刻，手撫著他的小腦袋道：「你五叔父也是這幾日縱了天詡陪同你玩樂，但他也不是整日都能這般空閒，讀書、行字絕不能丟。」

「侄兒知道了。」魏仲恆嘴上應下，可心裡依舊有幾分戀戀不捨。

林夕落拽過林天詡道：「你個大嘴巴，隨意說這等事作何？何況又不是明日就回，這幾天都給我收了心好生讀書，否則讓你姊夫罰你！」

「饒命啊大姊，可別讓姊夫罰我，我的胳膊現在還疼呢……」林天詡一張小臉頓時垮了下來，那日被魏青岩揪著耍拳腳，被好一通批不說，還被罰扎步、揮拳一千次，否則哪能放了他，讓他陪著魏仲恆玩？

林天詡摻和其中，魏仲恆覺得心中愧疚，本是他告訴自己這等事，卻還要被嬸娘罰？

「都是侄兒不好，嬸娘莫怪罪小舅舅……」魏仲恆口中的「小舅舅」指的自是林天詡，誰讓他年齡小卻輩分高呢？

林夕落每次聽到這個稱呼都雞皮疙瘩掉滿地，連忙讓人拿了果點給他二人吃用，隨即放他二人出去玩……

秋翠看著他二人離去，便是笑著道：「如今仲恆少爺把您當成親娘一般看待，也是奶奶良善，能容得下他。」

「一個無辜的孩子而已，何必當成長輩爭鬥的把柄？她們那些人肯用這等惡手段，我不屑於此，何況我能將仲恆教好，她們才更要擔心。」林夕落想著孫氏的陰損，雖是笑臉迎人，其實心中壞主意最多。

如今她成了寡婦，仍在侯夫人身後出主意，成了如今的模樣，都是她自找的。

秋翠也多少能明白林夕落的脾氣，「奶奶，您是不屑於此，可外人看來定會想您有什麼旁的私心，仲恆少爺終歸是大房的人，您不怕他往後變了模樣？」

「三年，我若將他教成還能反咬我一口的孩子，豈不是太失敗了？」林夕落更為謹慎地吩咐著：「如若回了侯府，妳也要告誡下面的丫鬟婆子們，對仲恆要如同五房的少爺一般，但凡有敢欺辱的，我絕不饒她！」

「奴婢省得，奶奶放心。」秋翠應下，而沒過多久，魏青岩便從外歸來。

「麒麟樓已經籌備完畢，只等著妳去了。」魏青岩坐下抿了幾口茶，便看著林夕落。

「等我？」林夕落問出口後便是一笑，「我去也是對的，誰讓我是個匠女？再找來城內的雕匠和木料商，這消息不必說也傳出去了。」

「匠女？我喜歡。」魏青岩拉著她的手入懷，「在麒麟樓為妳修個院子，可有何想法？」

「之前不是已經有了？」林夕落想起那池中一座小院的模樣，許久沒再去過，而後又燒了一次，如今卻有些想念了。

「重建，只為妳。」魏青岩拽起她就往外走，林夕落小跑地跟著，被他嫌慢，一手抱起便往院門闊步，扔在馬上便駕馬而行。

胡氏站在門口還一句話都沒等說，就看到兩人瞬間沒了影兒……

林天詡在一旁捂嘴咯咯直笑，胡氏抱怨著：「這兩人怎麼還是之前那股子勁頭？讓孩子們瞧見了也不怕臉紅！」

「隨他二人去吧，興致起隨心而行，總好過瞻前顧後不了了之。」林政孝在一旁感慨幾句，便與胡氏道：「姑爺與夕落已走，咱們也不妨瀟灑一次，別在府中用了，去福鼎樓吧。」

胡氏遲疑之時，林天詡當即點頭，「都聽父親的！」

魏仲恆想起上一次跟隨魏青岩與林夕落去那裡用飯，不由舔了舔嘴，湊近幾步等著同行。

胡氏挨個小腦袋拍一巴掌，只得先回去換了衣裳。林天詡嘿嘿一笑，與魏仲恆對視著揉腦袋。

參之章◆子嗣作筏起磕碰

林夕落隨同魏青岩一起到了麒麟樓，駕馬速度飛快，至門前鳴嘯雙蹄抬起，林夕落只覺眼望天空，險些被馬尥蹶子甩出去……

她下馬後拍了拍胸口，狠瞪魏青岩一眼，「即便是想出風頭，讓人知道你我二人到麒麟樓，也不至於這麼做吧？你想嚇我丟了命啊！」

「妳不是喜歡如此？」魏青岩笑著牽住她的小手，「可要我抱妳進去？」

「不要！」林夕落當即邁步進門，在這種地方還親暱？她才沒瘋呢！

魏青岩與林夕落重新回到麒麟樓的消息很快便傳入各方的耳中。

而最先得知這個消息的人未出魏青岩所料，果真就是齊獻王。

齊獻王在屋中來回地摸著下巴踱步走，嘀咕道：「這兩人自大婚之後可從未再回去過，魏崽子忽然回去是真的不想回侯府了？」

「王爺，可要派人再去探一探？」手下之人詢問，齊獻王細問道：「有人說昨晚魏崽子就回過麒麟樓，而且還調動了大批的侍衛？」

「的確如此，王爺上一次吩咐後，卑職一直都沒撤回在那方盯著的人，果真不出王爺所料，魏大人還真的回去了，而且是半夜，折騰得動靜很大。」

「他近期還有什麼動作？就這一兩日？」齊獻王急迫追問：「除卻與太子有過一次相聚，可還與其他的人相見？」

「卑職聽說過一個消息，魏大人與福陵王見過面，而且昨日還特意招了幽州城內的匠師們到麒麟樓相見。」

手下人說完，齊獻王當即起身，「他媽的，這魏崽子又在搞什麼花樣？」

「王爺，卑職往下該怎麼辦？」

齊獻王也沉默了，獨自坐在位子上許久，都沒能做出個決定來。

直接去問魏青岩？可上一次太子是應皇上吩咐主動去尋了魏青岩，何況福陵王還可能摻和其中，他若直接上門，魏青岩也不會告知他有何打算；他若就此暴露出來便會被眾人盯上，再想得確切的消息那是天方夜譚。

可不去問魏青岩，他又能從何得來消息？

林家？齊獻王突然想起了林夕落，這個女人也被帶去麒麟樓，他還真想給這娘們兒開個賣雕物的鋪子不成？

齊獻王如今提及林家就覺得牙疼，林綺蘭的巴結讓他已有厭惡之感，她父親的官升得飛快，而她帶來的消息卻都是一堆廢話。

林忠德這個老東西，本是讓他與大學士為宣陽侯世子位爭執幾句，孰料這事兒還不了了之了！

齊獻王當即把林家人剔除出去，吩咐人傳話道：「去告訴王妃，晚間她與本王一同到宣陽侯府去探望侯爺與侯夫人！」

齊獻王是這般打算，而宣陽侯得知此消息，卻是從魏青煥口中得知。

魏青煥恐是這府邸中盯魏青岩最緊的一個人，也是最不願魏青岩歸侯府的人。

如若他不回來，他與大房爭奪世子位興許還有希望，可他若回來，世子位哪還有戲？他連對魏仲良下陰手的機會都沒有。

魏青煥本是抱著讓宣陽侯氣惱，直接下令攆魏青岩出府的期望來稟消息，孰料話說出口，宣陽侯氣惱捶案，叫嚷道：「他不回？本侯親自去請！」

「父親，您怎能親自去？前些天母親已是去過，卻被……被林家女人給頂了回來，您去，豈不是太給他們臉了！」

魏青煥三角眼中的陰芒格外之盛，宣陽侯冷哼，「你懂個屁！」雕木鋪子可不是尋常事……

說罷，宣陽侯當即便要吩咐人隨同前往麒麟樓，門外卻突然有侍衛來報：「啟稟侯爺，齊獻王與齊獻王妃來訪，稱來探訪您與侯夫人。」

「無事不登三寶殿！」宣陽侯看了一眼魏青煥，「不許對麒麟樓的事情提半句，否則本侯敲爛你的嘴！」

魏青煥咬牙切齒，這裡面到底有什麼貓膩兒？魏青岩知道，而他這嫡出的兒子不知？他憑什麼有這麼好的命！

宣陽侯與齊獻王彼此寒暄，一個想探消息，一個隻字不提，各都提緊了精神不肯有半絲鬆懈。

而在麒麟樓中，魏青岩和林夕落在與城內的雕匠與木料商相見，商議店鋪事宜。

魏青岩只在旁邊坐著，由林夕落主掌商談，無論她如何說，這些人都只有點頭的分兒，魏大人就在其後坐著，誰敢說出個「不」字來？

幾人面面相覷，心裡都在想：能巴結上魏五奶奶倒是好事，可這銀子怎麼算？

林夕落喋喋不休地說了一通麒麟樓的整體構想，魏青岩在一旁看著眾人臉色各異，自能猜出眾人心中是什麼算盤，可林夕落不主動提，他就不說，只等林夕落自己開口。

林夕落也並非絲毫看不出眾人盤算的念頭，這些人做生意不就為了個「錢」字？但她要先窺人心，再選人做事，如若先拋出銀錢數目來，定有人沒那金剛鑽卻攬了瓷器活兒，她豈不是要敗了名？何況這麒麟樓所建，為的可不單純是開個鋪子，其中私密之事更要參與的人全都閉嘴。

待將要做的事全部說完，林夕落開口道：「這些事兒你們都已是聽了明白？」

雕匠們連連點頭，他們是賣手藝的，為誰做工不都一樣？而且眾人提及魏大人，都知他向來待下人寬厚，衣食用度定不缺，是否能再額外給貼補點兒月銀眾人自不多思，若做得好，能將兒子閨女帶入此地得一份工，那可比何事都榮耀。

雕匠們如此想，但木料、石料商們卻無這平淡的打算。

能在幽州城內開個鋪子的人，豈能是普通人？

幾乎家家都掛了一兩門官親，魏青岩的名號在這城內眾人皆知，被他找上卻無人膽敢不來，可來了之後，他們能有何紅利拿入手？這才是最重要的事！

而這位魏五奶奶堅決不提「銀子」兩字，他們怎能說這些事是否能做到？

斟酌片刻，其中一位年紀最大的出面道：「五奶奶之命，我等自當聽從，如若這些事能交由我等操辦，定當盡心竭力地促成，絕不敢有分毫糊弄了事，更不敢汙了魏大人與五奶奶的銀兩，但不知這些事要何時開始，我們心裡也有個準備？」

雖是問話，可其中提了「銀兩」二字，誰能不知他其實最想問的是這等事？

林夕落輕扯嘴角，看向了一旁較為年輕的人，「你怎麼看？」

此人名為柳笛，乃是工部郎中夫人的侄子。

「絕無二話，五奶奶有何需求盡可吩咐，我能辦到的自當去辦，如若無力辦不成的，絕對不貪功冒進，如實向魏大人稟告。小人年幼，剛剛出來接管鋪子，對很多事都不懂，還望五奶奶多多見諒。」

柳笛說完，更是起身朝著魏青岩與林夕落躬身行禮。

這話說得倒是敞亮，可何事辦不到呢？自當是沒有銀子賺的事了，當誰聽不懂？

林夕落只微微點了頭，看向魏青岩道：「還有其他鋪子可選嗎？用料的量可不小，單是兩個鋪子恐怕供給不足。」

事兒不可在一棵樹上吊死，縱使這兩人磕頭奉承，她也不會就這般應下了事。

魏青岩轉頭看向魏海，魏海立即上前回稟：「回奶奶的話，已經派人出城去請，恐怕明後日才可趕到。」

「我不怕遠。」林夕落說到此，微微一笑，「只要能供給我想要的物件，無論多少時間、距離多遠，我都能等。」

林夕落說罷，便抿茶不語，而柳笛則心中開始計較盤算起來。

還要尋城外的人，而不單只在幽州城內？魏五奶奶愛好雕藝早已風靡幽州城，而他們得知此信兒也不過當她閒樂之餘的小喜好罷了，可如今這話說出，恐怕不是個小事兒了。

「五奶奶如若信得過我，這些小事不妨直接交由我來辦，旁的話不敢說，我家祖祖輩輩經營石料一行已近百年，大周國內能數得上的商家也都熟悉，總好過您再派人前去尋來，何必如此大費周折？」

柳笛說完，又來向林夕落鞠躬，林夕落擺手，「如若我信得過你？今日初見，我為何就要信得過你？經營百年石料，不知雕藝你可懂一二？」

這一問題卻讓柳笛怔愣呆滯，動了半晌嘴才道：「我只懂經營，不懂雕匠的手藝……」

林夕落又問：「我要為麒麟樓雕一玉匾，用何料最佳，你可能說出一二？」

玉匾？這事兒他可未聽說過，玉匾何料最佳他怎能知道？旁日裡來買賣石料之人都已有想要的物件，一手交錢一手交貨便罷，哪裡還用他來選擇？

這種話柳笛自是答不上，半晌都沒說出一個字來，林夕落看向那位年紀稍長的木料商，「你呢？可有答案？」

「玉匾老夫不懂，更是從未見過，只覺得麒麟樓雕一塊玉匾倒不如石料鑲金更為氣派，但老夫覺得還是木料最佳。」此人說完連連退後，林夕落看著道：「石料鑲金？你倒是真敢想……」說著擺了擺手，看向魏青岩道：「這兩家人我都不滿意，但事也緊急，不妨先讓他們依著單子上的物件拿了來，而後瞧一瞧成色再議。」

魏青岩點了頭，擺手讓魏海遞了單子給兩人，而他則帶著林夕落起身往院內行去。

「大人……」柳笛心中焦急，這怎麼話沒等說完便走了？而且連銀錢的事都不肯談，只留了單子下來，這算怎麼回事啊？

魏海一把將其攔住，「幹麼？想問銀子的事？你也不瞧瞧自己的分量，與五奶奶談價錢，你也得有那份膽子！」

「魏統領，這買賣可不是我一人的啊！」柳笛看著手中單子，一眼看去便全都是極貴的物件，這讓他怎麼辦？

魏海冷哼地掃他一眼，斥道：「不是你一人的又如何？這也就是五奶奶容你們在此巴結幾句沒用的，還不就是想要銀子？」

魏海讓一旁的侍衛抬上來兩箱銀子，「一人一百兩銀子的定錢，上面的單子已寫得很清楚，銀子收了，這物件可都要依照五奶奶要求的弄來，如若敢有半點兒差錯……那就長住在麒麟樓，甭尋思回家了！」

柳笛看著那白花花的銀子，卻是初次沒有喜感，而是渾身打了哆嗦。

按說百兩的定錢已是不低，可……長住麒麟樓？這不就是閻王殿嗎？魏大人至於因為幾塊石頭不合五奶奶心意，就拿刀砍人脖子？

柳笛終究年輕，而那位年紀稍長的立即拱手應道：「魏統領放心，既是敢收這定錢，那自是拚了命也要為魏大人與五奶奶效力，老夫還不想丟了這條命。」

魏海不願多說，吩咐侍衛將兩人送出門口。

柳笛遲疑之餘，被那年紀稍長的給拽走，兩人走出麒麟樓許遠才算停了步，柳笛上前道：「方大哥，這事兒怎麼聽著如此讓人發慌？這哪裡是做生意？這不是要人命嘛！」

年紀稍長之人名為方繼來，從事木料生意多年，其背後自也有官家輔佐……

「柳老弟，你糊塗啊！」

方繼來長嘆一口氣，隨後道：「麒麟樓是何地，你心裡真不清楚？」

「只聽說這地兒喪氣，死過重臣……」

方繼來抽搐著嘴，卻仍是道：「這是皇上賞賜給魏大人之地，他能用此地開一間普普通通的雕木鋪子嗎？」

「您這般想，那剛剛為何提銀錢？」柳笛不明白方繼來心裡到底在想什麼，方繼來冷眼看他半晌，才開口道：「商人不貪財，你巴巴地跑來作甚？豈不是讓魏大人覺你另有目的？小子，好好找你老子學一學，別鬧丟了一家子的命！」

方繼來說罷，搖著頭便先離去，而柳笛琢磨半晌卻仍想不明白，急著上了馬車，奔回家中尋其父拿主意。

林夕落與魏青岩也在尋思這兩人的來歷。

「柳笛為人浮靈，而那方繼來雖提了銀錢，其後卻沒再針對此事說上半句，估計是裝的，這兩人可信得過？」林夕落想著他們倆，「如若只是供個材料倒也無妨，只是雕匠中也有他們的人，多多提防才好。」

「雕匠裡恐怕已有混進的人，還需妳再偵檢一番。」魏青岩如此說道，林夕落立即點頭，「現在也不會立即要用傳信的事，不妨先經營半年，讓這些想混進來聽消息的人洩了氣兒再說。」

「此事交由妳來操持，福陵王過些時日才會插手。」魏青岩說到他，不由囑咐幾句：「他的話不可全信，妳要考量好。」
「我知道。」林夕落抽抽鼻子，「醋味兒很重。」
魏青岩狠親她的小嘴一口，兩人嬉鬧之餘，門外有侍衛前來回稟：「大人，齊獻王已帶王妃去宣陽侯府見侯爺，商談了兩個時辰才離開侯府，而侯爺剛剛派人傳了信來，道是明日來見，讓大人與五奶奶在此等候。」
林夕落看向魏青岩，目光中則是驚詫，這麼快就有行動了？
宣陽侯有了消息，魏青岩與林夕落反倒是鬆了口氣。
林夕落心中思忖著雕木鋪子的事，魏青岩則在一旁沉默著。
她知道，魏青岩的心裡恐是在揣測明日宣陽侯會如何說辭、他應該如何應對。終究是父子，她能感覺出他的猶豫不決和心底的沉痛，這也讓她想起上一世，她的父親……
魏青岩需要沉靜，林夕落沒再多打擾，而是前去與魏海等人說起湖心島的修繕。
雕匠等人已被安排好居住之地，麒麟樓內仍有一些石料、木料，林夕落只吩咐讓眾人分類和盤養，更讓這些雕匠每人雕個把件出來，容她衡量下等級再分配活計。
事兒大概就這麼定下，林夕落鬆了一口氣，轉過頭卻發現魏青岩在遠處背著手看她。
林夕落走過去，看他道：「都不過來幫忙。」
魏青岩拽著她的手往湖心島行去，「妳專注的模樣很可愛，我只想多看一會兒。」
「我有心在湖心島建一片竹林，只要一個小園子，就好像最初陪你養傷的那個小庭院一樣。」林夕落手舞足蹈地比劃著，魏青岩點了頭，寵溺道：「都依妳。」
林夕落停步抬頭看著他，上下左右端看半晌，「旁人看到你都害怕，可為何我看到你時卻沒有那種感覺？難道是在一起久了？」

魏青岩捏她小鼻子一把，「妳不怕我，現在是我怕妳。」
林夕落聳肩翻白眼，「我累了！」
魏青岩抱起她，直奔湖心島的庭院中去……
兩人這一晚沒有回景蘇苑，就在麒麟樓住下，翌日一早還未等起床，就已經有侍衛在門外回稟：「五爺，侯爺已經到了！」
「這麼早？」林夕落往窗外看去，清冷的天空剛有幾分澄亮，日光還沒等湧出大半，這老爺子就堵上了門？
魏青岩倒不覺意外，安撫地拍了拍她，「不必急，稍後妳再過來也行。」
「我還是跟你一起去吧。」林夕落長舒口氣，從床上快速地起身、洗漱，只隨意盤了一個圓髻，便跟著魏青岩去見宣陽侯。
宣陽侯此時正在岸上的涼亭旁看著湖中的游鴨拍水嬉戲，臉上的表情異常淡漠，無喜無怒，兩角髮鬢的灰白卻顯出他的蒼老來。
「父親。」
「給父親請安。」
魏青岩與林夕落湊上前來各自行禮，宣陽侯只點了點頭，目光依舊看向碧波湖面，沙啞著聲音道：「這好似是本侯初次來到此地，外面看起來陰森骨冷，裡面的景致倒是美的。」
從沒來過？林夕落驚詫……
魏青岩喚侍衛端來早飯：「一早前來還是先用些粥菜，免得腹空無食，身子更虛。」
「吃不下。」宣陽侯擺了手，「你打算什麼時候回去？」
林夕落沒想到宣陽侯會這時就直問出口，見魏青岩沒有反應，她只得上前道：「父親不食粥菜，兒媳去為您沏一杯暖茶來？」

「去吧。」宣陽侯說完，林夕落便退下去，秋翠卻是道：「奶奶，奴婢去便好了。」

「不過是尋個空兒，讓侯爺與五爺私談幾句。」

林夕落去沖茶自是速度快的，她站於涼亭後的假山一側，並沒有立即上前……

宣陽侯正與魏青岩私談，話題自是問他開這雕木鋪子所為何意。

「……若非提前有青煥告知，本侯還被蒙在鼓裡，齊獻王找上門來詢問，你讓本侯如何回答？將此事徹底地供上去，你就不為侯府留一條退路嗎？」

「這就是一尋常的雕木鋪子，何況夕落喜歡，我自要圓她心願。」魏青岩說罷，宣陽侯冷笑，「你倒是疼這個丫頭，可卻別拿本侯當個傻子矇騙！」

「那又如何？」魏青岩語氣強硬幾分，「我在搏我應得的東西。」

「你小心丟了這條命！」宣陽侯看著他，翕動的嘴卻沒將後一句話說出口。

魏青岩嗤笑一聲，「我這條命您會看重嗎？有什麼要求，父親不妨直接說出來。」

「你回侯府。」宣陽侯直截了當，「世子位未定、本侯沒死之前，都不允你離開宣陽侯府！」

「您執意將我拘在宣陽侯府到底是為什麼？」魏青岩的目光中湧起不解，這是他多年都未有答案的事……魏青羽、魏青山都可以離開侯府，唯獨他不可以走？

「因為你姓魏，也是本侯的兒子！」宣陽侯怒氣迸發，魏青岩追根究底：「三哥、四哥就不是您的兒子嗎？」

宣陽侯沒說話，林夕落便端著暖茶露出身影。魏青岩沉下心來冷靜片刻，他剛剛的確是心不平穩，失態了。

林夕落將茶放置侯爺與魏青岩的跟前，笑著道：「父親要嘗一嘗兒媳親自調的茶，舒緩暖胃，您這些時日辛勞太甚，還需注意補養。」

林夕落這一句安撫，讓宣陽侯心裡更為酸澀，舉起暖茶汩汩入口，將茶杯放置桌上，半晌才又開了口：「收拾東西，跟本侯一同回府。雕木鋪子的事本侯不插手，仲良不是這塊料，你將仲恆培養出來，抑或是在老三的孩子裡挑出一個，其餘的事都依你。」

宣陽侯給出條件，魏青岩看了一眼林夕落，「雕木鋪子的事我不插手，都由夕落負責……福陵王也會參與其中。」

魏青岩話說完，宣陽侯當即怒視著他，「荒唐！她一個女人在府中教那幾個孩子便罷，怎能拋頭露面？」

魏青岩駁道：「這怎不行？何況她接手我名下的商鋪又不是初次，當初的糧倉、錢莊，連賭場不也都由她管著？我樂意做閒人，每日吃茶、下棋、酣睡，偶爾做車夫帶著妻子四處閒遊，做些荒唐渾事，豈不是喜哉樂哉？」

「窩囊！」宣陽侯猛斥，魏青岩攤手，「總好過回到府裡當奴才被人吆五喝六地斥罵。」

「放屁！」宣陽侯沙啞怒嚷：「你願意作何本侯都不管，但現在馬上召人收拾物件，隨本侯一同回侯府，否則本侯就燒了你這麒麟樓！」

「您燒啊！」魏青岩話語雖平淡，卻真的激怒了宣陽侯。

兩人又如剛剛那般對峙，誰都不肯退讓，林夕落知道這已是宣陽侯最後的底限，立即上前圓場道：「五爺，還是聽侯爺一句，這就回去吧？」

魏青岩拍了拍她的肩膀，「別怕。」

宣陽侯沒再說什麼，只是象徵地擺了擺手，這個動作已是妥協，也露出他心底的無奈與滄桑。

林夕落讓秋翠收拾包裹，又讓魏海去接魏仲恆回侯府，東吩咐一句，西吩咐一句，魏青岩則率先去了景蘇苑，聲稱是親自向岳父、岳母告罪……

她知道魏青岩這是不願圓宣陽侯的臉面，藉機離開，讓宣陽侯只能帶著她一人而歸……丫鬟們早已將物件收攏好上了馬車，魏青岩卻遲遲不回，宣陽侯實在沒轍，只得帶林夕落一人回府。但歸府沒半個時辰，魏青岩也帶著魏仲恆歸來，算是沒太讓宣陽侯丟臉。

本是蕭瑟寧靜的侯府，因魏青岩與林夕落的歸來變得熱鬧起來……

魏青羽與姜氏直接在郁林閣的門口等候，待見林夕落先行回了院子，立即喜上眉梢，「可算是回來了，否則我整日裡沒個說話的人，快成了啞巴了！」

林夕落笑著道：「往後定有時間陪三嫂敘話的。」

「五弟呢？」姜氏忍不住問她，魏青羽也將目光投來，顯然也有意探問。

「五爺去接仲恆，順便與我父母辭別，這忽然被侯爺帶回來，他們二老恐怕心中也有不適。」林夕落心裡也有不捨，她還沒與胡氏與林天詡親暱夠呢……

「早晚有機會的。」姜氏這麼說也是無奈，魏青羽則問起麒麟樓的雕木鋪子來：「五弟妹回了府，那裡可還顧得過來？」

「侯爺已經應下了，這事兒仍由我管著。」林夕落想著宣陽侯最後怒氣騰騰的模樣，不由在心中吐了舌頭，只覺得這父子倆就是冤家，何事都在談條件，好似看不出點兒情分似的……

「如此就好。」姜氏與林夕落先進了屋，沒過多久，魏青岩也帶著魏仲恆歸來，自與魏青羽兄弟兩人去書房敘談。

此時的筱福居中，侯夫人接連砸了不知多少杯碗，氣惱得滿面赤紅，「我去接，他們不回來，侯爺親自去才肯賞這份臉面，那個女人還要開什麼雕木鋪子？丟人！簡直就是丟人！」

「夫人，侯爺剛剛不已經說了？這事兒他已經應了五爺和五奶奶，而且如今的五爺連侯爺都已經控制不住了，您何苦再與他糾纏沒完？何況五爺歸來，對大少爺也是好事兒，您不妨從這方面想，順一順心，可要顧著身子。」

花嬤嬤在一旁苦口婆心地勸慰，侯夫人卻是推開她，「我容她！我一定要容她在這府裡頭過得舒坦著，我更要看著她的肚子，讓她生出個崽子來！」

侯夫人說罷，立即吩咐道：「去太醫院請最好的太醫來，我要親自請他為那女人診脈，我也要看看，一個庶出的刑剋子和一個匠女的丫頭能生出什麼東西！」

魏青岩回侯府的消息很快便傳開來，在幽州城內又掀起了一陣不小的風波，更成為尋常百姓飯後的談資。朝官們關心的是侯府的動向，百姓們談的則是魏大人雖是刑剋之人，但勞苦功高，不自立門戶，怎麼又回去了？

魏青石雖是死了，可他當初去搶弟弟的功績也是無爭的事實，喪日還未完全過去，卻又被人們挖出來當成了話柄，但人們更關心的是魏大人又被侯爺拽回了宣陽侯府，往後怎麼辦？這世子位到底會落在誰的頭上？

可關注了幾日過後，宣陽侯府風平浪靜，連句磕牙的消息都沒傳出，讓揣著好奇心理的人們大為失望，不免又將話題從宣陽侯府轉至哪家的官爺又包了戲子的八卦上去。

宣陽侯府之內，對外雖寧靜和諧，但筱福居內卻是僵冷無暖。

林夕落今兒是初次來向侯夫人請安，雖說夏日天氣炎熱，屋內卻擺了四個冰盆子，林夕落從外進門就覺得乍冷，端著一杯溫茶勉強暖和暖和。侯夫人卻平靜如常，衣裳比她還單薄，這老太婆體質這般好？

林夕落看向姜氏，她在紗衣之外披了件厚褙子，恐也是怕冷特意準備的……

「今兒初次來給母親請安，還望母親不要怪罪。」林夕落抖著牙把這話說完，侯夫人則在一旁看她幾眼，隨即說道：「怪罪談不上，聽說妳在喝藥，可是身子不爽利？」

「是媳婦兒的娘請了太醫給開的方子，太醫說媳婦兒體寒，要調理一番。」

林夕落話音剛落，侯夫人又道：「確實要好生調理一番，請的是哪一位太醫？可是專門給女眷瞧病的？我倒是認識太醫院的醫正，還是把他請來再給妳診一診脈，調養好身子，為老五誕下子嗣，這才是妳最應該關心的事。」

又提了孩子……可林夕落怎能用她請來的太醫？一副藥下去，她連怎麼死的恐怕都不知道！

「母親費心了，但媳婦兒已是在用藥了，那位太醫也是專門為女眷瞧病的，想必在太醫院當差的都不是草野郎中，還是不用再勞煩母親請醫正大人了。」

「無妨，我不怕麻煩。」侯夫人當即就吩咐花嬤嬤：「去，拿我的帖子請醫正前來！」

「母親果真體恤五弟妹，都讓我嫉妒了。」宋氏在一旁笑著附和，這話卻是把林夕落架了臺階上下不來，她怎能剛回府就跟侯夫人鬧彆扭，何況侯夫人還是為她請太醫院醫正，這事兒按表面來講，是對她格外照顧，但私下來講，就是塞把刀。

林夕落沒有辦法推辭，只得躬身謝過侯夫人。姜氏使了眼色給她，示意她只診脈無妨。林夕落微微點頭，讓她放心就好。

眾人在侯夫人的院子裡閒聊半晌，這醫正到得倒是快……

「卑職給侯夫人請安，給各位夫人請安。」

「喬太醫，請您來是為了我兒媳的身子，勞煩您跑這一趟了。」侯夫人臉上破天荒地掛了笑，喬太醫連忙道：「卑職能為侯夫人效勞，能為五奶奶診脈，是卑職的榮幸。」

「那就在此診脈吧，我就在一旁看著，兒媳婦兒的身子可是我如今最關心的事了。」侯夫人說罷，拿下手上掛著的佛珠，一顆一顆地盤念起來……

林夕落心中腹誹，她的確是最關心自個兒的身子，她巴不得自己早死！

喬太醫已在一旁等候，林夕落手上鋪了帕子，任由太醫探脈。

時間一點一滴的過去，喬太醫又問了林夕落幾個很尋常的問題，林夕落一一作答，半晌他才回道：「五奶奶可是在服藥？能否將藥方拿與我看一看？」

林夕落朝著秋翠擺手，秋翠立即奉上藥方，喬太醫細看半晌，點頭道：「此方尚可，但五奶奶如今身子已在好轉，藥量自可減少些，卑職再行一方，用上十副藥便可停了。」

「還不快給喬太醫拿筆墨！」侯夫人故作喜意盎然，可她的笑卻讓林夕落心中發寒，老婆子裝起良善來還真是無人能比啊！

姜氏在一旁也是面色複雜，宋氏則吹捧不停，把侯夫人對林夕落的好一頓猛誇，林夕落只慶幸自己早飯用得不多，否則還不得被噁心吐了。

喬太醫寫的方子倒是快，隨即便有人接過去取藥。

侯夫人打賞喬太醫百兩銀子，許諾道：「如若本夫人的兒媳能懷了身子，定要再重賞！」

「謝侯夫人。」喬太醫幾句道謝後便先行離去，而這一會兒花嬤嬤也已經取來了藥，但這藥林夕落可否會不收？

侯夫人擦拭著額頭，吩咐丫鬟道：「再取一冰盆來，屋中怎這般熱？」

林夕落瞪了眼，這老太婆怎麼不讓太醫給瞧瞧？她這心裡的火得有多大啊，屋子裡快趕上冬日了，她還要冰盆？

丫鬟離去，花嬤嬤看向林夕落道：「五奶奶，這是按照喬太醫開的方子配好的藥，您不妨先試一試？」

這話便是讓林夕落把藥方子收了，至於她是否吃用，可是她自個兒的事了……

林夕落見姜氏不停地使眼色給自己，只得福身謝道：「謝過母親了。」

說罷，讓秋翠過去將一包一包的藥都接過來。

侯夫人樂意花百兩銀子買個寬容大度的名聲，這事兒她是管不著，但想讓她用這位太醫開的藥，那是絕對不可能的事。

「方子開了，藥也都給妳備了，是否按此方子用，那便是妳的事兒了，可侯府如今人丁稀少，妳們肚子裡還未有所出的都要著緊些，吃的、用的都不虧了妳們，儘早讓我與侯爺能得一份好消息。」

侯夫人這話絲毫沒有之前的苛刻，卻戳了宋氏的心，她嫁給魏青煥多年，莫說是有所出，卻是連懷孕都未曾有過。她可不是林夕落這樣的新嫁婦，也不是年歲小的人了……

宋氏臉色鐵青，侯夫人卻懶得理她，事兒說完，便端了茶讓眾人散了，該幹麼就幹麼去。

姜氏與林夕落立即告辭，宋氏卻賴著不走，她還要知曉往後誰來掌院呢，林夕落一回來，她的心更不穩了。

而離開筱福居，林夕落恨不得將侯夫人賞的藥當即扔了。

姜氏攔住她，「喬醫正的醫術不錯，方子應當不會有什麼問題，倒是這藥妳回去可要好生地尋人品一品。」

「品什麼？扔了就是。」林夕落說罷，姜氏攔道：「扔了作甚？好歹也是銀子買來的，如若無礙，不妨吃兩副。她如今在盯著妳的肚子，想在這上面掌控五弟，妳不如先生下一個再說，對妳也是好的。」

姜氏的性子軟，凡事都會退一步往好處想，林夕落承認說要將藥扔了是氣話，可這會兒冷靜下來，她卻是想要看看這藥裡有沒有動手腳，如若真的有，她留下來當個把柄正合適。

可這話林夕落心中思忖，嘴上卻不能與姜氏說，「三嫂的叮囑我記下了，只是她為何要在屋中放置那麼多的冰盆？凍得我骨頭都疼！」

「她的身子也是在強撐著。」姜氏說起魏仲良來：「她有意給大少爺訂親，可羅家人回絕了，侯夫人氣病一場，如今讓外人再尋更合適的人家。」

羅家人回絕魏仲良的婚事，這是林夕落的主意，不過老太婆的身子如此糟，能撐至何時？

與姜氏又敘談幾句，林夕落便帶著秋翠回了院子，而此時，侯夫人則將宋氏給強行攆走，撫著胸口斥罵道：「她就想鑽這個空子，奪大房的位子，只要我活著一天，她休想！」

「夫人別氣惱，您可要注意著身子。」花嬤嬤看著她這副苦哀的模樣，心中也是無奈……

侯夫人閉目半晌才又睜開了眼，「這府裡的事我絕對不會讓她們沾手，林夕落那丫頭也對我防範得很緊，我卻是要想個轍！」

「夫人，如今平平靜靜的豈不是好？您傷了五奶奶，五爺恐怕會對大少爺不利的！」花嬤嬤勸慰，侯夫人卻搖頭，「我不會傷了她，我只是要找個人盯著她，她的一舉一動我都要知道……」

「此人可不好尋。」花嬤嬤連連搖頭。

侯夫人卻是道：「去將太姨娘給我叫來，該是她有用處的時候了。」

「太姨娘？」花嬤嬤心中驚詫，這是魏青山的生母，如今已是被侯夫人拘禁在後堂當中吃齋念佛，許久不露面了。

「就是她，不僅要她出來，而且還要青山一家子也回到府裡來。」侯夫人如此說，花嬤嬤心中感嘆，記前仇、結新恨，這種日子何時能到頭？何況侯夫人這是在給自己找罪受，她還能挺多久？

回了郁林閣，林夕落便吩咐秋翠去把侯夫人送來的藥給熬了。

「……熬過之後就送去給陳嬤嬤，讓她尋幾個牲口餵兩口，看看有什麼反應。」

「奴婢這就去。」秋翠捧著藥便走，林夕落這一會兒才有空閒與冬荷敘話。

冬荷沒什麼太大的變化，只是小臉掛了疲憊，顯然她不在的時候，冬荷也格外操心。

「可是把妳累著了？這些日子好生補補，別整日裡素食不沾葷腥的，晚間告訴陳嬤嬤給妳添上一碗肉，再加一碗雞湯。」林夕落直接塞了冬荷手裡兩個大果子，冬荷則是苦笑道：「奶奶這般賞，不知道的還以為奴婢生了什麼大病似的。」

「管旁人怎麼想？我看著妳健康才成。」林夕落硬是讓冬荷咬兩口果子，冬荷才連忙回稟林夕落離去時，這院子裡發生的事：「……您與五爺離開，這院子裡就像開了鍋，也幸好有陳嬤嬤幫襯著壓下才沒鬧出大事來。大事不出，小事不斷，奴婢也動了怒，罰了幾人，可您不在，她們也不過是不再與奴婢硬頂嘴，私下裡可沒少偷摸院子裡的東西。」

「趕上發月例銀子，奴婢是一個銅子兒都沒給，這卻是讓她們都慌了，但您曾經提點的那兩個婆子倒能頂事的，幫了奴婢不少忙。」

冬荷說到此，頓了下，「如今您回來，瞧著各個都跟貓似的瞇了起來；您離開時，各個都像竄天的耗子，了不得了！」

許是被這些丫鬟婆子們欺負急了，冬荷性子平穩的人也忍不住嘮叨幾句狠的，林夕落忍不住笑，「旁日裡就妳話少，如今看這嘴也是個刁的，這才好，我更放心了。」

林夕落這邊說著，那邊吩咐青葉和紅杏：「冬荷提及哪個婆子，當即就打了板子趕出去，一個都不留。」

「夫人，可是不少人呢，剩下的活計誰來做？」冬荷連忙安撫，郁林閣的院子可不小，婆子們的差事也都不輕。

林夕落搖頭，「放心，自會有人來，我早有心將院子裡礙眼的攆走，如今正是個好機會。」

她與魏青岩回府可是侯爺親自帶回來的，侯夫人都忍住了氣容讓她幾分，她趁著這功夫把院子清了，這老婆子能說什麼？何況這些人也不是半點兒毛病沒有，若真是細細地說，還得賴到孫氏的身上……

孫氏如今寡居，按說不應該再幫襯著侯夫人掌府事，但侯夫人仍讓眾人去後院問她，也是擺明了要穩大房的地位。可要是她鬧出這件事來，孫氏往後連遞話的心思都甭有了，宋氏在一旁虎視眈眈已久，還不得竄上來把孫氏的念頭徹底地斷了？

冬荷自不會如林夕落想得這麼細，但林夕落已有了主意，她直接去辦便好了……

將鬧過事的丫鬟婆子們點出來，那方秋紅便帶著青葉、紅杏和另外兩個婆子，挨個罰板子，趕離郁林閣。

曾鬧過事的丫鬟婆子也是心中忐忑，見林夕落歸來沒什麼反應不免鬆了口氣，但冬荷在門口點了第一個人的名字時，眾人又開始不停地盤算著，五奶奶問話該如何搪塞、如何回？

誰知五爺與五奶奶這麼快就回來了，還聽人說這就離開侯府，再也不回了，那她們還不得能伸手撈點兒實惠的，若是改日再被侯夫人派去別的院子侍奉，就沒這麼好的機會的……

五奶奶是個愛好雕藝的，屋中陳列擺設，哪怕是個珠子都是小葉檀的，這在夫人們眼裡不是個貴重物件，可若拿出去賣，起碼能賣上個一兩銀子，夠一家人吃半個月的。

眾人心中正在不停打鼓，孰料第一個被點了名的婆子根本都沒得見五奶奶面兒，便被按在地上賞了十個板子，又被人帶至後罩房，直接翻出她的行囊包裹，隨即就給抬出郁林閣，送了侯夫人那裡去。

第一個處置完，眾人的心思徹底驚了。

驚後便是恐懼，打板子攆走？而且還是送至侯夫人院子裡，那不就等於直接扔了刀刃之上，她們哪裡還有活路了？

縱使不是死契的下人，是活契的幫工，被攆離侯府，誰還敢用她們做活兒？

冬荷又點了第二個丫鬟的名字，這丫鬟嚇得跪了地上，腦袋猛磕在地，口中連連喊著「五奶奶饒命」。

「饒命？這會兒來求奶奶饒命，當初都做什麼來著？這院子不留手腳不乾淨的人！」冬荷在一旁緩緩地訓著，聲音雖不大，卻是讓人心更膽顫。

「奴婢絕沒有擅自拿五奶奶的物件，奴婢怎麼敢有那麼大的膽子……」

「妳不服？」冬荷與青葉道：「去後罩房將她屋內的物件、包裹全都拿來，當場讓眾人瞧瞧，別挨了板子不服氣，回頭還對外去說五奶奶罰得重。」

冬荷說完，青葉便帶著婆子往後罩房行去，未過多大一會兒，物件便全都拿了來。

黃花梨的筆筒、瑪瑙石的雕佛、菩提子的手串，還有一根鏤空雕細花的木簪……

琳瑯滿目，瞧著每一件都極貴重，怎會是一個丫鬟有的？

「妳還有什麼話說？」冬荷看著她，那丫鬟的眼珠子都快瞪了出來，「這……奴婢沒有，不是奴婢……」

丫鬟嚇得臉都哭花了，結結巴巴的說不出話，哽咽得好似快昏過去。

「既是說不出，那就拉出去打板子吧。」冬荷側過身，心裡頭也十分惱怒，這些丫鬟膽子實在太大，連這等物件都敢往自個兒手裡偷，這還是在她緊盯的情況下，如若她也跟隨林夕落離去，院子裡還不得讓這幫人抄了家？

「冬荷姊姊，奴婢求見五奶奶，要向五奶奶請罪。」丫鬟破了嗓子地叫嚷：「五奶奶饒命，奴婢的物件都是別人送的，不是妳想的……」

「放屁！」秋翠這會兒從大廚房歸來，上去便先給了她兩嘴巴，「旁人賞妳的？妳眼睛哭瞎了怎麼著？哪位夫人這麼看重妳，會賞妳這等物件？五奶奶的物件難道冬荷姊姊會不認得？我會不認得？」

秋翠下手極重，兩巴掌下去，丫鬟的嘴便流了血。冬荷不耐地擺手，秋紅和婆子們趕緊將她拉下去打板子攆走。

冬荷小聲告知秋翠剩餘的那幾個要攆走的人名，隨後親自上前拿起那些個物件，捧回林夕落的屋中……

「奶奶，都是奴婢不好，本是尋思她們小偷小摸地拿走些，卻沒想到連這麼貴重的物件都被偷走了，奴婢真是沒用！」冬荷咬著嘴，心裡極為難受。

秋翠是個性子烈的，凡事都能替林夕落出頭，可她呢？本就是被奶奶從林府裡救出來的，如今除了幫點兒閒事，卻撐不起個大丫鬟的架子來。

林夕落聽著外面秋翠的叫罵、婆子們的哭喊求饒，也知道冬荷心裡如何想。

「妳就一個人在這裡，怎能看得過來那麼多雙手？」林夕落拽著她坐在一旁的小凳子上，看著那幾件被偷拿了的物件，不由笑道：「何況這物件不都找回來了？能用這麼點兒東西，就分辨出院子裡有哪些人是用得了的、哪些人是用不得的，又有何不好？」

「可奴婢沒用！」冬荷快把自個兒的嘴咬出血，林夕落連忙阻攔，「冬荷，我對妳的信任高於他人，這就是妳最大的用處。」

冬荷眼淚掉下，連忙用手抹去，「奴婢也得學得厲害點兒，不能總讓奶奶護著奴婢。」

「妳能管得住秋翠、秋紅，管得住青葉、紅杏和夏蘭即可。」林夕落提點一句，冬荷思忖片刻也能明白過來，當即點頭，破涕一笑，又出門去看著責罰其他的下人。

郁林閣罰一個攆一個，還陸陸續續送至侯夫人面前，將侯夫人差點兒氣背過去。

可每送來一個都是人贓俱獲，連帶著偷了的銀錢物件一併拿來，讓侯夫人半句話都說不出。

花嬤嬤挨個相問，這仨人中一個曾是孫氏的人，另外兩個是宋氏的，當初送至林夕落的院子，便都沒端著好心……

「您別生氣，這些人的確是過分了些，不妨再給五奶奶換上幾個丫鬟婆子，也壓下這件事。」花嬤嬤在一旁提議，侯夫人當即氣嚷：「她就是為了讓我堵心，就是盼著我早早被她氣死！」

「夫人，這……這事兒也是下人們做得太過了。」花嬤嬤指著旁邊的物件，「連這等東西都敢偷拿，五奶奶不容，也怨不得她。」

「妳如今倒是會做好人，還替她說上了話？」侯夫人瞪向花嬤嬤，花嬤嬤連忙道：「老奴這也是為了大奶奶，這事兒鬧開了，大奶奶可就真的要去後院寡居了。」

侯夫人呆滯片刻，隨即閉上眼睛，心中忿恨不已，可又能怎樣？

「再選幾個丫鬟婆子給她送去，我忍！為了孫子，我忍了她！」

侯夫人將林夕落送去的丫鬟婆子全都給攆離了侯府，再讓花嬤嬤送了三個婆子、兩個丫鬟到郁林閣，這事兒便再也不提。

林夕落自當也不多說，只讓秋翠帶著新來的去頂替趕走的，隨即留花嬤嬤坐下吃茶，「花嬤嬤親自來，這次別忙著走，用一杯茶歇一歇。」

花嬤嬤遲疑片刻，自當應下，「謝過五奶奶了。」

冬荷親自給花嬤嬤沏了茶便退去一旁，花嬤嬤福禮謝過，林夕落則開了口：「今兒勞煩花嬤嬤親自為我選了可用的人，可您跟著母親，也沒有缺的、用的，送您什麼都不合適，就只能小氣地請您一杯茶了。」

「五奶奶抬舉老奴了，老奴這也是應該做的。」花嬤嬤話語和緩，林夕落突然道：「何必客氣？您與我也並非初識，未嫁之前，您就是我身邊的教習嬤嬤。」

「只是侍奉而已，哪裡談得上教習？」花嬤嬤雖這般說，可心頭也有感嘆，當初被侯夫人斥責的匠女，自己接觸後卻發現不如所想的，五奶奶雖性子直，但總能做出讓人驚愕之事，說她跋扈？府內這幾位奶奶在女紅上卻都比不過她……

她在侯夫人身邊多年，眼界也不低，卻從未見過這般性子的人。

「花嬤嬤做事向來有分寸，這我心中明白。」林夕落感嘆一聲，又說起了府內的事：「有些事我作不得主，都要聽五爺的，說起麒麟樓的雕木鋪子也好，五爺的錢莊、糧行也罷，這些事只動一動嘴是不成的，還是要不時離府去看一看，但每次離府都要去向母親知會一聲，勞煩了她老人家，不知這件事花嬤嬤怎麼看？」

雖說侯爺已經點頭允了，可魏青岩不能每一次都陪她出去，她實在不想每次獨自離府都要去見侯夫人。

花嬤嬤的臉色難堪一分，卻也只得點頭道：「此事老奴自會向侯夫人回稟，由其定奪。」

「勞煩嬤嬤了。」林夕落想起花嬤嬤上一次與她私談之言，便使了眼色給冬荷，冬荷當即到門口尋個由子吩咐事，留林夕落與花嬤嬤二人……

「回來侯府後，確是覺得府裡頭略有不同，可也沒如花嬤嬤之前所提的亂字。」林夕落敘起此話，花嬤嬤四處看了看，才開口道：「五奶奶心靜，不願摻和而已。」

「人不犯我我不犯人，您是最知道我的。」林夕落這話說出，花嬤嬤則搖了搖頭，「老奴懂您，可又有何用？」她懂，侯夫人不懂……

林夕落也知不能與花嬤嬤單獨待太久，只得端了茶杯，花嬤嬤立即起身準備離去，林夕落道：「我送您至門口。」

花嬤嬤應下，兩人一前一後行出，冬荷與秋翠自是遠隔幾步跟隨……

「五奶奶留步吧，老奴這就回去向侯夫人回稟，待侯夫人給了話，老奴自會派人前來告知五奶奶。」沒走幾步，花嬤嬤便轉身不容林夕落再送，林夕落自知她這也是怕侯夫人多心……

「那便勞煩花嬤嬤了。」林夕落停步，「也勞您替我向大奶奶帶個話，仲恆少爺在我這裡很好，但如今仲恆少爺的書已讀過《論語》、《大學》，還需另外換一位先生，這事兒就五爺與我作主了，還望侯夫人與大奶奶放心。」

花嬤嬤怔了一刻，連忙應下便走，林夕落看著她離去的步伐緩慢，顯然也是在思忖這事兒該如何與侯夫人回……

在侯夫人身邊陪伴了幾十年，回話還需要思忖，卻不知這是花嬤嬤不得不如此心重，還是侯夫人的悲哀？

林夕落轉身往回走，秋翠湊上來說了藥的事：「……餵了牲畜，倒是沒什麼反應。」

「那這幾個喝了藥的牲畜也別吃了，養至其老死吧，即便不能毒死，也別吃了再有旁的毛病。」林夕落只求心安，為了幾嘴吃食而忐忑不安，還不如不吃。

「奴婢這就去告知一聲，也別下人們嘴饞再給殺了吃了。」秋翠說罷，便往廚房而去。

林夕落在院子裡散步般的溜達著，紅杏忽然跑過來，「奶奶，常嬤嬤要見您。」

常嬤嬤？林夕落險些忘記了她，可想起春萍，她還真得與常嬤嬤見一面。

自那日與福陵王見過之後，金四兒賴了幾日終究是將春萍娶作填房，雖說婚事辦得倉促了些，但林夕落給了春萍一筆豐厚的嫁妝，倒是讓她哭著上轎，好似個淚人一般。

「去看一看吧。」林夕落帶著冬荷往後罩房而去，常嬤嬤自從咬舌不能說話之後，這還是林夕落第一次見她。

常嬤嬤很激動，先是跪地向林夕落磕了頭，隨即取了筆，在紙上寫道：「給五奶奶請安。」

「妳是想問春萍吧？」林夕落淡然地道：「我已是將她賞了林家的親戚作填房，那人在五爺的賭場裡當著大管事，生活上不缺空，妳就不用惦記著了。」

常嬤嬤目瞪口呆，急迫地張口卻說不出話，只得動手快速地寫字，卻因手的顫抖，字跡亂得快認不清……

「可否還能看到她？」

「妳想見她？」林夕落搖頭，「我不會允她再回侯府，妳都不肯認她這閨女，何必再見她？」

常嬤嬤的眼淚潸潸落下，極為震驚，五奶奶怎知道春萍是……是她生的？

「妳私生她之後便送了人，而後又通過侯府在外買丫鬟，將她從養父養母的手中買進侯府當丫鬟。雖然特別照顧，卻偷偷摸摸，妳何必不認？那是妳生的，在這府邸裡當個管事嬤嬤就那般榮耀，讓妳連親生女兒都能放棄？」

林夕落想起當初派人去查問過春萍的事，心裡冰冷，忍不住繼續道：「來見妳，無非也就是說一說春萍，這孩子是個苦命的，但往後不會再苦下去，妳也不必再來找我，我不願再見妳這麼狠心的人。」

林夕落起了身，常嬤嬤卻一把摟住她的腿，連連用手捶地，支支吾吾地泣哭，慌亂之間取了筆，直接在地上寫了「二奶奶」三個字。

二奶奶？這是說當初有心害魏仲恆的是宋氏？

林夕落看著這仨字只覺心中更加厭煩，從常嬤嬤緊摟的手中抬步出了屋，而常嬤嬤有心再與林夕落請求要見春萍，秋翠一把將其攔住，「春萍過得很好，妳沒資格見她！」

常嬤嬤僵滯原地，隨即一頭朝牆撞去，額頭滲出了血跡，當場昏倒……

丫鬟婆子們又是一陣忙碌，林夕落聽著叫嚷的聲音卻沒再回頭，她不願以人情做交易，那不僅傷人，她自己的心都無法過這一關。

回到主屋沒多久，秋翠從外匆匆回來，嘴唇哆嗦著道：「常嬤嬤沒能救回來……」

林夕落心中沉嘆，秋翠在一旁忍不住掉了眼淚，心中卻是恐懼，「奴婢……奴婢話太重了！」

「與妳無關，她自個兒也有心尋死。買個棺材把她抬出去葬了，將這事兒告訴金四兒，讓他來操辦。」林夕落眉頭蹙緊，對此事略有不耐，秋翠不敢再多說，只得抹了一把臉，壯了膽子去辦事。

冬荷也惶恐不安，對春萍有同情，對常嬤嬤的死有遺憾，她是個心軟的人，見不得這等事。

林夕落卻是閉目沉思，不願多想……

而這一會兒功夫，魏青岩從外歸來，看到林夕落這般安靜，不由問道：「怎麼了？」

「無事，院子中的管事嬤嬤歿了，正讓人將她的喪事辦了。」林夕落沒對魏青岩細說春萍的身世，這種事她不願過多開口。

魏青岩點了頭，說起麒麟樓的事：「……剛剛已去看過，木料、石料商已經依照妳的單子開始送貨物，雕匠們也各自做出了把件等妳去查看。還有，福陵王扎在麒麟樓不肯走，明兒妳還得去一趟。」

轉了心思說起這件事，林夕落正視起來，「明兒定會去的，但想為仲恆再請一位先生，如今這位我瞧不慣，已經讓花嬤嬤去與侯夫人說，她們答應也得應，不應我就自己教。」

「請林豎賢，正巧他教天詡，讓仲恆也跟他習學更好。」魏青岩提及林豎賢，讓林夕落的眼睛微瞇，「你倒是大肚能容，你就不怕？」仲恆終歸是大房的孩子，她也一直都明白魏青岩心中有幾分忌諱。

魏青岩聳了聳肩，「怕什麼？不單是他，李泊言也回來了，往後妳這位義兄便在麒麟樓與妳學雕藝。」

「哥哥也回來了？」林夕落聽及李泊言的名字多了一分喜意，終於聽到了一個讓她放鬆的名字，否則心裡實在壓抑。

魏青岩瞧她這模樣，不由咬了她的小嘴一口，「就這般高興？」說著翻身壓在她的身上，林夕落調侃道：「你不是不怕？」

「我不怕，但我要妳怕。」

「嗚嗚……天還亮著……啊，我的胸衣！」

「不許喊！」

「唔……輕點兒……」

翌日一早，林夕落早早起了身，沐浴更衣，特意裝扮得鄭重些，畢竟今日不單要處理麒麟樓的事，還要見一見那位福陵王。想起那張禍國殃民的臉，一個男人怎能長得這般好看？

但這話也只能心裡嘀咕兩句不能說出口，魏青岩為人雖大度，可在這點上實在心思太多，否則當初也不會直接把自己圈了身邊，只等著她開口說要嫁給他……

林夕落坐在妝台前梳著髮髻，餘光看向一旁的魏青岩，他手中拿著書，看得認真。

待收拾完畢，她讓冬荷與秋紅兩人跟隨，院子裡的事則交給了秋翠……

魏青岩並沒有單獨騎馬，又陪著她坐了馬車，林夕落看著他手中拎著的書本，「什麼書讓你如此愛不釋手？」

「妳看不出來？」魏青岩往她面前擺了一下，其上字跡極為熟悉，這不是林豎賢的遊記嗎？

「怎麼……怎麼是這本？」林夕落瞪了眼，這本書她當初看過後便還給了林豎賢，怎麼又到了魏青岩手中？

魏青岩瞧她這驚詫之色，心中湧了絲酸溜溜，「怎麼？捨不得妳先生的書給我這等糙人看？」

「渾說什麼，討厭！」林夕落狠瞪他一下，魏青岩說起這書的事：「……他如今在翰林院很受寵，又被人得知了這本遊記的事，太子殿下很欣賞，便命人將此書拿去印社印了數千冊，大小官員人手一冊，我便要來了這本原文手札。」

林夕落嘆了口氣，「風頭浪尖，他這麼做得招多少人恨！」

「擔心他？」魏青岩聲音低沉，林夕落卻沒否認，「我自是擔心的，一來他是我的先生，二來他也姓個林字。」

「林豎賢雖是文人，可屢次吃虧也學得精了，準備裝病一段時日，我這才有意讓他教習仲恆和天詡。」魏青岩似是隨意說起，繼續看向手中的遊記，嘀咕道：「他這寫得果真有趣……」

林夕落不再開口，而是尋思著林豎賢，他曾是正直不阿的人，如今也開始要動腦子謀這等手段，心裡不知會是什麼滋味兒？

一路行至麒麟樓，麒麟樓還是以往那般矗立著，只角落多了一個木雕牌匾，除此之外沒有更多的變化。林夕落心中訝異，好歹也是個鋪子，只這麼擺了一個物件，誰知此地是作何事的？

春桃已經搬來此地，林夕落一進門她便迎上來，「給五爺、奶奶請安。」

「妳在此就好。」林夕落笑著進門，湖心島處正有一錦衣華服之男子在那裡品酒下棋，是那位福陵王，而與他對坐之人並非旁人，卻是李泊言。

「給王爺請安了。」林夕落行至前方便是福禮問安，福陵王側目而來，笑著打量，「魏五奶奶可是知道今日要與本王相見而特意打扮？」

話語帶著挑逗，林夕落一怔，「自是特意裝扮，見何人要有何樣的對待，王爺錦衣華服，連根髮絲都不亂，我自當要以此相待。」

福陵王撇了撇嘴，看向魏青岩，「這是你教的？」

魏青岩不回答，而是行步上前看他兩人的棋局，李泊言連忙退後將位子讓給魏青岩，他則到一旁與林夕落私談。

「哥哥。」林夕落福了身，「好久都沒見你了，爹娘還問了你，我卻不知你的音訊。」

「昨日已經去探望過二老。」李泊言的目光在她臉上閃爍片刻，卻覺出如此不合規矩，忙退後一步，「這鋪子的事，大人已經與我吩咐過了，妹妹，妳何苦如此用心……」

這是說林夕落主動提及雕字之事要教給李泊言，顯然此話魏青岩也轉告他了。

「他既然將此事都告訴你，想必原因也應該說了。你是家人，我信任你，而且你在六品之位太久了，就不尋思換一換位子？」林夕落在等著李泊言的答案。

當初她執意要李泊言學傳信之事，也是期望他能得以重用，何況李泊言文武皆通，年紀尚輕，為何要在六品之位窩死？

「有前科，儘管大人已出面抹去，但終究是一條人命。」李泊言面色晦暗，欲言又止。

林夕落冷笑，「你如今身上的人命還少？」參軍征戰，殺敵無數，還提人命二字，他身上果真還帶股子文人氣……

李泊言怔住，隨即自嘲而笑：「總之，都聽妹妹的，往後我也可在妳身邊護著妳。」

說罷，看了一眼正在下棋的福陵王，顯然對此人格外不信。

林夕落恍然大悟，「合著他同意你來跟我學雕字，護著我，是為了防這位王爺！」

李泊言淡笑不語，林夕落沉嘆一聲，他的心眼兒啊……

兄妹二人又敘起旁的事，而福陵王與魏青岩下棋卻已不能安心，不時朝那兄妹二人看去，再探一臉認真的魏青岩，「義兄、義妹，之前還曾有婚約，你就這麼大度能容，信得過這小子？」

「對他的信任自要高於你，往後都由他在此護衛吾妻，我可不想常見到你。」魏青岩手中棋子落下，車前四步，福陵王馬瘸。

福陵王抽搐嘴角，「讓本王幫襯著管福鼎樓，又讓本王幫管鋪子，事兒本王都應了，你卻說對本王不信任，更是不想見，這話真傷人心。」

「你答應我，是為了不要太子的女人罷了，何況這鋪子一開，你對軍中之事插手更進一步，踩了齊獻王的脖頸上偷笑還來不及，有何傷心的？」

魏青岩直戳他的目的，卻讓福陵王不停地搧著扇子，「這事兒在你口中一說，怎麼變得這般無趣了呢？」

「無趣好過無命，下棋吧！」魏青岩手中棋子再落，馬側一步，福陵王炮滅，將軍！

「你什麼時候走得這兩步？」福陵王見了棋局不由大嚷，魏青岩神色淡漠，「就在你眼睛看我媳婦兒的功夫走的，色心難改，敗局早定！」

「看你女人你都心思沉定？你也太捨得了吧！」福陵王又看林夕落一眼，「都說你對這女人極是呵護，依本王來看，恐怕都是虛假之狀。」

「你即便眼睛看瞎了，她也是我的女人。」魏青岩話語平淡，福陵王卻是撇嘴，「那你就等著瞧好了！」

「我等。」魏青岩斬釘截鐵，福陵王冷哼嘆氣，又是不停地搖著扇子起身。

林夕落看完雕匠的活計，心中略微有數，正準備挨個叫來相談，福陵王卻走至此地，開口道：「稱一聲五弟妹，可否？」

「不敢當，王爺抬舉我了。」林夕落站起身，目光則在尋著魏青岩的影子……

「他帶著李泊言去部署軍營之事，本王只得與妳來談鋪子的事了。」福陵王說到此頓了下，「不知五弟妹有何想法？說與本王聽一聽？」

「王爺已有主意，我聽從即是。」林夕落嘴上如此說，心裡卻在腹誹，他那細白的皮膚、殷紅的薄唇、高挺的鼻樑、俊俏的眼，一個男人怎麼能長這麼好的皮膚？實在是沒天理……

福陵王自看到林夕落緊盯的目光，便更湊近她一步，輕聲道：「本王要多賺銀子，賺很多的銀子，妳來想主意吧？」

林夕落厭惡地退後一步，「王爺想多賺銀子，五爺也是這般想，麒麟樓又是皇上欽賜五爺之地，這裡開鋪子自要賣與旁人不同的物件，所以我個人提議麒麟樓內設五層等級，最外層所賣的物件是雕匠所做；第二層是工藝好的雕匠，但所售的雕物都由我來定圖樣；第三層只對有王爺與五爺親自發帖子的人開放，所賣的物件依黃金售賣；第四層……」

林夕落說到此，盯著福陵王，淡淡地道：「第四層的物件不標價，眾人看中便是競拍，誰出的價格最高誰得。至於第五層的物件不能按銀兩來計價，誰想要這裡面的物件，要答應王爺或五爺提出的條件，能辦到者便可得。」

福陵王哈哈大笑，「妳覺得自己的雕藝那般出色？值得眾人爭破頭、傾家蕩產地來搶買？莫要太過高看自己！」

林夕落聳了聳肩，「這與我有何干？麒麟樓是何地？在此管事兒的人是誰？福鼎樓一盤豆腐都能賣出十兩銀子的價，麒麟樓的一塊石頭怎能便宜得了？這裡賣的不是我雕的物件，而是王爺您的這張臉！」

福陵王瞬間臉色鐵青，半晌都說不出話來。

這哪裡是個女人？女人怎能如她這般說話？無禮！跋扈！她……

福陵王只覺得頭暈，這還是初次有人說他是賣這張臉，旁人都覺得他文姿卓越、瀟灑有度，乃一等一的美男子，可在這女人嘴裡卻說他這是在賣臉？

想起魏青岩，福陵王隱約覺出他剛剛為何能那般平靜淡定，他找的這個媳婦兒果真是奇葩，奇得他想暴走了！

福陵王一時有些緩不過勁兒，沒再與林夕落多說，便先行離去。

林夕落坐在椅上用手搧著空氣，皺著鼻子道：「一個王爺身上熏這般濃的香，熏死我了……」

冬荷在一旁捂嘴偷笑，秋翠則連連感嘆，「奶奶，那可是位王爺！」

她雖膽子大，可軍戶出身最重等級尊卑，奶奶旁日裡不計較規禮，可在外也甚重禮節，今兒太出奇了。

林夕落沒說話，冬荷言道：「奶奶喜歡互敬之禮。」

福陵王剛剛那副威誘的姿態，明顯讓林夕落不爽快……

冬荷的話讓秋翠恍然，林夕落看她一眼，感嘆著道：「這位王爺還真不是好應付的人，往後咱們可都要多多注意。」

「奴婢省得了。」

秋翠與冬荷應下，林夕落便帶著雕匠們的物件，與眾人細談。

本都以為這位五奶奶只是愛好雕藝而已，可林夕落拿起一物便能說出此物的精妙和缺點，哪怕是一個微小的瑕疵都逃不過她的眼，眾人才慎重起來，認真聆聽。

待將所有的雕匠分成了一二三等，林夕落便讓春桃記下眾人的名字，才開口說了在此地勞作的薪酬：「既是能在麒麟樓做事，自不會虧了你們。三等匠師的月銀為五兩、細糧五十斤、細鹽一兩，雕出的物件每賣出一件，賞半吊錢；二等匠師月銀八兩、細糧一百斤、細鹽二兩，雕出的物件每賣出一件，賞一兩銀子；一等匠師月銀二十兩，吃穿用度都由麒麟樓出錢，雕出的物件每賣出一件，賞銀五兩。」

林夕落說到此，頓了一下，「雖說一等匠師只有一人，但每隔一季就算一下你們雕品的物件售出多少，而後再調等級。一等匠師如若一個物件都賣不成，那就怪不得我了。」

「五奶奶的薪酬已經是全大周國最高的了，在下等人定當全力以赴，為五奶奶效力！」一等匠師先開了口，眾人立即附和，林夕落指了指春桃，「往後你們有什麼不明白的，都尋春桃管事，十天時間，我要看到能拿得出手的物件。」

「定當完成！」

林夕落點了點頭，春桃便帶著眾人先行下去，待她歸來時，林夕落與她說起這些人中要特別注意哪幾人：「三等匠師裡有一個歲數大的妳要注意，他的手藝很精，可拿來的雕樣卻粗糙了些，另外那個一等匠師要看好，更是告訴李泊言，這個人的一舉一動都要侍衛們看緊了。」

「奴婢省得了。」春桃應下，隨即再問：「奶奶，他們這些人是否也要分等級才可以進麒麟樓各處？」

林夕落已經與福陵王說好一二三四層賣物件的法子，福陵王因「賣臉」二字落荒而逃，可這法子是她早就想好的，也要這麼辦。

「他們暫且就一二層好了，最內兩層讓侍衛嚴密把守。」

林夕落說到此，又補了一句：「稍後在雕匠們用飯的時候，妳與侍衛帶著幾籠鷹隼到湖心島，要讓這些雕匠們全都看到，如若有人問起，只說這是魏大人吩咐的。」

「您有意試探試探他們？」春桃說完，林夕落點頭，「有的人定會心急，咱們不妨早些動手清理，省下幾碗糧食，也別餵了盯著咱們五爺的狼！」

春桃應下就去，而這時魏青岩與李泊言兩人也從外歸來。

「福陵王怎麼走了？」李泊言左右探看，都未見福陵王的身影，林夕落便道：「他與我談完麒麟樓的事便先走了，想必是說得餓了，去了福鼎樓用飯食。」

林夕落話中帶有幾絲玩味兒的調侃，魏青岩看得出，李泊言卻不知所云，「時辰已不早，大人可否要用飯？」

魏青岩點頭，「咱們也去福鼎樓，我與王爺談一談這事兒怎麼分銀子。」

林夕落不想再與福陵王相見，「福鼎樓我不去了，先回侯府，還有仲恆的事要與他說合一二，更要定下豎賢先生教習的課業時辰。」

「那我先送妳回去。」魏青岩說罷，便帶著林夕落離開麒麟樓。

林夕落上了轎，就覺出遠處的茶樓上好似有眼睛在看這方。

下意識看去，那裡卻空蕩無人……

林夕落上了馬車，魏青岩騎馬，隊伍緩緩前行，她也未將此事太過往心中記掛。

茶樓角落當中，正有兩人在喝茶，如若林夕落瞧見定會驚詫，這不是那位小伯爺錢十道？

錢十道自那次被林夕落在城衙內拎著撣子打了一頓之後，更是被袁妃娘娘好一通斥罵，罰他在府中養傷，不允出來招惹是非，更別提報仇二字。

他心中又悔又恨，好好的一個錢莊就被林夕落這小娘們兒給搶了去，不但本錢沒回來，更是受了一通窩囊氣，寵妾被伯夫人賜死，他是賠了夫人又折兵，這股氣怎能消得下去？傷養好後，便在府中鬧出病來，而今日得了齊獻王相邀吃茶，孰料來的地界卻正對著麒麟樓。不但對著此地，還看到了魏閻王和林夕落這個女人，他那股子氣瞬間竄上心頭，連連灌了兩倍滾熱的茶都沒覺得燙嘴。

齊獻王看著他那陰損的三角眼，十足暢懷，「怎麼著？怨恨本王今日請你至此地喝茶了？」

「我哪裡敢怨王爺的美意，只是心裡頭不忿罷了！」錢十道拿茶當酒，話語中帶著怨氣。

「按說這也過去多日，你心裡也該想開了，袁妃娘娘都因此事受了連累，你還有何可怨的？本王在魏崽子那裡都得不著好，何況你了？」齊獻王指了指麒麟樓，「皇上御賜之地，他都為那小娘們兒開了雕木鋪子，魏崽子算是扎在這女人手裡了！」

「不是說這鋪子有別的用處嗎？」錢十道雖在府中不出門，但來往賓客的閒言八卦他卻都知道得甚是清楚。

「本王一進這地界，魏崽子恨不得將本王隔了籠子裡，據說一個物件最少百兩銀子，哪裡有別的用處？」齊獻王的目光緊緊盯著錢十道，他今兒請錢十道到此地，為的就是想探清麒麟樓中到底是要幹什麼事。

「您都被隔了籠子裡，我一露面他還不把我一腳踹出去！」錢十道也不是傻子，齊獻王這話說出他自知道王爺的目的。

「伸手不打笑臉人，這點兒你還做不到？」齊獻王繼續勸著，錢十道撇嘴，「我吃飽了撐的上去巴結他？」說著，還摸著自個兒的胳膊，上面留下的傷疤仍有痕跡。

「孬種！本王會虧了你？何況你若能知道個眉目，袁妃娘娘也能藉此翻身，你得的好處還能少了？」齊獻王拋出這麼一句話，倒是讓錢十道沉下心來仔細想。

齊獻王之生母可是皇上最寵的寵妃，更是貴妃娘娘，如若貴妃娘娘能為袁妃說上兩句好話，他也不至於整日悶在家裡了？

可錢十道終歸沒意氣用事，他要回去細細思忖再說，「這事兒容我考慮考慮，自會給王爺個滿意的答覆。」

「本王等著你的好消息……」齊獻王往麒麟樓再看一眼，目光中的貪婪和好奇極為明顯，心中則道：魏崽子，你這肚子裡揣的到底是什麼葫蘆藥？

魏青岩將林夕落送回侯府，便與李泊言去了福鼎樓。

林夕落回到郁林閣也沒直接回正屋，而是去了魏仲恆的院子。

魏仲恆自從跟隨林夕落回侯府之後，與大房的人未見一面，如若以往他恐怕會覺得失落傷心，可這次歸來他完全沒有這種想法，而是一門心思讀書，更沒忘記當初對林夕落的承諾，開始對這位嬸娘之前講給他的故事重新溫習編撰，只等某日完成，再去將此課業交上去。

小黑子在屋外的小凳子上靜靜地坐著，待聽到院門口有腳步聲，好似個兔子耳朵般立即起身向前跑，見到林夕落的身影出現，當即回屋喊道：「少爺，五奶奶來啦！」

「這小子，整日裡沒個正事……」秋翠在一旁數落著，林夕落則朝正屋看去。

魏仲恆也是疾步行出，朝林夕落躬身行禮，「給嬸娘請安了。」

「行了，這幾日過得可好？」林夕落沒有進屋，就在這書房中尋個位子坐下。

「課業都認真完成，空閒之時便在編故事。」魏仲恆說到此，倒是孩童般的撓了撓頭，「侄兒倒是有一事，不知可否給小舅舅寫信？」

小舅舅？林夕落想起林天詡那淘氣包子，便是苦笑道：「你不能給他寫信。」

魏仲恆略感失望，卻聽林夕落道：「因為過幾天你便要隔日出府習學課業，能與他相見了。」

「哦！啊？」魏仲恆眼睛亮閃，「我能出府？」

林夕落點了頭，「由翰林院編撰林豎賢先生教習你二人，此事我已向你祖母和母親說了，如今就看她二人是否同意了。」

魏仲恆的神色淡漠下來，她們？怎麼可能同意？

魏仲恆沉嘆一聲，林夕落看他一副老氣橫秋的模樣，只得苦笑搖頭。

「這事兒也不必悲觀，侯爺應會同意的。」

宣陽侯有意讓魏仲恆跟隨學雕字，他即便不與侯夫人說真實情況，也會囑咐她別對魏仲恆拘禁過度。

魏仲恆不太明白，可他如今最信任的人便是五嬸娘，只連連點頭道：「侄兒都聽嬸娘的。」

林夕落沒有再說雕字的事，魏仲恆還小，很多事要他一點兒一點兒接觸才行，如若一下子信息量太大，她怕他承受不住。

在書房與魏仲恆一同用過飯，林夕落回到正屋準備洗漱休歇下，正歪了床上看書的功夫，秋翠從外進門道：「奶奶，三奶奶來了，與她同來的還有一位太姨娘，奴婢從未見過。」

太姨娘？林夕落眉頭蹙緊，這說的可是魏青山的生母？

早先花嬤嬤曾經說起過這位太姨娘，曾經是侯夫人的陪嫁丫鬟，而後誕下魏青山被抬為姨娘。可自嫁入宣陽侯府，她從未見過這位太姨娘，如今跟著姜氏一同到來，所為何事？

林夕落心中盤算，讓冬荷先去前堂應酬著，又起身穿衣梳頭，換上正服走至前堂。

姜氏看著方太姨娘也略有躊躇，今兒她本已經用過了飯，孰料這位太姨娘忽然到她的院子來敘事，話裡話外提及林夕落，還說了魏青山與四奶奶齊氏再過幾日就要回來了。

姜氏聽及齊氏歸來心情還是不錯的，與她閒談之間，太姨娘提到要來見一見林夕落，姜氏略有猶豫，可覺得此事也無妨，只得應下她的請求，帶著方太姨娘一同來找林夕落。

冬荷奉上茶點，柔聲回稟道：「奶奶剛剛已歇下了，這會兒在穿衣束髮，還望太姨娘與三奶奶不要怪罪。」

「都是我的錯，這麼晚了忽然來見，倒是給五奶奶添麻煩了。」方太姨娘笑著賠罪，姜氏圓話道：「不礙的，五弟妹雖謠傳著潑辣厲害，可其實是最溫順的人，這也是初次見太姨娘，所以才重新裝扮一二，若是我自個兒獨自來，她才不會這麼重視。」

方太姨娘臉上笑容更重，冬荷在一旁道：「還是三奶奶了解奶奶，正是如此。」

姜氏也不見外，幫著冬荷應酬方太姨娘，而這一會兒林夕落從屋中出來，進門就看到一位慈眉善目的中年婆子坐側位上，三奶奶坐於正位……

這就是那位方太姨娘？倒是很重禮節，即便是太姨娘都不倚老賣老……

瞧見林夕落進門，姜氏立即起身，「忽然來給五弟妹添麻煩，妳可不許怪我！」

「瞧三嫂說得，這位是方太姨娘？嫁入侯府已近半年的功夫了，還初次相見，給您請安了。」林夕落看向方太姨娘，行了福禮。

方太姨娘連忙道：「初次來見五奶奶，勞煩您了。」

姜氏應酬著：「何必這麼客氣？」

林夕落嘆了氣，「這是初次相見，也想給人留個好名聲，不然都以為我是個跋扈的。」

「瞧妳這張嘴。」姜氏笑著，方太姨娘則開了口：「早就想來見一見妳，可身子不好，如今養了許久也算能動彈動彈了。四爺與四奶奶特意來了信，說是五奶奶再過幾天就是壽日，特意讓我準備了禮代他二人以表心意。」

方太姨娘說著，朝向身後的小丫鬟擺了手，小丫鬟立即遞上一個盒子送至冬荷手中。

林夕落有些驚訝，七月初七的確就是快到了，可魏青山居然會知道這個日子？

從冬荷那裡接過物件，打開來一看，一塊巴掌大的蜜蠟片子，成色溫潤。

「這麼貴重的物件，可是讓我不知說何好了。」林夕落沒想到方太姨娘出手這般大方。

不僅林夕落沒想到，連姜氏看到此物都驚詫不已，「太姨娘如若不提，我卻是把這事兒給忘記了，否則誤了五弟妹的生辰，她還不得去院子裡哭我去！」

姜氏說笑著，林夕落讓冬荷將此物收起來，方太姨娘在一旁道：「這也是之前四奶奶送的，我一個老婆子哪裡懂這些東西，旁日裡戴一朵鬢花都覺得懶了。早就聽說五奶奶喜好木料石料的，這才選了此物作禮，既是五奶奶喜歡，我也就放下這顆心了。」

「太姨娘的心意，我就厚顏收了，待四爺與四奶奶回來時，我再邀太姨娘與他二人一同來院子裡遊樂。」林夕落客套話說著，方太姨娘也點頭稱是。

三人敘話片刻，方太姨娘便以身體虛弱，不能在外太久為由，提前離開了郁林閣。

姜氏沒走，被林夕落留下說話。

「這位太姨娘怎麼忽然來了？三嫂可知道原因？」林夕落不得不對此事多問兩句，魏青山雖然與魏青岩關係也不錯，但這太姨娘終究是侯夫人身邊人，她怎能輕易信得。

姜氏聽林夕落這般問，也是嘆了一口氣，「這不是四爺與四弟妹要回來了嗎？侯夫人也算將太姨娘放出來走動走動，好歹也是四爺的生母，總不能像個鳥兒似的被囚起來。」

「被侯夫人關著？她之前不是侯夫人的貼身丫鬟？」林夕落略有好奇，姜氏撇了撇嘴，「她身邊的人可不止這位太姨娘，妳瞧著花嬤嬤？」

提及花嬤嬤，林夕落想起她如今的模樣……

「只是忽然送來這麼貴重的物件，讓我有些不知怎麼對待好了。」林夕落雖不願多想，可如今她是半點兒事都不能鬆懈。

「這妳倒不必擔心，齊氏為人也不錯，性子雖不如妳辣，但也是個直爽的。」姜氏這般說，林夕落心中雖已有底，但並沒有完全鬆下來。

姜氏為人就已經有點兒逆來順受的，她看誰不都是直爽性子？

妯娌二人也沒多說什麼，姜氏惦記著孩子便匆匆回去了。

林夕落重新回了屋子卻一直都沒能睡著，心中雜亂，卻尋不著一個可思忖的根由，只得又起了身，拿出雕刀雕針來，尋了一個小木條細細地雕刻起來……

翌日清晨，魏青岩才從外回來。

一身的風塵疲憊，進了屋中便倒在床上，大手撫上林夕落的衣襟內，將正在酣睡的她給捏醒。

林夕落睜眼就看到他的臉湊近自己，那滿是酒氣的嘴在自己臉上蹭來蹭去……

小鼻子皺著聞聞，「有色香味兒……」

「有嗎？」魏青岩自己也聞聞，隨即抽搐著嘴角，「都是福陵王的味道！」

「你們倆……」林夕落拉長聲音帶著滿臉的驚疑，魏青岩反應過來，「想什麼呢？我可沒有齊獻王的喜好！」撫著她的髮，捏了她的小鼻子一把，「我只喜歡女人！」

林夕落哈哈大笑，魏青岩也忍俊不禁，兩人甜膩片刻才又重新起身，用過早飯，筱福居中來了一個小丫鬟傳話。

「花嬤嬤讓奴婢來給五奶奶回話，仲恆少爺的事都依五奶奶做主，但不能離開五奶奶身邊，要您一直帶著，另外，您獨自離府之事已經向門外的侍衛報備過了，可隨時離府。」

丫鬟回稟完，林夕落看著她，「妳叫什麼名字？」

「奴婢名叫鶯兒。」

「隨身侍奉花嬤嬤的？」林夕落使了眼色給冬荷，冬荷拿了幾個果子塞在這小丫鬟的手裡，「用吧，五奶奶賞的。」

鶯兒年幼，瞧著才十歲左右的年紀，看到這甜果子立即謝恩，隨即回答林夕落的問題：「奴婢是跟著花嬤嬤打雜的。」

「這麼小就跑來跑去地傳話，夠辛苦的，吃了果子便去告訴花嬤嬤，這些事我都知道了。」林夕落發了話，鶯兒也不怯場，拿了果子便往嘴裡塞，吃得甚是高興。

冬荷在一旁哄著，鶯兒也敘了幾句筱福居的事兒，待送走了她，冬荷過來向林夕落回稟：「奶奶有意要這小丫鬟？」

「花嬤嬤的人，對待好點兒也無妨。」林夕落想著花嬤嬤，她能輔佐侯夫人如此之久，一言一行甚是有度，如今派來這樣一個天真的小丫鬟回話，而且話說得直白，想必也是特意安排的。

「這小丫鬟不會裝假，奴婢問了幾句筱福居的事，她也都痛快地答了。」冬荷這般說，林夕落點了點頭，「時間長著，不指望一時。」

冬荷點了頭，林夕落便讓人去叫了魏仲恆，將這個消息早早地告訴他。

肆之章 ◆ 生辰詭謀難輕省

魏仲恆半晌才來，臉上卻有幾分氣惱怨懟之色，進了門便向林夕落行禮，才仰頭怒道：「嬸娘，侄兒絕對不做違背您心意之事，絕對不會！」

林夕落納罕地看著他，這又是怎麼了？

魏仲恆單薄的身子不停發抖，顯然是氣上心頭，林夕落還是初次見他這模樣。狗急了跳牆，兔子急了都能咬人，能讓魏仲恆這個膽子比兔子還小的孩子怒急攻心，恐怕是出現何事太過傷他了。可就在她的院子裡，能出何事？而且口中還說不背叛她……

林夕落沉下心，讓冬荷先將魏仲恆帶進屋中，坐下吃些果子、點心，才問道：「嬸娘對你一直是信任的，怎麼忽然跑來說了這一句？倒是讓嬸娘覺得奇怪了。」

魏仲恆沉默半晌，臉上猶猶豫豫，不知該怎麼說。林夕落也不追問，問起他的課業來，更說起侯夫人與他母親已經答應他跟隨自己出入侯府：「……如此一來，你便可與天詡一同跟隨林豎賢先生習學，也是互相作個伴兒。」

魏仲恆聽了這話，沒有分毫的興奮喜悅，好似早已知曉，半晌才開了口：「嬸娘，是侄兒的姨娘來找侄兒，她知道侄兒要跟隨您出入侯府，讓……讓侄兒定期與她回話。」

魏仲恆的生母……

林夕落笑容消失殆盡，魏仲恆連忙補言道：「嬸娘，她是侄兒生母，侄兒不能違背她，但侄兒也絕不會違背您，大不了……大不了我不出府了！」

「你如若再敢說這樣的話，我就將你送回大奶奶那裡，不再管你。」林夕落冷言告誡，卻讓魏仲恆陡然驚詫，忙跪地道：「侄兒有錯，嬸娘責罰。」

「她是你的生母，可我來問你，她旁日裡對你的吃穿用度是否上心？」

林夕落並不想戳魏仲恆的心，可這種事他想不明白，她也不敢將手伸得過長，這終究不是她的孩子，只是魏青岩的侄子。

魏仲恆思忖片刻，搖了頭，「時而送點兒衣布和銅錢，如若未跟嬸娘在一起之前，或許覺得她對侄兒愛戴，但如今……沒有了。」

「那她對你九年只會讀《論語》，可有向大奶奶提議換一位先生？」林夕落戳中要害，魏仲恆悶聲搖頭，沒再開口。

「那你可想明白了，她為何要你將我的事都向她回稟？」林夕落問出最後一個問題，魏仲恆隱隱約約有答案，可卻不敢說。

林夕落嘆了口氣，無奈言道：「仲恆，你並非是我與五爺的孩子，只是侄子，若提出身，你是大房嫡庶之子，教導你的事輪不到我頭上。雖說你才九歲之齡，可往後這日子怎麼過，你都要用心去想一想，是否還想不得罪你那位姨娘，也不違背我而不離侯府，這事兒你自己斟酌，但我對你的要求便是：說一不二，你明白了嗎？」

魏仲恆點頭，「侄兒懂，侄兒想明白了，都聽嬸娘的，自此開始不再見姨娘一面，更不聽她傳信來的每一句話，但侄兒每個月的月銀……都、都給她好了。」

不能盡孝便以銀子來彌補，這恐怕也是魏仲恆能想出的最好答案。

林夕落不再多說，更不讓魏仲恆細思此事，讓秋翠帶著他去拿一些習學所用的書本筆墨，又量身做了兩件合適的衣裳，魏仲恆臉上才多了幾分輕鬆和喜氣，將此事拋開。

魏仲恆年幼無知，林夕落的臉卻是沉了下來，看著小黑子在門口縮頭縮腦地待著，便使了眼色給秋紅，秋紅立即過去巴掌抽上，打得小黑子跪在地上爬進門，磕頭叫嚷：「五奶奶，奴才知錯了！」

「我看你是跟著仲恆少爺吃得撐著了？連這等消息你都敢替他傳！」林夕落話語甚重，小黑子連忙磕頭，「五奶奶，這話不是奴才傳給少爺的，真的不是奴才！」

「那是誰？」林夕落緊盯著小黑子，他不像是在說謊，難不成這院子裡還有大奶奶的人？

小黑子眼淚兒都快出來了，「奴才怎能是胳膊肘往外拐的畜生？不說旁的，跟著仲恆少爺來五奶奶的院子裡過活，奴才的飯才能吃飽兩口，除卻願意來巴結五奶奶，巴結院子裡的各位姊姊，奴才絕對不敢往外伸一根手指頭！今兒奴才忽然被個婆子叫出去，回來就看少爺奔您這兒來了，剛剛如若不是少爺開了口，奴才都不知道這件事！五奶奶明察啊，奴才真的是冤枉的！」

小黑子抹了抹臉，秋紅下手極重，他這會兒臉已青腫起來……

林夕落審度的目光在他身上來回地看，小黑子委屈地撇著嘴，跪在地上不敢再說半個字。

「是哪個婆子找你的？」林夕落再問，小黑子當即道：「是園子裡守門的婆子！」

「她叫你作何？旁日不挨邊兒的人，叫你你就去？」冬荷在一旁訓斥幾句，小黑子縮了脖子，

「她說……她說是有好事兒，奴才就好奇……」

「那是什麼好事？」冬荷刨根問底，小黑子叫嚷：「哪裡有什麼好事？是給奴才一兩銀子，讓奴才從少爺那裡拿一本書給她閨女看！根本就是敷衍奴才，少爺的書都是五奶奶賞的，怎麼可能才值一兩銀子！」

林夕落看向秋紅，「妳帶他去找那個婆子，把人給我帶過來。」

秋紅應下，拽著小黑子就往外走……

冬荷在一旁道：「恐怕不止是這個婆子，定有別人與少爺回話，那位姨娘如今跟隨大奶奶寡居小院，怎能隨意出門？」

「這事兒說不準，卻是要去問問大奶奶才能知道了。」林夕落起了身，冬荷連忙阻攔，「您這就要去？不再問問那個婆子？」

「有什麼可問的？帶到大奶奶那裡再問，她若不肯應，我就讓她再發一次喪！」

林夕落這般說辭，冬荷不敢再阻攔，立即出門叫來小轎，帶上了青葉和紅杏。秋紅也已找來了那個婆子，捆著就一同往大奶奶的院子行去。

孫氏對林夕落突然到來感到驚訝，待看到她身後還捆了個婆子，心中更是謹慎幾分……

「五弟妹今兒怎麼有空來？也沒提前知會一聲，倒是怠慢了。」孫氏一副柔弱之相，好似風一吹就能颳倒的可憐人兒。

「沒事兒也不會追了大嫂的院子來。」林夕落指向秋紅，秋紅當即將那捆了的婆子推上前，林夕落緩緩地道：「大嫂，您既然是同意了我帶仲恆出府習學，為何還要尋人來看著我？是怕我帶不好仲恆，還是有什麼別的心思？」

孫氏臉上一驚，閃瞬即逝，不明所以地道：「這是怎麼回事？我既然答應了，怎會不信任五弟妹？妳也瞧見了，我如今這副模樣，哪還顧得了什麼別的心思。」

「少在這兒裝委屈，信得過我，何必讓人去告知仲恆，讓他與我做什麼都要來與妳們回話？」林夕落站了屋子裡，四處一瞧，嚷著道：「妳們那位姨娘呢？把她給我找出來，我倒是要好好地看看，這是一個什麼樣的人兒，能有心思來看著本奶奶！」

林夕落這般說辭，孫氏自當知道怎麼回事，心中只訝異姨娘事情做得不利索，可林夕落找上門，她能怎麼對待？

孫氏使了眼色給身旁的丫鬟，示意她去通稟侯夫人，而孫氏只能在此與林夕落拖延時間，「五弟妹這等話可是聽了何人的汙言穢語？妳也知我們院子如今的狀況，哪裡能隨意出門的？更何況去妳的院子裡看仲恆了？」

「大嫂不肯認？」林夕落早就料到她會這樣，也沒什麼可氣的，拽著那個婆子上前，「……可這個婆子傳了話了，說就是妳那位姨娘讓告訴仲恆的，大嫂可要把她嘴裡堵的抹布拿下，聽她說一說話是怎麼傳的？」

孫氏怔住，心中猶豫，可這事兒早上剛發生，那位姨娘只來此說了話已傳到，卻沒提這其中怎麼辦的……如若真是這婆子，她……她若真說了是姨娘傳的話，自個兒怎麼把此事周旋下來？不提是讓魏仲恆看著林夕落，單純是一寡婦往小叔子院子裡傳話，這對她們的名譽可都有影響。

孫氏的心思剛落下，林夕落已在一旁念叨著：「大哥的姨娘跑到我們院子裡傳話，這話是傳給少爺的？還是想傳給旁人的？大嫂還是把這位姨娘請出來，我要當面地問上一問，她到底知不知道『臊』字怎麼寫？」

孫氏心中咯噔一下，林夕落罵的是那姨娘，可她臉上也頓時通紅……

「五弟妹，恐怕是這個婆子胡言亂語，妳怎能信？」孫氏話一說出，那被捆了的婆子立即瞪眼搖頭，可嘴上被堵了棉布，支支吾吾也說不出一個字，急得快用腦袋撞上來，以表示她是被冤枉的……

林夕落坐在一旁，口中一字一頓：「您是說這婆子在說謊？」

「一定是她說謊！」孫氏狠了心，當即吩咐這院子裡的嬤嬤：「給這婆子掌嘴四十，敢隨意拿本夫人與仲恆少爺說事，膽子簡直大上了天，絕不能饒！」

林夕落看著孫氏好似尋到救命的稻草，可這株稻草卻是勒死旁人的繩子……

孫氏的令一下，她手下的婆子自當知道大奶奶之意，莫說四十個嘴巴，單單是十巴掌下去，那個婆子已經鼻嘴流血，快昏過去。即便這樣，孫氏仍舊不肯將堵著她嘴巴的棉布拿下來，任憑那雪白的棉布被染成刺眼的猩紅之色。

林夕落悠哉地坐著，也不往那方看，孫氏氣急敗壞地撒氣，只覺將此人打上一頓便能了事。

四十個巴掌打完，那婆子癱軟在地，一盆冷水潑去，卻絲毫反應都沒了……

「大嫂，您這院子裡的下人們真夠狠的，四十個巴掌就打死人，大哥的喪事還沒過去太久，別添了魔障，讓大哥受罪過。」林夕落這話說完，孫氏沒了剛剛的氣軟，「五弟妹，說話可要注意分寸。」

「我自當注意的，否則鬧至侯夫人那裡去，連帶著大嫂的名聲被毀不說，我們五爺可更要名聲！」林夕落又接著道：「那位姨娘呢？把她叫出來讓我瞧一瞧。」

「五弟妹，此事已經不關她的事，妳何必沒完沒了？」孫氏張口欲言，卻又把話憋回去，侯夫人與侯爺可以長輩的輩分來壓制她，可孫氏已是寡居之人，她不能面子上行事太過，那無論怎麼說都是她的錯。

林夕落看著孫氏，「我幫著大嫂養兒子，連這位屢次給仲恆少爺送物件的姨娘都沒見過，我要見一見怎麼了？難道說大嫂覺得我如今連個姨娘都見不得了？那可真是金貴。」

孫氏沒了轍，只得使了眼色給一旁的丫鬟，「去叫姨娘來。」

林夕落滿意地點了點頭，未過多大一會兒，一位溫潤柔淑之女從外款款進門，風吹楊柳之姿，那福身的模樣甚是動人，也難怪能為魏青石誕下一子，還在孫氏身邊如此得力。

「婢妾給五奶奶請安了。」

林夕落側頭看她，沒開口。姨娘福身低著頭，不知該如何是好。

孫氏看不過去，發了話：「身子也是個不得力的，在一旁坐吧。」

有小丫鬟立即搬上小凳子，姨娘謝過後坐下。

林夕落就這樣目不轉睛地盯著，一個字都不說。

孫氏和姨娘面面相覷，心中都在納罕這位五奶奶到底在想什麼？

孫氏起個了話頭，說起剛剛責罰的婆子：「有人胡言，說妳去告知仲恆要他看著五奶奶，怎能有這等事？如若真的是妳，妳也太過糊塗了！」

開口便已經說了「胡言」兩個字，姨娘也不傻，自當能聽得出來……

姨娘當即流淚，故作吃驚，「怎麼……怎麼會傳這樣的話？婢妾在這院子裡從未出去過，怎麼能向仲恆少爺說這樣大逆不道之言？這是哪一個婆子敢如此胡沁，婢妾一定要向她討個說法！」

「果真不是妳？」孫氏故意做出那副模樣來，姨娘隨即從凳子上起身，跪地道：「大奶奶明鑒，真的不是婢妾！」

眼淚劈里啪啦地往下掉，林夕落看在眼中都有憐憫之意，可這種面子上是羊，心裡比狼還狠的女人，讓她的憐憫成了嘲諷。

「這倒是旁人委屈了妳，不過那個婆子被大奶奶打死了……不能再給妳個說法，但她是那日叫走小黑子遊玩的人，至於是誰給仲恆少爺傳的話，我可還沒查出來呢！」

林夕落這麼一說，卻讓孫氏瞪了眼，倒吸一口涼氣，埋怨道：「妳剛剛不是說她傳的……她胡言亂語的話？」

「我也是氣昏了，大奶奶也不把她嘴上的棉布揭下來，容她辯駁兩句……」林夕落反咬一口，讓孫氏目瞪口呆，頭暈腦脹，恨不得當場昏過去。

姨娘在一旁渾身抽搐，顯然這是大奶奶被這位五奶奶給玩弄了，可她能說何？

這事兒的確是她有虧，卻沒想到這麼快就被五奶奶查出來，她又是怎麼知道的？

林夕落不會把這件事的真相告訴她，畢竟魏仲恆還是大房的孩子，但她不說，孫氏和這位姨娘恐怕不會想到這話是魏仲恆親自出口……否則還不當場氣惱得想殺了他。

林夕落嘆了口氣，「大嫂，您也別氣，這件事我自會去查個明白，這盆汙水潑得實在是噁心人，不但是挑撥了仲恆與我的關係，還往您與這位姨娘的身上潑汙水！往小叔子院子裡傳話？這如若讓侯夫人知道，恐怕要翻了天了！」

林夕落起身，走到姨娘身邊，「不過這件事我已經與仲恆談了，他道是姨娘疼愛他，往後每個月二兩月例銀子的錢就都送了妳了，讓妳吃好、穿好、用好，也算是盡了他的一片孝心。」

林夕落的目光轉至姨娘的髮髻之上，姨娘膽怯得欲往後躲，林夕落一把揪住她的頭髮，看著上面那根桃木鑽花簪，語氣轉而冰冷：「可若是讓仲恆得知，他一個月的月例銀子比不得妳髮簪上最不起眼的一顆石頭，他會作何感想？」

林夕落說完，鬆開姨娘的頭髮，隨手一擺帕子，「大嫂歇著吧，弟妹回了。」

話音落下，她人已經上了轎，孫氏看著她離去的影子，手心兒攥得發白，而那姨娘一臉淚珠兒地癱軟在地，已經有些起不來。

「妳做的好事，怎能這麼拖沓？居然讓人聽了告知了她，她本就是個不好惹的！」

孫氏轉頭便是一通埋怨，姨娘沉默不語，任孫氏責罵，孫氏氣惱不已，「我得去尋侯夫人。」

「大奶奶。」姨娘開了口：「這事兒恐是仲恆自己與五奶奶說的。」

自己生的孩子自己最了解，魏仲恆是何脾氣，她怎能不知？

「仲恆？」孫氏不信，「他一個傻小子怎能有這般心眼兒？」

姨娘不敢再多說，孫氏沉思片刻便出了門，去了侯夫人那裡便開始哭。

侯夫人早已經得知了此事的消息，可她一沒派人去攔林夕落，二來也沒去派人圓場，而此時孫氏前來，她更是在寢間歇著不肯出來相見。

孫氏本是裝哭，可如今連侯夫人都不搭理她，她卻是真的嚇哭了。

「花嬤嬤，母親她可是記恨我了？」孫氏朝著花嬤嬤訴委屈：「這事兒我真的不是故意的，是被五奶奶給誤解了。」

花嬤嬤怎能不知侯夫人的心思？但她一個老奴能說什麼……

「大奶奶，侯夫人累了，您還是先回吧。」

孫氏沒想到花嬤嬤也這般說，「如若母親真的記恨我，我可怎麼辦？」

「侯夫人怎會記恨您？她只惦記大少爺。」花嬤嬤話語說得直白，侯夫人哪裡會管一個兒媳的死活？她護著孫氏，無非也是為了魏仲良……

孫氏驚呆原地，而後想明白這個道理，苦笑著抹淚，只得悶聲離去。

花嬤嬤回了屋中，「侯夫人，大奶奶已經走了。」

「她也太急了，這等蠢事都辦得出來！」侯夫人在床上斥罵，心裡也是氣惱，她如今都能忍下心來縱著魏青岩與林夕落，她一個寡婦還忍不得？

花嬤嬤沒有說辭，侯夫人再問：「老四和他媳婦兒到哪兒了？」

「還有幾天便到城內了。」

「好！」侯夫人嘆了口氣，「我就等著他們了！」

林夕落從孫氏那裡回了郁林閣，卻沒鬆半口氣。

「明兒一早就要帶仲恆少爺離開侯府，這兩日找人看著點兒，書房裡做活的人，即便是個粗使婆子也要給我換了，絕對不能留嘴髒的人在他身邊。」

魏仲恆年幼，如今還沒有足夠的定力，若是有人在他身邊汙久了，難保他心裡不會變得扭曲。

秋翠應下，當即回道：「奴婢這就去辦，剛剛奴婢帶著仲恆少爺去拿筆墨和書本，他倒是又高興起來了。」

「他自幼就被扔在角落的院子裡活著，大奶奶只在得賢名時會派人帶他出來，平時連飯都吃得糙，他對大奶奶與那位姨娘，從情分上來說沒多深。」冬荷在一旁嘀咕著，秋翠點了頭，「冬荷姊姊看得深遠。」

「事兒就這麼定了吧。」林夕落嘆口氣，這個人她必須要挖出來，敢從她的院子裡傳話，掰掉她的牙！

翌日一早，林夕落便帶著魏仲恆出門。

雖是以習學為名離開侯府，她還是帶著魏仲恆一同去向侯夫人行禮。侯夫人雖不喜見這兩人，可依舊安撫魏仲恆幾句，而後才端了茶讓兩人告辭。

林夕落瞧著老太婆抽搐的臉，只覺得心情爽朗，好像每日清早起身能看到萬里無雲的湛藍天空一般美妙。

是她的心思毒嗎？林夕落堅決搖頭，她是良善之人，良善得只盼著老太婆早點兒嚥氣！

到了麒麟樓，林夕落正準備送林天詡與魏仲恆到林豎賢那裡習學，就這一會兒功夫，門外忽然有侍衛回稟：「五奶奶，錢小伯爺求見！」

這是誰？錢十道？

錢小伯爺這三個字在林夕落的耳朵裡出現得格外諷刺。

自從上次錢莊一事的對峙以來，她再沒有聽聞過錢十道的半句傳言。

哪怕是尋常百姓、各府婆子們閒聊起的八卦趣聞，都沒有錢十道的名字出現。

今兒上門，他這是打的什麼主意？無事不登三寶殿，她可不信他能有什麼好心腸。

可人既已登門，她是見還是不見？這卻是個問題。

她打心眼兒裡是不想見，但今非昔比，如若這是一根隱形的刺，她還不如此時相見，先有個準備為好。如以往那般硬性拒了，還不知會發生什麼不利於她、不利於魏青岩的事，何況她硬攆走，說不定會留話柄……

「請錢小伯爺進門吧，讓春桃先去應酬片刻，我稍後就到。」林夕落讓春桃先去試探兩句，她先帶著林天詡和魏仲恆去見林豎賢。

侍衛前去傳話，林夕落帶林天詡兩人往湖心島北側的院邸而去。

林豎賢早已在此地等候，看到林夕落帶著兩個孩子前來，率先上前行禮道：「五奶奶。」

「先生。」林夕落仍回了師生禮，林豎賢的臉上多了分輕鬆。

林天詡上前先行拜過，林夕落才帶著魏仲恆上前，「侯府大爺的次子，也勞煩先生教習了。」對魏仲恆，林豎賢自當有過耳聞，此時初見這個孩子，他依舊如當初考問林夕落那般先問話，再答收與不收。

「可習學過何文？」

「《論語》、《大學》。」

「《增廣賢文》、《名賢集》、《三言雜字》、《五言雜字》、《七言雜字》可都有讀過？」

林豎賢問起這些書本，倒是讓林夕落忍不住笑了，想起當初她初見林豎賢，就是為了這些書籍與他針鋒相對，不料如今他又問了起來。

魏仲恆怔愣一刻，看向林夕落，才轉頭回答道：「《增廣賢文》與《名賢集》粗略知曉，其餘書本沒讀過。」

林豎賢的眉頭蹙緊，可見林夕落使了眼色給他，這才將後續斥責的話憋回肚子裡。

「先去行字一篇由我看看再說。」林豎賢換了考校的法子，魏仲恆當即去一旁鋪開紙張，磨墨潤筆，行字開來。

林天詡跑去幫忙，剩下林夕落與林豎賢兩人在旁低聲敘話。

「怎麼將此子帶來教習？妳還有如此大度之時？憐憫救不了他，他應自力才行。九歲的年齡已不小了，連雜文雜字都沒讀過，這……這豈不是要教出個白癡來！」林豎賢抱怨，林夕落嘆了氣，「這倒是要讓先生頭疼了，別說雜字，就是《增廣賢文》也是他到我院子裡才開始習讀，若在之前，恐怕只會讀個『學而時習之』，卻連『君子不仁』是何意都不懂。」

林夕落這般說完，林豎賢瞪了眼，可看林夕落這副模樣，他頭皮發顫，「魏大人已經吩咐過，這學生我自當會收，可要如何教，就是聽妳的了。」

說及「聽妳的」三個字，林豎賢心中不由酸溜溜起來，可他一直低著頭，這股子澀意並未被林夕落察覺到。

「自當要往好了教，難不成還教出個白癡來？那還用得著先生嗎？」林夕落的話就像一根針，狠狠地刺了林豎賢一下。

「……在朝堂久了，心思都跟著陰沉了！看來不單是要教人，也要由人教我了！」林豎賢苦澀地自嘲。

林夕落道：「誰能教得了你？還是指望自悟吧。」

林夕落說罷，又提及錢十道：「他今兒前來，已在前堂等候，我先去將他應酬完攆走再說。」

「妳還肯見他？」林豎賢聽她這麼說，有些驚詫，「看來妳也變了！自悟，共勉！」

林夕落白他一眼，這人就是不肯吃一句口虧……

林豎賢目送她離去便轉回身與兩個孩童一起讀書、行字，他需要的便是這片刻的寧靜，心中的思緒飄遠開來……

林夕落往前堂走，心中想的自然是如何對待錢十道。

想起此人那雙陰損的三角眼，她便胃腹翻滾，他來此地所為何事呢？

她一邊猜度著他會如何開口，一邊緩緩往那方前行，可行至此地，本想聽一聽春桃與他的對話，孰料前堂鴉雀無聲，只有杯碗相碰的聲音……

林夕落朝一旁的侍衛擺手，侍衛立即通稟：「五奶奶到！」

林夕落進門就看到錢十道滿臉笑意地看著她，拱手道：「給五奶奶請安了。」

林夕落福身道：「小伯爺這是折殺了我，理當由我給您見禮，您卻先福了身，這豈不是要讓五爺怪罪於我？」

「五奶奶哪裡的話，許久不見這也是好心好意，還談什麼禮。」錢十道手持摺扇，故作瀟灑，林夕落側身請他坐下，而她也在一旁的位子上就坐。春桃上了茶，對林夕落微微搖頭，示意她錢十道一句話都沒多說……

這倒是讓林夕落驚訝，抿茶的功夫將心更沉穩幾分，「錢小伯爺許久都沒露面了，不知近日可好？今兒前來可是尋五爺？真是不巧，他今兒不在此地。」

不是來尋魏青岩的，最好立即滾蛋！

錢十道自當明白林夕落的意思，可他來到此地怎能就被一兩句話攆走？

「今兒前來的確是尋魏大人的，當初我鬼迷心竅，為了幾兩銀子險些與五奶奶反目成仇，此事袁妃娘娘可是將我好一通臭罵，在家更被拘禁了多月，如今跳出這個圈子才想明白，好歹也是掛了個伯爺的名號，為幾兩銀子丟了顏面實是我的錯，在此給五奶奶賠罪了！」

錢十道說著，起身行禮，林夕落側身不接，嘴上道：「小伯爺這話說得沒道理，人以食為天，想有吃食不也得有銀子，雖說都是侯伯的後裔，但銀子也不是天上掉下來的，都是要靠雙手、靠腦子去賺的。」

錢十道苦笑搖頭，「五奶奶這是不肯原諒了？」

「哪裡的話，根本無錯，何談原諒一詞？」林夕落說完又端了茶，錢十道只當她是口渴，睜著眼睛故作看不見……

「聽說五奶奶要在此開雕木鋪子？我極有興趣，當然我絕沒有心思插手這事兒，只是愛好這玩意兒，也想花銀子買個一兩件。」錢十道話說得大方，林夕落本有心拒絕，卻將話收住，反問道：「不知小伯爺都有何喜好？」

「我新得了一個宅子，想要一塊木雕的牌匾，可單純是木雕又覺得古板，不夠大氣，五奶奶有何意？」錢十道說完，那雙眼睛賊溜溜地盯著林夕落，說是雕木牌匾，其實不外乎是兩個字：雕字。

林夕落臉上沒有反應，心裡卻甚是謹慎，「這事兒我倒不知該出什麼主意了，不如請兩位雕匠來為小伯爺出出主意？」

「不急不急，五奶奶的人都在忙著，哪裡有閒空來管我的事！」錢十道聽她將此事推給旁人，便將話往回收。林夕落只淡笑，不再開口。

錢十道覺得有些冷場，便提議要看此地雕匠的物件，「不知何時正式開張？可否讓在下率先一飽眼福？」

「都在弄著，說是十日後交來給我瞧一瞧，如今還早。小伯爺倒是個細緻的人，門口一塊雕木牌匾都要先看過眾位雕匠師傅的手藝才肯選人。」林夕落話中有諷刺，錢十道臉皮也厚，只無奈一笑，「只喜好個玩樂，倒是讓五奶奶笑話了，但我其實最期望五奶奶能親手賞一雕匾，這才是我最嚮往的。」

錢十道的三角眼閃爍出來的目光極為精銳，林夕落看他的目光有些冷，「您如若想稱我一聲匠女，我卻不覺得丟人的！」

讓她來雕？林夕落絕不認為這是錢十道真心喜好，他心裡揣著什麼賊心，她暫且搞不清楚，可她必須要以「匠女」兩字堵上他的嘴，否則他執意如此，她可不好推脫。

錢十道沒想到林夕落會突然跟「匠女」聯繫起來，不知該如何說辭，他只想親自看看這女人雕字，管他狗屁的匠女不匠女。

林夕落見他沒動聲色，便要離去，「小伯爺可是要等五爺？那不妨在此先候著，後方還有事，我先去處置一二。」

「五奶奶別惱，我逾越了，都是我的不是。」錢十道當即賠禮，「我是真的喜好您的雕藝，絕沒有諷刺之意。」

「小伯爺，您多慮了。」林夕落又端了茶，錢十道卻仍舊不肯走。

林夕落心中湧起了不耐，可把他當面趕走，實在會讓錢十道多心。

而此時，門外晃晃悠悠進來一人，看到錢十道，當即罵道：「你這小子來這裡作何？本王之地也是你能邁步進來的？」

此人並非旁人，正是那位福陵王。

錢十道陡然看到福陵王露面，嚇得連手上的茶杯都掉了地上。

這位王爺旁日裡見首不見尾，說不準何時會出現，前些時日聽說他在城外遊玩，如今怎麼在麒麟樓內？這到底是怎麼回事？

錢十道張合著嘴不知該說什麼，一雙三角眼也瞪得渾圓。

福陵王冷瞧他一眼，往屋中前來，林夕落上前福身道：「給王爺請安了。」

一句問安，讓錢十道忽然明白，合著福陵王不是剛來此，而是在此地許久了。

想起剛剛福陵王「來本王之地」那句話，合著這雕木鋪子福陵王也有插手？

「給王爺請安了，不知您在此，著實惶恐，此次前來是向五奶奶賠罪的。」錢十道硬擠出的笑容極為僵硬，恨不得上手給臉上捏出幾道笑褶子來……

福陵王冷笑地撇嘴，「賠罪？怎麼賠？」

「我……已是向五奶奶道歉了。」錢十道被他噎這一句，心裡不停地冒汗，這位王爺雖然生母在宮中已經歿了，更占不上位分，可他曾被袁妃娘娘鄭重告誡過，絕對不能惹福陵王。即便是惹了齊獻王，都不要沾染上他……

在此之前，錢十道只尋思兩人不能有交集，只在城內遛鳥兒玩個女人，孰料會與這位在外四處巡遊的王爺在此遇上。他還真是腦袋裡頭長了包，偏偏應承齊獻王的事，如若齊獻王有把握的話，何必來找他？

福陵王看了一眼林夕落，見她臉上除卻諷刺抖嘴，沒有別的表情。

「他可是向妳賠罪了？」

「賠罪的話倒是說了，不疼不癢的……」

林夕落本就被錢十道折騰煩了，當初見他，一來是為了想看看他是否心中又揣著什麼壞主意，二來若執意不見，定會被外人詬病她於禮不遵，錢十道終究是個小伯爺，她不過是侯府的一位庶夫人而已。

可錢十道賴在此地不走，還接連試探她，讓她煩躁得不得了，既是有福陵王來撐腰，她不用豈不是白瞎了？

林夕落話音一落，福陵王當即接道：「光道歉有什麼用？本王抽你一百個嘴巴，再與你道一聲歉，管用嗎？」

「不……王爺，這……」錢十道結結巴巴，福陵王朝這四周看了一圈，「何況這可是父皇欽賜之地……」

「我也正有意想向五奶奶賠罪，卻不知五奶奶有何用的物件，別單純送了銀兩汙了五奶奶的名聲。」錢十道也知道這位王爺愛財愛色，這事兒除了拿銀子消災，還能如何？

錢十道心裡只恨自己剛剛為什麼不撒腿兒趕緊走，林夕落這娘們兒端了那麼多次茶杯，為何不邁步趕緊跑，這不是自個兒找麻煩嗎？簡直是老壽星上吊自尋死，自作孽不可活！

「銀兩我的確是不缺，金子倒是不夠用……」林夕落嘀咕一句，錢十道剛要接話，孰料她還沒說完：「而且雕木鋪子也少材質，黃花梨、小葉檀、烏木、沉香木、玉石、蜜蠟、紅翡綠翠這些我都不挑剔的……」

林夕落的話說完，錢十道忍不住狠抽了自個兒一大嘴巴。

這些物件她不挑剔？那還有何可挑剔的？這些物件要是弄全來，可比黃金貴了不知多少倍！

福陵王瞧著錢十道抽紅的臉，不由得繃緊了臉道：「怎麼著？小伯爺不會只想兩句話把五奶奶給打發了吧？雖說這會兒魏五不在，但本王卻要替五奶奶撐腰了！她好歹是本王鋪子的頂樑柱，受了委屈不肯再幫本王的忙，本王得虧多少銀子……本王如若心裡不舒坦，這損失可就大了！」

「我能辦！」錢十道牙根兒快都咬碎了，「我這幾日便將能弄到的物件全都送來，給五奶奶賠禮道歉！」

「那就不送了！」福陵王大咧咧地往正位上一坐，「改日再尋你飲酒！」

錢十道聽了這話，當即就想開溜，可臨走時也不忘寒暄兩句：「得見王爺，三生有幸，您保重！五奶奶……保重！」

林夕落看著錢十道那一雙凌厲的三角眼在自己臉上劃過，破天荒地笑了，「錢小伯爺走好，待物件齊全了自會派侍衛去取，不勞煩您動身送來了……」

這話明擺著不想再見到錢十道，錢十道踉蹌一步，險些摔個大馬趴，卻仍是快步離去，連頭都沒回一下。

林夕落瞧著他離去的目光，心裡沉嘆一聲。

福陵王不知何時走至她的身旁，溫聲細語：「五弟妹，今兒這事，妳怎麼謝本王？」

「王爺一箭三雕，還用我謝您嗎？」林夕落側步移開，福陵王玩味之笑更濃，「那妳都說說，怎麼個一箭三雕？」

「您本就想找個機會告知外人您與五爺一同經手雕木鋪子，如今藉著幫我撐腰的名號出面，外人自當誇讚您風流俊朗之下還有一顆菩薩心腸，且您經手這鋪子，也不必再對那件您不想應下的婚事發愁，這乃一雕！」

林夕落豎起手指，繼續道：「此外，您與五爺商談的分股就是您來籌備這鋪子的材料，如今卻讓錢十道把銀子出了，此乃二雕。」

「第三……」林夕落嘆口氣，「不管怎樣，五爺與我都欠了您個人情，這事兒儘管我不想認，可您定會咬著此事不放，五爺不認也不成，此乃三雕。王爺，我說的可對？」

福陵王拍手，「都說五奶奶是個跋扈魯莽的潑辣婦人，如今看來，卻是個聰穎之人！旁人都當魏五眼睛瞎，如今看來，是這些人眼瞎了！」

「王爺謬讚了。」林夕落聳了聳肩，「與您同管此地，我也不得不多長個心眼兒，這還怕不夠用呢！」

「本王至於讓妳如此膽怯？妳在怕什麼？」

福陵王又湊至林夕落跟前，溫情款款，在她耳邊輕呼出氣，調情曖昧氛圍格外濃郁……

「阿嚏！」

林夕落一個噴嚏響起，卻將此地氣氛徹底打散。

林夕落厭惡地搧著鼻子，抱怨道：「王爺，您可否不熏這麼濃郁的香？嗆死人了……」

這話好似炸雷，狠狠地劈在福陵王頭上。

福陵王的白眼不知翻了多少遍，嘴唇顫抖不停，不知該說些什麼才好，就這麼僵持半晌，不由嘆口氣，「魏青岩啊魏青岩，怪不得你這小子放心，這女人……唉！」

福陵王闊步離去，林夕落無奈地瞪著他的背影，狠狠地揉著鼻子，冬荷在一旁捂不住嘴笑出了聲，「奶奶，您這樣把王爺氣跑，可實在……實在太逗了！」

「我不是故意的，實在是那香味兒太刺鼻了！」林夕落搖頭，不過今兒這事兒她還真要立即與魏青岩說一說，福陵王神出鬼沒的，他到底求的是什麼？

錢十道離開麒麟樓並未直接回自己的住處，而是直接奔到齊獻王府，將此事告知了齊獻王。

「……本來有意追問林夕落那小娘們兒，誰知道福陵王突然露了面！看到他，我就腿發軟，而且……而且他還硬是逼著我賠上了一堆銀子，我這是招誰惹誰了！」

錢十道抱怨著，有意讓齊獻王幫襯著賠點兒，可話語噎在嗓子裡也沒敢說出口。

這幾個王爺他都惹不起，否則上一件事沒辦成，再將這位王爺惹惱了，他可就徹底沒了活路。

齊獻王聽到「福陵王」三個字，當即站起身，「你確定是他？」

錢十道點頭，「雖說沒見過幾面，可我哪裡敢將他認錯？」

「他說那雕木鋪子是他的地兒？」齊獻王再次追問，錢十道恨不得腦袋磕在桌子上，對天發誓道：「我若是胡編，您將我耳朵割下來！」

「他媽了個巴子的！」齊獻王破口大罵：「這小子居然摻和進來了……」

錢十道也知道沒什麼可再說的，「王爺如若沒吩咐，我這就走了！如今這城裡的日子我是不敢過了，還不如在家吃吃喝喝，找兩個戲子耍一耍，一出府門就賠銀子，可是快傾家蕩產了！」說罷，拱手告退。

齊獻王原地來回踱步，氣惱不已，而一旁的林綺蘭瞧見，壯了膽子上前道：「王爺，這事兒恐怕另有蹊蹺……」

「廢話，這還用妳說！」齊獻王本就心煩，看到林綺蘭更是煩，姓林的沒一個好東西，當初他為何要跟魏崽子置氣，娶了這麼個沒用的娘們兒？

林綺蘭嚇得一哆嗦，而後又道：「可用妾身幫王爺去問一問？那丫頭快到生辰之日了。」

齊獻王凝眉看她，「妳幹得了此事？」

「妾身願為王爺盡心盡力……」

「那就瞧妳的，再讓本王失望或有別的心思，本王就抹了妳的脖子！」

齊獻王的警告讓林綺蘭渾身乍冷，卻仍不忘巴結道：「妾身是王爺的人，都以王爺為主，哪裡敢再有別的小心思！」

齊獻王冷哼離去，林綺蘭嘆了口氣，心中道：「林夕落，我就不信老天爺次次都護佑著妳！」

魏青岩晚間回到麒麟樓，與林豎賢等人一同用過飯後，便由侍衛將林天詡送回景蘇苑，他與林夕落則帶著魏仲恆返回侯府。

這一日魏仲恆過得格外充實，不止是與林天詡成為同伴，林豎賢教習的還是他從未接觸過的，所聽所聞都讓他新奇不已。跟不上兩人思路時，林豎賢會特意問他是否有不懂之處，還會細細析解，直至他懂為止。從前所遇的先生，哪裡有這般細心？

晚飯隨同林天詡吃了兩大碗，比著誰的飯量多，雖說賽不過林天詡這頭小蠻牛敗下陣來，但他心中的鬥志已破土，微微萌芽。

林夕落看著魏仲恆一路上都捧著書本背誦林豎賢所留的課業，那認真的勁頭格外喜人，不由想起了林天詡，他如若沒被魏青岩給揪去調教一番，恐怕也是個小書呆子，不會是現在這副闖楞模樣。

魏仲恆下了馬車就帶著小黑子回了書房，秉燭夜讀，林夕落則與魏青岩牽著手往院子裡走，一邊走一邊說起今日錢十道與福陵王的事。

「……錢十道是來打探鋪子的事，不過這恐怕是有人在背後指使，無論是他問出的問題也好，還是他觀測麒麟樓中的景致也罷，都像是在搜尋什麼。」說完錢十道，林夕落嘆了口氣，又敘起福陵王：「這位王爺著實讓人頭疼，長得好看也不至於這般賣弄，心眼兒實在太多，我只怕自個兒的腦袋敵不過。」

魏青岩看她噘著小嘴，便一本正經地道：「他自詡為大周國第一美男，倍受眾女青睞，妳幾次厭惡躲避，他心裡自當受傷。」

「他再好看也是他的，又沒長我臉上。」林夕落嘴唇噘得更高，惹得魏青岩哈哈大笑，笑過之後便說起錢十道與齊獻王的背後之人：「錢十道能在城內猖狂，也因他的姑母是當今的袁妃娘娘。」

「娘娘？」林夕落認真地聽他講，魏青岩點頭繼續道：「雖說不是直系姑母，而是表親，可她當初進宮確是得錢十道一家人鼎力相助，而後更互利得了伯爺爵位，這位娘娘也成了四妃之一。不過她為人冷傲，做事謹慎，錢十道上次因錢莊的事惹出麻煩，被袁妃娘娘下令禁至現在才能出門。」

這女人倒是夠狠！林夕落心中嘀咕著，又想起他欲謀之利，「你的意思是，錢十道背後恐怕也扯著宮內的關係？」

「齊獻王的母妃榮升為貴妃娘娘。」魏青岩這句話沒等說完，林夕落當即道：「錢十道是得了齊獻王之意才硬著頭皮上門打探消息，卻沒尋思這事兒已有福陵王插手。」

魏青岩點頭，「聰明。」

林夕落不再說話，這裡面的關係太複雜，一個鋪子還沒開就要面臨這麼多事。前有狼，後有虎，這事兒還真需要謹慎對待……

兩人不再多說，回到屋中便洗漱睡下。

翌日一早，魏青岩被召進了宮，林夕落依舊帶著魏仲恆去麒麟樓。

魏青岩午間之時從宮中歸來，滿身的疲憊，福陵王與林夕落正在清點錢十道送來的物件，看他進門，福陵王左右探看，挖苦道：「怎麼著？又讓你這番勞累？嘖嘖，皇寵也不是這麼好受的！」

「還不都是因為你！」魏青岩冷瞪他一眼，福陵王指著自己的鼻子，「與本王有何干係？」

「齊獻王去皇上那裡告了你一狀，而我則被冠上窩贓之罪，大後天要被攆出城外陪皇上西北狩獵，射不足百隻豹子，不容我回幽州城！」魏青岩說著又狠瞪他幾眼。

福陵王忍不住笑，「百隻豹子？那你要猴年馬月才能回來？本王這次可有機會了……」說罷，意有所指地看了林夕落一眼，眼神一飛，好似桃花飄散，林夕落只當眼瞎看不見。

可明日七月初七……她的生日，魏青岩要走嗎？

林夕落猶猶豫豫的，不知該不該說出口，魏青岩看出她的疑惑，摟著她的腰肢，親暱道：「放心，我已向皇上表明，後日再動身，明日要陪妳。」

林夕落沒想到他會看穿自己的心思，只笑著點了點頭，沒有開口說話。

「明天？明天什麼日子？本王也要去！」福陵王在兩人含情脈脈的目光中徘徊，不甘被無視。

魏青岩掃他一眼，林夕落主動站至他的身後，兩人竊竊耳語，只準備今晚就出城，明日遊玩一整天，度過兩人大婚來的第一個生日。何況上一個七月初七，正是魏青岩為她插簪之日，怎能不好生紀念一番？

福陵王白眼望天，不停搖著扇子，而就這會兒功夫，門外的侍衛來回稟：「回王爺、大人、五奶奶，林府的管家求見。」

林府？這時候林府的人怎麼忽然出現？

林夕落略有訝異，問道：「哪一位管家？」

「他自稱是林府的大總管。」

「請進來吧。」林夕落猜測應該是林大總管，換成旁人，林忠德恐怕不會有膽子派來麒麟樓。

魏青岩有意與福陵王先離開，可剛剛吃了癟，福陵王這會兒就是不走，「得看一看林家是何事？好歹也得留一男人為她撐腰！」

這話說得格外曖昧，魏青岩嘴角抽搐，「您若不走，今兒我就找聶家那位姑娘來陪您。」

福陵王好似屁股沾了釘子，當即從椅子上蹦起身，「你真歹毒！」

魏青岩哈哈大笑，福陵王先行去了側間，要與魏青岩棋盤一戰，林夕落納悶問道：「聶家姑娘是何人？」

「他這種好色男子最害怕的人！」魏青岩沒有細說，跟隨福陵王至側間下棋。

林夕落懵懵懂懂猜不出，而這會兒林大總管已經從外進來了。

「給九姑奶奶請安了！」林大總管拱手行禮，林夕落讓他坐至一旁，「坐吧，群叔今兒來有何事？」終歸與她也相處過許久……

林大總管見林夕落這般稱呼，臉上不由多了一分笑，卻沒去坐那椅子，只是又繼續道：「明日乃是九姑奶奶的生辰，老太爺讓老奴來請九姑奶奶今日歸府相聚，算是提前為您慶賀……也知道九姑奶奶明日可能已經有了安排，所以老太爺才這般請邀。」

讓她回林府？

林夕落沉默了，如若是別的事她還有可能答應，但回林府這件事，她是打心眼兒裡不願意。

上一次離府便是從那裡出嫁，林府的人如今已經沒有一個能再談得上「情分」二字的人，她回去還有何意？何況趕在此時讓她回林府，誰不知麒麟樓如今已有動作？這恐怕又是林忠德有意想探聽點兒消息，才如此安排的吧？

「這事兒來得太突然了，倒是讓我不知該怎麼辦。五爺已經有了安排，今日我二人便要出城，恐怕不能回林府了。群叔還是回去與祖父說上一句，只說他的好意我心領了，待有空閒之日再去看望他老人家。」

林夕落說了一通寒暄的話，林大總管不由道：「老太爺可是為今日的事籌備了好些日子了，五奶奶不妨與姑爺商量一下？」

「五爺向來說一不二，我怎能商議？何況既是籌畫了許久，怎麼沒提前來告知我一聲？」林夕落才不會相信林忠德籌備了多少天……

林大總管嘆了口氣，「可七老爺和七夫人已經被老太爺請回去了，他二人也在等著您回去。」

什麼？林政孝與胡氏也被接回去了？

林夕落眼睛瞪大，心裡頭帶了幾分氣惱，「這是逼著我回去不成？」

「九姑奶奶這是汙了老太爺的心思了，只是他老人家沒想到您今日已經有了安排，絕對沒有旁的意思。」林大總管幫襯著圓場，可這話他說出口心裡都覺得臊得慌，明擺著的黑要說成白，誰不覺得臉紅？

林夕落心中有氣，為了得知麒麟樓的消息，居然藉著她生日的噱頭，連她的父母都給硬捆回林府，這哪裡是慶賀？這是威脅！

「我跟你回去。」林夕落面色極冷，林大總管的臉上也沒有半分輕鬆，而此時魏青岩從屋中出來，林夕落快步迎上，「我回林府一趟。」

「我陪妳。」魏青岩說著便要陪林夕落出門，福陵王在其身後不允他走，「棋還未完你就走？戰至一半臨陣脫逃，罪人！」

魏青岩轉身，剛舉手要拍碎棋盤，卻被福陵王端走，「不許再壞棋盤，這可是本王的東西！」

「連棋盤都端走，壞了規矩，敗兵！」魏青岩撂下一句，福陵王無奈苦笑，林夕落已經叫來了林天詡和魏仲恆，帶著他二人一同回林府……

行至林府門口，林夕落看到一輛王府的馬車，其上暗紅色的旗幟迎風飄盪。她不由冷笑，林綺蘭，這種噁心事怎麼就少不了她！

小廝將門檻兒抬起，林夕落的馬車直接行進林府之內。

林忠德、林政武等人都在正堂門口迎候，林夕落從馬車簾兒的縫隙當中就看到了三伯母田氏和胡氏。

魏青岩先下了馬車，隨即扶著林夕落下來，一一上前見禮。

林忠德上下打量幾番，擺出慈愛之色，「好、好，今日能見到孫女與孫女婿，老夫高興！」

「謝過祖父心意，好在林大總管特意前去說了此事，否則孫女正要與五爺出城，險些耽擱了祖父的美意。」林夕落說著，不由看了一眼林政武，「也險些讓大伯父失望了……」

林綺蘭能露面這事兒定與林政武有關，無論此事到底是不是林忠德之意，這事兒都少不了林家大房在背後的鼓動。還能為何？不就是奔著麒麟樓這雕木鋪子和福陵王？

林政武被林夕落這話戳得顏面尷尬，卻也得裝出慈愛的模樣道：「只忙碌著為妳慶生，卻忘記早日派人通知妳，這是我大意了。正好也趁著今日林家齊聚，我也派人給妳六姊姊下了帖子，妳們姊妹許久也見不上一次面，今兒一定要好生聊一聊。」

林夕落諷刺一笑，便讓林天詡與魏仲恆上前行禮。

由於是初次見到魏仲恆，林忠德等人自要賞見面禮。各個都是顧忌臉面之人，自都出手大方，何況是魏青岩的侄子，誰敢手薄？

兩個小子都跟在魏青岩左右，林夕落則往女眷這方行去。

大夫人與林綺蘭都沒露面，因她是側王妃，於情於理都要林夕落先去給她行禮……

田氏如今見到林夕落格外親切，好似有說不盡的關心。胡氏在一旁無奈地笑，容著田氏與林夕落寒暄沒完。

林夕落知道她有心問一問林芳懿的事，便先開口道：「七姊姊的事都由太子殿下做主，旁人插不上嘴。」

田氏聽她突然來這麼一句，怔愣片刻，翕嘴道：「不是聽說要跟那位王爺……」

林夕落搖了搖頭，「她已經是太子殿下的人。」

福陵王和魏青岩兩人言談此事，林夕落就是再糊塗也能明白一二。

林芳懿已經跟了太子殿下，福陵王這般自戀自傲之人怎會容忍頭上戴綠？

田氏聽她這話，心裡有些難以接受，但林夕落能如此直白地給她個消息，也總好過林芳懿半個字不與她說要好得多。

「三伯母也莫擔心七姊姊，她是個有主意的。」林夕落也不知該說什麼話來安撫她，可林芳懿為人自傲，如今連家人都不允插手，恐怕也是她心裡有怨氣吧！

當初林綺蘭被齊獻王選走，她與魏青岩又定了婚期，林芳懿若不進宮，只能隨意尋人嫁了。

田氏心不在焉地點了點頭，胡氏催促林夕落先進屋，「還有人在等著，別耽擱時間太久。」

「要等就等，若不是您與父親來了，我絕不會進這個門。」林夕落低聲嘀咕，胡氏也是心有不滿，「本想著去接天詡，可路上就被攔下帶了此地來，又是妳祖父親自開了口，娘也沒辦法！」

「無妨，既是來了，我索性看看他們到底是什麼心思。」林夕落挽著胡氏的胳膊便往屋中走，而這側屋之內，大夫人許氏與林綺蘭都在……

「給姊姊請安了，大伯母安康。」

林夕落上前行了禮，也不容林綺蘭開口就坐了一旁。

林綺蘭看著林夕落，臉上多了幾分審度的笑意，「妹妹如今可是忙得很，還準備開個雕木鋪子，旁人家的女眷即便閒著無聊也頂多下股個繡莊、香料鋪子，妳倒是讓姊姊刮目相看，膽量不小，聽說還有福陵王參股？」

「姊姊早就知道我的膽子大，可妹妹膽量大也無用，得是五爺容我縱著我，也信得過我，闖了禍為我撐腰才行。」林夕落盯著林綺蘭的肚子，故意諷刺道：「姊姊嫁得比妹妹早，如今肚子還無動靜兒？」

林綺蘭陡然一驚，狠狠地瞪著林夕落，許氏在一旁埋怨道：「張口就問這等事，妳可得注意點兒規矩。」

「問這事兒不合規矩？那好吧，我不問了。」林夕落雖不再問，可目光依舊不離林綺蘭的肚子和屁股，齊獻王好男風誰不知道？林夕落提及孩子，就是故意噁心林綺蘭。

可這事兒怪不得她，誰讓林綺蘭上來就開始嘲諷，而且盯著麒麟樓說個沒完？

林綺蘭心裡氣惱，卻還半個字說不出來，林夕落的眼中除卻嘲諷就是不屑，若不是應了齊獻王要問出點兒眉目來，她怎麼會特意見這個噁心的女人？

胡氏在一旁也不吭聲，而許氏自然知道女兒的目的，與胡氏接二連三地寒暄套話，沒過多久，林天詡與魏仲恆兩人也被帶到側間來。

這倒不是因兩人年幼被歸至女眷一席，而是因林天詡實在受不了那一屋子人問長問短，且所問之事都是書本知識，與林豎賢學了一整日的「之乎者也」已經夠讓人頭大，到這裡來還要被問，豈能高興得起來？

林天詡故意捂著肚子喊疼要去茅房，魏仲恆則實心實意地著急護他往外走，可一出門，林天詡撒腿就往側間跑，魏仲恆直到進了這屋的門，才明白林天詡是故意裝的。

林夕落朝著林天詡的腦袋就是一頓敲，「老老實實地去一旁等著吃飯，吃完就回家去，別在這院子裡惹是生非，聽到沒有？」

上一次他進院子就把曾欺負過他的幾位哥哥給揍了，胡氏好一通賠禮又賠銀子才算了事。

林天詡立即答應，「放心吧，先生還留了課業呢，我可不敢耽擱了。」

林夕落點了頭，林天詡便和魏仲恆兩人到院外玩去，可林綺蘭卻對林天詡的無意之言上了心。先生？這說的是哪一位先生？

林豎賢曾是林家族學的先生，其後進了翰林院接連高升，如今養病在家卻府中無人，難不成去教林天詡和魏仲恆了？而且今日林夕落來此，還是帶著這兩個孩子一同前來……

林綺蘭心中不停地盤算，臉上卻未動聲色。

未過一會兒，林府中大開宴席，接連擺了七桌席面，林忠德舉杯，眾人捧場，老太爺話語中提及林夕落明日是生辰，今日特此慶賀，本有意讓她說上兩句，卻被魏青岩給壓下了，「終歸是晚輩，且此次也是藉了這個由頭府中團聚，算不得特意慶賀。」

林忠德怔住，忙改了口風，林夕落看著魏青岩微微吐舌，他總能知道她最厭煩的是什麼……

眾人舉杯同飲，男人們說著他們的事，女眷這一桌則幾乎無人開口。

二姨太太這會兒也露了面，卻坐在離林夕落隔了一桌的席位上，面黃肌瘦，皮包骨頭，連眼眶都有些塌陷。

林夕落甚是驚訝，不由問向胡氏：「她怎麼老成這副模樣？」

胡氏撇了撇嘴，「壞事做太多，如今大房當了家，她哪裡能有好日子過？」

林天詡用過飯便與魏仲恆一同玩耍，林綺蘭去屋中換上一件褙子薄衫，出門就遇上他們。

剛剛在屋內沒有給魏仲恆見面禮，這會兒便尋了個由頭叫他過去，賞了禮，隨即問道：「年紀多大？」

「九歲。」

魏仲恆得人介紹，知道這是側王妃，說話之間也是問什麼答什麼，不敢多說一字的廢話。

「可是在讀書？」林綺蘭看了一眼旁邊的林天詡，「在與天詡一同習學嗎？」

魏仲恆點了頭，林綺蘭追問道：「可是跟隨豎賢先生習學？」

「是林先生。」魏仲恆回答著，臉上也納悶這位側王妃也知道豎賢先生？

林天詡與這位姊姊沒什麼接觸，著急去玩，便在一旁道：「謝過六姊了，仲恆，咱們走吧！」

魏仲恆立即跟隨林天詡離去，林綺蘭的臉色也瞬間冰冷沉下，眼中全都是怨恨。

林豎賢，他果然就在麒麟樓中，不但教習兩個小崽子，還能日日見到林夕落，他……他對這個瘋女人竟然念念不忘！

林綺蘭仰頭閉目，只覺得腦袋昏昏沉沉，尖銳的指甲刺入手心都不覺疼痛，任那滴滴鮮血落下都無法發洩心中的怨恨。

她就此回了王府，甚至都未與林忠德道別。

林夕落納罕林綺蘭就這般沒了影，卻也不願多想這個人，煩還來不及呢，怎麼會想她？

陪著胡氏等人在林府聚過後，魏青岩與林夕落便隨同爹娘，帶著兩個小子先回了景蘇苑。

而此時，林綺蘭正與齊獻王回稟今日得知的消息：「……林豎賢告病其實是在麒麟樓教兩個孩子習課，而且妾身提及福陵王，那個女人也沒有否認。」

齊獻王滿意地點了點頭便離去，秦素雲看著林綺蘭，納罕問道：「就這麼容不得自家姊妹過得好？」話語不滿，更帶了幾分諷刺。

「既是王爺的人，自要為王爺著想。」林綺蘭的話讓秦素雲嘲諷一笑，「妳是在引火自焚。」

林綺蘭渾身一顫，「我也是不得已……」

魏青岩與林夕落送了胡氏等人歸家，魏青岩與林政孝單獨敘話片刻，便帶著幾人回宣陽侯府。

本想敘上兩句便駕馬離開，孰料剛見了宣陽侯的面兒，便聽他道：「明兒七月初七，家中已經安排了在福鼎樓開宴席，帖子也都已經下了，新媳婦兒入府初年都是要有慶生禮的，明日早間別起得遲了，讓人堵了被窩子慶生！」

林夕落瞠目結舌，剛剛是被拽去林府，如今侯府也不聲不響地有了動作，不就是開個雕木鋪子，至於嗎？看向魏青岩，魏青岩眉頭緊蹙，卻沒有開口。

侯爺讓齊呈遞上明日來客的名單，其上居然還有羅家人的名字。這恐怕是忽然興起，如若早都安排好，羅夫人應該傳來消息……

林夕落無奈一嘆，也知道出城是不太可能的事了，只得福身道：「謝父親恩賞，媳婦兒對您這份心意感激不盡。」

宣陽侯隨意點了點頭，便讓兩人離去，隻字不提麒麟樓，更是不問雕木鋪子，可林夕落怎麼隱約對明日的事感到不安呢？

魏青岩自始至終都沒開口，直至帶著林夕落離開，他才沉聲說道：「這席面燙嘴，估計是為了魏仲良與羅家的婚事。」

林夕落回想剛剛各席的名單，大房好似只有魏仲良一人……

「三番四次的拒絕都不成，還盯著羅家沒完了！」林夕落口中埋怨，羅夫人已經硬拒了兩次，侯夫人怎麼還不肯放手？

「如今恐是置氣，不是單純為了娶親了。」魏青岩握著她的小手，「只是委屈妳了。」

生辰的安排被接連破壞，林夕落的嘴早就噘成油瓶子，「早知今兒就不回林府，直接出城。不過事已至此，只得換個角度考量，興許沒出城也是個好事，免得被人背後捅一刀，回來卻彌補不上了。」

若她與魏青岩離開，侯夫人這老婆子定會以帖子已發，不能讓侯府丟了臉面，再由她親自去招待羅家人，當面兒問羅夫人婚事的事，羅夫人必是更尷尬。

魏青岩點了頭，「妳倒是想得開。」

「想不開又能如何？」林夕落雖已經想了明白，可心裡還是有點兒失望。

魏青岩摟她入懷，「事兒既然不成了，那就選個法子再為妳慶祝。」

「什麼法子？」林夕落仰頭就看到他目光中的慾望火苗在燃燒，準備推開他，卻又被禁錮得不得動彈。

「壞人！」輕斥一句，林夕落的臉色緋紅。

魏青岩大笑，「想什麼呢？只想這就早些睡下，明兒陪妳看看這場好戲，妳想多了吧？」

「壞人壞人壞人！」林夕落的小拳頭猛捶，他居然拿自己開玩笑……

魏青岩一把將她扛到肩膀上轉悠幾圈，便進了寢間的大床上。

一夜春情暖，兩聲倦吟，三更鐘鼓響，四下無音……

翌日清晨，林夕落還沒睜眼就被冬荷拿了兩個雞蛋在額頭滾了兩圈，口中念叨著：「好運來……貴生子……」

滾熱的雞蛋在額頭亂轉，林夕落睜開了眼，「這是在做什麼？」

「昨兒得了囑咐的，奴婢得聽。」冬荷笑著為林夕落剝開了蛋殼兒，林夕落自當知道這是胡氏的吩咐，嘴上咬了一口，嘀咕道：「五爺呢？」

「五爺在外間等著您呢。」

林夕落起身去沐浴更衣，梳了一個芫花髻，可髮簪依舊是魏青岩的那半根銀針木簪子，另有一根紅翡簪，都是他在去年她的及笄之日插於她髮髻上的……

臉上淡淡地撲了輕粉胭脂，白皙的小臉多了幾分俏皮，身著淡紫色的輕紗裙，耳垂上也配了紅寶水滴墜兒，魏青岩從外走進屋中看著她，林夕落心中起了調侃之意，「去年為我及笄，今年可要我為你挽髻？」

魏青岩的低沉聲起：「又不是弱冠之年，還要挽髻？」

「今日是我生辰之日，都不肯告訴我你到底幾歲？」林夕落雙手拽著他的衣襟，頗有誓不甘休之勢，她嫁給他這麼久，居然還不知道他多少歲。

魏青岩湊她耳邊道：「十五歲。」

「討厭！」林夕落瞪他一眼，又斥一句：「小氣！」

魏青岩哈哈大笑，將她拉入懷中，「我怕妳嫌棄我老。」

「本來你就老，額頭都長皺紋了。」林夕落扶著他額頭的深紋和眉間那一道無法撫平的痕，這恐怕不是歲月留下的痕跡，而是在記錄他的哀傷。

魏青岩拿下她的手，半晌才道：「我長妳十歲。」

「真的？」林夕落眼睛瞠圓，魏青岩面無表情地點了點頭。

林夕落十個指頭豎起來認真數著：「我今年十六歲，你長我十歲的話，那你都二十六了……」

「怎麼，嫌棄我了？」魏青岩撲身壓著她，林夕落大笑，「大叔……」

魏青岩嘴唇氣得發抖，「再叫一句？」

林夕落抿嘴不說，魏青岩狠狠地啄著她的小嘴，將她的小嘴咬腫。林夕落捂著嘴，可看他那副模樣，又忍不住笑，「吃了嫩草還抱怨我嫌你老！」

魏青岩一把扯下她繫好的衣襟，「我讓妳看看爺到底老不老！」

「哎喲，救命！」林夕落掙扎，摟著他的脖子親暱道：「我喜歡老的，喜歡老的還不行嗎？」

「為什麼？說個理由。」魏青岩不肯放過。

林夕落嘟著小嘴道：「老的……結實。」

魏青岩大手揚起，正要落到她的小屁股上，林夕落忙翻身壓了他身上，「老的不僅結實還安全，還體貼入微，還呵護人心，還縱我寵我嬌慣著我，老的就是好，就是好還不行嗎？」

魏青岩冷哼一聲，輕彈她的鼻尖兒，「晚上饒不了妳！」

林夕落起了身，將被他拽開的衣襟繫好，可低頭一看，發現盤扣子被扯掉，邊上撕裂好大個縫隙，「哎喲，這可是我最喜歡的衣裳！」

冬荷連忙進屋，「奴婢這就為您縫一下！」

「奶奶，院子裡的丫鬟婆子等著向您磕頭慶生呢！」秋翠從外跑進來，院子裡已經有吵鬧聲，林夕落苦臉道：「痛快了嘴也得賠點兒銀子，還是換一身衣裳吧！」

待林夕落出來，院子裡的丫鬟婆子們便齊齊跪地磕頭道賀，林夕落挨個發了紅包，「晚間院子裡開上三桌席面讓大家同樂。」

「謝五奶奶！」

眾人咧嘴，更有從其他院子裡調來的丫鬟們開始敘起其他幾房夫人的賞銀多少……

林夕落顧不得她們說的這等雜事，隨同魏青岩一起前往筱福居向侯爺和侯夫人請安。

侯夫人賞了林夕落一套簪子，是鎏金紅藍寶碧玉蘭花簪，口中道：「今兒個是好日子，每一房媳婦兒進門的初年，侯府都為其慶生，妳自也不能例外，往後便好生地孝敬侯爺、伺候老五，早日為五房開枝散葉……」

林夕落接過簪子，福身謝過，宋氏與姜氏也上前送了禮，宋氏送完，多補了一套禮，口中道：「這是大嫂讓我代送的，她如今不能再出府與眾人齊賀，便讓仲良午間代大房出席應酬，雖說他丁憂三年，也不適合露面，但除了他之外，大房便無人了，也不能讓五奶奶少了臉面，便只得跟隨而去，只食素不飲酒。」

林夕落接至手中謝過，「難為大嫂如此費心勞神，可我生辰怎能讓大侄子壞了規矩，往後出仕被他人詬病，這豈不是我的過錯，還是留在府中陪伴大嫂為好……」

明明是另有目的，卻還要為自己尋個由頭，都當他人是傻子不成？

林夕落這話說出，讓宋氏不知該怎麼回，侯夫人瞪她一眼，開口道：「侯爺與我都允了，何況今日我身子不爽利，就讓他既代了妳大嫂，也代了我為妳慶生。」

侯夫人在後撐腰，林夕落只得應下，「謝過母親體恤。」

魏青岩看到魏仲良的神色甚是複雜，他向來是爭強鬥勝，今日卻一句不發，顯然是早就得了侯夫人與孫氏的告誡，今日出面不允他再節外生枝。

林夕落在這裡寒暄片刻，便隨同魏青岩一起出府，前往福鼎樓。

魏青羽與姜氏自是主動跟隨，可魏青煥也悶聲地跟著，一個字都不說。

魏青岩沒騎馬，隨她上了馬車。林夕落的目光一直跟著魏青煥，見他上馬與魏青羽同行，納罕道：「二哥今兒這麼出奇，也跟著前去？」此人無利不起早，恐怕沒安什麼好心。

「他自當是為了魏仲良的事，否則怎會去？沒了他，就沒了熱鬧了！」魏青岩話語隨意，林夕落瞧著他顫動的眼角，急問道：「你可已是有了安排？」

魏青岩搖頭不語，林夕落心中好奇，「快說！」

「不過是篡改了一場戲罷了……」

「說個清楚！」

「那我還老嗎？」

「……老！」

福鼎樓今日格外熱鬧，雖說宣陽侯府在此地安排了席面為林夕落慶生，可魏青岩並沒有特意清場，故而他人得知宣陽侯在此開宴為侯府的五奶奶慶生，便也捨了兜裡的銀子來此吃上一盤白豆腐，要上一碗小酒，豎著耳朵等聽各色傳聞。

林夕落今兒是慶生的主角，早已有眾府的夫人們到來，有一些是林夕落熟識的，也有一些是她叫不出名兒的。姜氏多年不在，她是一個都認不出，反倒是需要宋氏為兩人引見。

從下了馬車行進福鼎樓內就用了兩刻鐘的功夫，眾位夫人卻絲毫不累，兩片嘴唇不停地吧嗒著，寒暄逢迎的話語都不帶重樣的，讓林夕落心中佩服不已。

怪不得離午間還有一個多時辰，魏青岩便率眾出府，合著若趕在用飯的時侯來，等不及飯菜入口就要被餓死了。

胡氏與林政孝、林天詡今日也未缺席，而後聽著門外接連唱名的聲音，林豎賢都沒落下……

林夕落被按在座位上收禮寒暄，已是讓嗓子啞得灌了一大壺茶水，冬荷、秋翠、秋紅、青葉、紅杏和夏蘭這麼多人忙著收禮記事，也都是手開始抽筋發軟，卻依舊忙碌不停。

而這一會兒，門外突然唱名道：「梁夫人、梁大小姐為五奶奶慶生來賀！」

梁夫人？林夕落心中陡然一沉，怎麼連梁家人都到了？侯爺給的名單上可沒有她們的名字！

胡氏與羅夫人也都愣了，齊齊看向林夕落，而林夕落則在看著宋氏。

宋氏笑著湊到林夕落旁邊道：「今兒是五弟妹的好日子，人多熱鬧，便以五弟妹的名義請了梁夫人與梁大小姐來同賀，五弟妹不會怪罪吧？」

眾人都在看著林夕落，她自不會在這時候拉下臉面來讓眾人猜度魏青岩與梁家的關係，笑著點頭道：「有勞二嫂了！」

宋氏的笑容擠得更甚，姜氏則無奈地瞪她幾眼，這時候擅作主張，定沒有什麼好心……

梁夫人母女從外進門，林夕落也如待其他各府夫人一般寒暄道謝。梁夫人贈了禮，梁琳霜也上前拜賀，沒有了尋常那副傲氣勁兒，可林夕落能看得出她眼眸中的慌亂和不安。

「琳霜許久未見了。」林夕落突然一句讓梁琳霜愣住，抬頭便見眾府的夫人們都盯著她，卻又不知該說些什麼，只得連連點頭敷衍。

旁府的夫人自有知道梁琳霜脾性之人，臉上的微笑中夾雜了不屑，林夕落則直接讓人在宋氏身邊安排了位子：「妳與二嫂是故交，此時坐了一起聊聊，旁日裡想尋這般機會也不容易。」

宋氏尷尬一笑，也就這般允了，連帶著上前張羅著開席。眾人端杯齊賀，隨即便是一邊吃食一邊閒聊敘談，熱鬧不已。

林夕落看著羅夫人與羅涵雨，雖說魏青岩讓她等著看好戲，可她卻甚是擔憂，羅涵雨才十三歲，又膽弱，別被嚇出什麼毛病來。

侯爺來此露了一面便離去，林政孝與胡氏也不好多留，吃用幾口便回了景蘇苑。

林夕落送他二人到門口，林天詡不捨地道：「還想在這裡跟大姊玩一會兒……」

「回去了，你大姊今兒沒空照看你。」胡氏不放心，看著他那通紅的小臉，顯然是沾了酒，「你個小娃娃還沾了酒，胡鬧！」

「姊夫讓喝的！」林天詡當即搬出擋箭牌，如今魏青岩的名號可比他大姊還管用了。

胡氏果真再無斥責，只是無奈地搖了搖頭。

「讓他留這兒吧，如若太晚了，就送他去跟林豎賢待一晚，您二老不必擔心。」魏青岩也從樓內出來，他開了口，胡氏當即點頭。

林夕落翻白眼，這姑爺就如此入得丈母娘的眼？

林天詡見胡氏點頭，哈哈大笑，飛奔回樓內與眾府老爺帶來的子嗣同樂……

看著父母上了馬車離去，魏青岩在一旁聽福鼎樓的管事回話，林夕落則擔心宋氏出什麼么蛾子，率先邁步進了樓內，可抬眼一瞧，羅涵雨與梁琳霜怎麼都沒影兒了？

心中一慌，當即退後幾步往屏風那面的桌席看去，魏仲良也不在了？

這……這怎麼回事？

林夕落見宋氏仍舊在席面上嬉笑逢迎，引著各府的夫人們說著城內的八卦趣聞，大嘴笑得都能看到小舌頭……

「涵雨呢？」林夕落沒直接去問宋氏，而是去尋了羅夫人。

羅夫人道：「二奶奶說的那些話不宜讓幾個姑娘入耳，便都隨著黃夫人的兒媳去了側間。」

黃夫人是禮部尚書的兒媳婦，也是規矩之人。

林夕落聽到羅夫人的話，並未完全放下心，叫來秋翠道：「去小姐們的側間盯著點兒，若有事定要及時來稟報。」

秋翠應下，便往側間行去，羅夫人見她這麼謹慎，倒是在她耳邊安撫道：「這麼多人的場合能出何事？無事的。」

「還是瞧著點兒好，涵雨是個性子軟的，別挨欺負。」林夕落只能這般說，她總不能直接告訴羅夫人，宋氏心懷不軌吧？

即便說了，羅夫人也只會笑一笑便罷，侯夫人的心思她早就清楚，可總不能因防備被人坑害便足不出戶了。

羅夫人聽她這般說辭，也不過一笑了之，而未過多大一會兒，就聽得雅間外一人狂叫。

仔細聽一聽那聲音，怎麼好像梁琳霜？

林夕落一驚，而此時秋翠從外匆匆回來，湊到林夕落的耳邊道：「奶奶，出事了！」

「怎麼回事？」

「羅大小姐剛剛與眾位姑娘玩鬧，被梁家小姐將水灑了她的衣服上，便帶著丫鬟去另外一個雅間更換，可仲良少爺糊裡糊塗地進去了……」秋翠說到此，林夕落猛一拍腦袋，只得快步過去看看。

這要是傳出去，羅涵雨的名聲可就毀了。

宋氏聽了這一聲叫嚷，卻是大喜，嘴上安撫著眾府的夫人道：「無事，無事，夫人們還是坐下繼續吃用著，五弟妹定會處置妥當，我這就去看看！」

宋氏一邊說著一邊往外走，而這時卻見魏青煥從外進來，臉上一副喜樂之笑，夫妻兩人對視之間都看出對方眼中的陰損暢樂，反而笑得更歡，這本就是他們安排好的局面。

侯夫人想讓魏仲良與羅涵雨成婚，這是侯府中眾人皆知之事，這對大房來說是一件極好的事，可在魏青煥與宋氏看來這就是當頭棒喝，巴不得成不了。可羅夫人三番兩次婉拒，侯夫人都不肯甘休，這卻是讓宋氏氣惱，人家閨女不肯嫁，這老婆子還沒完沒了了？

如今侯夫人更想藉林夕落生辰宴的時候，讓魏仲良與羅涵雨見上一面，孫子若真的看好，她寧可豁出去老臉親自去說，但若魏仲良沒瞧上，這事兒她也得顧忌長孫的心意。

侯夫人這次並未把事情想得太複雜，還將他與羅涵雨結為夫妻的益處掰開了、揉碎了講給魏仲良聽，同時也將魏青岩在侯府長駐的利弊全都拎著耳朵告訴了他。

魏仲良如若在魏青石活著的時候是傻子，那他現在就是個呆子，這些時日父親過世，他本尋思世子位能順順當當地承繼下來，他就是宣陽侯世子，誰不都得在他身後阿諛奉承，對他納頭便拜，可魏青岩離開侯府的那幾日功夫，他才體會了什麼叫被當成空氣般無視的痛感。

連與尋常好友相聚之時，他們要問的都是魏青岩的去向，他斥罵幾句魏青岩，眾人便對他不理不睬，好像厭惡的蒼蠅一般躲得遠遠的。起初他覺得這是魏青岩的手段，而後才得知，是他自己沒本事。

談及朝事，一概不懂；談及詩書，磕磕巴巴；談及軍事動向，出口招來的都是不屑的嘲諷。

時間一久，魏仲良自己都覺得混不下去了，這才想起祖母與母親的告誡，他離不開五叔父的光環照耀。故而，侯夫人昨晚長達兩個時辰的告誡，魏仲良才咬牙切齒地答應了。

成親是男兒大事，這才有他今日不驕不躁、不吵不鬧的安穩之態出現，如若平時，他怎會搭理五叔父和五嬸娘？

侯夫人與魏仲良是這般打算，卻沒有想到在他們身後還有一雙陰暗的眼睛，那便是魏青煥。

大哥死了，世子位皇上又沒傳給魏仲良，魏青煥自當虎視眈眈，可惜侯夫人偏袒大房，將魏仲良護得緊緊的，甚至豁出臉面三番四次地為魏仲良談婚事，讓他氣惱不已。

都是兒子，差距怎麼就這般大？

宋氏這些年也被侯夫人和大奶奶壓制久了，看著那位子就想一屁股坐上去，好好體驗踩踏眾人的快感。

兩人得知侯夫人特意去跟侯爺商討林夕落生辰宴在福鼎樓開席，夫妻兩人便窩了兩日，想出個自覺天衣無縫的損招來。

侯夫人不是想讓魏仲良娶羅家人嗎？他兩人不是不答應，但是把羅家的女兒弄成妾嫁給魏仲良不就得了。

梁家人有意巴結侯府，卻一直被魏青岩排斥，此次宋氏硬著頭皮邀她等人前來，梁長林與梁夫人還是買宋氏的人情的。而梁琳霜對宋氏說一不二，來到此地得了宋氏在一旁的教誘，便照著她說的去做，心裡卻是想給林夕落添堵。

一個匠女，憑什麼讓她來恭賀她的生辰宴？休想這麼高興！

於是，眾人便各做各的，只打算讓羅涵雨與魏仲良從一個屋子中出來的事爆開，羅涵雨顧忌名聲也會跟了魏仲良當妾，而魏仲良的名聲大滑，丁憂之際出現這等狀況？不孝，大為不孝！

而最終獲利看熱鬧的，自然是魏青煥與宋氏了……

宋氏心中歡暢地往外走，只等著稍後看林夕落那張鐵青的臉如何哭。

旁日裡這個死丫頭與她硬氣個沒完，看她今日還不得到自己身邊來苦苦哀求別把這件事爆出去，否則她的生辰宴出這等事，羅家人定會與魏青岩翻臉，侯夫人也會將罪責賴在她的身上。

宋氏只等著捧肚子大笑，連走路的姿勢都快跳躍起來，一張嘴咧開笑得合不上，連臉都開始笑僵了，僵了……

宋氏行到那小側間門前，裡面一個女子驚愕叫嚷：「不是我，我怎麼在這裡？娘！二奶奶！」

聲音怎麼這般熟？宋氏快走兩步進門一看，哪裡是羅涵雨？根本是梁琳霜！這怎麼搞的？

宋氏瞠目結舌，呆傻之餘，心裡陡然湧起一個念頭：躲！

可她這般想，梁琳霜倉皇之餘卻已在人群中看到了她，好似尋到救命稻草，當即喊道：「二奶奶，救我啊，我不知道仲良公子怎麼就進了這屋了……」

這話不說還好，可說出口就相當於一盆汙水全倒了自己腦袋上，想撇清都難了。

林夕落在一旁冷眼看著，剛剛一女聲的犀利叫嚷，便有眾人在此屋門口齊齊圍觀，她來到時，也已經全都是腦袋。門縫兒輕開，出來的自是魏仲良，紅頭赤面，只想尋個地兒逃竄離去，可屋內之人不是羅涵雨，卻是梁琳霜。

羅涵雨在哪兒？

林夕落不知道，去回消息給她的秋翠也不知道，秋翠只是聽了羅涵雨帶來的小丫鬟如此說辭便去向林夕落回話，可耳聞不如眼見，難道是丫鬟搞錯人了？

羅涵雨的丫鬟眼淚兒都快出來了，小姐哪兒去了？

暫且不提羅涵雨，而是看著面前的梁琳霜，面如紅果，雙丫髻的側面已經散落了幾縷頭髮，領子上的第一顆扣兒也解開了……莫說是已成親的女眷們看了知道發生何事，哪怕是個未出閣的姑娘都跟著臊紅了臉。

林夕落讓侍衛將此地圈起來，看著宋氏便道：「二嫂，琳霜可是在叫您，您想去哪兒？」

宋氏結結巴巴，而此時梁夫人也被叫至此地，看到梁琳霜這副模樣，嚇得眼睛快瞪了出來，「這怎麼回事？」

梁琳霜道：「是一位男子……」

「啪」的一聲，梁夫人一嘴巴抽上去，「不許胡說！」

「不是魏少爺，不是他！」

梁琳霜在想著剛剛那面冠如玉的男子，即刻叫嚷出聲，她可不要魏仲良那個混帳，而是要那個人，可……可他到底是誰啊？

梁琳霜話語說著，臉色更多幾分紅潤，梁夫人只覺這張臉被眾人盯得下不了台，恨不得當眾掐死梁琳霜這個禍害。她怎麼就生了這麼個不聽話的女兒？作孽啊！

再怎麼說事兒已經出了，林夕落吩咐人先帶梁琳霜去洗漱更衣，而她則去看魏仲良。

魏仲良這會兒正在魏青岩的眼皮子底下與魏青煥爭吵。

「二叔父，您安的到底是什麼心？哪裡是去歇息？明明……那個瘋女人還撓我一把！」

魏仲良舉著胳膊，其上一條深深的劃痕赫然在目。

魏青煥心裡也在斥罵著這事兒怎麼忽然辦成如此德性，可他絕不能認這個事兒與他有關。

「與我何干？瞧著你在此不能喝酒不能吃肉不暢快，才讓你去那雅間歇一歇，誰知道那丫頭在！」魏青煥的狡辯，魏仲良是絕對不肯信的，「您不是說那雅間沒人？」

「有沒有人我怎能知道？」魏青煥有意要走，「你做的好事，擾了你五嬸娘的生辰宴，你五叔父還不惱了？」

魏青煥把事兒往魏青岩那方轉去，魏青岩則瞇眼道：「無妨，左右你都要娶妻，男人要負責任，納梁家女為妾也好。」

「我才不要那個死丫頭！」魏仲良當即反駁，「看到她我就想掐死她！」魏仲良欲言又止，他看到梁琳霜的時候，她的髮髻已經亂了，而且還解開了扣子，這麼一個婊子，他怎能要？

「得了便宜總要收場。」魏青煥嘆口氣，「這事兒要你祖父來定奪了。」

魏青岩看著他，「你請梁家人來此，不就是這個目的？」

一句挑撥，讓魏仲良瞪眼，「什麼？這家人是二叔父請的？」

「你祖父與我發的帖子，可沒有這家人的名字。」魏青岩挑撥完這句，邁步離開。

魏青煥剛要跑，就被魏仲良揪住衣領，顧不得輩分高低，好生叫罵揪打起來。

這方鬧了門內鬥，而那方梁琳霜挨了梁夫人的打之後，更知道她的清白被毀，要麼懸樑自盡，要麼嫁給魏仲良，不由得罵起了宋氏。

「都是妳！是妳讓我攪和了那女人的生辰宴，還要我把羅涵雨推給魏仲良，現在卻成了我，都是妳故意的！」梁琳霜氣惱起來便不顧場合、不顧身分，誰讓她吃了虧？她不要嫁給魏仲良那個窩囊廢，她要嫁給那個萬裡挑一的美男子。

宋氏被這般打臉，立即朝著門口看去，好在林夕落已經吩咐人看守，此地除卻梁夫人母女和林夕落之外，只有幾個侯府的僕人。可這些僕人中，卻還有侯府的總管事齊呈……

齊呈在一旁低頭不語，只抬眼偷瞧林夕落，這位五奶奶好似在看笑話，那他何必多嘴？

「這與我有何干係？妳不要信口胡說！」宋氏連連往後退，梁夫人此時也顧不得宋氏的身分，只想尋她有個結果，「二奶奶，您也瞧見了，事兒我不多說了，您給個說法吧！這事兒終歸脫不開侯府的大少爺，更脫不開您，總不能讓琳霜自盡而死吧！」

若能嫁給魏仲良也是好事，夫君與她也不必再忐忑不安，擔憂攀不上宣陽侯府這高枝了。

梁長林並非想一棵樹上吊死，而是他這幾次曲意逢迎想投靠另外幾位權臣，都被婉拒，連齊獻王用了幾次梁長林辦事後，也都一腳踹開不再搭理，他們還能有何選擇？

而侯府之上，他們最想攀的當然是魏青岩，不然也不會得知林夕落的生辰宴後，想法設法地在此露面。宋氏前來邀約後，也未多考慮就立即點頭答應了。可事兒想得太好便會出差錯，梁琳霜就是個意外。

壞事若能變成好事，豈不是更合意？

梁夫人打定這個主意，便想賴定了這件事。將梁琳霜嫁給魏仲良，也算是能安一份心思吧。

宋氏自當知道梁夫人的打算，她如今想方設法也得促成這件事，否則梁家人她得罪了，侯夫人也饒不了她。

林夕落在一旁看著兩人的算計，不由冷笑，「這事兒得侯爺與侯夫人拿主意了，他們若同意了，仲良要個妾也無妨……」

「妾？」梁夫人哽咽住，梁琳霜當即大嚷：「胡說！我憑什麼要給他當妾？我不嫁他，我根本與他什麼都沒做，我的衣裳不是他解的，不是他！」

梁琳霜歇斯底里，聲音尖銳無比，林夕落在一旁道：「不是大少爺？那是何人？」

「是別人！」梁琳霜仨字出口，梁夫人恨不得掐死她，林夕落恍然：「哎喲，梁夫人，這事兒得好生說道說道了！不是我們侯府大少爺的事，卻往這上潑汙水，妳們今兒是來給我慶生？還是另有目的，嗯？」

林夕落冷下來臉，梁夫人也不知所措，一張臉臊得不得了，直想尋個地縫兒鑽進去。

「來人，將她們給我轟出去！」林夕落撂臉子下令，齊呈不得不上前了，「梁夫人請。」

梁夫人也知道此事今日無法了斷，只得帶著梁琳霜匆匆離去。

梁長林早已被人攆出福鼎樓，看她母女二人匆匆出來，忍不住心中憤惱，上前二話不說就將梁琳霜好一通毒打，隨即回府與梁夫人商議一晚，更是問梁琳霜那另外的男人是誰。

梁琳霜光顧著花癡風雅美男子，卻不知那人何名何姓，支支吾吾說不出來。

梁長林氣得七竅生煙，可心中卻已篤定，這件事一定要賴在宣陽侯府上。

伍之章◆百鳥振翅誘鬧騰

外間發生的事雖亂七八糟，可在生辰宴上的其他人卻仍舊把酒言歡，笑語不停。直至弦月高升，繁星璀璨，才盡興離席，逐一與林夕落告別。

魏仲良早就回了侯府去向侯爺與侯夫人告狀，魏青煥與宋氏更是招呼未打一聲便沒了影兒。魏青羽與姜氏兩人只當作不知此事，免得招來埋怨。

林夕落看魏青岩在一旁淡笑不語，便問起他梁琳霜口中的美男是誰。

「還能是誰？自然是本王了！」

福陵王從外緩緩踱步進門，洋洋得意之色溢於言表，好似這是多麼雅致的事情一般。

「怪不得，我本來還在納悶五爺怎會這般安排，原來是王爺的主意，您的手段都離不開風月之事……嘖嘖！」林夕落想起梁琳霜的嬌羞模樣，心裡更納罕，她要是知道心中之人是福陵王，會是什麼感想？

「哪裡是本王的主意，都是他才能做出這等損事，本王也是迫不得已！」福陵王指著魏青岩，魏青岩攤手，「我可沒讓您拽那女人的扣子。」

福陵王拿扇子捶手，「本王總不能白賣苦力吧？得有點兒回報，可惜那小子來得太早……」

林夕落翻白眼，這位王爺還真是不挑嘴！

事已至此，就看侯爺與侯夫人怎麼處置這件事，她只等著看熱鬧。

魏青岩明日要陪皇上出城，離他明日進宮之日已不足四個時辰了……

福陵王今日色沒入口心中直癢，沒用魏青岩和林夕落攆她，便主動出門尋花問柳解渴去了。

魏青岩與林夕落兩人拋開雜事的煩擾，牽手出了門，上馬出城，共度明月良宵……

空中的弦月淡去，朝陽初升，灑下一抹陽光映照在幽州城門之上。城內炊煙升起，鳥兒鳴蹄飛過，構成一幅和諧安寧的圖畫。

林夕落在城門處與魏青岩告別，他已是換上戎裝，擔任此次出巡之護衛長，貼身保護皇上。

「早些回來。」林夕落只叮囑這句，魏青岩的話卻多了些：「我不在的時候妳要小心謹慎，梁家之事不會如此簡單，但也不必太過擔憂。福陵王為人古怪，但遇事妳可對他開口，讓他出面為妳擋事。我已告訴李泊言，讓他暫居侍衛營，對妳隨身護衛。」

林夕落認真地點了頭，可心裡卻甚是不捨。

「福陵王？算了，我信不得他。」林夕落想起那位王爺就撇嘴，可此時不想對他多說，而是叮囑道：「你也要多多注意。」

魏青岩點了頭，遠處已有隊伍在等他，再次看他戎裝上馬，英傲銳氣盡顯，腰中烈刀陡然抽出，青冷光芒在晨光中格外刺目……

雖說不像上一次出征，可林夕落的心裡不知為何更多擔憂。

「人都走沒了，五弟妹還在這兒看？」

身後傳來一男子聲音，林夕落不用轉頭也聽得出此人是福陵王。

「給王爺請安。」林夕落福了福身，福陵王未等開口，李泊言便已率眾侍衛前來護衛，「卑職給福陵王、五奶奶請安。」

福陵王看了看李泊言，又看兩眼林夕落，「這倒是巧了，可是就等著五爺走呢！」

「卑職得魏大人吩咐，隨身護衛五奶奶。」李泊言離林夕落五步之遙，若出現問題，他也能及時護衛。

福陵王翻了個白眼，「魏五還真寬心大度，這都行？」

「王爺，您不累？」林夕落語帶幾分不耐，魏青岩離去她本就心情低沉，可不願在此與他們說個沒完。

「本王不累，不如與本王一同到福鼎樓用早飯可好？」福陵王又是貼近她，林夕落側頭道：「您不累，可我累了，先告辭了。」

林夕落轉身往一旁的馬車處走，福陵王也不氣惱，「本王護送妳回府。」

李泊言心中不悅，可一位是他的義妹，一位是王爺，他能說什麼？

林夕落沒再拒絕，任憑福陵王駕馬隨行，這一路上偶遇許多進宮的官轎，瞧見他時便停下，隨即議論紛起，八卦傳開。

送至宣陽侯府門口，福陵王沒再糾纏，獨自離去，而李泊言護送林夕落至二門處時，忍不住開了口：「妹妹，妳可要注意這位王爺。」

「五爺已吩咐過了，如今也不能得罪了他。」林夕落這般說辭，李泊言更提起了心，「我不會讓他太靠近妹妹，這位王爺的名聲太差。」

李泊言雖任武職，可自幼走科舉之路，這「規禮」二字已經深深刻入他的骨頭裡……

兩人分開，李泊言去侍衛營暫休，稍後便去郁林閣院外守候。

林夕落上了小轎，可還未等回院子，就聽後方有人追著她道：「五弟妹！」

「停轎。」

林夕落落轎撩起小簾子，卻是姜氏在後面喊她。

「正要去妳的院子裡看妳是否回來，路上便碰上了。」姜氏氣喘吁吁，行至林夕落身邊才小聲道：「府裡出了事了。」

「怎麼了？」林夕落轉而想起梁家來，「可是梁家人找上門了？」

姜氏點頭，林夕落挽著她，「回院子說。」

兩人各自上轎回了郁林閣，陳嬤嬤端上粥菜，林夕落吃用著，姜氏則在一旁說起昨晚的事來。

「……妳與五弟離去之後，我們剛回侯府，梁家人就找上了門，無論如何都要讓仲良娶梁琳霜，讓他負這個責任。侯夫人得了魏仲良和宋氏的回稟，氣得將梁家人給攆了出去，而梁大人今日一早便堵上了門，執意要侯爺給個說法，如若不肯應，就要去尋皇上討個說法。」

「皇上都出去巡遊狩獵了，哪有空閒搭理他？」林夕落對梁家人的心思頗為不屑，好歹也是通政司通政使，至於如此低三下四？

「也不知梁家人是個什麼心思，按說也不是草野小官兒，卻做出這樣的事來。」姜氏滿心不解，林夕落則道：「這有何想不通的？梁長林家中子嗣不多，又不是出身大族，身旁的兄弟即便是遠房親戚都尋不出一個能搭把手的，他心中不穩，當初就是攀著侯爺才接連高升，可前陣子五爺惱了他，他野心太大，孰料被人利用完給一腳踹了，如今更是心中沒底。」

「昨兒聽五爺說，梁長林連續幾次被皇上斥責，落井下石的多，伸手幫忙的少，他怎能不慌？再讓皇上惱了，他這官兒也甭當了！」

林夕落想著昨晚魏青岩與她說的梁家之事，除卻不屑之外，更是感嘆人心不足，終有大禍，梁長林不就是例子？

「今兒一早給母親請了安，我就連忙來找妳，如今二爺與二嫂惹了事，被侯爺好一通斥罵，我可不願沾了太多，免得成了替罪羊。」姜氏抱怨著，林夕落卻笑了，「三嫂精明了。」

「這府中不管事還能出錯兒，若真出面管事，還不得錯成蜂窩子？」姜氏也不再多說，院子裡還有事等著她去處理，便又叮囑幾句離開了。

林夕落吃用過後，打算帶著魏仲恆去麒麟樓，躲了這事兒遠遠的，否則侯夫人恐怕會找上她。

昨日林夕落的生辰宴，魏仲恆沒有露面，今日得見，當即跪地磕頭，補了禮。

林夕落讓人去尋李泊言，安置好馬車，帶著他匆匆離開侯府。

前腳出門，後腳就有花嬤嬤來院子裡找，可林夕落已經出府，她也無可奈何。

回稟給侯夫人，侯夫人氣惱不已，「平時在府中無事，如今卻沒了影兒，這事兒她甭想脫開干係，早早地讓仲良與羅家女定了親，不就萬事大吉？怎麼會出現這種差錯？豈有此理！」

氣惱之餘不分青紅皂白，開始四處怪罪……花嬤嬤心中哀苦，卻不敢再為林夕落說上半句話，之前侯夫人已是斥罵她開始胳膊肘往外拐，何況這件事是魏仲良的事，他可是侯夫人的心頭肉了。

「如今也得想個辦法了，梁家人不依不饒的，這樣久了，事情傳出去，可就成了大少爺的錯兒，後果嚴重。」花嬤嬤委婉勸慰，侯夫人拍了手，「作孽啊！」

本以為梁長林會不依不饒，可侯府突然空閒一日，倒讓所有人驚訝。

事出反常，不會出亂子吧？

林夕落想起魏青岩說起此事不會那般簡單，忽然湧起一股不祥之感。

筱福居內。

「回稟侯夫人，侯爺傳話來，梁長林已遞帖子去都察院，要等皇上歸來時為此事做主！」

都察院？侯夫人大驚，「皇上出巡，他遞給了誰？」

「左都御史林大人！」

這不是林夕落的祖父林忠德？

侯夫人怔愣，「他這是瘋了？」本就覺得一日無影心不踏實，果真出事了！

花嬤嬤立即道：「恐是想讓侯府早些給此事個說法，皇上出巡，而他又去尋林家人，林大人應會把此事暫且壓下。」

「還得去找老五家的丫頭！」侯夫人想起林夕落，當即道：「去把她給我叫回來！」

「夫人，硬來恐怕不成的，為了仲良少爺，您忍一忍吧。」花嬤嬤了解林夕落是吃軟不吃硬的，可這話她不能當著侯夫人說，否則她還不得大惱？

花嬤嬤沒明說，侯夫人自當明白她話中之意，臉上憤怒、氣惱、不甘等變換不停，口中喃喃嘆道：「只得如此了，侯爺告知我便是給我個機會，我忍，我忍了……去請那丫頭回來！」

林夕落帶著魏仲恆到麒麟樓，林豎賢教課空閒不免與她敘起昨日之事。

「這事兒妳仍脫不開干係。」

林豎賢如此篤定倒讓林夕落詫異，「與我何干？」

「因為事出在福鼎樓，那裡雖然是福陵王之地，可也是魏大人之地。」林豎賢嘆口氣，「而且還是妳的生辰宴，所以妳有責任。」

「歪理，我才不管！」林夕落被李泊言的規禮嘮叨兩日，林豎賢又來騷擾她的耳朵……

「無論是正理或歪理，妳都得管。」林豎賢頓了下，「此事怎麼處置就看梁長林下得去多狠的手了。」

「先生仔細析解一番？」林夕落有意聽一聽林豎賢的意見。

「梁家人如今賴上侯府不鬆手，一為保其女之名節，二為保梁家之位。妳也知梁長林就是牆頭上的草，再來股風兒他官職就吹飛了，怎能善罷甘休？侯府執意不依，他定會豁出去這個女兒捨了命，也要換眾人同情憐憫之心，而他與侯府如此決裂，侯府之政敵自會將他拉入陣營當中，當初不肯要他，是因為他野心太大，如今的情況卻不一樣了。」

林豎賢說到此，補言道：「我只知他的事，對於侯府之內的權位爭奪就不知道了。」

林夕落尋思半晌，將林豎賢的話認真消化掉，可梁長林能捨得了梁琳霜的一條命嗎？

若他這般狠，找了救命草，侯府也處於被動之地，魏仲良世子之位高懸，誰才是最高興的人？

外事雜亂，麒麟樓中的雕木鋪子仍在正常進行著開張的準備。

雕匠們已開始動手開工，林夕落與福陵王兩人商定正式開門的日子。

眾人都在盯著麒麟樓，這事兒定當要大辦一次，而且還要辦得格外有場面。

福陵王有意十日後就開，林夕落卻不同意，「還是要等五爺回來。」

「沒有他，不是還有本王？五弟妹信不過本王？」福陵王又往她身邊湊，這一次沒了濃重的熏香，倒是一股清淡的味道。

「不敢說。」林夕落道：「您是王爺，我怎敢隨意胡言。」

「本王當妳是至交好友，五弟妹可任意出言，本王絕不怪罪！」福陵王這模樣，林夕落實在對他敬不起來。

盯著福陵王那雙勾人的眼，林夕落認真地道：「信不過您。」

福陵王一個大大的白眼翻來，「本王就不明白了，五弟妹到底為何信不過本王？本王好似沒做過對妳無益之事，而且還幫妳解圍。好事做了卻還被當成惡人，本王心中不平。」

「因為王爺實在是長得太好看了！」林夕落這麼一句，卻讓福陵王愣住，「長得好看也成了本王的錯兒，這是什麼道理？」

「您兩句話就能讓梁琳霜毀了名節，自當可怕。」林夕落嘀咕：「男人長這麼好看作甚？」

這話又讓福陵王嘆氣，「妳在惋惜自己早早嫁人，沒有跟隨本王的機會？」

「沒有。」林夕落一本正經，「嫁的是人心而不是人顏，王爺，您不覺得外人誇讚您美男是對您的諷刺？您是王爺！」

福陵王一口茶噴出，手指著林夕落……

本以為他會斥責，孰料福陵王卻是感慨，「讚顏保命，誇心丟命，還能有何選擇？」

福陵王正事議不下去，每次與林夕落私談都很受傷，便起身離去。

林夕落沉口氣卻不願多想，繼續籌備鋪子的事。

晚間帶著魏仲恆回侯府，侯夫人卻正在郁林閣等著林夕落……

魏仲恆向侯夫人請安行禮，便先回書房去寫先生留的課業。

林夕落沒料到這老婆子直接堵在院子裡，思忖之間，口中言道：「不知母親來此有何事？讓人來傳媳婦兒過去便是，您還親自動身，可要多注意身體，莫過勞累。」

「不累身就累心，不知妳何時回來，索性來這裡等。」侯夫人沒有直接提梁家，而是把話題轉至魏仲恆身上：「他如今習學可用功？」

「很刻苦。」林夕落三個字回答，並沒有細說。

侯夫人輕咳幾聲，清了清嗓子，看了花嬤嬤一眼，卻也知這事兒最好由她親自開口：「梁家的事，不知妳是否知道，可有什麼辦法讓他們消了這心思？」

「這事兒都依侯爺與侯夫人拿主意，若是仲恆的事，媳婦兒願意管一管，可仲良是侯府的嫡長孫，何況大嫂還在，即便大嫂管不了，還有二哥、二嫂，怎麼也輪不上兒媳多嘴。」林夕落當即把事兒往外推，又對侯夫人這麼忍氣吞聲頗有驚詫。

提及魏青煥與宋氏，侯夫人臉上就冷了下來，她心中比誰都明白這是魏青煥使的手段，可都是她的兒子、孫子，她能說什麼？

侯爺如今把事兒交給她，其實也是在埋怨她過往的包庇縱容……

「繞彎子的話妳就甭說了，如今梁長林已要去請皇上為梁家做主，寫了上奏的摺子，遞交給妳祖父林大人。」侯夫人頓了一下，看到林夕落眉頭蹙緊一分，繼續道：「林家既是被牽扯進來，妳出面更合適一些。這事兒我沒有怪罪妳的意思，牆倒眾人推，皇上不在，老五也不在，如今是太子殿下執理朝事，這時候若出了錯兒，會牽連出太多事來。朝堂自有侯爺撐著，可就怕他也有撐不住的時候，還是儘快把梁家事處置完才好。」

侯夫人話語深沉，聲音卻輕飄飄的，好似說完就會嚥氣一般。

林夕落自不管侯夫人所謂的牆倒眾人推，那是侯爺的事，輪不到她來管，可提及林府，她不免要多思忖一層。

梁長林昨兒沒了動靜兒，今卻傳出這話，更把林家牽扯進來，到底是何意？

腦子想漏了也無用，這卻是要去尋林忠德談一談才知道，林夕落看侯夫人在盯著她，便是道：「這事兒我依舊不能出面，但可為母親去問一問祖父，梁長林遞摺子給他有何意，而後再請侯爺與侯夫人做主。母親也莫怪我不懂事，仲良本就對五爺和我心存芥蒂，無論我怎麼做他都會心存怨恨，何況當初梁家人並非是五爺與我請來的，而是二哥、二嫂請來的賓客，我對梁家人太苛刻了，他們兩人也要怨我。」

「什麼？不是妳請來的？」侯夫人對此不知，林夕落點頭，「侯爺的禮單上沒梁家之名，而五爺更不會請了，二嫂說是為了熱鬧。」

侯夫人倒吸一口涼氣，她早已做好林夕落拒絕的打算，可如今塞出兩個她不能插手做主的理由，侯夫人還真沒法駁了她。

無論是魏仲良還是魏青煥，都是嫡出，何況林夕落已經擺出這樣的局面，她總不能說此事都讓她來定，那如若林夕落把大房、二房全給賣了，她就尋棵歪脖樹吊死算了。

「這事兒讓我再想一想，但妳也快與林大人通個信兒。」侯夫人腦子有些亂，昨日魏仲良與魏青煥打了起來，眾人回話卻都沒說是宋氏請的梁家人。

侯夫人心中本以為這是魏青岩與林夕落故意使的招子，孰料卻是她自己的兒子。

天空霹靂乍響，一道刺眼的亮光劃過夜空，大雨瞬下，卻好似落在侯夫人的心中……

即便外面瓢潑大雨，侯夫人也執意要回筱福居，花嬤嬤沒了轍，只得讓眾人將轎子抬了屋中來，冒雨送侯夫人回了院子。

林夕落看著那小轎消失在夜色之中，心中忽然明悟，她如今除卻要見林忠德以外，還要見一個人，那就是羅夫人。

那一日有羅涵雨在，即便福陵王派人將羅涵雨給帶出屋子，將羅家拋離此事之外，可事還是要與羅夫人說清楚，免得被人攪和一番，再給拽進這泥潭當中。

侯夫人有意讓魏仲良娶羅涵雨，這事兒可不止是侯府與羅家知道，外人恐怕也有耳聞……

外面的雨越下越大，林夕落卻因心事沉重而毫無睡意，心中只想數著綿羊快些入睡，可不知怎麼，數著數著，綿羊全成了魏青岩的模樣，反而很快睡了過去。

翌日清早，林夕落把魏仲恆送去麒麟樓上課，便讓李泊言送了帖子到林府欲見林忠德。

等候回音之際，她又與林豎賢說起梁長林將此事奏至都察院之事，那裡正是林忠德管轄。

「他這是有意的吧？」林夕落說完後，提起梁長林的目的：「可這般做有何意義呢？是想讓侯府退一步，吃了這個啞巴虧，逼著魏仲良娶梁琳霜而不是納妾？」

若依著規矩，梁琳霜這模樣恐無正妻之位了……

林豎賢在書屋中來回踱步，腦中也在思忖此事，「他恐是尋到另外一棵大樹可攀了，這是故意針對五爺的。」

「這又是抱上了哪棵歪脖樹？」林夕落心中不停地盤算，「是齊獻王？」

林豎賢搖頭，「此事我便不知，要問一問老太爺了。」

林夕落將心思按下，等候李泊言回傳消息。

未過多久，李泊言從外歸來，「梁長林正在林府，林大總管說了，老太爺晚間來麒麟樓與您研商此事，讓您此時先不要去林府。」

林夕落皺眉，居然找到林家去，梁長林恐怕真如林豎賢所說，攀上其他人，要與侯府作對了。

福陵王今日沒露面，林夕落在此地一直地等，可林忠德下晌仍未前來，她心中多了一分擔憂。

「總不能因為等人而耽擱了，先去探一探羅夫人。」林夕落有意先去羅府，可剛讓侍衛去備馬車，門外便來通傳：「五奶奶，羅夫人求見！」

說曹操，曹操到，這倒是省了她趕去了。

「快請羅夫人進來！」林夕落當即請人，而羅夫人進了門便氣惱不已，「簡直是欺人太甚！」

「怎麼？我剛要去府上尋您，您便來了，出了什麼事？」林夕落坐了羅夫人旁邊，讓冬荷趕緊倒一杯茶。

羅夫人渾身哆嗦，緩了半晌才開口道：「妳生日宴的事，魏大人已經與老爺說了，特意叮囑不能告訴涵雨，怕嚇到她，可……可妳們侯府的二奶奶今日到我們那裡，執意說魏仲良是看到涵雨在那屋子裡才進去找她，問涵雨那日是她在屋中，怎麼變成了梁琳霜，可是涵雨躲起來了？」

「涵雨被她嚇得哭了半晌，可她還是咄咄逼人，非要涵雨說個清楚，氣得我當即把她罵了出去！我就這麼一個女兒，我受不得她有半點兒苦！」

林夕落倒吸口氣，宋氏還真是無所不用其極！想把羅府攪和進來？沒門！

安撫羅夫人半晌，林夕落承諾了此事她定會給羅府個說法，讓羅夫人不必擔心。

送走羅夫人，林夕落起了身，「不等祖父了，去通報一聲，明日一早我回林府找他，如今咱們回侯府，會一會這位二奶奶！」

林夕落回到侯府，並沒有回郁林閣，而是直接奔著侯夫人的院子而去。

侯夫人沒想到林夕落會來，直接問道：「可是妳祖父那方有消息了？」

「梁長林正堵在林府不肯走，祖父我沒有見到，不過這個消息沒探到，媳婦兒倒是被人堵上門斥罵一頓。」林夕落說完，也不直接說出羅夫人的話，「母親還是把二嫂叫來吧。」

宋氏？侯夫人心中沒了底，「她怎麼了？」

「母親叫來為好，當面鑼對面鼓地也把這事兒說清楚，不然兒媳可不敢插手這件事，免得好心被當成驢肝肺，還落了一身腥！」林夕落氣惱糙言，讓侯夫人皺眉，可林夕落這模樣卻也讓她心中猶豫，這中間又出了什麼事？

如若是以往，她定會斥罵兩句，可這事兒牽扯的是她的寶貝孫子魏仲良，侯夫人只得把氣忍下，吩咐花嬤嬤道：「去把老二家的叫來吧！」

花嬤嬤若有所思地看了一眼林夕落便匆匆離去，而這一會兒，屋中沉靜無聲，侯夫人時而輕咳幾聲，餘光看向林夕落，她卻是一臉氣惱，侯夫人的心裡更是沒了底。

過了半晌，花嬤嬤從外歸來，「二奶奶剛回院子，正在與二爺商議事，說是稍後就到。」

「她出去了？」侯夫人說完便看向林夕落，林夕落冷笑，卻是不等宋氏來，不吐半個字。

花嬤嬤只點了點頭，便退至一旁等候。

又過了一刻鐘的功夫，宋氏才從外進門，「給母親請安，五弟妹也在這兒。」

不等侯夫人開口，林夕落當即站起身上前，把宋氏嚇了一跳，「五弟妹，妳這是作何？」

「我作何？妳到羅夫人府上都說些什麼？誰讓妳去的？」林夕落聲音極硬，她必須要搶占優勢，讓宋氏在氣勢上弱一等。

宋氏沒想到她這麼快就知道羅家的事，也氣惱地道：「還問我？這都是你們幹的好事！」

「渾說！」林夕落指著宋氏的鼻子罵道：「旁人都不知道的事，妳居然還跑去羅府上問人家閨女？妳這是怕大少爺的醜事宣揚得不夠快是吧？梁大人都已經遞了摺子要彈劾侯爺了，妳還跑出去四處宣揚，妳這是要侯府沒臉，還是要大少爺沒臉？我這邊得了母親的叮囑，四處去尋門路把此事了結，妳卻在這時候雪上加霜，妳安的什麼心啊？」

宋氏沒尋思林夕落嘴巴這麼快，只顧著侯夫人的臉色瞬間冰冷鐵青，而回不上林夕落半句，翕了半晌的嘴，只還了一句道：「血口噴人！」

「妳敢說妳沒去羅府？」林夕落咄咄逼人，宋氏卻是不敢否認，「我去了，可我是想要幫大少爺……」

「妳敢說妳沒對羅夫人與羅大小姐說大少爺與梁琳霜的事？」林夕落再問，宋氏不知怎麼辦，

「可明明這事兒是跟羅家有關！」

侯夫人拍案，「妳到底說了還是沒說？」

宋氏咬牙，「媳婦兒是說了……」

「作孽啊妳！」侯夫人氣得渾身發抖，指著宋氏道：「妳這是什麼心？落井下石、雪上加霜，

妳想逼死仲良嗎？」

林夕落在一旁冷眼瞪著宋氏，宋氏連忙湊至侯夫人這邊道：「母親，這事兒可不是您想得那樣，這事兒明明就與羅家有關，五弟妹也脫不開干係，都是她們鬧出的花樣！」

林夕落冷笑，「您跑出去宣揚大少爺的惡事，倒是能賴上我與羅家人？梁大人與梁夫人可不是我與五爺請來的，而是您請來的。在她們來之前，我甚至不知此事。二嫂，您即便想嫁禍在我身上，也得想個好點兒的藉口吧？」

林夕落咬著此事不鬆口，其實她心裡知道，魏青岩恐怕早知魏青煥與宋氏給梁家人下了帖子，

否則當初也不會說會有一場戲了。

戲是魏青煥與宋氏安排的，只是劇情被改了下而已……

「什麼藉口？那天進了屋子的明明是羅涵雨，怎麼可能變成琳霜？否則跟大少爺從一個屋子裡出來的會是羅涵雨，絕不是梁琳霜！」宋氏有些急，忍不住把這事兒說出來。

侯夫人的眼神更烈，「妳怎麼知道得這麼清楚？」

宋氏怔住，卻聽侯夫人大吼：「妳給我說！」

「母親，我只是無意看到的……」宋氏恨不得抽自己幾個大嘴巴。

「二嫂，這事兒是您安排的吧？」林夕落看著宋氏，陰狠地道：「您想讓那梁琳霜跟了仲良，何必還要糟蹋了羅家的閨女？還想讓羅家恨上五爺與我？您雖在大少爺的事上沒得逞，但也算成功了，如今連我娘家人都牽扯進來，梁長林硬逼著我祖父彈劾侯爺，您得逞了！」

宋氏急跳了腳，「妳少胡說！」

林夕落冷哼，看向侯夫人，「母親，這事兒我管不了了，您看著辦吧！」

「去，把老二給我叫來，我要當面問問他，這事兒可是他的主意！」侯夫人聲音沙啞，只有氣，不見聲，憋悶得臉色通紅，好似隨時會昏過去一般。

花嬤嬤不敢離開侯夫人身邊，怕她動怒出事，便吩咐門外的小廝快跑著去找魏青煥。

宋氏在一旁哭個不停，侯夫人聽得心煩，讓她不許出聲，而沒過多大一會兒，魏青煥從外進來，進門看到這個場景倒是愣了，看向侯夫人道：「母親，這怎麼了？」

「跪下！」侯夫人當即便嚷，魏青煥滿頭迷糊，卻也只得跪在地上，「母親，兒子怎麼了？」

「夕落生辰宴上，是不是你特意安排讓仲良出醜，跟……跟梁家的那個……丫頭？」侯夫人難言出口，可熱切的目光滿是希望魏青煥搖頭說不是，這是她的兒子，她的兒子啊！

魏青煥心裡咯噔一下，侯夫人怎麼會知道？

看向一旁的林夕落，再看宋氏，他自當明白，恐怕是宋氏找羅夫人的事被林夕落知道了。惡人先告狀，羅家的事沒查明白，卻是讓這臭娘們兒先咬一口，可這事兒他跟宋氏還真就脫不了干係，這怎麼辦？

侯夫人眼中帶有一絲失望，「你倒是說啊！」

魏青煥狠了心，這事兒絕不能認，「母親，您說的這是什麼事？我怎麼沒聽明白？」

林夕落也驚訝，他居然不認？

侯夫人指著宋氏，「她可已經認了，這都是你媳婦兒做出的好事，你居然一點兒不知道？」

宋氏要開口，卻被侯夫人斥道：「閉嘴，我不想聽妳說話！」

其實宋氏並沒有招認，而是侯夫人在詐魏青煥。

魏青煥看向宋氏，可宋氏卻不敢開口，臉上表情極為複雜，眼珠子上下左右地亂動，只期望魏青煥能看明白她的意思。

僵持半晌，眾人的目光都盯在魏青煥的臉上……

「啪」的一聲脆響，魏青煥一巴掌抽到宋氏的臉上，「妳個臭婆娘，妳怎麼能有這樣狠的心？居然做出這樣的噁心事來？妳安的什麼心？」

宋氏被打一巴掌，滿臉震驚，她絕對想不到魏青煥會這樣待她。

不等宋氏反應過來，魏青煥的巴掌劈里啪啦地往宋氏的臉上抽去，而宋氏被打得回不上半句，只倒地接連叫嚷饒命。

魏青煥也是習武出身，雖比不上魏青岩，可手勁兒極大，沒幾巴掌抽下，宋氏的臉已腫脹成漏油的包子，從毛孔裡滲出的血已浮滿面。

侯夫人看不下去，扭過頭不說話，可那歇斯底里的叫嚷，卻在剜著她的心。知子莫若母，侯夫人不是傻子，她怎能看不出魏青煥是在裝不知道？這般打宋氏，無非是在遮掩他的心虛，所以魏青煥每抽在宋氏臉上一巴掌，就好像抽在侯夫人的心，格外的疼。

林夕落在一旁看著，雖然訝異魏青煥這般狠，卻也知道他鬧完這一齣之後，侯夫人恐怕還是會原諒他，不會多責怪一句。

這老婆子精明一輩子，傻就傻在對她嫡出之子的包庇和袒護上。已經包庇死了一個大兒子，她自當要包庇孫子，包庇這個缺兩手指頭的兒子，否則她活得哪還有意義了？

教出的兒子全是廢物，卻不如一個庶出之子，林夕落覺得侯夫人如今仍然恨魏青岩，並非是因魏青岩出生時侯爺打死了侯夫人的舅母，更重要的原因是老婆子心中的傲氣被魏青岩的優秀給擊碎了。

她一個大族出身的貴女，生出的兒子卻比不上一個丫鬟肚子裡出來的庶子，這讓心高氣傲的侯夫人怎能接受？恨是不會變的，而憎恨的原因卻很可能改變，侯夫人便是如此。

再打下去，宋氏這條命恐怕就要廢了，魏青煥不停手，是侯夫人讓花嬤嬤給攔開，又將宋氏抬下去尋了大夫瞧傷，而魏青煥也不顧臉面，跪在侯夫人面前，口口聲聲道：「母親，此事兒子絕對不知，若有矇騙，天打雷劈！」

隨著魏青煥這一句話喊出，閃電在天空中乍響。

老天爺好像在宣洩它的憤怒，每個人謊言出口都以「天打雷劈」為證，當祂老人家為何物？

魏青煥被嚇得臉色刷白，好在他此時仍在屋中沒有出門，否則一雷擊中……

侯夫人眼淚汩汩而落，這是她的兒子，她能怎麼辦？

看到侯夫人掉淚，魏青煥自知這是老太婆心軟了，「母親，旁人都說兒子對世子位有野心，那簡直就是放屁！大哥已經走了，兒子身為嫡子，不過是想幫仲良撐起這個家，怎能狼心狗肺到如此地步？」

想起宋氏，他又咬牙道：「兒子娶妻不慎，宋氏無所出，心思歪，但事已至此，總不能休了她！兒子絕不怪母親給安排的親事不合，但還請母親對兒子放心，兒子絕對不會讓您失望！」

魏青煥說完，不忘往屋外看一眼，好在老太爺噴噓打多了，不願搭理他，除卻瓢潑大雨之外，閃電驚雷已經不在。

侯夫人擦拭了半晌的臉，開口道：「宋氏在府中好好養傷吧，你這手也實在夠狠，險些打死了她。讓她養上三個月，也莫對侯府之事操心，爭取早日懷個喜，也讓母親安心了。」

這算是將宋氏禁足，更不允她插手侯府中饋……

魏青煥咬牙認了，此時先安撫下侯夫人，往後怎麼回事誰知道？

「兒子都聽母親的。」

母子兩人又寒暄幾句，魏青煥便離開了此地。

林夕落在一旁當隱形人已有半晌，侯夫人這時才看向她，「這事兒還須得由妳來辦，畢竟與林府有關。」

「我可不管了，免得惹了一身髒。」林夕落不肯點頭，侯夫人忍下心來安撫道：「老二家的都被打成那副模樣，妳還不甘心？」

話語中有責怪怨懟，宋氏雖噁心在先，可侯夫人也絕不信這事兒與林夕落和魏青岩無關。

林夕落冷笑，「那是二爺打的，又不是我動的手，關我何事？母親這般說，我可是冤枉。」

「好歹也要先問一問妳祖父，梁長林去尋他是何事吧？」侯夫人已經被魏青煥和宋氏氣得眼珠子生疼，這會兒還要忍下怒氣來哄這死丫頭，可想著魏仲良的前途，她不得不忍了。

如若梁長林執意把此事爆出去，無論皇上如何裁斷，魏仲良的名聲可都臭了。世子位本就還沒到手，如若因為這件事再徹底被駁了，他還有活路嗎？

林夕落自然明白侯夫人心中擔憂，而此時她也覺得要謹慎，便點頭應了，「母親說，媳婦兒去做就是了，但這事兒可事先聲明，別怪罪在林家和我的頭上。」

「不怪！」侯夫人咬緊牙根兒，林夕落便出了門。

少了魏青煥與宋氏插手，她也算放下心了，又想起魏青岩，他一走便出這樣的事，可怎麼辦？一百隻豹子，什麼時候能獵完？

她暫時先回了院子歇息，這日也是累了，如今不是體力累，卻是累心。本是整日跟木料石料打交道的人，只慣於一刀一刀刻日子，眼下卻不得直來直去，要繞著彎過日子，還真是難適應。

難，不代表做不成，她必須要把這件事搞得明明白白，絕不能讓背後的惡人得逞。

翌日天亮，林夕落讓李泊言送魏仲恆去了麒麟樓，她則直奔林府而去，尋林忠德問昨日梁長林之事。未想到林夕落來得這般早，林忠德連早飯都未用，便與她在書閒庭敘話。

「昨日本等候祖父過去，孰料晚間您這方還沒有音訊，我便讓人通稟您今日再來，這梁長林到底有何事，居然在此停留那麼久？」林夕落直言相問，沒有半句寒暄，她是個急性子，等不及也說不出寒暄客套話來。

魏忠德自是明白自家孫女，而且他也對此事不知所以，只得正經言道：「還能說何？無非是把侯府與梁府之間的恩恩怨怨全都講明白，而且也告誡老夫，如若老夫不肯上奏彈劾宣陽侯府，那麼就是包庇徇私，他就去西北面奏皇上，請皇上給此事個說法。」

「他們家閨女不知廉恥，還要去尋皇上？他這是想禍害死他女兒？」林夕落對梁長林如此斬釘截鐵甚是驚訝，她本以為梁長林是想讓祖父於其中做個周旋，孰料卻不是。

林忠德沉了片刻，不由道：「這事兒出乎意料，老夫也不知怎麼辦才好了。梁長林以往為人還算客氣，知書達理，頗有文士之風，可這次相見好似變了一個人，簡直讓人不敢相信。」

「您與侯爺可見過了？」林夕落想起宣陽侯，告侯府等於罵林府，梁長林是在與他們作對了。

林忠德搖了頭，「暫時還沒能見侯爺，外面的眼睛太多，此時我二人相見是最不合適的。」

「這麼點兒小事兒牽扯出如此禍端，恐怕與齊獻王脫不了干係吧？那也是您的孫女婿……」林夕落突然想起齊獻王，巴望著她與魏青岩和宣陽侯府倒楣的人不就是他？

林忠德立即搖頭，「此事與齊獻王真無關係，昨日晚間老夫與他見過，他對此事一無所知。」

「不會是裝的吧？」林夕落直言相問，林忠德苦笑，「都是老夫的孫女、孫女婿，老夫能偏袒誰？手心手背都是肉啊！」

「那可說不準。」林夕落刺了一句，老了記憶力喪失不成？這時還好意思說手心手背都是肉？

林忠德被她盯得脊樑發冷，長嘆一聲，「這件事絕無虛言，因為妳祖父我也脫不開干係了。」

林夕落沉默了，林忠德這模樣恐怕真沒有說假話，可不是齊獻王，能是誰呢？

「我先將此事告訴侯爺，他若有何話，我再派人來告知祖父。」林夕落也知道林忠德有意與宣陽侯碰面，只是此時不合適而已。

林忠德點頭，「祖父就等妳的消息，梁長林的摺子，祖父還是能憑藉這張老臉壓一陣子，讓侯爺也放心，可此事終歸是早解決早好。」

這卻是想向宣陽侯賣個好了……

「勞祖父費心了。」林夕落說完也沒再停留，當即回了侯府。

宣陽侯得知林忠德的話，不由大發雷霆，一把捶碎了面前的黃花梨茶案，碎末子崩了一地，讓林夕落心疼……這木料可是好物件啊，敗家！

「此事本侯已經知曉，可如今皇上不在，梁長林若有這份心去西北告御狀，本侯就容他去，還送他兩匹快馬！」宣陽侯咬牙切齒，顯然是難忍心氣。

林夕落倒不希望此事早些了結，因為其中還有些事她想不通……

「或許沉上些時日，梁長林會把持不住，到時候他有何目的自然會露出水面，父親莫急。」林夕落這話說完，宣陽侯看向她，「妳倒是很冷靜。」

林夕落緩言道：「此事本不是大事，不過是仲良進錯了屋子而已，如若旁人不吭聲，也不過是道一句歉便罷了，梁長林如此張揚恐怕另有目的。這事兒搞不清楚，也不知到底是什麼餅才能塞住梁長林的嘴，這不是退一步海闊天空的事。」

宣陽侯審度之色更重，「妳還是將心思放在那『鋪子』上為好。」

他突然提起雕木鋪子，倒是讓林夕落驚訝，「此事一直都有進展，只等定期開張了，可惜這事兒鬧著，得尋個更好的時機。」

宣陽侯點了頭，「本侯會尋個空閒日子去那裡看一看進展，再做定奪。」

林夕落當即道：「此事有福陵王管著，兒媳倒不多用心。」

宣陽侯想插手麒麟樓？這事兒絕對不行！

當初魏青岩可是說好，麒麟樓侯爺不管，可如今魏青岩不在，他便想插手進去，有何目的？

宣陽侯有意斥罵，可話至嘴邊又吞嚥回去，只擺了擺手讓林夕落退去。

林夕落行步出門，想到宣陽侯剛剛的話，只淡淡一笑，真當她是個匠女了？還想插手麒麟樓？不允她對梁家的事上心，萬一把魏青岩捲進來怎麼辦？這裡面的事不搞清楚，她絕不答應。

林夕落沒有回院子，而是又去了麒麟樓，魏仲恆與林天詡還在那裡跟著林豎賢習課，而她也需要離開侯府靜一靜，跳離是非之地。她去了湖心島，如今湖心島內還在修繕，儘管石板凌亂，她看在眼中卻心中歡喜。

自魏青岩離開，她好像沒笑過吧？

林夕落在這裡閒散地溜達著，心中仍然想著梁家的事，而未過一會兒身旁又有人來，側目看去，卻是福陵王。

「王爺。」林夕落退後兩步行禮。

福陵王看著她，「還要退後兩步？本王就那麼嚇人？」

林夕落苦笑，「擾人心。」

「何事？可用本王幫忙？」福陵王倒沒再刻意上前。

林夕落上上下下看他半晌，「還真是要向王爺請教了……」

這是林夕落第一次與福陵王正兒八經地交談。

起初林夕落保持質疑之態，在福陵王開口之後，她便沉下心來，認認真真地聽這位不靠譜的王爺解析這不著調的事。

「依本王所聽、所聞，以及五弟妹剛剛所講之事，此事不是齊獻王所為，妳莫忘記還有一個人，一個極其關鍵的人。」

福陵王賣了個關子，林夕落忍不住問道：「是誰？」

「太子。」福陵王二字出口，卻讓林夕落愣住了。

太子？想起上一次太子周青揚親至景蘇苑時的場景，林夕落多了幾分沉默。

這位病弱體虛，貌似和藹溫雅的太子，宣陽侯不一直是力挺他的嗎？他為何要這麼做？

林夕落納罕之餘，不由看向了福陵王，福陵王自知林夕落之意，臉上多了一分苦澀，「說起來這件事或許也與本王脫不開干係。」

「王爺細解。」林夕落很鎮定，沒有埋怨，沒有急迫，只淡然地等著福陵王將此事和盤托出，關係重大，她必須要把此事的利弊關係搞個明白，別被人捅一刀還不知是誰下的手。

福陵王有些訝異她忽然平靜下來，口中道：「太子殿下身子弱，妳上次見過他應該心中有數，齊獻王母妃雖是貴妃娘娘，可太子殿下對齊獻王並不忌憚，無論是天時地利人和，他都握於手中，而且已有皇子誕下，論承繼皇位也非他莫屬，這乃無可厚非之事。」

「可身虛之人不免也會心虛，本王長年在外四處遊玩，不似齊獻王等人就在他的面前蹦來跳去，無論是囂張也好，還是巴結也罷，沒有一人能逃脫他的眼中，故而他才有意說那件噁心人的婚事，就看本王肯不肯咬牙將這委屈嚥了肚子裡，得他呼來喝去一般使喚了。」

福陵王冷笑，「可本王不肯如他心意，恰巧魏青岩也有意尋本王，這麒麟樓乃皇上御賜，所經之事妳知，本王知，宣陽侯知，如今父皇也知，唯獨太子殿下不知道。他是太子，天下事怎能有他不知曉的？眼下父皇帶妳男人出巡，特派太子監國，他本就想趁這功夫把麒麟樓的事搞個清清楚楚，恰巧有這個機會，他怎能放過？」

林夕落聽了福陵王的話，心中駭然半晌，不過誤闖個屋子，卻被拿來掀起如此軒然大波，他們這腦袋都是如何長的？

一點事都能被挑起這樣繁雜的權爭，就像一粒芝麻落地都能鬧出強烈地震……

魏仲良誤闖了屋子，本是羅涵雨，如今換成了梁琳霜，梁長林曾要巴結侯府讓魏仲良娶梁琳霜，可如今變了，直接要上奏請皇上做主，還硬逼著林忠德不許徇私，否則便要去尋皇上告御狀。

芝麻大的事能鬧翻了天，若是當初魏青煥與宋氏得逞，成了魏仲良與羅涵雨，這件事恐怕就更大了。即便羅家與宣陽侯想以事壓事，都力不從心……

為了政治利益，針別兒裡能鑽進去頭豬，心眼子怎都這麼多呢？

林夕落將福陵王的話消化片刻，便是自言自語地疑惑道：「可五爺已離開，王爺您在麒麟樓，這件事他能問誰？」

「宣陽侯！」

「侯爺？」

林夕落心中想到侯爺，福陵王也恰巧話從口出。

福陵王倒是笑了，「五弟妹果真聰穎，自問自答了。」

「太子殿下在等著侯爺主動告知此事，由他經手，那王爺也好，侯爺與五爺也罷，不都成了他麾下驅使之人，麒麟樓這裡還有何意義？還有，為何要把林家也扯進來？」林夕落依舊嘀咕，福陵王在一旁苦笑，「本王雖未親眼見過五弟妹雕字，可聽五爺所講，這件事如今除卻五弟妹之外，還未有他人有此手藝吧？他不把林家牽扯進來，您撒潑打滾子不肯賞這份臉面怎麼辦？」

前一句是正話，後一句是挖苦，林夕落撇了嘴，「合著都是因王爺不肯娶我姊姊引發出的事兒，一個病秧子，還心中如此大仇大恨，至於嗎？」

「這位太子殿下恐怕對本王已恨之入骨，故而時至今日本王都未曾進宮。他不僅僅是病在身，而且病在心，病至骨子裡了。」福陵王感嘆，林夕落點頭道：「就好似狗叼了一塊肉骨頭，即便你不伸手，只是多看了那一塊肉骨頭兩眼，狗都會以為你想搶，等著你來搶，便先咬你兩口，以防萬一……」

福陵王瞪了眼，對她這番形容說辭不知如何評價，只覺額頭冒汗，「五弟妹的形容……雖糙，卻很貼切。」

林夕落自不管福陵王的瞪眼驚愕，心中想著太子監國之事……

「王爺與五爺是否之前便曾想過會出這問題？」林夕落心中納悶，魏青岩雖不得不走，但魏青煥與梁家來往他是知道的，當初與福陵王攜手，恐怕也會提前揣測到太子殿下的手段，他不會一點兒安排都沒有吧？

福陵王聳肩，「這事兒即便本王與他都想到又能怎樣？關鍵是看宣陽侯能不能挺得住。」

林夕落沉默了，皇上不在，魏青岩也不在，福陵王所說之事，宣陽侯恐怕也心知肚明，可他會就此屈服？還是……

如若宣陽侯不肯拱手供上，太子殿下的疑心定然更重，他這般動作無非是對他承繼皇位之事不得心中安穩，如今監國之時，如若外方出了事，他豈不是可藉此機會……

林夕落看向福陵王，「他不會野心更重吧？」

福陵王賣關子道：「本王怎能知道？這些年本王一不上朝，二不問政事，也不過是聽兩句傳聞八卦，自己在這裡瞎嘀咕瞎猜，怎能知道太子殿下有什麼動向？」

「說謊的人爛舌頭！」林夕落口出狠話，福陵王又是一驚，「告訴妳，本王能有何好處？」

林夕落琢磨琢磨，「沒好處。」

「沒好處本王為何要說？」福陵王正事說完，臉上又掛上了玩世不恭之色。

林夕落撇嘴，「不說就不說。」

福陵王湊近，「妳就不好奇？」

「王爺不想說，我好奇有什麼用？」林夕落起身，準備獨自把這件事再好生想一想。

福陵王眼見她是真要走，忍不住道：「妳就不再多問幾句？」

「不問，王爺不必送了。」林夕落說罷直接離去，福陵王怔愣原地，女人的好奇心，她怎麼一點兒都沒有？

林夕落去了後方的書屋聽林豎賢教習魏仲恆與林天詡兩人習書，朗朗的讀書聲，反而讓她雜亂的心平和下來。

林豎賢看著她靜思而坐，本想過來問幾句卻停住腳步，想起她曾經去自己家中靜思看書，不也是如今的模樣？

甜苦交雜之味實在難品，林豎賢苦笑，繼續教起魏仲恆與林天詡讀書行字來。

林夕落看著兩人字跡甚是規矩，她便也鋪開紙張，研墨提筆，「唯仁者能好人，能惡人。」字跡剛勁有力，稜角更為分明，行草飛白瀟灑，倒是比以前多幾分大氣。

林豎賢看入眼中，心中如此評價。林天詡與魏仲恆兩個腦袋湊來看，眼前一亮，兩人自都讀過論語，林豎賢就此提問：「此一句出自何地？」

「《論語．里仁》。」林天詡率先回答，林豎賢則問向魏仲恆：「何意？」

魏仲恆撓撓頭，答道：「一個道德高尚的人能喜歡值得喜歡的人，厭棄值得厭棄之人。」

林豎賢微微點頭，林夕落則道：「狹義之解。」

林豎賢一怔，自當明白她又要出什麼驚人之言，當即將林天詡與魏仲恆打發至一旁行字習課業，不允兩人聽，否則他這書豈不是白教了？

林夕落看他如此驚慌，倒是笑了起來，「先生至於如此膽怯？」

林豎賢撇嘴，「兩人年幼，還不知世事深淺，未習正道，先探詭道，實在不宜。」

林夕落苦笑搖頭，魏青岩可是先教林天詡如何使壞，與他是截然相反，文人武將不合，還真就是個問題。

想起書寫的那一句，林夕落淡淡言道：「如今我卻分不清何為值得喜歡的人，或何為要厭棄之人，好、惡有分別嗎？譬如先生，對天詡和我來說，您為先生，自當好人，可對那些被您擠掉功名官職之人，您就是最大的惡人。」

林夕落說到此，拿自己打了比方，「再譬如我，對天詡來說是最好的姊姊，是好人，是值得喜歡之人；對侯府夫人來說，我整日快將她氣死，就是最大的惡人。好惡齊聚於一人之身，如何評鑒？」

林豎賢撓頭，「妳總是能說出如此歪理讓我啞口無言，不知該從何講解才好。」

「並非先生不知如何講解，而是您的心裡也開始對此迷惑了。」林夕落說罷便不再開口，轉身行至門外，看著正在修葺的湖心島上綠竹叢叢，竹葉隨微風飄蕩，傳來縷縷芳香。

林夕落心中默道：「青岩，我一定堅持到你回來。」

返回宣陽侯府，林夕落直接回到郁林閣。

侯夫人似已得知梁長林尋林忠德為何意，故而沒有再派人來找她，讓她能度過清閒的一晚。

夜間靜謐，偶有幾聲知了輕鳴，好似在向眾人宣告牠的存在。伴隨著牠的聲音，林夕落坐在書桌前撫臉眺望夜空，心裡一是想魏青岩，二來要把福陵王的話再仔細地消化一遍。

信息量太多、太雜，她要將這其中的事揉和起來，前因後果都想個明白。

如若福陵王所言為真，那麼宣陽侯恐怕心中已經有所戒備。

當初林夕落就納罕宣陽侯出爾反爾，讓她心繫雕字，更要插手麒麟樓的事，雖說自己下意識地回絕，拿福陵王當了擋箭牌，可她始終沒能猜出宣陽侯這般所為的目的。

如今看來，他應是早已知道太子的意圖，做好了將「雕字」一事上供的打算。可他這麼做，除卻能保宣陽侯府不被扯入這場軒然大波之中，後續的地位可是尷尬無比，被動至極。

旁人都知道宣陽侯是太子一黨，他上供此事旁人不覺稀奇，可在太子與侯爺之間卻劃下了不可彌補的鴻溝，而這個微弱縫隙或許會越來越大，直至無法彌補，那侯府豈不成了豬八戒照鏡子，裡外不是人？

林夕落思緒飄遠，可如若堅持不給，侯府又能堅持多久？周青揚終究是太子啊！

如今此事可不僅僅是為了保魏仲良，而是要保命了……

林夕落想不明白如若梁長林真的將此事上奏皇上，會鬧出多大的事來，可誰能為她解答？

她不想再去問福陵王，此人心機太深，也是局中之人，析解此事難免會有偏頗，可問林豎賢，他正值迷惑之期，行事提議恐與隱忍分不開，那能問誰呢？

林夕落左思右想，心中忽然蹦出個人來——李泊言。

這位義兄骨子裡有文人之氣，卻又行武職，少了文人迂腐，而且既不算林家人，更不算侯府人，問他是最合適的。

林夕落思定便起了身，冬荷忙過來問道：「奶奶可是要歇了？奴婢為您鋪床。」

「秋翠呢？今兒讓她守夜，妳也歇一歇。」林夕落心疼冬荷，因她是自己所選之人，故而她的貼身之事都由冬荷一手打理。這麼久了，秋翠沒守過夜，都是冬荷在外間陪著。

冬荷自當明白林夕落之意，笑著道：「知道奶奶是心疼奴婢，可您晚間鮮少起來，奴婢倒是睡得踏實，絲毫勞累都沒有，清閒著呢。」

林夕落拍拍她的手，「那就去吩咐秋翠一聲，讓她去院門口告知我的義兄，明早過來一趟。」天色太晚，她再心急，也不能此時與李泊言相見……

「奴婢這就去。」冬荷應下便出了門，林夕落則自己動手鋪床，躺下不久便睡著了。

這一晚，林夕落做了個夢，夢中之人卻非魏青岩，而是她的家人……林政孝連連哀嘆、胡氏喋喋不休，還有林天詡那副哀苦讀書的模樣，接二連三地湧出……

心裡的壓力太大了，應該要放鬆一些！

翌日清晨，林夕落睜開眼，便是這樣告誡自己。

冬荷已備了洗漱水，林夕落卻想沐浴清醒一下。

冬荷在一旁伺候著，秋翠過來回話道：「奶奶，李千總已經來了，正在前堂候著。」

「義兄可用過早飯？如若未用過，就讓陳嬤嬤準備兩份，我與他邊吃邊談。」林夕落吩咐後，秋翠便下去安排。林夕落將昨日要問他的事在心中又細細地想了一遍，才從浴中起身。

冬荷為她梳攏好髮髻，林夕落至前堂與李泊言相見。

李泊言等候在餐桌一旁，其上只有一個碗、一雙筷子，林夕落問道：「哥哥已經用過了？」

「來之前用過了。」李泊言臉上有幾分欣然之意，可他依舊守著規禮，站在一旁拱手拜見。

林夕落翻了個白眼，可也知道他就是這樣的人，不由讓道：「坐吧，一邊用一邊與你說。」

李泊言再次道謝，便坐在餐桌旁的椅子上，「有何事儘管吩咐，妹……五奶奶不必客氣。」

「行了，這屋裡又沒外人。」林夕落身邊只有冬荷與秋翠，連她們倆都捂嘴在笑，讓李泊言有些尷尬，「終歸是在侯府，還是遵著規矩為好。」

林夕落不理他這話，轉而說起近期侯府與梁府、林府發生的事來。

李泊言也並非不知，只是林夕落與林忠德相見、與福陵王相談，他卻不知道，故而認認真真地聽，林夕落也說得細微，待事兒說完，早飯也涼了。

秋翠主動端去小廚房煨熱，林夕落又道：「不知哥哥對這些事有何看法？」

李泊言沉默片刻，才開了口：「本以為梁長林只想賴侯府將他女兒嫁來，卻沒想到事情已發展至如此地步，比大人當初設想還要更深一層了。」

「五爺之前已經料到此事？」林夕落略有驚詫，魏青岩可沒對她提過。

李泊言點了點頭，當即答道：「當初大人得知二爺與二奶奶擅自給梁家人下帖子，他便對此事看得深遠，也趁機在這件事上將二爺剔除，更是將福陵王拉下水。他只擔憂有人會趁此事對麒麟樓下手，太子會藉此時機窺探一二，卻沒想到太子殿下如此急迫。」

李泊言說至此，又補了幾句：「不過此事也只是福陵王的推斷，而梁長林揚言要去西北尋皇上告御狀，隻字不提太子，或許也並非他想得那般深。」

「太子殿下監國，如若真的與他無關，梁長林理應去尋太子討公道，而非直接去西北告御狀了。」林夕落感嘆，看來此事確實不簡單，不過魏青岩之前便已料到，倒出乎林夕落的意料。意料之後便是怨氣，怎麼就不與她說明白呢？

「那如若梁長林真的去告了御狀，這事兒會發展成什麼模樣？」林夕落摞下心思開口問，這才是她最關心的事。

李泊言答道：「皇上恐會公事公辦，仲良少爺世子位被駁，斥侯爺教子無方、教孫不嚴。」

「梁家呢？這事兒說大不大，說小其實還真就是小事，可因事鬧至皇上面前，更因梁長林的女兒讓皇上不得不痛處侯府，這事兒他就能得了好？」林夕落絕不信梁長林不知鬧至皇上面前他有多危險，可他敢如此揚言，定是得了何人在背後支撐。

是太子？林夕落顧不得多想，她如今只想知道侯府會什麼下場，梁家又會是什麼下場。

李泊言搖頭，「梁長林既然敢以身試險，顯然是已經得了承諾，否則林老太爺也不會訝異他變了模樣。」

「可五爺還在皇上身邊。」林夕落想到魏青岩，他又會怎麼做？

聽及林夕落提及魏青岩，李泊言倒是笑了，「妹妹也莫擔憂，如今所言不過是最壞的打算，如果不是因為此事，大人也不會即刻就跟隨皇上巡獵。太子雖然監國，可妳別忘記，他如今還不是皇上。」

這也是在給林夕落吃定心丸，林夕落突然想起羅家，「當初提前知曉二爺與二奶奶的詭計，把羅家女給替換下來，如若不替換，還不知要出多大的事。」

「如若是那般的話，慘的不是二爺和二奶奶，不是魏仲良和侯爺，而是大人。」李泊言沒有多說，林夕落卻是笑了，「你這般說，我倒是安心了。」

別人倒楣又如何？魏青岩沒受牽連才是最重要的……

李泊言破天荒地翻了白眼，苦笑兩句，連連搖頭。

「如今我該怎麼辦呢？」林夕落想起自己，這些事雖然悄悄地進展著，可她又能做什麼？

李泊言道：「等，等大人回來！」

「等……就怕他人不允我等了。」林夕落說到此便不再開口。

秋翠端來了早飯，林夕落這會兒餓了，端起來便開吃。李泊言又與她敘起麒麟樓之事，待兩人商討完，林夕落便讓人去叫魏仲恆，準備帶他去麒麟樓。如今她早出晚歸，也免得侯夫人再揪著她不肯鬆手。

重新漱口更衣，魏仲恆已經帶著小黑子到院門口等候。

小黑子如今是書箱越背越沉，壓得他個小身板齜牙咧嘴，可儘管如此，他臉上依舊笑容燦爛，少爺得了好日子過，他這個當書僮的不也能跟著沾上光？

林夕落緩步出門，與魏仲恆一前一後上了轎。

李泊言率眾人護衛，出了侯府門口，林夕落的心放鬆下來。

如今這侯府就好像是一幽黑深洞，走進來就覺得不自在。

可心思沒等撂下，隊伍忽然停了。

林夕落撩開馬車簾子道：「怎麼回事？」

李泊言匆匆行來，低聲說道：「妹妹，侯爺執意要在此時見妳，千萬要小心！」

該來的麻煩，果真來了……

自知此事躲不過，林夕落吩咐車馬返回侯府，又讓李泊言送魏仲恆至麒麟樓習課。

「不能因這事兒耽擱了他，你親自護著，我心裡也踏實。」

林夕落這般說，李泊言怎能不知她是何意？

宣陽侯這時急忙傳她相見，九成九不是好事兒，而他若在侯府陪護林夕落，定是格外尷尬。

李泊言心裡也明白，如若宣陽侯質問他是遵侯爺之命，還是護自己這位義妹，李泊言定是選擇後者。這條命是魏青岩救的，與宣陽侯無關，何況魏青岩離去時，特意讓他來護衛林夕落，不就是怕節外生枝？

李泊言這般想，便仍堅持要送林夕落，林夕落知道他執拗的脾氣，則是道：「你去我才不好辦，若真出了事，拿你來要脅我，我定當會從，可若無把柄，無論撒潑打滾耍混子我都放得開，你還是聽我的好了。」

林夕落這般說辭，李泊言不由想起她之前的模樣，都嫁了人還會如此？

這事兒李泊言不敢想，更不願意想，他如今仍難以忘記當初年幼之時的她那溫婉可人的模樣，儘管知道那是做夢，可就這麼夢著又能怎樣？

李泊言知道硬不過她，便帶著魏仲恆上馬奔向麒麟樓，林夕落吩咐侍衛轉回侯府。

宣陽侯已經在書房等候，桌案之上，雕刀、雕木、晶片齊齊擺在上面，宣陽侯面色沉緊，有些亟不可待，門口侍衛剛宣「五奶奶到」，他便將目光投至門口，看到林夕落慢慢悠悠地從外進來。

「給父親請安了，不知父親如此焦急地尋兒媳來所為何事？」

林夕落行了福禮，宣陽侯沉了片刻，指向桌案上的東西，出言道：「給老五雕封信問一問他如今身在何處？何時能歸？」

林夕落目光投向桌上，這些物件她自是熟悉，可單純問魏青岩身在何處、何時歸來，需要這般急迫地將她叫回，而且用這種方式問些無關痛癢的小事……

魏青岩如今與皇上在一起，每日宮中自有人回稟行程，宣陽侯還讓她以這種方式傳信……

林夕落承認自己多心了，可無論是福陵王的析解，還是如今宣陽侯的表現，都無法讓她不多心、多想。這場較量雖是太子與宣陽侯在比誰更能捨、更能忍、更硬氣，可她不想成為這場較量的犧牲品。

「父親既是惦記著五爺，這事兒只需派人告知兒媳一聲便可，兒媳晚間自當傳信給五爺，待有回覆之後再向父親回稟。」林夕落繞了個圈子，她要知道宣陽侯是否真向太子周青揚示弱……

宣陽侯眉頭蹙緊，「就在此雕字即是。」

「父親這般急？」林夕落語氣帶幾分探究。

「怎麼？本侯欲做何事還要向妳解釋不成？」宣陽侯不單是語氣重，更帶有幾分莫名的急躁。

林夕落也不再繞彎子，直接問道：「五爺如今與皇上在一起，每日不都有傳信侍衛到皇宮將皇上所行之地、所見之人、所探之事記錄在冊，父親何必用這等方式去問五爺？」林夕落心中自當還有話，可她沒說出口，如若連那等話都能出口，可就徹底與宣陽侯撕破臉皮了。

宣陽侯猛拍桌案，「讓妳雕字傳信就快著些，在這裡磨磨唧唧作甚？給本侯閉嘴！」

「恕兒媳不能雕字了，這幾天忙碌過甚，擦拭雕木太過勞累，手軟得很。若是雕個小物件還罷，刻不了這傳信之字。」林夕落消極抵抗，卻讓宣陽侯大怒起身，「妳不肯聽從本侯吩咐？」

「父親莫怪，實在是兒媳身體不佳……」林夕落的語氣委婉，可她仰頭與宣陽侯對視的目光中卻帶著強硬的不屈從。

宣陽侯走近她，「妳不肯刻字，本侯就剁了妳的手！」

林夕落當即伸出雙手，「侯爺請便！」

宣陽侯抽出刀，林夕落半絲驚恐都未有，即便臉色微變，卻仍將手伸在他的面前紋絲不動。

「侯爺，兒媳未進侯府大門之前，向來聽旁人提及侯爺豪邁大義，是為大周國立下汗馬功勞的大將英雄，可嫁入侯府，旁的人沒見您打打殺殺，卻已多次抽刀對準兒媳，這是豪邁大義？」

「梁長林屢屢相逼，兒媳不知他背後還有何目的，仲良與梁家的事恐怕已不再這般簡單，但您這才幾天的功夫就屈從，這是大將英雄所應有的骨氣？」

林夕落沒有提及太子，只是喋喋不休道出心中疑惑：「兒媳不明白梁長林是否真有膽子去皇上面前告御狀，捨他自家女兒的名節和生命於不顧，更不知道皇上如若真的接到這樣的狀子，會因這般微小之事對曾為大周國賣命的侯爺一家做出多狠的處置。」

「何況……」林夕落的神色更納罕一分，「何況五爺如今在皇上身邊，您不信五爺可以幫侯府化解了此事的危機？他是您的兒子，我從未見過一個父親如此不信任、不抬舉自己的兒子，您是第一位。」

「如若您可將兒媳的問題一一解答，兒媳樂於獻了這雙手，往後當個殘疾。」

宣陽侯握刀的手顫抖不停，咬著牙根兒道：「妳說完了？」

「說完了。」

宣陽侯一刀揮下，擦著林夕落的手砍至桌案之上。她沒有躲，刀擦著她的手砍下，劃掉了她尾指的指甲……

「滾！」宣陽侯一聲大吼，林夕落也不多待，當即轉身離去，又出門上了馬車，直奔麒麟樓。

她並非絲毫無懼，這會兒已是小臉刷白，手指頭不停地抖，看著那被刀削掉的指甲，她緊緊摟住雙手，這是她的命啊！

宣陽侯如今的態度明顯是有意讓她雕字刻字，而後將此事供給太子周青揚，否則也不會在那上面擺著晶片了。之前所傳過的物件在看過後便全都燒盡，故而宣陽侯才特意尋個不疼不癢的藉口讓她雕字……

她剛剛雖沒提起太子，可她所問的確是她心中不解之事。

就那麼相信梁長林會去告御狀？當初宣陽侯可誇口要贈梁長林兩匹快馬去告狀，如今卻又反悔，這背後興許有她不知道的事，可他就那麼不信魏青岩嗎？

想起自己父母的疼愛、兄弟的親暱，再看侯府……她心裡陡然蹦出四個字：財厚情薄。

到了麒麟樓，她也未能真的平靜下來，她覺得真應該給魏青岩傳個消息，將近期府中發生的事告知他，起碼他在遠處心中有個度量，免得這事兒出了岔子，他在皇上身邊一無所知。可宣陽侯既然有意讓她刻字，她如此強硬拒絕，他會不會派人監視自己？如若有信再給攔截下來……

林夕落如今不敢輕舉妄動，每件事都要細細地考量，生怕不小心出錯，反倒是壞了事。

她越想越躁，腳步也越發細碎，滿心謀劃著，模樣甚是專注，卻沒有注意到門口站著的人。

福陵王來此已有片刻功夫，可未等出聲進門，就看到林夕落在屋中來回踱步，還不時揮舞著小拳頭，咬牙跺腳地在屋中亂走。

瘋了吧？福陵王第一印象便是這般，可看她如此認真，還不時靜坐下來，不由輕咳兩聲。林夕落嚇了一跳，這才停下腳步，當即吼道：「想嚇死誰啊！」

福陵王一哆嗦，臉上僵持片刻，苦笑道：「擾了五弟妹了，可妳在此……好似驅鬼鬧神似的，本王還以為妳中了邪。」

林夕落白他一眼，不顧他的挖苦，心中仍想著如何傳信，可身邊信任的人手又不多，怎麼辦？

「有何事需要本王幫忙？」福陵王出口：「聽說侯爺早間把妳急急尋回，可是與此有關？」

林夕落聽到他的話，顯然是李泊言怕自己出事，提前與福陵王彙報侯爺急找她，以便能在緊急時刻出手……

福陵王既是與魏青岩一同經手麒麟樓，顯然也應該知道雕字傳信的事，要與他商議嗎？

「我想給青岩寫信。」林夕落說出這句，福陵王一愣，「這才幾日就如此想他？本王可不當這信使。」

「不用王爺傳信，您又沒長翅膀。」林夕落挖苦一句，福陵王眼前一亮，「妳想做魏五說的那種什麼信？」

林夕落點了頭，「可侯府定有人把守，麒麟樓也不例外，怎麼傳？」

這事兒求的是百分之百的安穩，絕對不能出一絲差錯，林夕落看向福陵王，「王爺有什麼主意？五爺在皇上身邊也先心裡有譜才好，侯爺如今一天一個心思，我有點兒挺不住了。」

福陵王聽她這般說，反倒沉靜下來思忖，口中喃喃地道：「有人看著，有人盯著，那就只能比一比到底是他們的人多，還是本王的鳥多了……」

林夕落被福陵王如此不著調的話嗆得一口茶噎得嗓子裡，連茶葉都沒浪費，全嚼了！

福陵王納罕她這又犯了什麼毛病？是自己話中有錯？

「五弟妹，可是本王說錯了什麼話嗎？」

林夕落搖頭，只誇讚道：「王爺深謀遠慮，聰明絕頂，此計甚好，甚好！」

人多？鳥多？林夕落承認自己邪惡了，可上下打量這位俊王爺，還真不知全身上下能數出多少隻……鳥來！

福陵王只得又當這位五弟妹是抽了風，不提他這計謀，反而問起林夕落這雕字之事來：「本王只有耳聞，還從未親見，五弟妹不知可否賞臉，讓本王在旁觀看一次？」

林夕落沉思片刻，點了頭，讓春桃把雕刀、雕木取來，福陵王也將身邊的侍衛全都打發出去，書房之中只有他與林夕落二人。

本有意調侃她兩句，可看她手中拿著那根鋒銳無比的雕針，還是將話嚥進了肚子裡，誰知這位五弟妹會不會心急之餘，拿了雕針戳他兩下？

福陵王將心思壓回，認真地看著她。林夕落用刀削了一片微小的木片，隨即便拿起那根雕針，思忖片刻後刻字在木片之上。

只看得到她的手微微輕動，比顫抖還輕，可若說不動，卻還看得到那根針在木片上移動著……偶爾有微小的木屑飛出，細小至灰塵一般，福陵王越看眼睛瞪得越圓，可直至林夕落半刻鐘的功夫用雕針在這木片上全都劃完，他也沒看出個一二三來。

林夕落輕撫木片，就看福陵王這一會兒眼睛都瞪出了紅血絲，「王爺？」

福陵王緩過神來，連連揉眼，又用綠茶清了清，待覺舒適些許，才又仔細盯著林夕落剛剛雕過的木片。若說一絲痕跡未有是瞎說，可頂多是細小的坑點，比木片上原有的木結還小。若非事先知道她雕字的手藝，若非親眼看到她用雕針在這木片上雕字，他實在看不出這木片有何不同來。

福陵王咧嘴一笑，看向林夕落，林夕落當即拿了晶片，教授他看木片的方法。

兩個晶片一對，福陵王當即驚了。雖說魏青岩在這之前已經詳細跟他說過能將微字放大的事，可如今親眼所見，他仍是震撼不小。這等技藝如若得以發揚開來，可不單單是雕字傳信一事，還可以有其他相當大的功用。

福陵王甚是興奮，那狂熱的心情溢於言表，只是握著兩塊晶片不停地在屋中來回走動，時而跺腳，時而拍掌，林夕落看著他這副模樣，心中道：瘋子！

福陵王不知林夕落的腹誹，湊至她的面前道：「這兩塊晶片可以放大這麼微小的字，那是否也可以透過它看別的物事？或者說，怎麼樣將它固定住，然後能看遠處的東西？」問完之後，又嘖嘖道：「如若那樣的話，不必走近便能看清遠處的妙齡少女，抑或透過窗子縫隙……嘖嘖，實在是個好東西啊！」

林夕落狠狠地瞪他幾眼，原本還以為他是一多才之人，孰料他想要望遠鏡是為了看遠處的女人洗澡，什麼東西！

林夕落一把將他手中的兩個晶片搶回，潑了一盆冷水道：「這物件暫時不能擴大，否則這微字傳信就無用處了！」

「不能為本王單獨做一個這樣的晶片？」福陵王一副渴求之色，林夕落當即拒絕，「不行！」

福陵王也覺得這事兒與林夕落說實在過分，便將這念頭暫先放下，而是看她又動手雕起字來。微字可以看得那般清楚，這女人果真不是個俗物，可她怎麼能會如此精湛的手藝？福陵王觀察時心中也在不停地猜度。

時間過了許久，林夕落一直沒有停手，眼睛勞累時，便閉目片刻，才又繼續動手雕字，只想將這百塊木片全都雕出，而後尋一百個人在幽州城四處放飛……

即便有齊獻王在盯著，有宣陽侯在看著，更有那位太子虎視眈眈，就不信這一百隻鳥兒全都被他們攔截落網，只要有一隻鳥兒能將信帶給魏青岩，那都算作她的勝利。

福陵王終究瞪得眼睛太疼，沒有盯著看，而是出去吩咐手下的人。各個蓑衣草帽，還有叫花子打扮之人，來一人便帶來一隻鷹隼，鷹隼的爪上自然捆了這塊木片……

林夕落的手速越發快捷，福陵王則在傳人、傳信、傳鳥兒。林夕落驚訝他有如此人力、鳥力，這位王爺果真是邪門歪道玩得厲害，怪不得魏青岩會尋他合作。

麒麟樓中的人在忙碌著傳信之事，而此時梁長林也是手足無措，心焦難耐。

他上門逼著林忠德上摺子，孰料林老頭子還真硬氣，居然在這時候將摺子按下，根本沒有上奏至太子爺那裡，也沒有通稟給皇上，他能沉至何時？

而這一方，宣陽侯與太子相見一次，卻沒有結果，太子對宣陽侯安撫相待，可對待他卻格外冰冷，好似刀割一般。

他本是尋思以梁琳霜攀上宣陽侯便罷了，即便她去給那魏仲良當個妾也成啊，誰知太子忽然傳他，話裡話外一番指點，而且讓他考量清楚，好歹是通政司通政使，莫玷汙了官名，這不就是讓他與宣陽侯對著幹嗎？

梁長林這般理解之後才登林家門，與林忠德撂下那等話來，可如今宣陽侯依舊沒有動靜兒，他只得來找太子再問一問往後該怎麼辦，可遞了官牌子進宮許久，太子還是沒有傳他進去，可怎麼辦？

梁長林焦急地等待，突然看到一個小太監匆匆趕來，他顧不得什麼身分，迎上前道：「公公？太子殿下何時能見微臣？」

小太監拱手道：「太子殿下正在玉清池，梁大人請。」

梁長林心裡有了底，長長地喘了一口氣，連忙跟著小太監往玉清池而去。

此地宮女眾多，都在池邊伺候著。端茶的、端水的、端蜂蜜的、端水果的、端點心的，站了好長一排，而右邊則是端著書本的、端著筆墨紙硯的……

梁長林這是初次在宮裡與太子相見，如今再看這銀磚地、玉穹頂、碧波水池和眾女陪伴，不知比神仙還要快活多少倍。

一雙眼睛不敢四處亂看，梁長林站在此地便停了步，向太子行禮，「殿下安。」

「你來了。」周青揚披了一件袍子，從水池中出來，梁長林不敢抬頭，直至周青揚將髮髻上的水擦乾坐下，他才看著周青揚的腳道：「殿下，如今林忠德收了微臣的狀帖卻依舊毫無反應，微臣卻不知如何是好了，只得前來求殿下指點。」

「指點什麼？」周青揚看著他冷笑，「你不是說要去告御狀嗎？那為何不去？」

告御狀？梁長林心裡一涼，那不過是隨意出口，他怎能真去？

「殿下，這事兒微臣都聽您的啊！」梁長林有些急，「微臣如今實在不知該怎麼辦才好，還請殿下示下。」

「此事與殿下有何關係，梁大人，您可是一位高官，別失了這身分，瞧著還不如個七品小官有骨氣！人不可有傲氣，但不能無傲骨，殿下，您覺得奴婢說得可對？」

一旁一個女子嬌嗔的話語說出，梁長林卻不敢抬頭看她的容顏，可聽這聲音絕不是個普通的宮女……

如若林夕落在此，定會大吃一驚，因為此女恰恰就是她的七姊姊林芳懿。

林芳懿一身淡色宮裝，髮髻上比普通的宮女多插了一根寶石簪，而且親身侍奉在周青揚一旁。

可梁長林不敢問她是誰，只知此女說完，太子卻無反對之意，倒是笑著應承道：「妳說的對。梁大人，你可聽清楚了？男人要有膽魄，否則你還如何擔任通政司通政使？連本宮身旁的宮人都瞧不起你，你也不思量思量，你這個膽量去威脅宣陽侯，他還不拿你當了笑話？」

周青揚說到此，也不再容梁長林訴苦，擺手道：「本宮累了，你下去好生想一想，是就這麼服軟了，還是說到做到，別汙了這官名，出口的話再往肚子裡嚥，梁大人不覺得噎嗎？」

周青揚話罷，看向一旁的小太監，小太監行至梁長林身後道：「梁大人，請吧。」

梁長林不得不邁步，可每邁一步他都覺得沉重，太子這是在逼著他告御狀，更是逼著他的女兒死，他怎能不沉重？

怎麼辦？本想另攀一高枝，卻是攀到了尖刀的頂，他如今是進也不是，退又退不得，老天爺這是要他的命，要他的命啊！

而與此同時，林夕落已經將所有欲發送的字全都雕好，福陵王將最後一隻傳信的鷹隼送出去，燦笑著道：「五弟妹可休歇片刻，等著看本王的好戲了！」

這個夜晚的天空甚是晴朗，蒼穹上繁星閃耀，圓月的光芒映照下來，好似比旁日更明亮幾分。

林夕落已經回了宣陽侯府，此時正讓侍衛搬來木梯子，準備往房頂上爬……

福陵王本要帶她去城外看這晚的重頭戲，可林夕落一來不信他這個人，二來更不可能在侯府外夜不歸宿，雖說不吝規矩，但這一條還是要遵的，何況與這位花王爺待久了，名聲恐有礙，更不用提晚間還在一起，那可是跳進黃河都洗不清……

福陵王聽林夕落明明白白地將回侯府的原因說給他聽，他心中苦笑，摸摸自己這張俊臉，好似是初次在女人面前失效？

她不是個女人！絕對不是！

福陵王這般想著自我安慰，不由得上了馬，帶領侍衛疾馳離去。

林夕落掐著約定好的時間爬上房頂，可以站得高望得遠，宣陽侯府最高處是在侯爺的院子裡，她總不能跑到那裡去爬房頂，只得在自己院子裡折騰。

冬荷的心都快跳了出來，奶奶居然……居然要上房頂？這可是前所未聞的事，誰家的夫人會做出這樣的事來，這……

「小心！」冬荷顧不得多想，只能不停地叮囑這倆字。

林夕落爬了上去，冬荷也有些躍躍欲試，秋翠攔了她，「冬荷姊姊，還是我去吧，妳還沒爬腿就開始哆嗦了，由我護著奶奶，妳放心好了！」

「讓秋紅也去！」冬荷可不顧這時候秋翠爭寵，連忙想起她姊妹兩人都是靈巧的，立即就拽上了秋紅。

秋紅看著秋翠，見她點頭，便也蹭蹭地爬上梯子上了房頂。冬荷看著兩人在上，只得退後許遠，可依舊看不到林夕落等人的身影，亟不可待。

正房的屋頂脊瓦坡度大，林夕落所上的房頂是後罩房傭人們住的地界，二層的平頂小樓，踏上來只覺得視野開闊，好似連天空的星星都閃耀些許。

遠處一望無際，因這時代的居所都是平房居多，時而有二三層樓的地界，不過是某些公侯府邸、貴戚之門，寥寥數幾並不多，故而放眼望去，遠處瑩瑩之火閃耀，黑點兒的人頭攢動，倒讓她心裡多幾分探奇。

林夕落顧不得多賞民景，依照福陵王給她的方位圖紙尋找方向，待落定，便尋了個蒲團坐下，只等著時間了……

時間一點一點過去，無聲無息，她著急等待卻又忽然沉靜下來，急有什麼用？擔心有什麼用？這件事不是她控制得了的，不妨當一個圍觀之人隨意地看吧。

夜晚有些涼意，冬荷在下方悄悄地喊，遞了一條薄毯子上去給林夕落。

子時已到，林夕落的心陡然緊張起來，就在她依照定下的位置看去之時，一聲鷹啼長嘯夜空，好似閃電般飛至高空瞬間無影，隨之一隻、兩隻、三隻……足足上百隻翔鳥在四面八方齊齊升空，好似焰火般在天空劃下絢麗的青痕。

壯觀、精美，震撼人心……

林夕落的眼睛瞪得碩大，她實在沒想到會有這樣的場景出現，百隻翔鳥逐一而飛，而且放飛之地圍繞著幽州城的四面八方，並非從單一之地而起，這即便是周青揚、齊獻王和宣陽侯早先就有埋伏攔截，恐怕也做不到。

沒想到那不著調的福陵王還真有幾分手段，連……連傳個信都弄得如此有調調……

陸之章 ◆ 四房蟄伏探蜚聲

林夕落初次對這位王爺予以正面的讚賞，而此時的福陵王也在城外的馬上，搖著扇子，看著天空，臉上笑意盈盈，一旁的護衛提醒：「王爺，都已經放飛完畢。」

「事情告一段落，回去睡覺。」福陵王扇敲掌心，心情大好，護衛立即道：「王爺，卑職放飛九十九隻，依著王爺之意，還留一隻……」

「鴿子放了，木片留下。」福陵王吩咐完畢，駕馬而回。

林夕落雕字一事讓福陵王甚是震撼，可該留一手他終歸要留一手……

轉瞬之間，絢爛場景終是曇花一現，又恢復了最初的靜謐夜晚。

林夕落在屋頂坐了片刻才下來，而冬荷早已經備了暖茶送上，生怕林夕落這會兒著涼。她吩咐秋翠將院子裡的螢燭全都吹滅，就這樣靜靜地坐在窗邊榻上歇著，事定了，鳥兒飛了，如今就看魏青岩能否收到了。

冬荷在一旁陪著，鳥翔天空她也看到了，可終歸忍不住道：「夫人，這鳥兒都是福陵王安排的，會不會將您給五爺傳的信扣下？」

冬荷心思細膩，那位王爺不是個省油的燈，而且奶奶還怕被人窺探……

「他怎能不扣下？可扣下也無用。」林夕落感嘆著，「晶片他調不出來，拿了也無用。」

「啊？還有這麼多門道？」冬荷懵懵懂懂，不太明白，可林夕落這般說，她的心就落了肚子裡，「奴婢這就放心了。」

林夕落微微一笑，摸著胸前掛著的晶片，心中道：她怎能讓這位王爺得了好處？恐怕他正在撓頭為什麼晶片看不到木片上的字吧？找上天他也找不到，累死活該，誰讓他心眼兒太多！

福陵王的屋中，各式各樣的晶片擺了滿滿一屋子，全都是依照他所說的大小、寬窄而切割的，有水晶片，有各色寶石的片，連瑪瑙翡翠都不例外全都割成了片，可無論怎麼比對，就是看不到這木片上的字？

福陵王比對一個時辰，眼睛都快看瞎了，可除卻是個破木頭之外，一個字都沒有。

這到底是怎麼回事？不應該啊！

當初林夕落就是這般兩個晶片比對著，他就看到木片上的字，如今怎麼不成了？

難道是自己弄得不對？

福陵王心眼兒多，懷疑林夕落是否動了手腳？可他確實是盯著她的雕針在木片上來回遊走，而且手瘦背痛，小臉都累得睜不開眼，不應該啊！

還是不對，福陵王繼續開始研究，物件便是那個毫不起眼的破木片子。

其實他不知，他被林夕落給耍弄了。他最初看林夕落雕的木片上的確有字，但林夕落後續所雕的一百個木片上卻是一個字都沒有。

雖說她用雕針在木片上來回地劃拉著，累得手掌生疼，但那也不過是在演一齣戲，不單是給所有盯著麒麟樓的人看，也是給這位福陵王看。

林夕落最初的確有要給魏青岩寫信之念，可前思後想，覺得這封信她寫與不寫沒有任何意義。

魏青岩是皇上的貼身親衛，自當在皇上身邊，每日朝報、摺子都由專門之人送去給皇上，即便他不能將侯府的事知道得太全，恐怕也應該有所耳聞。何況魏青岩不是傻子，他收到鷹隼傳送的木片，其上卻空無一字，定當會專心探問幽州城內之事、侯府之事，再者他臨走時也在顧忌梁家會否有動作。

如此一來，不必她傳述，他也能以其他渠道得知消息，興許比她知道的更全面。

故而她索性做一把戲，讓所有攔截今日放飛的鷹隼的人，以及私自扣下鷹隼木片的福陵王都好生敲一敲腦袋，別睡了，累瞎眼睛鬧心去吧！

打定這個主意，安了這個壞心眼兒，她這才半夜爬上房頂，螢燭亮至清晨，凡是盯著她的人定會覺得她有所動作。想到這些居心叵測的人都沒個舒坦的夜晚，她舒舒服服地睡著了。

這一夜，她睡得格外香甜，連夢都沒做，翌日睜眼已是巳時中正……

舒坦，真舒坦！

林夕落伸了懶腰，冬荷端來洗漱的水，「早間奶奶未醒，奴婢去請李千總來將仲恆少爺送去麒麟樓習課了。」

「聰明，咱們下晌再過去。」林夕落用水淨了臉，這會兒不由問起了昨晚的事：「昨晚妳在下面，可有見到其他的丫鬟婆子們有動作？」這院子裡定還有侯夫人與大房、二房的人……

「奴婢一直盯著，有幾個起夜的丫頭見廚房有燈過來看一看，被奴婢攆走了。」冬荷臉上也有不屑，可她不是秋翠那般硬氣的人，即便不屑不悅，也不過是眉頭微皺罷了，沒有直接斥罵。

林夕落點了點頭，便去前堂用飯。

而這時候，宣陽侯的書房之中，鳥毛四散，晶片亂堆，他則滿眼充血，無力再看一眼。昨晚就覺得那丫頭有古怪，孰料真是有動作，那百隻朝天而飛的鳥兒瞎子都看得出來有問題。

派人前去阻截，追回幾隻，可將其爪上木片拆下，卻看不出半個字，當初那丫頭不就是這樣做的嗎？如今眼睛渾濁都看不出個字來，這事兒除了她，別人還真的做不成……

那這些物件即便是上呈給太子不也是無用？單純說了事，卻無法演示出來，就好比給一飢腸轆轆的人畫個饅頭般更招人恨，還不如硬氣下去，半個字不說為好。

這個丫頭還是得安撫一二啊！

不僅宣陽侯與福陵王熬了一夜一無所獲，太子周青揚與齊獻王這兩方也顆粒無收。

兩人並不知晶片一事，只拿著那木頭片子想破腦袋也不知這是何意。甚至猜測會否是魏青岩有什麼暗號是他們自己擬定的而外人不知？比如傳個木片子是「出事」，要是傳張白紙條子是「緊急」之類，否則抓了這麼多翔鳥卻都是破木片子，還能是何意？

心思雜自然想得多，可想得再多也不是正確結果，故而周青揚繼續關注宣陽侯府，齊獻王罵了兩句悶頭圍觀，事情就這樣罷了。

眾人都在等，幽州城內格外平靜，甚至靜得嚇人。

旁人有耐心，無論是周青揚還是宣陽侯，可有一人實在沒了耐性，這便是梁長林。

上一次得見太子，連個宮女都擠兌他言出不行，非大丈夫、大男人所為，可讓他真的去告御狀，那不是瘋了嗎？

可如今風平浪靜，好似沒這事兒了一般，梁長林忍不住心急火燎，又將梁琳霜好一通打，便出門再去尋找宣陽侯。

宣陽侯如今無路可走，即便拿了晶片也看不出木條上的字，他只能強硬下去，任憑太子再怎麼拿魏仲良與侯府作威脅，他都得挺住，故而得知梁長林前來求見，他便直接告知侍衛傳給他兩字：「滾蛋！」

侍衛前去回稟，而門口正是齊呈，齊呈聽了侍衛如此說，不由瞪大眼睛再問道：「侯爺就是這麼說的？」

侍衛點頭，「就這兩字。」

齊呈深吸一口氣，憋得心裡難受，只得擺手讓侍衛去回，沒過一會兒功夫，就聽到梁長林在宣陽侯府門前破口大罵，叫嚷得甚是難聽，他只得又讓侍衛過去將他攆走，如若不走就臭襪子塞上，捆回梁府去。

梁長林沒這般硬的骨頭，悶頭往回走，心裡在想著該怎麼辦，行至麒麟樓正門前，他的腿一打顫，卻正看到林夕落從馬車上下來，往麒麟樓中行去。

林夕落只覺得周圍有人在看她，隨意投目過去，見此人有些面熟，那一張蔫茄子的抽巴臉，不正是梁長林梁大人？

梁長林沒想到這麼巧，可他的手卻越攥越緊，臉色越發蒼白，冷哼一聲轉頭離去。

這人也太奇怪了……林夕落看他走遠，便邁步行進麒麟樓，魏仲恆看了片刻，忍不住問道：「嬸娘，這是何人？」

「瘋子，一個連女兒的命都能當賭注的瘋子！」林夕落隨意評價，孰料這卻在魏仲恆的心裡扎了根。

他不就是被當成賭注的人嗎？如今得林豎賢教習，對他九歲還讀《論語》一事是痛徹心扉的怨恨，可他能怨恨誰？怨恨大奶奶，還是怨恨他的生母？更無法怨恨那位已經過世的父親。

那他還能怪誰？魏仲恆的眉頭更為蹙緊一分，心中不明，卻對這梁長林更為厭惡，連自己女兒都能不顧的人，比畜生還不如！

行進麒麟樓，林夕落就見福陵王站在正門口迎著她，林夕落福禮，「給王爺請安了。」

「本王倒是要給五弟妹作揖了！」福陵王正正經經地向林夕落鞠了一躬，林夕落納罕看他，福陵王卻未隱瞞：「本王心中有愧，昨日扣下一隻送信的鳥兒，取下其上的木片卻無論怎麼用那些晶片看都一個字沒有。五弟妹這一舉看似簡單，實則太難，本王發自內心的佩服，再給五弟妹鞠躬了。」

林夕落恍然，雖說早已料到他會留一手，卻沒想到他還這般正經地說出來，不挖苦幾句，豈不是牙太鬧了？

「王爺，您這番作為可讓我說何才好？是說您狹隘，還是說您心存歹意？我卻不知是否該往裡邁這條腿了。」林夕落臉上沒有什麼表情，可越是如此，福陵王越覺得她是惱了。

「本王哪有歪心？否則魏五也不會專程找上本王，不過是好奇，哈哈，就是好奇！」福陵王妄想以笑蓋之，林夕落卻不依不饒，「好奇？那我也好奇，可否請王爺將您那些送信的鳥兒都帶來讓我拔了腦袋，看看牠們是否與旁的鳥類不同？能隨鷹啼齊飛，這可不是普通鳥兒能做出來的。」

「五弟妹就莫再挖苦本王了。」福陵王滿臉苦笑，可瞇著的目光中也在審度林夕落的反應。

林夕落冷哼，「休想，這事兒等五爺回來再議，我是惹不起您。」說罷，繞開他就往裡走。

福陵王嘆了口氣，著實無奈，心中卻仍在想她是用何物才能將木片上的字看得清清楚楚。

林夕落送魏仲恆去書院讀書，林天詡早已被林豎賢揪著背書。

看到林夕落來，林天詡大喜，撒腿便要往這方跑，林豎賢拿戒尺敲案訓誡道：「不許走，將昨日科目背完！」

一盆冷水潑下，林天詡的小計謀可悲地夭折了，本尋思林夕落來，他能藉機逃過一劫，孰料林豎賢不肯放過，他只得抓耳撓腮，不停地回憶著昨晚背過的東西。昨晚背得流利，可為何清早多喝了兩碗粥後，一個字都想不起來了？

不等林豎賢的戒尺落下，林夕落先拿過戒尺朝著他的手心「啪啪啪」一通打。林天詡不敢叫嚷，咬著嘴唇忍著疼，直到手心出了血印子，林豎賢才出面阻攔，「別打了，快停手！」

「先生……」林天詡感激，先生可比大姊還心軟啊！

林豎賢看他一眼，又見林夕落在瞪他，只得補一句道：「這隻手還得罰字呢，打壞了，沒法行字了……」

這話一出，林天詡兩隻小眼球上翻無數次，魏仲恆這時才尋了機會向林豎賢請安，「先生。」

林豎賢點了點頭，讓林天詡去一旁，開始考起魏仲恆……

林夕落揪著林天詡的耳朵到一旁，訓斥道：「打你疼嗎？」

林天詡點頭，「可弟弟不是沒背，而是背忘了……」

「再敢說？」

「真是背忘了！」林天詡縮了脖子，卻又不忿地抱怨道：「昨天娘陪著我背書，結果嘮嘮叨叨，都在跟老媽子說侯府和大姊、姊夫的事，我這嘴上背，耳朵裡聽的都是大姊的事，這就……就給背忘了！」

林夕落有心要再打，可尋思胡氏仍在惦記著她，不由心裡頭酸酸的，不管自己做何事，胡氏總放不下這顆心，可有人記掛著的感覺……真好。

將手放下，林夕落仍彈了林天詡一指頭，林天詡捂著腦袋也知道這次算是過關了，就笑嘻嘻起來，追著林夕落問長問短，所問之人也都是他那位姊夫。林夕落隨意敷衍兩句，心中則是道：她又何嘗不想知道魏青岩在做什麼呢？

魏仲恆這幾日也心不在焉，挨了林豎賢十個手板，便與林天詡兩人坐下聽他講課。

林夕落在此坐聽了一會兒，也是左耳聽右耳冒，其實是在躲避福陵王。

他今日雖放低姿態又是鞠躬又是道歉的，可那雙審度不信的目光讓她格外不舒服。

雖然魏青岩曾交代過有事可以尋福陵王，可不知為何，她就是對他放不下心來，總覺得這人臉上的面具扣得太緊，背後總有陰謀似的。

就這樣坐著，直到有雕匠來請她去看一看已經雕好的物品，她才起身離去，林豎賢目光不由跟隨她的背影放遠。

「先生。」林天詡喊一聲，林豎賢沒反應。

「先生！」林天詡再喊，林豎賢才陡然一驚，「怎麼了？」

林天詡指了指他的書，「倒了……」

林豎賢慌忙拿正，卻看林天詡和魏仲恆在笑，索性書扔至一旁，朗朗背誦，分毫不停，一字不差，林天詡的脖子越縮越低，直至林豎賢背誦完畢，看著他道：「今日我所背之句，明日考你，如若背不下來，那便二十手板，三天不許吃肉！」

林天詡的臉色當即垮了下來，打手板子他不怕，可不給吃肉……要命啊！

得知林豎賢是說一不二，林天詡立即專心背書，不敢再有貪玩心思，而魏仲恆背書的時候腦中時而想起梁長林這個拿孩子當賭注的畜生，怎麼不早點兒死呢？

林夕落與福陵王一同看了雕匠們出的活計，林夕落倒對他的鑒賞力高看一眼。

她來觀測這些物件自然是從雕藝的手法上談起，而福陵王能在這物件的內涵上給予評說。兩人句句銳意，卻讓眾位雕匠額頭冒汗，雖說這裡的月銀多、待遇高，可想做出這兩位都滿意的物件來，也真是不容易啊！

兩人將所有物品看完，又定出一二三等來，待開張之日好放在哪一層櫃架之上。

福陵王嘆口氣，正想商議是否一同去福鼎樓用飯，門外卻已經有侍衛前來回稟：「回王爺、回五奶奶，剛剛城門之處來了消息，通政司通政使梁大人已經出了城，朝西北方向奔去。」

林夕落瞪了眼，梁長林真的去西北了？難不成真豁出命來去告御狀？不是吃撐著了吧？

梁長林出城往西北方向而去，很快便被眾人得知。

太子冷笑狠哼了幾聲，不再對此事有半句說辭。宣陽侯感嘆連連，獨自在屋中狂飲，似以醉尋心安，最好一覺醒來，皇上的旨意已經下了。

結果不熬人，熬人是等待。

林夕落得知後，一顆心依舊放在籌建麒麟樓的鋪子上，聽梁長林去告御狀這事兒，就好似聽了秋翠說起某家小子出去偷嘴被媳婦兒揍了一樣的無趣，絲毫提不起注意力來。

而此時遠在郊區牽馬步行的梁長林卻在遠眺幽州城門，心中焦慮期盼：怎麼就沒有人來攔我回去呢？難不成真的要去告御狀？

梁長林與宣陽侯爺沒得相見，他知道侯爺定會派人跟著他，而糊裡糊塗地走到麒麟樓，見到了林夕落這個死婆娘，他索性心中起意，直接往城外而來，一邊揣想著會否被攔回去？

宣陽侯不見他，不就是嘲諷他膽弱不敢去告御狀嗎？可如今見他單獨駕馬出城，他就不派人來攔一攔？即便他不會，林夕落那個心眼極多的女人也不會？太子殿下……倒是不會，可他不派人跟著自己嗎？

梁長林左右探看，除卻半人多高的蘆葦叢就是莊稼地，除了他一人之外，哪還有其他人影兒？就這般回去，豈不是脊樑骨要被人戳得抬不起頭？可如今有多少人知道他出城了呢？偷偷摸摸回去也不會有人知道吧？梁長林心中自欺欺人地琢磨，他的確是膽怯了、害怕了，可所有的事都告訴他，沒有退路了！

真的要去告御狀嗎？這是個問題！

時間過得很快，而梁長林去告御狀在眾人眼裡看來是個笑話，可在相關利益者的眼裡卻是漫長的等待。時間越過越久，別人心裡越發急迫，林夕落反而淡定下來。

整日裡在麒麟樓親手雕幾個小物件，再盯著林天詡與魏仲恆習課，時而拿個蘿蔔雕兩小物件逗兩人玩一玩，直到魏仲恆跑來說要學雕藝。

「為何？想當個雕匠？」林夕落整日雕刀雕物地逗弄他們，也是想看看他是否對此有興趣。她可沒忘了當初與宣陽侯協定要將雕藝教給魏仲恆，但前提是這孩子是否樂意？

林夕落想著她的「前世」，父母望子成龍，孩子還說不清楚話就被逼迫著先學外語外加音樂，而後大書包當成行李箱一般的拖著，大眼鏡子扣著，連玩上兩日都是奢望，對所學的東西恨之入骨，而她本人，不也是被強迫學雕藝？

魏仲恆似乎早已想過這個問題，「侄兒不敢隱瞞嬸娘，侄兒覺得讀書重要，可如今連童生之名都未有。前陣子侄兒去問過祖父，意求走科舉之路，祖父不允，只讓侄兒將該讀的書讀完，該懂的道理明白就行，武將之家走科舉之路會被眾人……嘲笑。」

魏仲恆頓了一下，又道：「侄兒當時有些糊塗，不知道將來還能做什麼，拳腳侄兒不懂，打人打不過，更別說跟隨叔父從軍，讀書又不允考功名……嬸娘一直教習侄兒，侄兒覺得能跟隨嬸娘學雕藝，將來也不是個只吃閒飯的。」

怕林夕落生氣，魏仲恆索性跪了地上，「侄兒將心裡話都說了，嬸娘給侄兒一條出路吧！」

說罷，接連磕頭，好似林夕落不答應，他就不停一般。

林夕落讓秋翠將他拽起來，才這一會兒功夫，魏仲恆的腦門已經磕破了皮，滲出了血……

「這些話都是侯爺與你說的吧？」

林夕落盯著魏仲恆，待看到他臉上的訝然之色，更是篤定心中猜測。

魏仲恆旁日裡說話都斷斷續續，能說出這番長篇大論，顯然是宣陽侯曾對他說過，而他只需複述，當然他也加了幾句心裡話……

微翕著嘴，魏仲恆顯然沒想到會被林夕落猜中，沒有隱瞞之心，當即點頭道：「的確是祖父所言，但侄兒心裡也這般想。」

林夕落點了頭，「你甘心嗎？」他能有如此想法是被宣陽侯逼的，不允科考，還不教拳腳功夫，讓一個出身武將之門的孩子能有什麼出路？

本就是庶子，當個窩囊廢？

林夕落心中冷笑，宣陽侯還真是夠狠，這可是九歲的孩子……

魏仲恆自然不知道這是宣陽侯與他敬佩的嬸娘早已協商的事，點頭應道：「侄兒不想當窩囊廢，好歹……好歹會一門手藝，將來離開兄長也餓不死。」

林夕落看他落寞的模樣，不由拍了拍他的肩膀，「那就跟著嬸娘學這門手藝，但既然打定主意就要用心，學藝精湛，或許將來不是你求那位兄長，而是他來求你辦事。」

魏仲恆自不明白林夕落話中之意，卻也應下：「侄兒謝嬸娘體恤，一定盡心盡力，絕對要學出個門道來。如若學藝不成，侄兒寧可不出家門。」

林夕落點頭，「該教你的，嬸娘不會拖延，但這書你依舊要讀，不可扔至一旁。」

「嬸娘……」

「你不答應？」林夕落看他，魏仲恆目光中雖有迷惑，可更多是感激，「侄兒一定做到！」

林夕落不再多說，擺手讓冬荷帶他選一雕刀，又取了一塊蘿蔔，「一刀一刀地刻，每一刀只許指甲般長短，每日刻一塊蘿蔔，待足百日後，再換其他的刻法。」

這課業極為苛刻，魏仲恆沒有搖頭，當即跟隨冬荷而去……

林夕落看著他年少背影，又想起當初的魏青岩，庶子，就這麼難熬嗎？

梁長林離開幽州城已有些時日，皇上如今雖至西北之地，但離幽州城快馬行程約四日可達，他就算騎馬速度不快，偶有休歇之時，此時也應該見到皇上了，不知這御狀告得怎麼樣了？

林夕落只覺得這些日子實在靜得可怕，不但宮中沒有半點動靜兒，連侯府也一聲不吭，原本她以為宣陽侯會再找上她，孰料每次出門都沒得侯爺相見之令，而這兩日，一向蹦來蹦去的福陵王也沒有影子。

日子靜得懾人，讓人反倒是心裡不穩起來……

林夕落一邊思忖，一邊雕著玉佛，心思還未完全落下，就見門外衝進來一人，卻是李泊言。

旁日裡雖兄妹相稱，可李泊言向來守禮，從未有這般亟不可待之色，看他一臉細汗，臉上帶有些許驚慌，林夕落立即問道：「這是怎麼了，如此慌忙？快坐下歇歇，慢慢說也來得及！青葉，倒茶給哥哥！」

李泊言忍不住道：「林老太爺今日於朝堂上了摺子！」

「彈劾侯爺？」林夕落手中的刀微頓一下，在玉佛的眉部劃了一刀，可此時顧不得好材料瞎了，她更關注林忠德有何打算。

李泊言沉口氣，「不是彈劾侯爺，而是彈劾梁長林。」

林夕落瞪大眼睛，「怎麼彈劾上梁長林了？」

當初梁長林逼迫林忠德彈劾宣陽侯，否則便要告御狀斥他左都御史徇私枉法，可如今怎麼調過來了？難不成這些時日，宣陽侯與林忠德又協商了其他辦法是她所不知道的？

李泊言苦笑，「我怎會知？這也是早間聽義父說的，讓我立即來告訴妳，他則隨林老太爺一同下朝去了林府議事。我先來此地，稍後再去林府接義父。」

「這般來回折騰作何？還是我去一趟。」林夕落也顧不得雕物件，換下工衣，當即就吩咐人備馬車往外走，「先回侯府問一問侯爺，再去林府。」

侍衛得令，正要駕車離去，對面快馬前來一人，卻是齊呈。

林夕落吋停車，看著齊呈道：「齊大管事有何事如此急迫？」

「侯爺得知今早林大人上朝彈劾梁長林，特意讓卑職來問一問五奶奶，這到底是何事？」齊呈怕林夕落誤會，補言道：「侯爺已病多日，至今還未上朝。」

這是躲著太子周青揚？林夕落嘆了口氣，與齊呈道：「此事我也剛剛得知，正欲回去問一問侯爺，孰料侯爺也不知，那我便去林府，待得了消息再派人回稟侯爺，齊大管事還是回去吧。」

齊呈應令，調馬回頭，回去向宣陽侯回稟，林夕落便讓侍衛改了路，「去林府！」

林忠德得知林夕落到此，讓她直接進來。林夕落本以為其他伯父也在，孰料書房內只有林忠德與林政孝兩人。

不用林夕落開口問，林忠德直接苦笑著道：「就知道妳得知後會趕來，此次彈劾梁大人並非祖父心血來潮，打擊報復，而是早間上朝忽然得了皇上的密旨，這件事妳就不要插手了……」

密旨？梁長林莫非告御狀失敗了？

梁長林御狀是否告贏了，城內的所有人都不知道，哪怕是正在宮中大發雷霆的太子周青揚也一無所知。

看著前來回稟的皇衛，周青揚氣惱得輕咳幾聲，用病弱的模樣掩蓋心中的憤怒，緩言道：「父皇得知此事，倒是本宮的不是，沒能處理好這件事，讓父皇失望了，可我也踏實了……」

「殿下有何話要卑職傳給皇上？」

「父皇何時歸？」

「卑職不知。」

「本宮盼望父皇早日歸來，旁日有父皇在此坐鎮，這些差事也不覺勞累，如今不僅累人，更是勞心。」周青揚故作感慨，便讓皇衛離去，「只告知父皇要保重身體，西北之處氣候已至深秋，別著涼。」

皇衛鞠躬告退，周青揚何嘗不知皇衛不會單回稟這句，連他的牢騷也不會落下半個字。

想著梁長林那個廢物，周青揚牙根兒咬得緊緊的，喃喃自語：「魏青岩，你膽子太大了！」

一連兩日，林忠德都上書彈劾梁長林，所列罪名並非只是他女兒這一樁，連帶著貪贓受賄、徇私舞弊等事接連而出，林忠德更是在朝堂上把他噴得唾沫亂飛，好似不殺此人對不起皇上，對不起老天爺一般。

周青揚早已得了皇上的信，當即下令貶梁長林一族為平民，更是不得再進幽州城內，梁家三代亦不允參與科考。

這一罪頒布，就甭再提梁琳霜的事了，一個罪民之女如何作得侯府嫡長孫的媳婦兒？即便是妾也是絕無可能。

梁長林被送回幽州城，帶著媳婦兒孩子收拾行李乘上一輛木板馬車離開梁府，而他此時的臉上沒了之前的憎恨氣惱，反倒是悵然輕鬆的苦笑，看著日落夕陽，聽著毛驢兒的腳步聲，離開幽州城，再也不回來了……

梁長林如此處置，周青揚在此之後也半個字不提麒麟樓，新任通政司通政使在第二天便上任，此人倒不是寒門苦子，而是皇家外戚，太子妃的表叔父。

儘管周青揚在此得了好處，他仍然笑不出口。

為了魏青岩的麒麟樓，皇上居然能為他添虎翼來作交換，麒麟樓到底有什麼花招子？

好奇害死貓，周青揚雖不過問，可他的心越發沉寂起來，好似隱藏在草叢之中的豹子，只等下一次機會的來臨……

不提這幾人，宣陽侯此時心中也抑鬱焦躁。

桌上擺著的白紙黑字是一封斥令，內容便是罵他，而此信的撰寫者乃當今皇上肅文帝。

皇上罵他優柔寡斷，罵他教孫不嚴，罵他越老越糊塗，罵他薄情寡義、小肚雞腸、心胸狹窄……可罵歸罵，罵完就拉倒了？

宣陽侯的嘴角抽搐，罵完了倒是給一句準話，隻字不提世子位該怎麼定。上次提世子承繼被皇上駁了，這次本以為皇上會不允魏仲良承世子位，讓他另擇人選，孰料皇上隻字不提，壓根兒沒有這件事一般。

這就像一黏米糰子悶在胸口，就是個難受。宣陽侯看著那封信，不由得又灌了一罈子酒，當即倒下睡去。

林夕落聽人回稟了這事，也是翻了幾個白眼。

這件事顯然有魏青岩的影子在，否則皇上不會這般處置，更不會半個字不提麒麟樓。

想必他是明白了自己去一封無字木片為何意了吧？

林夕落想著，嘴角不免揚起，而一旁正在講述此事的福陵王則住了嘴，埋怨道：「五弟妹，妳這是想什麼呢？本王的話妳到底聽了沒有？這可是現在的重要之事，妳卻當成兒戲了！」

「啊？」林夕落被他這一說，不由面露愧色，「王爺剛剛所說實在難懂，琢磨片刻仍是不解，王爺恕罪，您不妨再說一遍？」

她這話一出口，連李泊言都忍不住翻了白眼，福陵王扇敲手掌，咬牙道：「五弟妹，本王剛剛是問妳，中午在福鼎樓用飯，還是讓人將飯送了這兒來，這事兒難懂嗎？」

林夕落噎住，臉色更紅一分，「我是在思忖王爺之前的那一句……」

「本王前一句是問妳餓不餓……」

福陵王滿眼都是怨，只得搖頭起了身，嘀嘀咕咕地往前方走：「魏五到底是有什麼迷幻藥，能把這種女人都灌得迷迷糊糊……」

林夕落瞪他一眼，可也知是自己不對，看向李泊言，李泊言過來道：「五爺恐怕一時還回不來，福陵王有意鋪子先開張，這事兒妳得好生想一想。」

「不行，五爺不回來，這件事絕對不能辦，否則太子若有意前來，齊獻王有意動手，我怎麼阻攔？福陵王是一位王爺，他對得過齊獻王，也壓不過太子！」林夕落將此事想得更深一層，她雖不知背後的事，但太子與齊獻王兩人一直對麒麟樓虎視眈眈，她不得不考慮。

李泊言點了頭，林夕落兩人不再針對此事多議，而是去看林天詡與魏仲恆上課。

魏仲恆這陣子格外用功，除了背林豎賢留下的課業外，便是拿著雕刀刻大蘿蔔，一天一塊。這可不是個輕活計，才幾日的功夫，右手中指就已磨破了皮。用布纏上，他也沒有道一聲苦，倒是讓林夕落對他這份執著甚是滿意。

林天詡正陪著魏仲恆刻蘿蔔，看到林夕落前來，立即上前道：「大姊，我也要學雕藝，我也要刻蘿蔔！」

「不許胡鬧。」林夕落當然不允林天詡摻和這件事中，林天詡卻不依不饒，「他可以學，為何弟弟不可以？」

「書背好了嗎？拳腳練了嗎？小心你姊夫回來罰你！」林夕落自不能告訴他真相，可總要找個理由來壓住他的貪玩之心。

提及讀書和練拳腳，林天詡有些心虛，「姊夫這不是還沒回來嗎？」

「依你之意，豎賢先生不在，你連書也可以不背了？姊姊不在，你就可以鬧翻天了，嗯？」林夕落沉下來臉，林天詡縮了脖子，「不許就不許，仲恆練小刀，我將來砍大刀！」

魏仲恆只朝他嬉笑一聲，「大刀更好！」

「小刀更好……」

兩人對視一笑，林天詡繼續陪他刻蘿蔔，而林豎賢在一旁看到，不由苦笑搖頭。

林夕落早已與他說了魏仲恆之事，故而林豎賢每天看到這孩子捧塊大蘿蔔來習課就覺得彆扭，可彆扭他也得教，這是答應了魏青岩的事，他不會反悔。

林夕落行步過去，兩人又說起這兩個孩子來。

「天詡聰明，可用心不專，更是被魏大人教習得鬼靈精，聖人之言他也能尋出歪理來駁斥，更遑論讓他背誦？這孩子我是快教不得了。」林豎賢說完林天詡，再提起魏仲恆：「他倒是又沉穩幾分，不是初來此地的木訥，而是真的穩了，可沉穩是在逆境中磨練的，就不知他能否堅持得下去了。」

「侯府庶子過得本就艱難，這條路是他自己選的，無論是逆境還是順境，都要一步一步走，何況他才快滿十歲之齡，往後的事還說不準。」林夕落輕嘆，問起林豎賢的事來：「你這病假準備休至何時？」

如今所有人都知道他就在麒麟樓中，而麒麟樓也因這次的事讓眾人不敢輕易提起，否則林豎賢哪還能如此優哉游哉？

「我倒想休一輩子。」林豎賢苦笑，林夕落驚訝，「你居然有這樣的心思？」忍不住看向窗外的天空，「太陽沒從西邊出來吧？」

林豎賢被她這模樣逗得哭笑不得，「旁人笑我，我可直腰對抗，可妳來笑我，我卻只能自愧難言了。」

之前他一直拿聖人之言教林夕落，兩人時常對峙，如今入仕些許時日，雖說得皇上讚賞，可他也越發迷茫，難道說聖人教錯了？還是他自己的錯？

無人能給他答案……

「先生，您若樂意鑽牛角尖，我也不攔著您，左右您吃食也不多，在此多一雙筷子也無所謂，可先生早前胸懷大志，如今卻縮頭縮腦，只為了考證聖人之言是否對？」林夕落說到此，看著他道：「古人說過，退一步海闊天空，古人還說過，君子報仇十年不晚，甚至是有仇不報非君子、容人所不能容是大義，難不成您分裂成三個人了？」

林夕落笑了，口中挖苦更甚：「您覺得哪個對，那就是對，何必用一個死了已久之人無意留下的一句話來評價自己是好是惡？您這不是給自己找事兒嗎？」

林豎賢被她這通說，臉上通紅，正好外面一個侍衛前來回事，冬荷聽得後來此稟告：「奶奶，侯夫人派人來傳消息，四爺與四奶奶回來了，侯夫人讓您回去相見，等您一同用飯。」

林夕落心中猶豫，四房在這個節骨眼兒回來，這事兒是好還是孬？

宣陽侯被斥，世子位沒結果，這本是讓侯府抑鬱之事，但四房的歸來，還是讓本是沉寂的侯府熱鬧起來。並非是四房有多受寵，而是因四爺魏青山之生母方太姨娘還在，故而侯夫人出面吩咐晚間府中同聚。雖沒有豪華盛宴，但她臉上掛著的笑容便可看出她對四房的重視。

林夕落回到侯府，剛邁入筱福居的正院門口，就聽見其內傳來爽朗如銀鈴般的笑聲。聲音清脆卻陌生，難道是那位四奶奶？

林夕落腳步頓了片刻，快步朝內走去，丫鬟撩了簾子回稟：「五奶奶到！」

屋內笑聲停頓，她進屋就看到一俏麗的美婦人正笑意盈盈地看向自己，還未等說話，她已湊上前來，「這可是五弟妹？」

林夕落福了福身，「見過四嫂。」

「喲，這般客套作甚？還未紹介自個兒，五弟妹就猜中是我，果真如母親所言般的聰明伶俐……真好看。」齊氏側頭看著林夕落，林夕落笑而不答，側身看向侯夫人，福身道：「母親。」

侯夫人點了頭，算是應了。齊氏不吝林夕落特意保留的距離感，又拽起她的手往姜氏那方走，一邊走一邊說：「妳大婚之時也沒能瞧見模樣，本想之後再親近，孰料我娘家出了事便匆匆走了，剛剛三嫂還說妳的手巧，待得了閒空兒可要好生教一教我，我這笨手笨腳的，總被母親斥責，如今有五弟妹在，我可是更要被罵了！」

齊氏又是一陣笑，笑聲好似音階，從低至高，讓林夕落不知說何才好，「四嫂抬舉我了。」

眼見林夕落的臉色不豫，齊氏收斂些，帶點兒委屈地道：「可是我把五弟妹嚇到了？瞧瞧這張小臉都不知如何是好了。」

侯夫人搖了搖頭，而那位方太姨娘有意圓兩句，可侯夫人沒開口，她只得將話憋回去，反倒是姜氏破天荒地開口道：「五弟妹定是累了，進門這半晌還不容人坐一坐，匆匆趕回來見妳們，卻連口水都不讓人喝，哪能有好臉色？」

姜氏開了口，齊氏當即賠罪，拽著林夕落坐於一旁道：「給五弟妹賠罪了，都是嫂子糊塗！快，上茶！」

丫鬟們送來茶點，此事算是揭過，侯夫人問起麒麟樓開張的事來，林夕落道：「這事兒要等五爺回來，我又不能出頭露面。」

侯夫人腦袋微微一動，提起了魏青山：「我是不知那地兒具體做什麼，可妳一女眷來回奔忙也不合適，反倒成了我們太過苛刻，如今青羽、青山也都回來，妳如若有棘手的事，自可尋他二人。」

「這事兒媳婦兒也想過，可一直不敢有動作，五爺不在，媳婦兒盯著福陵王，他倒說不出個一二三來，可如若三哥、四哥過去，那位福陵王可就不會給臉面了，定會找他二人麻煩，豈不是讓三哥、四哥去受委屈？」

想讓魏青山插手麒麟樓？這老婆子想得也太可笑了！

莫說林夕落不能答應，就是宣陽侯恐怕也不會答應，但她不想再與侯夫人硬著來，只婉轉地提了福陵王，侯夫人便沒有辦法，「唉，都是你們自己的事，我是不管了。」

「時候不早，開席吧？」花嬤嬤在一旁為侯夫人尋臺階，侯夫人立即點頭，由她攙扶著起身。

齊氏跟上去扶著侯夫人走，姜氏與林夕落則跟隨其後。

方太姨娘面色複雜，湊至林夕落身邊小聲道：「別怪她，她也是情不得已。」

林夕落沒想到方太姨娘會跳出來，再將她與齊氏的關係想一想，只得低聲道：「太姨娘多心了，我什麼想法都沒有，更不會怪罪四嫂。」

方太姨娘當即一笑，而一旁的姜氏則拽她去坐。

侯爺與魏青羽、魏青山一席，女眷一席自是侯夫人帶著她們三人，二房的人沒有出現，方太姨娘這個老婆子則在侯夫人跟前侍奉著……

這頓飯吃得不香不臭，食不言寢不語，林夕落在家能隨意說話，在這裡則閉緊了嘴，半個字都不開口，單調又乏味。幸好一餐飯用得很快，侯夫人先下去休息，方太姨娘也立即告退，桌上只剩姜氏、齊氏和林夕落。

齊氏沒了剛剛那副熱絡模樣，倒是沉嘆幾聲，與林夕落、姜氏道：「三嫂、五弟妹，可別怪我，我也是沒辦法，原本早該回來，孰料硬是被父親下令在城外住了六天，這才允四爺與我回侯府，我不知怎麼說才好了。」

齊氏一副哀哀之色，見姜氏和林夕落都沒開口，繼續道：「母親她的脾性……太姨娘也在，只得更孝敬侯夫人，扮笨、扮醜，讓她能笑一笑，否則太姨娘就會被怪罪。妳二人都好，沒有這份煩惱，我這卻總要裡外不是人，回來侯府最怕的就是這個，恐怕四爺還會怪我。」

姜氏忍不住道：「誰怪妳了，五弟妹旁日裡慣於獨處，不喜歡多言，還成了妳的不是了？」說著使了個眼色給林夕落，林夕落道：「倒是不知四嫂有這麼多難處，還真是委屈了，給侯府做媳婦兒的都不易。」

齊氏連連點頭，「五弟妹能這般想，我也寬心了。」

「行了，今兒回來也累了，先去管管院子裡的事，明兒再細聊也不遲。」姜氏催促著齊氏離去，齊氏又寒暄兩句便帶著丫鬟僕婦們先走了。

姜氏看出林夕落的不愉之色，「她就這樣，心倒是不壞，總好過那位沒來的。」這說的自然是宋氏了。

林夕落點頭，「瞧三嫂，這般勸我作甚，壓根兒都挨不上邊兒的。」

她跟四房能有什麼瓜葛？

「這倒也是。」姜氏換了話題，不再說四房，而與林夕落說起教書先生的事：「當初與侯夫人提及一直沒有音訊，府中出現這麼多事也不敢再提，仲恆被妳帶走，我這幾個是否也能跟隨而去？」

姜氏知道教魏仲恆的是林豎賢，那可是當今翰林院的修撰，比之尋常的先生不知要好多少倍。

「四房可是也有孩子？」林夕落猶豫，麒麟樓可不是個單純的地兒，如若只有姜氏的兒子還罷，可若魏青山的孩子也摻和進來，那裡豈不成了幼稚園？

何況林夕落心中篤定，一旦她允了姜氏的孩子也跟隨林豎賢習學，齊氏定會找上門來。

林夕落這般說倒是讓姜氏愣了，「也有，比我這兒還多。」

「這事兒要問問侯爺了，仲恆我能帶出去也是得了侯爺點頭。」林夕落意欲推辭，而後補了話道：「而且侯爺不允仲恆走科考之路，三嫂，您得好生想一想。」

姜氏瞪了眼，「什麼？不允？」

林夕落點了頭，姜氏面色苦了，「那不會我這幾個侯爺也有安排吧？」

「這倒未必，仲恆是嫡庶之子，大房如今的狀況不穩，但三爺的孩子侯爺應該不會這般對待，我帶著仲恆每日出入侯府，也是院中無人能照應怕出事，三嫂，這事兒您與三哥還是早早上心，儘早安排一下。都是侄兒，我這裡都能同一對待，可侯爺那邊……」

林夕落不用說完，姜氏連連點頭，「不必說了，三嫂明白，這事兒還真得與三爺商議一番。」

姜氏沒了多敘的心情，見侯爺那一席也散了，她立即跟隨魏青羽回了院子。

林夕落回到郁林閣，不由想起今兒這齊氏，真是情非得已嗎？

油滑！林夕落對齊氏只有這個感覺。

可是否因為方太姨娘而不得不對侯夫人曲意逢迎地討好，那就只有時間來驗證了，她是絕對不會旁人說兩句憐憫之言就對她格外同情。

同情？誰來同情魏青岩呢？

皇上一道密旨將事情了了，林夕落的心裡輕鬆許多，如今她只惦記著麒麟樓的事情，也期待他能早日歸來，這一夜睡得格外踏實……

西北。

肅文帝面前正站著魏青岩，看完皇衛送來的信，魏青岩隻字不語。

「這個結果你可滿意了？」

「皇上決斷，臣都聽從順之，無滿意與否可言。」魏青岩的語氣很淡，肅文帝看他半晌，「這些年也苦了你了，擔當刑剋的惡名為朕辦了許多事，朕都記得你的好。」

「皇上的吩咐，臣自要盡心竭力地辦成，而皇上能將麒麟樓賞賜給臣，臣心足矣。」魏青岩的話讓肅文帝不滿地搖了搖頭，「你什麼時候開口都與朕如此見外。」

魏青岩依舊閉嘴不再說，肅文帝也沒了轍。

麒麟樓中死過許多重臣，都是肅文帝下令魏青岩親手督辦，故而冷血刑剋之名才傳揚開。

魏青岩能得聖寵，不單是因他軍功卓越，也因他私下為肅文帝做過很多拿不得檯面上的事……包括這次以通政司通政使的官位來換麒麟樓一時平穩，有魏青岩的引導，但最後決斷的還是肅文帝。

可魏青岩的心裡也明白，肅文帝絕對不可能因為一個「雕字」便拿了梁長林，他一定還會有其他的動作。但肅文帝不說，他自然也不會問。

過半晌，肅文帝看著他，「你在想什麼？」

「想女人。」魏青岩這句話讓肅文帝呆了半晌，他跟隨自己這麼多年，居然會說出這等話來？

肅文帝摩挲著下巴上的鬍鬚，笑道：「這卻是讓朕驚奇了，連你的心裡都有想念的人了，朕……想誰呢？」最後一句不是自問，反似自嘲。

魏青岩嘆道：「臣沒出息，想她，心裡只想她……」

翌日天亮，林夕落覺得陽光比尋常都和煦幾分，可好心情沒保持多久，正準備帶著魏仲恆出門去麒麟樓，門外來了一個小丫鬟，卻是四房的人。

秋翠問林夕落是否相見：「好似是四奶奶身邊的大丫鬟，昨兒奴婢見過。」她派人來作甚？林夕落返身回了屋，「那就叫進來問話吧。」

丫鬟進門，向林夕落行了禮，「奴婢細雨見過五奶奶。」

「起來吧，四奶奶有何事？我這兒正趕著要出去。」林夕落不容她開口，先把話給駁了。

細雨燦笑道：「四奶奶本是欲請五奶奶過去飲茶，卻沒想到五奶奶正要離府，那奴婢這就去回稟四奶奶一聲，奴婢不叨擾五奶奶了。」

林夕落點了點頭，終歸是齊氏身邊的大丫鬟，便使了眼色給冬荷，冬荷遞上個小荷包，「五奶奶賞的。」

細雨謝過，便去向齊氏回稟，林夕落沒尋思她能推脫得這麼容易，鬆了口氣，帶著魏仲恆便離開了，可事情沒想得那般簡單，第二日一早，林夕落正在用飯的功夫，細雨又來了，「給五奶奶請安，四奶奶讓奴婢來問您今天是否還要出去？」

一連三日，每天早上林夕落起身或飯後出門之前，都能夠看到四房的丫鬟細雨前來請安。

林夕落也不用多說，只說「無空」二字她便謝過回去，半句寒暄的廢話都沒有，這卻讓林夕落不知該如何辦才好。

棉花團裡的軟刀子！這是林夕落最無奈、最沒辦法對待的人，齊氏怎麼是這樣的人？人家好心好意來請，如若冷臉相待是她的不是，可每天早上睜眼就見，儘管說句「無空」也不廢多少口舌，可看到就覺得難受，這可如何才好？

林夕落依舊擺手將細雨打發走，坐在椅子上連連嘆氣，怎麼遇上這種人了？

秋翠也在一旁忍不住皺眉，嘀咕道：「這位四奶奶什麼心啊？明知道奶奶您每日都早出晚歸，卻還派人來問！」

冬荷從外送細雨歸來，便是將秋翠的話接了起來：「這事兒還真的棘手，什麼夫人帶出來什麼樣的奴婢，細雨也是如此，一連邀奴婢幾次私下裡小聚，硬是要與奴婢學手藝，奴婢除了會繡個花，哪有什麼手藝……」

「她也邀了姊姊？這些日子見到我也是這話！」秋翠驚了，立即說道。

林夕落揉額，卻知道這件事還真得想個辦法，齊氏這邊不能再這樣下去，可時辰不早，她得趕快去麒麟樓，「先放下此事，歸來再議，我們先走。」

秋翠應下繼續守著院子，冬荷、秋紅則陪著林夕落出門。

除卻麒麟樓外，如今的糧行、錢莊與賭場進入正軌，幾乎不用林夕落操心，只時隔一個月，各大掌櫃前來遞帳冊、算銀錢即可，但二房如今被打壓住，她不由想起最初的鹽行來。

當初二房插手進鹽行是因為二奶奶的娘家就是鹽運衙門的官兒，故而此事便放置那裡沒有動手，這就像一隻潛伏的狼，說不準何時出來咬上一口……

可即便動手，宋氏的娘家人還是當著鹽行的官兒，他們什麼時候能被彈劾下去呢？

林夕落惡意腹誹，而這一會兒，林政辛、方一柱、金四兒都已經到了麒麟樓的正堂，各自手上捧了帳冊子，小廝們抬了銀子，打開箱子之後才敢開口說話。

「十三叔。」林夕落先行了禮，林政辛更是拱手道：「五奶奶。」

方一柱與金四兒再上前，林夕落打量著金四兒道：「這些時日怎麼肚子上的肉更多了？娶了新媳婦兒，日子過得美了？」林夕落笑語調侃，金四兒連忙道：「這自然是美，但還得多謝五奶奶的賞！」

金四兒一笑，眼睛更被肥肉擠成了一道縫兒……

林夕落想著春萍，吩咐道：「下次再來的時候，把她帶來給我瞧瞧，別光聽你一人說，萬一受了欺負，也沒個與我告狀的機會。」

「瞧五奶奶說的，我怎能欺負她？不過這些時日您還是甭見了，她……她有喜了！」金四兒提及這話，眼睛幾乎笑沒了。

「喲，這倒是好事！」林夕落當即吩咐冬荷：「賞，準備喜衣、喜襪，再準備補品送去，告訴她，如若心裡不舒坦，就過來我照顧著。」

「是。」冬荷應下離去，金四兒一臉嘿嘿傻笑，林政辛卻是連連感嘆，「金大管事如今是嬌妻美妾、賭場裡吃樂玩耍，我卻是豔羨不已啊！」

「那是十三爺不樂意成家。」方一柱在一旁插了嘴：「否則哪能林老太爺主動登門，您還要藏了我那裡去？」

林政辛瞪他一眼，「我才十五，不及弱冠之年，成什麼親？」

「那我們可就不知道了！」方一柱與金四兒互相對看兩眼，嘿嘿壞笑，林夕落本是聽個樂子，孰料提及林政辛成親之事，不由多了分心思問道：「怎麼回事？祖父要為你擇親不成？」

林政辛苦笑，「別提了，還是先數銀子，數銀子！」

「不許轉移話題。」林夕落不依不饒，林政辛只得道：「這也不知朝堂上哪個當官的缺心眼子，非要把女兒與我這無功名、無本事的廢物定了親，還主動上門！誰知他那閨女是否有毛病，何況我還沒玩夠呢！」

話語說得含蓄，林夕落卻聽出了隱含之意，顯然這事兒不宜在眾人面前多說，她便暫且擱下不問。拿起帳冊看了一遍，隨即讓侍衛將銀子抬至院子的金庫裡，又與三人說了後續買賣的動向和要注意的事。

方一柱與金四兒知道林夕落與林政辛有事相談，故而兩人相攜拿了銀子喝酒去。

「到底怎麼回事？」屋中無外人，林夕落立即探問。

林政辛也不隱瞞，便將此事娓娓道來。

這卻是前一陣子錢莊出的事，有個人在賭場輸了來錢莊借銀子，林政辛自當開票據借錢給人家，而且此人的父親是太醫院的御醫，這就更無可厚非地保准了。可這小子已在賭場熬了幾宿，輸了三百兩銀子本就心焦氣躁，如今在錢莊借了五百兩，沒等翻本卻兩腳一蹬死了。

而這五百兩銀子放在家中被他父親拿在手裡，摳門心疼，錢莊的利息高，賭場的賭債也不少，他一個御醫啊，一個月的俸祿才多少？

老兩口合計起來算算，賣掉自家宅院，十年不吃不喝恐也難以還完，故而，這御醫不打算還了，而是拿自己的閨女抵債。

林家是大門大戶，而且這位十三爺林政辛他們也都打聽好了，這是老太爺最寵的幼子，長得也俊朗，除卻愛財，至今身邊沒有女眷。明知這般上門林家不會答應，這御醫就想了個轍，在酒館裡假裝偶遇林政辛，還讓媳婦兒帶著女兒來，灌醉了林政辛。

他的女兒姿色上佳，酒席一散，這御醫第二日登門，與林老太爺相談，說是昨晚相見，林政辛向他求親，故而今日前來問一問老太爺的意思。

林忠德一聽這話，登時嚇了一跳，連忙讓人去把林政辛叫來。林政辛心眼兒多，回到林府沒直接露面，而是在後方聽這位御醫與林忠德敘談。

他們敘談之時，林政辛便把此事想了明白，合著這位御醫大人想拿女兒抵債呢！

雖說他女兒姿色不錯，可這事兒卻讓林政辛惱了，當即便離開侯府，派人去打聽這位御醫的來路。此人醫術好，品行差，摳了一輩子，尋常與同僚喝酒沒花過半個銅子兒，給媳婦兒買衣裳沒超過一兩銀子的料子，可對他自己保養得甚好，整日裡補品不斷，什麼好往嘴裡塞什麼，可惜生了一個敗家子，將他偷偷摸摸攢的銀子全給敗了，他這才氣急敗壞地想了拿女兒抵債的招數，如今已經是到處宣揚林政辛說話不算話，林家家教不嚴……

「就這麼個事兒，已經折騰許久了，老爺子最重名聲，他就盯著名聲不放了，否則哪會親自上門找我算帳？」林政辛越說越氣：「我給這樣的人當姑爺？沒門！」

林夕落起初聽了笑，可越聽越是笑不出來，「這人姓什麼？」

「此人是太醫院的醫正，姓喬！」

喬太醫？林夕落心中一冷，那不是侯夫人當初請來給她診脈的太醫嗎？如此人品差勁的太醫開出的方子能是什麼好方子？說不準當初的藥真有問題……

林夕落心中害怕，也慶幸當初的藥沒入口，否則指不定會出什麼亂子。

「十三叔莫急，如若這位喬太醫沒完沒了，你就讓他來找我，這鋪子是我的，債主也是我，明著告訴他，甭尋思拿閨女抵債，這事兒我不依，連老太爺說的都不算！」林夕落這般說，林政辛微皺眉，林夕落話語突然軟下來：「你不是真的看上那家的閨女了吧？十三叔……」

上下打量著林政辛，他可比自己還小一歲呢，這麼小的歲數，能行事嗎？

見林夕落的神色古怪，林政辛當即側過身去，「什麼看不看上的，看上了也不能娶，這等人家如若沾上了，那不是給自己找麻煩嗎？」

林夕落見他口是心非，可終歸他還不及弱冠，這時候情竇初開也無所謂，不過跟金四兒在一起久了，他還能長情得了嗎？這時代的男人哪個不三妻四妾？可這事兒不是單純幾百兩銀子的事，而是彆扭憋屈，著實不好辦。

「不會又一個要去告御狀的吧？」林夕落想起被貶出幽州城的梁長林一家子，口中喃喃一句，林政辛瞪眼，「別渾說，這事兒妳就甭操心了！」

「當我閒得樂意操心？可五百兩銀子欠的可是我的，賭場裡的賭債欠的也是我的，這裡裡外外合計起來近千兩，我可要算計清了！」

林夕落嘴上念叨，林政辛一拍額頭，苦挨道：「我這是招誰惹誰了，這事兒悶著就算了，說出來作甚？不但憋了氣，這會兒還欠了債，我尋誰說理去？這偶遇的一杯酒，也太他媽的貴了！」

忙完麒麟樓的事，林夕落早早回了侯府。

福陵王始終想要在魏青岩歸來之前開張雕木鋪子，林夕落已駁多次，可福陵王鍥而不捨，每次遇見她總要提起此事，讓她煩不勝煩。索性事情安排完畢，早早回了侯府，惹不起，總是躲得起吧？

剛進門，還未等讓陳嬤嬤吩咐小廚房開飯，門外便有人來回稟：「奶奶，細雨姑娘又來了！」

又來了？林夕落這會兒不再耽擱，齊氏死纏爛打的功夫她不能次次搪塞，這不是比耐心的事。

「讓她進來吧。」林夕落想好，與冬荷說了一聲，冬荷到門口親自將細雨迎進來，細雨規規矩矩地向林夕落行了禮，隨即道：「奴婢細雨給五奶奶請安了。」

林夕落看著她，「早間剛見到，晚間來此不知四奶奶有何急事？」話語平淡，除卻慵懶疲憊，聽不出喜怒之意。

細雨頓了片刻，隨即笑著道：「回五奶奶的話，四奶奶並無急事，只是知道五奶奶今兒歸來得早，而且孤單一人在院子裡怕不熱鬧，這才命奴婢過來請五奶奶過去一同用飯，免得五奶奶這方還要額外開伙了，五奶奶，不知您是否過去？」

「四嫂真是好心，我這還沒等吩咐廚房籌備飯食呢，她便知道我這想做什麼了。」

林夕落皮笑肉不笑，目光在細雨的身上來回打量，豐腴的身子、白皙的皮膚，媚眼兒、尖鼻子、小櫻桃嘴，臉上不管說什麼話都帶著笑，這應該不是個普通的丫鬟，瞧著走路的姿勢、舉手投足的媚態，恐怕只等著肚子裡有了，便抬個妾的名分。

被林夕落這般看著，讓細雨的臉色又紅潤幾分，「五奶奶莫多心，四奶奶正巧是在侯夫人那裡，聽了婆子們的回稟，這才吩咐奴婢過來請您，如今四奶奶也回了院子，等候著五奶奶了。」

「倒是謝過妳們四奶奶了。」林夕落起了身，「四嫂三番兩次地請，我連連推辭卻成了我的不是，既是今兒得了空，那就叨擾四嫂一次了。」

細雨沒想到林夕落會點頭，臉上一喜，「奴婢這就回去傳話給四奶奶。」

「還用得著妳來跑腿兒？」林夕落朝門外一喊：「紅杏，去四奶奶那裡告知一聲，稍後我過去，仲恆少爺也去，再勞煩多備一套碗筷了！」

紅杏應下就往外走，細雨則站在一旁，「奴婢服侍五奶奶。」

林夕落搖頭看向了冬荷，冬荷立即上前，「細雨姑娘，昨兒妳與我說想要個繡樣子，不如這會兒就隨我去？」

細雨怔了一刻，應下跟隨離去，林夕落則叫了秋紅和秋翠來服侍她穿衣飾物。

秋翠眉頭蹙緊，「四奶奶到底是想做什麼？整日裡盯著咱們院子了，您剛回來她就能知道。」

「想幹什麼怎能猜到？去了不就知道了。」林夕落隨意挽了圓髻，插上銀針髮簪，「妳也盯著點兒這個細雨，稍後去四房院子妳就跟著她，見機行事，給我可勁兒地挑四房的毛病。」

秋翠點了頭，「奴婢省得了，奴婢可不會曲意逢迎，做這個黑臉最合適！」

沒過多久，冬荷與細雨返回，林夕落也不多問，帶著眾人往四房行去。

路過書房，讓人叫上了魏仲恆，細雨上前向他行了禮。魏仲恆厭惡地退後一步，半句話都不說，讓細雨僵愣當地，甚是尷尬。

林夕落看在眼中，故意忽略，行至轎旁，叫了冬荷到身邊：「仲恆旁日裡與妳們也有距離？」

「對奴婢與秋翠倒是還好，對其他丫鬟則略有厭惡，有事都是小黑子來找，也沒人願意往他身邊湊合。」冬荷這般說，倒是讓林夕落略有猶豫，「之前春萍在他院子裡可有什麼不妥？」

「根本湊不到他身邊。」冬荷恍然明白林夕落為何這般問，難為情地道：「奶奶，您想得太遠了，仲恆少爺如今才近十歲！」

「這事兒誰能知道！」林夕落翻了白眼，「還真得在他身邊配個丫鬟了。」她擔憂魏仲恆會否因為介意自己是庶出，故而厭煩丫鬟們，這種擔心別是多餘的，反倒讓這孩子心理上有什麼缺陷。

上了轎，林夕落往四房的院子而去，早先已派人前去通稟，故而齊氏知曉林夕落要來，早早在院子正堂門前等候。

小轎一落，齊氏的臉上喜意盈盈，不等林夕落腳落地，她立即上前，「可算等到五弟妹了！」

「四嫂每日一早一晚地派人來請，我如若再不來，侯夫人還不得怪罪我架子大？」林夕落玩笑般的說著，不等齊氏開口，便讓魏仲恆上前，「這位是你四嬸娘。」

齊氏顯然也聽說過大房的次子跟隨林夕落，魏仲恆上前她並未驚訝，還備下了欲賞賜的物件，「當初離府之時你還不會開口說話，期間歸來幾次也未能見到，如今都這麼大了！」

魏仲恆接過禮，恭恭敬敬地拱手道謝，跟隨林豎賢些許時日，行為做派與他頗為相似，雖仍有木訥之態，但這種潛移默化的改變卻讓許久沒見過的人甚是驚詫。

齊氏上下打量片刻，隨後讓她的孩子們上前，四子、二女，除卻老大與大女兒之外，其餘三子一女都是庶出。

林夕落賞了禮，便讓魏仲恆隨同孩子們去側間玩，她則跟著齊氏進了正堂。

魏青山不在，只有齊氏一人，林夕落隨意尋了側位坐下，丫鬟們上了茶，她朝屋中四處隨意看了一眼，「四嫂倒是個精細人，連屋中擺放的物件都這般精緻。」沒有紅藍綠翡金器，也沒有雕木沉香的擺件，書籍陳列、筆墨紙硯、名人字畫，不是能用銀錢來衡量的，卻不知這齊氏家裡出身為何？

林夕落這般說，齊氏感嘆道：「精細什麼？我父親過去曾為翰林院之編修，整日埋在書籍之中，依靠俸祿過活，雖說也是官宦之家，卻過得甚是清苦，而我的嫁妝便都只是這些名人字畫、古書筆墨。他過世後，因一輩子只有我這個女兒，便將其餘物件也都贈與我。」

齊氏轉頭看了看，「如今再看這些物件，都能想起當初父親在世之時的模樣。」說著，眼角有些濕潤，「讓五弟妹見笑了。」

林夕落沒想到她會主動說及家事，「讓四嫂傷心了。」

「哎，這是哪兒的話，尋五弟妹來此也不過是為了親近一二，旁人還不會與她如此肆意地說辭了。」齊氏說著，丫鬟們上了茶，林夕落抿了一口，又聽齊氏道：「當初五爺與五弟妹大婚，我與四爺高興地回來，又忙著趕回去，可剛到家就得知大哥出事的消息，可惜得了消息不允回，如今又全都給叫回侯府，我是真心不願回來的。」

「如今母親又讓我幫襯著管府中雜事，連帶著大房的事也讓我經管著，我是接下來心中難受，又推辭不得，只得硬著頭皮應下了。說句不中聽的，我一個庶出的媳婦兒能管什麼？還不是吩咐什麼做什麼！」

齊氏說到此略有激動，可見林夕落聽到她管府事臉上絲毫表情都未有，心中略有驚訝，可這驚訝被她帕子擦眼遮蓋過去，「五弟妹，聽說妳也曾幫大房管過一些事，有什麼該注意的地界，不妨與嫂子說一說？我如今是真的兩眼一抹黑，不知該如何是好了！」

「這話我可說不了，當初得侯爺之命出面，管的是大房的喪事，對旁的事我可了解不多。」林夕落說的雖是實話，卻把齊氏噎得不知說何才好，「可……可這是母親讓的，說是有不懂的地界請妳與三嫂幫襯。」

侯夫人之命？林夕落看著齊氏，她目光倒真切，林夕落不由納罕這老婆子又想出什麼歪歪心思？想給她添事嗎？

「不怕四嫂怨我，這事兒我真的插不了手，如今仲恆的習學由我管著，五爺又不在，外方的鋪子也由我管著，郁林閣的雜事都讓丫鬟們忙著，我是半句都不想多問。每日早出晚歸已是疲憊不已，恐怕幫不得四嫂的忙了。」

林夕落推辭，齊氏只得嘆氣，「我也不強求，只望將來若有事情沒辦好，妳別怨懟嫂子，能補救的當即給弟妹補上，可行？」

「我能有什麼怨懟的？嫂子只是每個月的月例銀子、丫鬟僕婦婆子們四季換裝的料子，還有仲恆的慣用給我就是了，其餘的事……母親已允了我自行處置，不給四嫂添麻煩。」林夕落緩緩開口，卻見齊氏道：「五弟妹，妳如今已是這般忙碌了，還要自己處置院子裡的事，那豈不是太辛苦了？信得過嫂子就把這事兒都交給我，連三嫂都已應了，四嫂定不會讓妳虧吃！」

齊氏說完，直直地盯著林夕落等回答。林夕落看著她，淡言道：「不行。」

示弱、訴苦，便想把手插到她的院子中，這事兒她怎麼可能答應？

還把姜氏這三房抬出來，意圖讓她也點頭？

她不是姜氏，魏青岩也不是魏青羽，林夕落看向齊氏，雖不似冷眼以對，可嘴角的微笑卻讓齊氏心中一緊。

「這事兒並非是信不過三嫂，如若院中只有我與五爺便罷了，可還有仲恆在，這孩子是侯爺親自吩咐跟隨我的，如若在院子裡出了事，這是怪四嫂呢？還是怪我呢？」林夕落的笑容更輕，「四爺與五爺兄弟情分深厚，別為外人的事傷了和氣。」

齊氏臉色一僵，當即道：「瞧我，這心裡頭著急卻忘了這等事，說起來五弟妹也是辛苦的，自己還未能有後，卻要幫著大嫂當娘……」

齊氏喋喋不休地說起侯夫人偏袒，心中卻驚駭林夕落剛剛的警告。

尋常人不會把這等事拿到面子上來說，可她居然把魏青山和魏青岩都抬出來……侯夫人與太姨娘對她多有叮囑，可齊氏知道，魏青山本人是袒護魏青岩的。

說起來，齊氏這個當兒媳婦的夾在中間也實在難做人，只得又說起過往侯夫人對大房的袒護包庇，對他們都當奴才一般的用著。

別看齊氏是櫻桃口，可嘴皮子動起來飛快，那一張小嘴張張合合，絮絮叨叨，直到將這牢騷全都訴完，已經是小半個時辰過去了。

林夕落就坐在那裡漫不經心地聽著，直到齊氏自己說累了，才覺出這般有些不妥當，連忙讓丫鬟們將飯席擺上，孩子們則另坐一席，這一桌只有她與林夕落兩人。

林夕落初次自覺遵守了「食不言」三個字，因為齊氏實在是個話癆，她說一句，齊氏能說上十句、二十句，如今雖然沒有人再說話，周圍卻仍像有一團蜜蜂在嗡嗡作響。

怎麼這麼能說？林夕落口中用著飯，心裡不停地腹誹。

而齊氏見林夕落一個字都不吭，也自動自覺地閉了嘴。

飯席用過，天色已晚，林夕落撂下筷子就欲帶魏仲恆回去。魏仲恆也被兩個妹妹圍起來問長問短，顯然四房的孩子承繼了她們母親的光榮傳統，兩個小話癆。

「仲恆，我們要回了。」林夕落開了口，魏仲恆立即起身，匆匆行至林夕落跟前，「嬸娘，侄兒吃飽了！」

「四嫂，天色已晚，我們不多打攪了。今兒勞煩您了，還是好生歇歇。」林夕落客套兩句，齊氏則笑道：「有什麼累的？今兒三嫂院中有事，待明日將她一起請來都在這院子裡聚著，也熱鬧！」

「熱鬧，的確熱鬧。」林夕落臉色發僵，又與她寒暄兩句，便帶著魏仲恆倉皇逃竄。

進了郁林閣的院子，林夕落下了轎，「耳朵還不能清靜下來，就走回去吧，也喘兩口氣。」

魏仲恆長舒口氣，嘀咕道：「女人真煩！」

「嗯？」林夕落回頭看他，魏仲恆意識到不對，忙道：「是……是四嬸娘的兩個妹妹真煩！」

「也不能因為兩個妹妹就厭惡了所有的女人，小黑子是書僮，在你身邊也伺候得不周到，嬸娘讓紅杏跟著你可好？」林夕落想起去四房之前冬荷說的話。

魏仲恆有些猶豫，不敢拒絕林夕落。

林夕落也不容他拒絕，當即吩咐紅杏道：「往後妳就跟著仲恆少爺了。」

紅杏立即應下，魏仲恆嘆了口氣，小黑子則喜氣洋洋，一來有人幫他，二來他可不嫌女人煩。

事兒這麼定下，林夕落將魏仲恆等人送回書房，便回了自己的院子。

秋翠上來回稟今日去四房的事：「奴婢今兒算是開了眼了，奶奶讓奴婢去挑毛病，可奴婢去了不等開口，就有一群丫頭上來追著我問長問短，讓奴婢壓根兒插不上嘴。奶奶，如若不是怕鬧出毛病，我這拳頭都發癢了。」

秋翠氣惱不已，林夕落嘆氣，「與妳無關，我都說不上幾句話，何況妳了？」

「那怎麼辦？」秋翠攤手無轍，冬荷在一旁道：「今兒細雨與我說起奶奶的喜好，問起奶奶雕物件，更問了曾跟隨哪位師傅，奴婢說不知道，她有意刨根問底，奴婢便說了，奶奶是天資聰穎，不但雕物件雕得好，繡字、行字樣樣都好，怎麼光聽著外人說奶奶的壞話就當奶奶除了玩雕刀什麼都不會了？奴婢就逼問她到底從那兒聽來的，要去找那個人好生說說。雕刀奴婢不會用，納鞋底子奴婢可是個好手，找到此人就給她嘴縫上。細雨見奴婢惱了，就不敢再說了。」

秋翠聽了冬荷說出這些話，不由驚訝，「冬荷姊姊居然能說出這樣的話來，可真是把妳也給氣著了！」

「其實她也沒太多說，可我怕她問得太多，索性先板了臉找麻煩，她就不敢再問了。」冬荷說話柔聲細語，倒是讓秋翠吐了舌頭，「合著奴婢是假厲害，冬荷姊姊才是真厲害！」

「總之，四房的人都給我盯緊了，也跟紅杏好生囑咐一番，但凡有人來找仲恆少爺，一定前來回稟，更是不允外人打擾他。」林夕落說完，秋翠立即去尋紅杏，而這一會兒，齊氏並沒有就此歇下，而是去了方太姨娘的小院……

翌日一早，林夕落醒來，冬荷端水上前，見林夕落探問的目光，忙道：「今兒細雨沒來。」

「可算讓人喘一口氣了。」林夕落沉嘆兩聲，心情舒暢，連洗臉的水都覺得清涼幾分。

並非是齊氏的本事多大，而是她這招笑臉的死纏爛打，著實讓人沒轍。

就好似昨兒林夕落斬釘截鐵地拒絕她插手自己院子的事，齊氏賠禮道歉之後便開始苦大仇深地抱怨，這舉動就非常人能敵，她都有些吃不消了。

用過早飯，準備帶著魏仲恆去麒麟樓，可剛進了正堂，便有侍衛來回稟：「奶奶，有一位太醫前來求見。」

太醫？林夕落納罕，「他貴姓？可有說何事？」

「喬太醫，太醫院的醫正。」

「原來是他……」林夕落略有意外，上次與林政辛談此事，他不是說不用自己插手？可這位太醫怎麼找上門來了？

「先讓他在門口候著，我先處置完此地之事再見他。」林夕落沒有立即請人，而喬太醫得知五奶奶讓他稍等之後，只得心焦地等待，但等待之餘也不忘記多品兩杯此地的好茶，這可是他尋常喝不到的……

喬太醫姓喬，名高升，這名字是因他父親乃一道道地地的官迷，儘管出身醫藥世家，卻希望自己的兒孫能成為當官的老爺，便給自己的兒子取名為喬高升。

而喬高升也真不辜負其父重望，憑藉醫術升至醫正之職，可惜為人精打細算，異常摳門，俗話說有捨有得，乾吃不吐那是龍王的兒子，尋常之人可做不到，所以他摳，兒子敗，日子算是沒法過了。

本尋思兒子死了，跟林府賴帳到底了，孰料昨日錢莊的人找上門來要債，他胡攪蠻纏到底與林政辛見了面，而林政辛這次沒有跟他死磕，而是和和氣氣地將這錢莊與賭場的東家告訴了他，這卻是讓喬高升沒了辦法。

本尋思賴上了林府，可這東家是林家的九姑奶奶，侯府的五奶奶啊？這位夫人他不僅耳聞，也是親自見過，那可非一般的不好惹，但這事兒怎麼辦？就這般賴著？可賴得沒道理啊！

喬高升正在絞盡腦汁之時，金四兒上門要債，險些把他家給砸了，這讓喬高升不敢再拖，一大早便前來此地求見五奶奶。不管怎麼說，五奶奶好歹也是林家出來的，總能給點兒情面吧？

如今不打算將五百兩銀子昧下、賭債的銀子賴掉不還，可即便是少還一點兒也成啊！莫說上百兩銀子，便是一個銅子兒，他都能多吃兩口辣豆腐絲兒啊！

喬高升心裡越這般想，越心急，越心急，好茶越是不停往嘴裡灌。

林夕落這時已經忙完了手邊的事，便在前堂的角落裡搬著凳子盯著這位醫正大人。

他這已經是連續灌了兩壺茶了，卻一趟淨房都不去，能忍至什麼時候？

林夕落剛剛想完，就見喬高升的臉一動，手捂著肚子，目光四處找尋，好似是想尋淨房，卻又擔心林夕落在這時候傳見。

兩大壺水不是兩口水，這事兒他不好忍啊！

喬高升探頭見遠處依舊沒有人影兒，便從椅子上起了身，正要走到門口去問侍衛淨房該何處去？後堂的側方卻響起了聲音。

「五奶奶到！」

「哎喲！」喬高升一聽這聲音，當即覺得自己倒楣，看來淨房是要稍後再去了，只得強行忍下，起身去迎候五奶奶。

林夕落腳步甚是緩慢，一步又一步地慢慢朝前走，而喬高升聽著那鞋踏石磚的清脆聲音，只覺得下腹微微攪動。

忍！必須要忍！

……忍不住了！

喬高升蹦高地跳起來，朝著外面狂奔而去……

丟人！

喬高升解了急，卻蹲在淨房裡滿臉通紅不敢出去了。

儘管此地氣味兒難聞，可他依舊邁不動步子，本就是來求人的，卻出了這麼大的醜態，還怎能開得了口？

五奶奶擔憂其身體別出問題，派了侍衛在門口等候，可……可喬高升更是不敢舉步，恨不得一頭扎這兒昏過去算了。

雖說他曾經偷看過女人洗澡，幻想過妻妾如雲，可不都因怕花銀子而將念頭埋在心裡嗎？

旁日給宮中眾位主子瞧病，被公侯伯府請去瞧病，都尊他一聲醫正大人，當他為人風骨清正，神醫轉世，可如今醜態露出，更是被五奶奶看在眼裡，他……他沒臉了！

林夕落坐在正堂裡邊想邊笑，她剛剛的確是有心在他急迫之時出現，卻沒想到這位喬太醫會出這麼大的醜，路上跑著地上就留下一道水痕……如今已過了兩刻鐘的功夫，他還蹲在淨房不肯出來。

沒想到旁日裡道貌岸然之人，對這張臉還格外看重！

林夕落不恥輕笑，吩咐侍衛道：「告訴喬太醫，如若再不出來，我可要請太醫院的人來瞧一瞧了，別是得了什麼病，我可擔負不了這個責任。」

喬高升聽了侍衛的話，嚇得立即站起，去太醫院請人來？那他的臉豈不是丟得更大了？

可他心中焦急，蹲了兩刻鐘的腿卻不聽話，猛然站起，登時腿軟腳麻，險些跪了地上。踉蹌幾步，本尋思用手扶住，孰料腦袋一晃，撞了牆上，一塊青瓷磚瓦被撞裂，他的腦袋上瞬間流血。

侍衛聽到響動，一進門就看到如此場景，也不容喬高升再推辭道無事，當即將他抬出淨房，換上新的衣褲，用水沖洗他額頭出血處。

林夕落就在一旁看著他倉皇之色，還有那塊被撞碎的牆磚……

這腦袋可真硬！

林夕落心裡腹誹，臉上卻分毫表情都沒有，好似對這位喬太醫前來此地接連出錯無喜無惱，倒是讓喬高升不知該如何開這個口了。

待傷口包紮好，林夕落又讓人上了茶給他，喬高升好似有了陰影，連連擺手不敢喝下，又起身躬身道：「卑職見過五奶奶，今日實在……實在是出醜了。」

「喬太醫來此不知何事？」林夕落看著他沒灌下的茶，「可是不喜這茶？冬荷，給喬太醫換一杯來。」

「沒有沒有，五奶奶不必麻煩了！」喬高升端了茶杯，咬牙又喝了一口，眼珠賊溜溜地轉了幾圈，意欲偷偷看下五奶奶什麼表情，未料林夕落正盯著他。

喬高升嚇得一激靈，不敢再託詞，只得哀嘆道：「五奶奶莫惱，卑職今日前來也是有說不盡的苦衷，前陣子兒子因事……死了，家中欠債無法償還。五奶奶也知卑職不過是太醫院醫正，名聲好聽，可……可俸祿極少，只夠尋常家中吃喝罷了，實在無能償還這筆巨債。」

「喬太醫這話卻讓我不懂了，你欠了債自要去尋債主商討，怎麼求到我這兒來了？」林夕落故作不知，她要看看這喬高升到底有多麼厚的臉皮，要把這件事說成什麼模樣。

喬高升沒想到林夕落不知道這件事，心中略有疑惑，尋思片刻，開口道：「欠債自要尋債主，五奶奶，您……就是卑職的債主了！」

「嗯？」林夕落拉長聲音，「不知喬醫正這銀子欠在何處？」她逼著他說出欠的是賭債，無非就是要讓喬高升沒臉。

如若尋常之人她也不會動這份心思，可喬高升可是被侯夫人親自點過的太醫，她自當要用些手段把此人拿捏住。

侯夫人的脾性，她也多少有些了解，她對任何人都不信任，包括侯爺與服侍她一輩子的花嬤嬤，但她若能當即想到某人來做事，那麼此人絕不會是陌生人，而是她時常任用的熟人。

上次說起要給她尋太醫瞧身子，侯夫人當即就點到喬高升，想必之前喬高升跟她有過不止一次的接觸，是否幫她做過什麼見不得人的事就不得而知了。

林夕落拿捏住他，哪怕是從此人口中得知半點兒消息也好，但前提是她必須要讓喬高升敢怒不敢言，在她麾下任她所用。

喬高升雖說摳門賴皮，可這等人如同酸腐文人一般，喜歡當著婊子立牌坊，雖道貌岸然，其實一肚子壞水，這等人不把他的臉皮撕下來，他怎能服軟？何況此人這般摳門，能為了銀子不要臉，這等人是最交不透、養不熟的，誰給的銀子多誰就是娘，她打算不虧他的銀子，但旁人的銀子他也莫惦記著拿。

林夕落雖然這般籌畫，可不能一下子說出來，她就要讓喬高升徹底沒臉，一個人如若連臉皮都能不要，那還有什麼是做不出來的？

耳聽林夕落這般問，喬高升不由懷疑這位五奶奶是否真的不知道他兒子欠賭債的事。可無論人家是否知道，這明擺著是在等著他親口說出，喬高升老臉哀嘆，顫抖著聲音道：「五奶奶，卑職本無顏來見，這一張臉面可是被兒子丟盡了！養不教父之過，這都是卑職的錯，可……這事兒卑職也就只敢在五奶奶面前說，他欠的是、是賭債！」

「哦，原來是賭債，我還在納悶著，喬太醫乃當朝醫正，兩袖清風，為人剛正不阿，怎麼會欠債？何況你乃朝廷官員，糧鹽也是有定例發放，我的糧倉、鹽行也與你挨不上邊兒，沒想到賭場與喬太醫你能挨上邊。」

林夕落重重地說了「賭場」與「喬太醫」兩個詞，著實讓喬高升臊得臉色更紅。

「卑職有罪，如若不是有債在身，已是恨不得一頭撞死在牆上，無顏再見人了……」喬高升哽咽，聲音沙啞，一副巴不得一死了之的傷心模樣讓秋翠在一旁撇了嘴。

她們可是知道這位喬太醫的事，這姿態與十三爺口中之人簡直天壤之別，這也太會做戲了！

林夕落嘆了口氣，「喬太醫，你也莫急，卻不知你兒子欠了賭場多少銀子呢？如若銀錢不多，不妨就這麼罷了，喬太醫也是為我瞧過病的，就當是你的診費了。」

「不多……多，三、三百兩。」喬太醫磕磕巴巴地說出口，林夕落一瞪眼，「多少？」

「三百兩。」

「哎喲，怎麼輸了這麼多？」林夕落驚詫萬分，「喬太醫，這……這是累積下來的？不會是一次輸掉的吧？」

「就是一次。」喬高升只覺得臉色發燙，「五奶奶，卑職實在是還不上啊，您高抬貴手，讓卑職緩些時日不知可行？」

「三百兩銀子，嘖嘖，喬太醫，尋常的百姓人家，一家五口，三五兩銀子也能大魚大肉一個月了，三百兩銀子能過上十幾年，你兒子這一晚上輸出去，實在……實在是不應該啊！」林夕落連連感嘆，就是不說銀子還不還。

喬高升心浮氣躁，「確實如此，賭場害人啊！」

這話雖是感慨，但其中含義卻讓林夕落聽得明白，說賭場害人？這不是在說林夕落是害人之人？誰讓她是賭場的東家！這便是想咬一口，讓她將賭債作罷。

「喬太醫這話說得無錯，當初本夫人接管賭場時就覺得這事兒不妥當，可這賭場是皇上賞的，御賜之地，我可不敢說是娛人還是害人了。」林夕落這話說完，讓喬高升一愣，皇上賞的？

這……喬高升瞠目結舌，他雖是太醫院醫正，可對朝堂中的事知曉不多，若說侯爵之位的承繼或許關心，但皇上隔三差五的頒賞，他怎能記得清楚？

居然連賭場都賞？這皇上也實在太奇葩了！

喬高升連忙將話語收回腹中，轉了口風：「可憐之人必有可恨之處，小賭怡情，大賭傷身，豪賭斃命，卑職……卑職的兒子死了也是活該，活該！」

林夕落聽了他這話也不再開口，倒是讓喬高升不知如何是好，只得試探地道：「五奶奶，卑職這欠的賭債不知道您是否……」

「喬太醫打算拖延多少時日還上來？」林夕落這一說，讓喬高升又開始焦躁，他本還尋思能否讓這位五奶奶高抬貴手把賭債免了，孰料她半個字不提。

「卑職每個月的俸祿也就能剩下三五兩，這三百兩恐怕要還個十年、二十年的……」

「恐怕不止十年、二十年，你不是在錢莊也借了五百兩銀子？這算至一起，至少要四五十年才能還清，喬太醫，你今年高壽了？」林夕落直接點出錢莊的事，喬高升當即驚詫，合著這位五奶奶全都知道，這就是在明擺著抽他的臉呢！

四十年？他如今已四十歲整，就算能再活四十年，卻要還四十年的債，這日子得過得多淒慘？

喬高升不想還賭債，更不想將錢莊的五百兩銀子還了，否則他在此低三下四半晌，豈不是白說好話了？

「五奶奶，卑職有一小女，與林府的十三爺情投意合，不知道五奶奶可知此事？」

喬高升這會兒把林政辛搬出來，便是有別的想法。

雖說林政辛是幫五奶奶管錢莊的大掌櫃，可他在輩分上可比五奶奶高一輩兒，林家大族最講究輩分、規禮，縱使這位五奶奶性子潑辣，不會連輩分都不懼吧？

如若真的成了親戚，他可還高這位五奶奶兩輩，她總不會對三百兩銀子糾纏個沒完？好歹也是侯府出身之人，絕不會這般小氣。

柒之章◆孕事疑雲作深沉

喬高升可將天下醫藥擺弄得明白，卻不知人摳門目光也短，自己的猜測絕非是事情的真相，他還沒等心裡頭敞開了笑，這方卻聽林夕落隨意地道：「與十三叔情投意合的姑娘家多了，都找我來有什麼用？這事兒得去找祖父，找老太爺，我又不是他的長輩。喬太醫，你還是說說這銀子的事。」林夕落話語間有不悅，喬太醫臉上一僵：「卑職將來興許與五奶奶掛了親……」

「喲，喬太醫，有一句話你沒聽說過？」林夕落故作驚訝，喬太醫連連搖頭，「何話？」

「親兄弟明算帳，一分銀子都差不得！」林夕落說完，喬太醫巴掌捶頭，「都是卑職的錯，可……可卑職實在是還不上啊！」

「還不上也不能拿閨女抵債啊，你這算盤打得可好！」林夕落直接揭了他的短兒，也不再容他在此哭窮，緩言道：「喬太醫，說起來咱們也並非全然陌生，單說上一次侯夫人請你來為我診一次脈，那賞錢可就是百兩銀子，你在我這兒哭窮訴苦，不覺得臉面過不去？我之所以等你說了這麼多也不厭煩，是因為不願意得罪你。你是大周國太醫院的醫正大人，將來說不定有求你的時候，可如今你這番作為，我卻是不知將來是否要再求你了，不靠譜啊！」

林夕落最後這句讓喬高升驚了，心裡恨不得抽自己兩嘴巴，他旁日裡也在各公侯府邸走動，這些夫人們的賞錢絕對不少，可他怎麼就忘記上次侯夫人賞賜百兩銀子的事？

這……喬高升心中湧起一個念頭，五奶奶恐怕不止是想看他的笑話、想跟他要銀子吧？

喬高升斟酌片刻，換了口風道：「五奶奶，卑職……卑職也有一大家子人要養，這也是沒辦法的事，如今兒子沒了，只剩一個閨女，並非是卑職矇騙您，您不知這過世的兒子並非只賭輸了三百兩，卑職這些年的俸祿幾乎都被他敗了，如若要還了您這銀子，恐怕賣了家宅都湊不過，五奶奶，您再賞卑職一條活路，卑職給您磕頭了！」

一鬍鬚中年這就要跪拜，林夕落看著他的膝蓋是真的落了地，便知之前的話恐是真真假假，但最後這句話姑且假不了。
「喬醫正起來吧，你這模樣好似我是逼著要你的命一般。」林夕落話語冷淡，待喬高升起身後，林夕落便是又道：「三百兩銀子我不與你要了，但前提是你要幫我做十件事，而且這十件事要做得我滿意才可。」
「那額外的五百兩……」
林夕落冷笑，「另外的五百兩，暫且先不與你要，如若這十件事做得我滿意，我就送與你閨女做喜禮，但如若這其中有一件我不滿，喬太醫，你就不如喝一口毒藥自己了結更痛快，否則這銀錢是一，醜態是二，何況你因自己兒子賭輸銀子痛斥皇上賞賜五爺的賭場是害人，這話我可是聽見了。」
林夕落這話說出，喬高升驚了，「卑職不敢，一定聽五奶奶的吩咐！」
「你心裡頭甭罵我是個狠女人，我可比不得你，連我讓你做什麼事，你問都不問就肯應承下來，恐怕是對各府夫人的手段早已心知肚明！」林夕落說出，卻讓喬高升嚥了嚥唾沫，「五奶奶，卑職不過是憑藉醫術吃飯的，哪一位大人府邸的夫人不順了心，動一動手指頭卑職就被捏死了，比捏死一隻螞蟻都輕巧，卑職這是求活命啊！」
「少在這裡念秧子，醜話我已說了前面，做得我不滿意……」林夕落隨手抽了一根雕刀，「你不想用骨頭雕的頭釵給你的女兒當嫁妝吧？」
喬高升當即覺得背後發冷，跪了地上磕頭不停。
角落之中有輕咳之聲，林夕落怔了一刻，便讓侍衛帶喬高升先去淨一把臉並送他回去，作何事稍後再議。而喬高升前腳被送走，後方便有福陵王和林豎賢兩人一同進屋。
「嘖嘖，五弟妹，本王還是初次見一個女人恐嚇旁人，妳可真用人骨頭雕過頭釵？」福陵王嬉笑著邁步進屋，而林豎賢的臉色刷白，目光奇異地看著林夕落，這可是他的學生，怎麼會這樣？越發的潑辣兇狠，連這等話語都說得出，他……他這位先生聽了都覺得渾身骨頭顫。

林夕落聳肩撇嘴，「王爺這話我可聽不懂，我這般賢慧溫淑之人，怎麼會用人骨頭？說得好似妖精似的。我說送一件骨頭雕件怎麼了？就不能是豬骨頭？雞骨頭？魚骨頭？是你們心思雜想得多，賴不著我……」

「妳……」福陵王琢磨半晌，恍然而笑，「五弟妹，妳故意嚇唬那位喬太醫？」

「他這等連閨女都能用來抵債的人，若不嚇唬嚇唬他，將來拿了更多的銀子把我賣了怎麼辦？何況我可沒說要用他的骨頭，他自己那般想是心虛。」林夕落忍不住壞笑，連一旁的冬荷都恍然感嘆，還在納罕夫人怎麼突然這般狠毒兇殘，合著是她們自己想歪了！

「五弟妹說笑，他不過一太醫而已，妳隨手就能拿捏他，還怕他？」福陵王拿起那根雕刀，手中比劃著，林夕落無奈，「不怕一萬就怕萬一，何況這樣的人更願意為銀子多、權勢大的人賣命……比如王爺您？」

「怎麼把本王牽扯進去了？」福陵王坐下，冬荷立即上了茶，林豎賢坐於側位最末，說起了魏仲恆與林天詡的課業：「……童生試要開了，天詡如若努力一下，應該沒問題，不知五奶奶可否有意讓他應試？」

「爹那邊怎麼說？」林夕落想起林政孝，父親她可許久沒見，只每日與林天詡相聊的時候能聽他說幾句。

「表叔父如今公事繁忙，我還未能見到他。」林豎賢也覺無奈，更想起林忠德的吩咐，不由道：「本是去問過林老太爺，可老太爺讓我來問妳。」

「那就試一試吧，也讓這小子長點兒記性，免得整日只知道貪玩。」林夕落沒想到林忠德會這般說。

「仲恆那方，妳還要安撫一下。」林豎賢知曉他不被允走科舉之路，更是連童生試都不允考，他與天詡一同習學，即便已經知道宣陽侯的禁令，可看到旁人應試，心中還是會受到打擊。

林夕落明白他話中之意，點頭應下。

福陵王在一旁瞇著眼睛於兩人之間徘徊，這股子氛圍甚是尷尬。林豎賢說完此事便先行離去，福陵王看著他翩翩離去的背影，感嘆道：「五弟妹果真是厲害，不但李泊言對妳捨命守護，連這百年不出一位的三甲及第狀元郎也對妳格外看重，翰林院的修撰一職都不去，反而在此當了教書先生！嘖嘖，魏五要再不歸來，可玄了！」

福陵王見林夕落沒搭理他，又道：「妳可讓這兩人在身邊護著，為何把本王拒於千里之外？」

「不敢說。」林夕落起身欲走，如若再不走，稍後福陵王定會又說起麒麟樓開張之事。

福陵王踏步攔住，「說吧，本王恕妳無罪。」

林夕落退後一步，「因為您長得太好看了。」

「這話妳以前就說過，妳在怕什麼？」福陵王湊近她，目光含情脈脈，聲音曖昧輕語。

林夕落翻個白眼，「我是怕我嫉妒得想撓您一巴掌。」

「呃……」福陵王眼角抽搐，「至於嗎？就不想據為己有？」

「怎麼據為己有？又不能長了我的臉上！」林夕落每次見到這位王爺都無法生出尊崇之心，而他的這番做派也著實不容人尊他為王爺，反而像是路上的登徒子。

福陵王原地轉了一圈，口中道：「本王是真遇上一位惹不起的，那就是妳，第一次被個女人如此無視，五弟妹，妳故意的吧？」

林夕落不說話，那表情之中夾雜了不屑與嘲諷，讓福陵王心裡更是憋屈。

怎麼就有這樣的女人呢？

「您還有事嗎？我可還有事等著去忙呢！」林夕落欲走，可他橫在面前就是不讓路。

「本王要與妳聊天。」福陵王氣不過，這些時日她一直都在躲著，雖說是在躲避不讓麒麟樓早日開張，可也不必像躲了瘟疫般的避逃吧？

林夕落搖頭，「沒空。」說罷，就繞開往門外走。

「妳確定沒空？」福陵王湊近他，「魏五那裡可是有了消息！」

林夕落當即停住腳步，「什麼消息？」

「本王不說。」福陵王湧出壞笑，「怎麼？提及魏五，妳就肯與本王相談了？」

林夕落不答，福陵王收斂笑意，神色認真，清冷地道：「讓本王告訴妳也可以，妳只需說上一次百鳥傳信之時，妳是否動了手腳？」

林夕落心中一緊，這讓她怎麼答？

「我是動了手腳。」林夕落這句話說完，看向福陵王，「王爺得到這樣的答案，滿意了？」

福陵王的疑惑更重，「怎麼？五弟妹難不成覺得認了此事很冤枉？」

「王爺問此事，不就是想得個肯定的答案，讓您自個兒的心裡頭順暢些許，免得終日遲疑不定。我認了是用了手段，是為了讓您寬一寬心而已。」林夕落說完，問起魏青岩的事：「王爺可以說了吧，五爺傳回什麼消息？」

福陵王翻了白眼，「妳這認了還不如不認，讓本王更是不舒服！」

「認了，您不舒坦，不認，您還懷疑，這認不認都是錯，您不想說就不說，莫拿五爺的事來拿捏我。我一婦道人家天亮出府，天黑之前便要回，這裡的雕匠師傅要我來看著，雕件要我來守著，還有五爺的各種鋪子的帳目要查著，可沒空在這兒哄您舒坦，您到底說不說？」

林夕落有些性急，福陵王看她那雙吊稍杏眼兒瞪了起來，不由苦笑，「本王這不是自討苦吃？」說罷，掏出一封信遞給她，「今早收到侍衛回報，皇上在半月後回來。」

「還有半個月。」林夕落情緒低落，孰料福陵王突然道：「不過魏五應該會在這之前歸來。」

「為什麼？」林夕落納罕地道：「他不是皇上的貼身侍衛長？」

福陵王聳肩，「本王怎能知道？不過本王剛剛來此的路上看到他進宮了，這也一個時辰過去了……應該是在來此的路上吧？」

林夕落臉上湧現喜色，「真的？」

「信不信由妳。」福陵王面色不豫，林夕落顧不得這麼多，這個驚喜來得太突然，當即道：「我去門口接他。」

話語說著，已拎著裙子往門口跑，福陵王在其後連連感嘆，還以為她對誰都是冰冷無情，卻對那個刑剋閻王這般上心？真是王八看綠豆，對上眼了！

不過，早間人多，他顧不得多問，魏青岩提早歸來能為何事呢？

林夕落一門心思往外跑，而這時，門外正一人駕馬疾馳而來。

陡然見她，此人立即揪緊韁繩停馬，翻身躍下。林夕落顧不得門口高高的懸台，直接往下跳去……他擁美人入懷，她有寬懷依傍。

林夕落忍不住朝著他的嘴狠咬一口，「你終於回來了！」

魏青岩風塵僕僕，髮髻散落在後，多日未刮鬍子，已是滿面絡腮鬍。狹長雙眸之中，除卻疲憊之外，還有著掛念擔憂，任由她將嘴唇咬出血，也是微微一笑，「爺想妳了。」

林夕落眼角濕潤，卻抿著嘴笑。魏青岩直接將她抱起，大步往裡走，而林夕落的眼中只有他一人，才不管周圍眾人的目光。

福陵王站在遠處看兩人甜膩的模樣，連連搖頭，而後見到一旁的李泊言，忍不住問道：「你不覺得心酸？」

「那是我妹。」李泊言腰板挺直，又補了一句：「還有我妹夫！」

福陵王怔一刻，哈哈大笑迎上前，而魏青岩壓根兒沒理他，直接抱著林夕落上了船至湖心島，待欲進屋之時，才有聲音傳來：「你們誰都不許走，都等著我！」

「霸氣！」

「土匪！」

福陵王與李泊言兩人異口同聲，隨即互相看了一眼，便有侍衛上茶，兩人在此地下棋等候。

湖心島的宅邸，林夕落獨自一人之時從沒有踏上此地，她在等待著，等待著他帶她踏上這座島，他為她所修葺之地。

她幻想過多少次此地的模樣，如今被他抱在懷中，雖匆匆行過，可那些熟悉的景致卻也全都映入眼中，記在心裡。那片竹林躺椅、那座八角涼亭……無一不是她與他相處之地，也是她與他萌生互相欣賞情意之地。

有人說，這輩子最難的便是回憶，回憶就是歷史，儘管那是美的，卻也無法再經歷一遍，所以回憶就是痛苦。而他如今，將回憶之景築建出來，而其中的愛意比之前更濃。

林夕落眼角滑下一滴眼淚，卻沒有再多說一句話，只親自侍奉他沐浴，摘去他頭髮上的布巾，刮掉那刺手的凌亂鬍鬚……她輕手慢動，他就這樣平靜地看著她，看她喜、笑，看她調皮、柔媚，好似生怕閉上眼，就失去她一般。

他終究忍耐不住，不顧鬍鬚刮至一半，捧水沖洗，便將她拽入懷中抱起，奔向那張紅帳紅床。

林夕落被放置床上，忽然驚叫一聲，「什麼呀？這麼硌得慌！」

撩開褥子，大棗、花生、桂圓、瓜子……

「又不是新婚了，還放這些東西作甚？」林夕落揉著被硌疼的屁股抱怨，魏青岩看她，「何時生出兒子，何時撤掉。」

「我硌……嗚嗚……嗯……」

不等她再開口，他已覆身壓下……

屋內豔紅的螢燭光芒，將她白皙的皮膚映出桃紅之色，而他健碩的古銅皮膚發光，那曾為她抵擋一箭的傷口、曾出生入死搏殺的痕跡，歷歷在目。撫摸在手，她甚是疼惜。

兩人癡纏一起，嬌膩的聲音若有若無，而他寬大的手掌在她身上撫摸而下，柔潤嫩滑，而每觸及一地，她便如酥麻般扭捏一動，更引來他挑逗之意。

小別勝新婚，這一刻歡好的美妙和情慾交融，都是在傾訴著各自心中的思念。

動作越發激烈，他反而放輕節奏，生怕因急迫傷了她。林夕落的手臂緊緊抓住他寬厚的臂膀，一聲快意的長吟，炙熱如火。紅燭燃盡，他與她依舊難捨難分，這一場春雨不知何時才能收盡……

日頭落下，繁星映空，湖心島的那一隻小船仍然在岸邊隨著水波浮蕩。

福陵王與李泊言兩人實在等不下去，下了棋、用了飯，可這兩人還不出來？

「這魏五不會是怕本王笑他時間短，故意不出來吧？」福陵王惡意猜度，李泊言抽搐著嘴，卻半個字都不說。

他能說什麼？下不去嘴。

「李千總不如與本王也去尋風流之地瀟灑一晚？」福陵王摸著下巴，「昨日那女子不錯……」

李泊言看他的模樣，不由皺眉，可一琢磨自己的年歲也不小了，該有個女人了吧？

兩人各自揣著心思，而這一會兒，湖心島陡然亮起，很快便有兩人站在湖邊緩緩地步行至船上，遊玩般划船而來。福陵王打開摺扇不停地搧，「他是舒暢了，本王還憋著一肚子火呢！」

李泊言則撂下「女人」之事，想聽一聽大人如今率先歸來是否出了什麼問題。

兩人行船上岸，魏青岩扶著林夕落叮囑道：「小心些。」

林夕落莞爾一笑，夫妻兩人的手自始至終都沒有分開……

福陵王忍不住挖苦：「回來就如此急色，更是呵護備至，早先怎沒看出你有這細膩心思？看來外人都被矇騙了，若非親眼所見，本王是絕不信魏五爺會對女人如此柔情。」

「你們還在？」魏青岩隨意一句，卻讓福陵王瞪了眼，「不是你讓本王等著的？」

「皇上之言王爺都能不聽，我一句話王爺就能聽入心中，這比豬能爬樹還稀奇。」魏青岩說著，牽起林夕落的手，「晚間風大，咱們進去說。」

林夕落點了頭，兩人邁步進屋，李泊言自然跟隨，福陵王在後扇捶手心，「本王忍你！」

進屋後，眾人無心再鬥嘴，魏青岩神色更重了一分，「提前歸來是因為皇上傷了。」

「傷了？怎麼回事？」福陵王滿臉驚詫與擔憂，那張俊顏冷起來也狠意極重，「是誰幹的？」

「懷疑是那一位，故而皇上決定暫時不回幽州城了，如今對外說是喜好西北清爽，要建行宮，對內又下了一封敕令，往後每隔三日由皇衛將奏摺送至西北，皇上親自審閱。」魏青岩想起今日看到周青揚的模樣，卻將話憋在心中沒說出口。

這一小動作外人自不得知，林夕落卻看在眼中。

福陵王沉默了，沉默之後是氣鬱難平，「這是想早早繼位，等不及了！」

「難道不會是別人嗎？」林夕落問出口，福陵王搖頭，析解道：「不會是別人，齊獻王爭權，但對皇位無心，他一個兒子都不生的要皇位作甚？除他之外，便是本王，本王如今忙著開雕木鋪子，哪有這等心思？其他王爺暫且都無動機，何況能在魏五面前傷了皇上，下手的自不是尋常之人了。」

福陵王說完看向魏青岩，「其實你知道是誰。」

「我不知道。」魏青岩立即回答，李泊言忍不住問道：「那我們該怎麼辦？後續的事應該如何安排？」

李泊言問出，福陵王也在看他，林夕落攥著他的手，生怕他再被帶走，而魏青岩面色輕鬆，「各做各的事，還能怎麼辦？」

「那你這陣子要忙何事？」福陵王見他又要帶著林夕落走，隨即攔問。

「生兒子！」魏青岩答完這句話，兩人又划船回了湖心島，相依相偎，你儂我儂。

福陵王咬牙切齒，看著李泊言道：「本王今天請客開葷！」

「不去！」

「不去也得去！」

「脅迫不成？」

「脅迫！」

「從了……可我今晚一定要魁娘！」

「……」

翌日一早，林夕落醒來時便小手朝一旁摸去，待摸到那堅實的胸膛時，不由輕笑。有他在，心裡極其放鬆。

林夕落轉過身扎入他的懷中，賴著不肯起身，魏青岩摸著她的髮絲，寵溺道：「不想起？那就再睡一會兒。」

「不睡，也不想起身。」林夕落撒嬌地拽過他的手臂放在自己身上，魏青岩輕輕地揉捏她的脊背，林夕落想起昨晚他與福陵王等人所說之事。

「……皇上真的傷了？」

林夕落甚是懷疑，如若真的傷了，魏青岩不會在此時回來，即便歸來，恐怕也會立即就走。

魏青岩捏了她的小鼻子一下，「妳一向聰明。」

「到底怎麼回事？」林夕落知道他昨日與福陵王等人所言有詐，睜開眼看著他，她不好奇朝堂爭勢，只擔憂他。

「的確有刺客去了，皇上小傷，在逼問刺客時憤恨地用腳去踹，結果扭到了。」魏青岩嘆口氣，「皇上想知道如若他真的出了事，會出現什麼狀況罷了。」

「他懷疑是太子動的手？」林夕落對皇上沒有印象，卻見過太子周青揚，一副病容作偽裝，其實是一介陰險狹隘之人。

如若不知他逼迫宣陽侯上供雕字傳信一事，還真難看出他居心叵測，野心極大。

林夕落一直很好奇他已經是太子，為何還要如此亟不可待，魏青岩則道：「不提一統天下之位，單看侯府的世子位就有多少人惦記著？大哥過世，世子位還未得皇上親允，卻已出了多少賊心惡事。如若世子位得仲良承繼，你當他不盼著早日成為侯爺而不是世子？」

「連一個侯府的破位子都爭得頭破血流，太子已經身居皇儲之位四十餘年，怎能不心癢難耐？」魏青岩說到此，不由得冷嘲一笑，「人能有耐性是因為嚮往之物還有距離，而當他馬上就能握至在手，揮毫天下，那度日如年的滋味兒便不好受了，心也不會再那般平穩了。」

林夕落也是感嘆，說起當初傳信的事以及侯爺的動搖，魏青岩問得更細，林夕落細答後道：

「傳信與你之事也是靈機一動，更知道即便木條上半個字都沒有，你也能明白我是什麼意思。自那以後，侯爺沒再逼迫過我，想必是他沒搞清楚這字應該如何看，不過福陵王的心眼兒太多，你歸來之前，他已在猜度我是否動了手腳。」

「妳怎麼回答？」

「我承認了，他反倒不信了。」林夕落輕撇小嘴，「你若再不回來，我便要累死了。」

「仲恆已經開始跟妳學雕字？」

「開始了。」林夕落想起魏仲恆，不由摸了摸自己的肚子，「何時才能有呢？」

魏青岩的手揉至她圓俏的臀部上，用力地捏了一把，「要不再努力一次？」

林夕落與他分別許久，這時也沒了最初的羞澀，主動褪去胸衣，鑽了他的被窩……

「他回來了？」

宣陽侯府之中，侯夫人聽花嬤嬤說起昨晚林夕落沒回府，派人去問才知道是魏青岩回來了。

「怎麼一絲消息都沒有？」侯夫人如今是說不清對魏青岩是喜是惱，是怨是恨。

侯府前陣子動盪不安，如今魏青岩歸來倒是讓人踏實許多，這種感覺儘管她不想承認，卻無法矇騙自己，連皇上都能允他成為貼身侍衛長，這可不是一般人能做到的。

「侯爺知道了嗎？」侯夫人這口氣不知是該鬆還是提，表情複雜，反倒是更難受了。

花嬤嬤點頭，「侯爺已經知道了。」

「昨日歸來怎麼不回來？居然還居住麒麟樓，這……這還有沒有規矩！」侯夫人忍不住心底的怨恨，又挑了刺兒。

花嬤嬤無奈地安撫，「若非五爺與五奶奶成親，他不一直都居於麒麟樓？」

「可現在已經成家了。」侯夫人當即有了主意，「如今大房有兩個遺子，二房就不說了，根毛不生，而青羽與青山子嗣眾多，那丫頭與老五兩人也不能沒有動靜兒，自當早日調補，誕下孫子才行。」

「您這是想開了？」花嬤嬤心有期待，她一直希望侯夫人能將過往的心結放下。

「想開什麼？不這般做，怎能將那女人按在府中？萬一那刑剋的崽子有了根基，想要離開侯府，仲良怎麼辦？絕對不行！大不了先容她懷上，能不能生就看她的造化了！」侯夫人這話出口，卻讓花嬤嬤心裡一涼。

過往的事，怎麼就過不去呢？

直到下晌時分，魏青岩才帶著林夕落回宣陽侯府。

本來林天詡見到魏青岩歸來，一陣子上躥下跳好不快活，可轉而就被林豎賢揪回書屋，因他已經要考童生試，這些時日都跟隨林豎賢習課，連景蘇苑也不回了，至於還想玩樂耍鬧，那是絕對不行了。

原本林天詡振振有詞，他姊夫都說了，這些聖人之道全是狗屁，可當林豎賢揪著他到魏青岩面前時，魏青岩一巴掌拍了他的腦袋，「要是連聖人之言都不知道，那豈不是狗屁都不懂？好好地考，考不出個名堂，你這小子就等著挨揍吧。」

林夕落在一旁幸災樂禍地笑，林豎賢雖覺得魏青岩這話有辱聖人，如若之前定會硬著脖子辯三分，可如今的他，學出個三甲及第的功名之外，還學出什麼名堂了？

三甲及第，卻寧可在這裡當教書先生，林豎賢只得感嘆兩聲，揪著林天詡去背狗屁之詞。

魏青岩點頭之餘，看見一旁的魏仲恆仍在刻蘿蔔，瘦弱的身子在角落中拿著雕刀狠狠地一刀一刀劃下，淒涼地洩憤。

林夕落看向魏青岩，示意他們誰去安撫一下。

魏青岩沒說話，走過去拽著他的脖領子就揪出麒麟樓，「回府吃飯。」

林夕落看著魏仲恆被揪得腳不沾地，臉上卻多了幾分喜意，不由驚詫，這孩子不是有病吧？

其實林夕落不知道的是，魏仲恆一直很羨慕林天詡每每見到魏青岩就上躥下跳的姊夫長、姊夫短，即便被魏青岩敲腦袋，笑罵地踹一腳，都能顯示出魏青岩對他的關愛。

而他自己呢？無論見何人都遵規守矩，他不敢主動與任何人親近，如今對他最友善的人就是林天詡，他羨慕林天詡，卻沒有妒恨，只盼著什麼時候也能像他一樣可以大聲呼喊，可以大聲叫嚷，可以嬉笑鬧事，而不是在角落中當一個不引人注意的塵埃。

魏青岩這般對待他，反倒是讓他心中竊喜，五叔父這般待他，不也像對待天詡那樣？

雖說被拎得脖子難受，可他嗆咳兩聲就接著笑，這種滋味兒雖難受，卻是喜在心頭。

回到侯府，侯夫人早已吩咐了大廚房擺了兩桌席，連之前一直在侯府沒出門的魏仲良也被叫出來一同用餐。

魏青岩也沒駁了侯夫人臉面，帶著魏仲恆一同來此，而魏青羽、魏青山兄弟幾人湊在一起倒有說有笑。林夕落在女眷這一桌，又被齊氏揪著喋喋不休，耳邊如野蜂飛舞一般。

「五弟妹昨晚沒有歸來，可是嚇壞母親和我們了，還以為妳在路上出了事，孰料派人去問，才知五爺回來了，等了許久卻被告知你們在麒麟樓住下，這才至今日開了席！」

「母親可是親自為妳選菜，連旁日裡她最喜歡的香味菜都沒讓上桌，說是那種菜對五弟妹的身子不好，可是盼著妳為五爺生子呢！」

「嫂子別的事做不成，可對生子頗有心得，回頭自會過去教教妳的丫鬟們如何服侍，妳可別嫌嫂子煩，我這可是等著看小侄子出世呢！」

林夕落見碗裡堆成了山，齊氏笑言不停，她頓時沒了食慾，飯菜再可口也吃不下。

齊氏看著她道：「怎麼？五弟妹不吃用？」

「四弟妹，妳也別光護著五弟妹，還是吃點兒東西，否則飯菜都涼了。」姜氏看到齊氏也有些忍不下去，只得親自為齊氏夾菜，想把她的嘴給填上。

齊氏笑著道謝，端起飯碗吃起來。侯夫人長舒一口氣，看著林夕落那堆疊的菜飯著實難以入目，便與花嬤嬤道：「給她換一碗，飯菜堆成那般樣，連我看了都難受，還怎麼吃。」

花嬤嬤應下，讓丫鬟們重新換了餐碟，林夕落初次覺得侯夫人做了好事，「謝過母親。」

「嗯，用吧。」侯夫人說完，眾人繼續用飯。

而此時魏青岩正與宣陽侯說起皇上在西北建行宮、奏摺三日匯行宮審閱，侯夫人則撂下了筷子，看向林夕落道：「上一次給妳的藥，妳可都服用了？改日再請喬醫正為妳診一診脈，一個女眷還是居家誕子為重，外面的事就讓老五處理，妳就不要亂走了！」

林夕落心中一緊，她又來了……

侯夫人盯著她，連齊氏與姜氏也巴巴地瞧著。

有人樂意她養身子生子，有人卻沒這麼簡單的心思。林夕落想起喬高升，他再見自己的時候，會是什麼德性呢？如今魏青岩回來，麒麟樓的事她可以放手，除卻與雕匠師傅們掌握好雕件的品質，其餘的事並不需要她再操心，那是不是該將心思放在府中了？

她也的確惦記著自己的肚子……

「那就依母親的，改日還勞煩母親請喬醫正來為媳婦兒診脈。」

林夕落應承，侯夫人點頭，這一桌說起孩子該如何養，魏青岩那一桌說的都是朝堂之事。

宣陽侯自始至終都沒說上幾句，可他凝重的面色擺明對皇上下令西北修建行宮一事甚是不解，更不信魏青岩所言。

兄弟幾人推杯換盞之餘也都感慨不知如今該做什麼，之前一直在輔佐周青揚，可如今侯爺與太子之間好似出些問題，倒讓這一家子不知如何是好了。

魏青岩聽魏青羽感慨，自當知道與周青揚之間劃下裂痕的原因，但他不會說，也不能說。

下意識地轉頭看了一眼林夕落，卻見她也正投目過來，冷漠之色瞬逝，換上寵溺疼愛，魏青山在一旁輕咳幾聲，「五弟？五弟？」

「嗯？」

「別這般急色，父親還在呢。」

「嗯。」魏青岩看著宣陽侯，「往後每隔十日要赴西北行宮一趟，先去睡了。」說罷起身就走，來到女眷這席，只朝著侯夫人拱了拱手，拽起林夕落便走……

「這小子……」

魏青山見侯爺嘴角抽搐，也縮了脖子不再說話。魏仲良這個小輩則在一旁悶頭吃飯，一臉的怨氣，扭頭就見魏仲恆目光看向魏青岩與林夕落，似是在琢磨要不要跟隨離去，不由斥罵道：「看什麼？那不是你親爹親娘，你可要記得是誰把你生出來的！」

「生我的是姨娘，養我的是嬸娘，我記得很清楚。」魏仲恆的回答讓魏仲良愣了，這從不敢回駁半句的小子居然能說出這等話來？

魏仲恆倒不是有意頂撞，而是他這些時日在麒麟樓與林天詡待久了，自然而然的習慣了說話的方式。見魏仲良驚詫瞪眼地看他，便眨了眨眼睛道：「明日還要去上課，先告退了。」

說罷，魏仲恆起身與侯爺、兩位叔父拱手請退，便帶著小黑子與紅杏離去……

看著這接連離開的人影消失在夜色之中，宣陽侯手中舉起的酒怎麼都入不了口，難不成往後真的要靠著他了？再看魏青羽與魏青山，想著被禁足的魏青煥，心裡苦澀難言，這幾個兒子怎麼就這般不中用、不爭氣啊！

林夕落告知魏青岩侯夫人讓她留府生子之事，魏青岩沒有多說什麼，卻一連七日都沒出郁林閣的院門，連上朝都不去，專心陪著林夕落在府中下棋、逛園子、雕物件、看書行字，時而還教魏仲恆如何揍人。

如若是一天兩天還罷，可七日都這般窩在院子裡不出門，但凡是個人都看出不對了。

侯夫人一早得了下人們的傳話，心裡頭就是氣，「去傳喬太醫，讓他直接去郁林閣給那丫頭診脈，老婆子這一份好心好意，何必要顧忌著那個崽子在？」

花嬤嬤嘆了口氣，只得出門吩咐人去請喬高升，而宣陽侯此時聽齊呈回稟魏青岩七日沒出院門，只陪著五奶奶吃喝遊玩，不由猛捶桌案，「混帳，正是緊要關頭，他……他居然這般胡鬧！」

「侯爺，卑職聽說……侯夫人又下令不允五奶奶出府，不知五爺是否心裡頭……」

「何時的事？」宣陽侯更惱，齊呈連忙道：「正是五爺回來吃飯的時候。」

「添亂！」宣陽侯想起魏仲恆，「那孩子呢？這幾天也都在府裡沒出去？」

「每日都有侍衛送仲恆少爺往返麒麟樓，據說再過半月，林修撰便要趕赴西北於皇上跟前聽差，不能再教仲恆少爺與五奶奶的弟弟了。」

宣陽侯沉默半晌，「去將老五給本侯找來，另外，你親自去找侯夫人，讓她少下什麼令，那丫頭還有事幫本侯辦，留在府中生孩子誰不行？偏偏要她！這整個侯府已岌岌可危，她還顧念著後宅那點兒破遭亂事有個屁用，少跟著添亂！」

齊呈領命往外走，可侯爺這話他怎能直接傳達，那侯夫人還不當即氣死？這等難事總要他來辦，他這是什麼命？

齊呈用了極其委婉的方式說出侯爺之意，侯夫人仍氣得犯了病，而喬高升來此正巧先給她瞧了病，開了藥。

花嬤嬤按照藥方子餵侯夫人喝下，侯夫人苦藥入口，氣惱嚷道：「我如今做什麼都成了添亂，我容那丫頭生孩子也成了添亂？我就添亂到底！去，讓喬太醫為那丫頭診脈，不讓她生出個孩子來，她休想出府！」

花嬤嬤知道侯夫人是氣話，可這會兒無論怎麼勸都是無用，只得讓人先引著喬高升去見林夕落，而這方只得等侯夫人氣消了，再掰開了揉碎了勸，這卻是個漫長的功夫了。

耳聽侯夫人仍然讓他去給五奶奶診脈，喬高升是有苦難言。

早間接到侯夫人的帖子時，他就冷汗直流，雖說這幾日未得五奶奶召喚，可卻也沒能閒著。

他答應了五奶奶以做事來還債，本尋思這筆債務拉倒，孰料當初想讓林忠德認他女兒當兒媳時，誹謗了林家大族幾句汙言，旁人不當回事，這林忠德卻不依不饒了。

這些時日天天找他算帳，硬是要讓他出面把此事好生說道說道，否則林家不依。而自己的閨女整日以淚洗面，當日喬高升帶著女兒見林政辛，也是故作偶遇，並沒有將事情的來龍去脈與女兒說清，如今林家找上門來討說法，他的閨女自然明白這是出了什麼事。

自家爹想以她抵債，人家居然還不肯要，她的名聲哪裡還有？

好似是不要臉上趕著等人買，而且還被挑挑揀揀地嫌棄了。

喬高升是個為銀子捨臉面的，他女兒卻沒隨了爹，是個骨子裡極其守禮的烈女，當即找根繩子欲上吊，以保名節不受汙。幸好發現得早，他用盡全力將女兒救回。他的妻子也受不了他的這番作為，當著女兒的面將他好一通臭罵，而且越罵越生氣，更是放了一把火，把家給燒了。

喬高升跳腳地救火，可一人力小，火勢力大，將他這些年摳門貪贓存下的無價好藥材全給燒成灰渣滓了。火最後是滅了，喬高升的心也滅了，如今顧不得自己是對是錯，他可快沒命活了。

剛捨了銀子將家裡修繕好，安撫好妻女別再鬧事，宣陽侯夫人便找上門，一聽到「五奶奶」一仨字，他當即就腿軟，可沒等進侯府的門，就聽說侯夫人病倒。他慌忙開了藥，又要去給五奶奶診脈。

他上輩子是做了什麼孽？就繞不開這位五奶奶了嗎？

喬高升這些天度日如年，可也不再似以往那般吝嗇到骨子裡了。

俗話說，人總要撞了牆才知道回頭，喬高升正是如此，他還能吝嗇什麼？吝嗇了一輩子，銀子被兒子敗了，攢一輩子的藥被媳婦兒燒了，女兒到現在還不理他，他除卻一醫正之名外，一無所有了啊！

摳是沒用了，只得再去憑本事賺了，可如今還不給他賺錢的機會，債主先找上門了。

喬高升抹了抹額頭上的汗珠子，一步一步地往郁林閣而去，心裡頭只想著如何跟這位五奶奶說一說，讓林政辛娶了他的女兒當媳婦兒，否則那丫頭可要終身不嫁，而林家得了媳婦兒總不會再逼迫他給個說法了。

喬高升雖然自己謀劃得好，可心裡卻沒底，腦子裡亂七八糟地想著，不知不覺來到了郁林閣正堂。還沒進門，就看到一威武的冷面男子在看他，那雙審度之目銳利如刀，喬高升嚇了一跳，險些將藥箱子扔了地上。

待看清此人的面目才連忙行禮，「卑職喬高升給大人請安了。」

魏青岩點了點頭，「來為五奶奶診脈？」

喬高升小雞啄米般點頭，「是侯夫人派人讓卑職來……」

「進去吧，我等著結果。」魏青岩目送著喬高升進門，而就從屋外邁步行進屋內這一刻，喬高升覺得自己渾身都濕透了，再看到桌上擺著的藥渣子，心裡一涼，沒等開口，就聽林夕落在屋中道：「喬太醫，這些藥渣子，您熟悉嗎？」

喬高升走進細看，用手撚起湊至鼻前一聞，只覺得脖頸發僵，這是上一次侯夫人吩咐他給五奶奶開的藥，這些藥渣子她怎麼還留著？

喬高升在做人上雖然渣了些，但在醫藥方面卻極有天賦。

他自成為太醫的那一天起，對任何人所下的藥方都能銘記於心，故而當初為林夕落診脈調的這副藥自當沒忘。可現在他巴不得自己忘了，因為這其中可有那麼點兒小動作。

他可以咬牙不認，或許那點兒物件讓別的太醫來此也發現不了，可他喬高升行醫一輩子，卻從未在醫藥上瞞人。可以騙人坑人矇人，但不能矇蔽藥，哪怕是一株極為普通的藥草都不行。這些東西都是天地靈物，非人能比，他可是指著這些神仙們吃飯的，故而寧可騙人，也不可騙藥。

奇怪的思想塑造奇怪的人，喬高升就是如此，故而此時看著那藥渣子，縱使冷汗直冒，仍是開口道：「大人、五奶奶，這些藥是卑職上次為五奶奶診脈時所寫的方子上的……」

「我頗感興趣，喬太醫不如為我講解一二，這其中都是什麼藥啊？可有方子上沒寫的嗎？」林夕落這話已說得很明，無非就是在問侯夫人是否在藥上做了手腳。

喬高升渾身一顫，除了五奶奶之外，還有一雙如刀般的鋒銳目光盯著他，此人正是魏青岩。

怎麼這麼倒楣？喬高升心裡頭腹誹，可也硬著頭皮說了：「五奶奶，卑職行醫多年，可從未做過害人之事，您這一張方子，說起來其實也是為您調理身子的，可就是……」說到此，頓了下，魏青岩輕咳一聲，他立馬叫嚷道：「就是多了點兒紅鈴子……」

「紅鈴子？」林夕落有些納罕，所謂的紅鈴子就是五味子，這不是個有益的藥嗎？也不是什麼有毒的玩意兒。

林夕落納罕不解，魏青岩開口問喬高升：「你額外加了多少劑量？」

「卑職不知，卑職只在方子上寫的時候將字寫大一些，至於熬藥的人放了多少，卑職真不知道！」喬高升連連推脫，魏青岩指著那一堆藥渣子道：「這些你還看不出來？」

「多……多個三四倍，不是，六倍，六倍的劑量吧。」喬高升縮了脖子，餘光偷看魏青岩，心裡巴不得兩人不要再對這件事問個沒完了。

林夕落不願再問喬高升，而是看向魏青岩，魏青岩知道她想問什麼，淡言道：「物極必反，雖說紅鈴子是良藥，但用多了、對何人用都有說道，這世間不分良藥毒藥，只看用法了。」

「大人高明，您說得太對了！」喬高升沒尋思魏青岩能說出這話，連忙馬屁拍上，林夕落則驚訝萬分，「合著你旁日裡都是用良藥害人？我說陳嬤嬤餵的那些個牲畜怎麼一天到晚就是睡，還有睡死過去的。」

喬高升咬了嘴，合著這位魏五奶奶壓根兒沒自己用，全餵了畜生了！他倒吸一口冷氣，也算是將心徹底放下，「大人、五奶奶，卑職不過是一太醫，也就靠這點兒本事吃飯，誰家有了吩咐，卑職都得從啊！過往之事都是卑職糊塗，卑職往後願為大人、五奶奶效力！」

「你不想效力也不成，還欠著我銀子呢！」林夕落瞪他一眼，喬高升又縮了脖子。

林夕落也不容他，當即問起他近期家中的苦事，喬高升可是尋到了機會，敞開了嘴，將一肚子委屈全說了。魏青岩自不會插手林家的事，只在一旁等著他給林夕落診脈開方子，對林家事半句話不提，全由林夕落做決定。

「你這渾人還能生出這樣的閨女來可真不容易。」林夕落看著他，「不過我是信不過你這張嘴的，把你女兒帶來讓我瞧瞧，另外該怎麼給我開方子，你可斟酌好了？」

喬高升立即道：「五奶奶放心，別的不敢說，開方子熬藥一事，卑職以性命擔保，不出十副藥，卑職定能讓您的身子調理得妥妥當當。如若侯夫人問起，我自當用另外的方式回答。」

「嗯，算你聰明。」林夕落讓冬荷準備了筆墨，喬高升開了方子，魏青岩拿在手中看過之後，才由冬荷去取藥。

這件事算告一段落，魏青岩卻沒放過喬高升，把他拽至書房中問起調藥一事來。

如若戰起，傷病死傷多，再趕上夏季炎熱，瘟疫一起，這可不是小事了。

雖說有軍中大夫跟隨，但這等事魏青岩也要心中明瞭，喬高升是太醫院醫正，對此應該有一定的見解和想法。

林夕落看著冬荷取來的藥，一口喝了，似是喬高升故意巴結討好，這碗藥倒是沒有苦澀味道，反而有些回甘的甜。

「行行出狀元，喬高升能把大夫做至如此程度，也不容易了。」林夕落口中嘀咕，又補了一句：「醫術不錯，就是人品太差。」

冬荷在一旁偷笑，而魏青岩揪著喬高升說了一個多時辰才放他走，林夕落只見他走時的那雙腿都發軟，好似逃命一般。

「怎麼嚇成那模樣？」林夕落有些驚詫，魏青岩進屋道：「問了點兒傷病問題。」

林夕落恍然，「你說了那……腳傷？」皇上傳出受傷，他這是故意放出消息？

魏青岩點頭，「不單如此，還有東宮那一位的病。」

「不會是裝的吧？」林夕落一直都覺得周青揚不像個弱不禁風的病秧子，上一次來雖病容很重，可不至於風吹就倒，何至於能病至皇上對他都不喜？

魏青岩搖頭，「喬高升說他最初曾診過脈，可後期有一位專門的太醫負責，他便一無所知了。他這人老奸巨猾，巴不得不碰宮闈之事，這是隨時都能要了命的。」

喬高升的心眼兒極多自不用說，而太子有專門的太醫瞧病，這就是故意隱瞞了……

林夕落嘆口氣，不再多提此事。

夫妻兩人對麒麟樓的事又相談了許久，定下十四日後開張。

「為何要這麼久？你都回來了，何時不行？」林夕落略有不解，當初她連連推辭麒麟樓的開張之日是因為魏青岩還沒回來，其實已經籌備好，只等著他了。可如今他回來了，為何還要等？

魏青岩捏了一把她的小鼻子，「妳還挺急的。」

「自當著急。」

魏青岩便道：「十四日後皇上歸來，趁這時機開張豈不更好？」

「不是說在西北建行宮，不回來了？」林夕落納悶，當初福陵王是說十幾日歸來，而後魏青岩又道皇上傷了不回幽州城，這可是讓眾人糊塗了。

「那都要看聖意了，誰敢去問皇上有何打算？」魏青岩抓過她的小手，將她拽至自己的腿上，「不過，再過些時日，我會帶妳去一趟西北。」

「帶我去？」林夕落驚訝，「我去做什麼？」

「太子想知道的事，皇上知道，可眾人都親眼所見之事，皇上沒有見過怎能成？」魏青岩說完，看著林夕落，「皇上要見妳。」

林夕落震驚不已，「見我？」

魏青岩點頭，「妳如若覺得不想去也無所謂，我自會想辦法。」

林夕落沉默了，她知道魏青岩讓她與皇上相見為的就是「雕字傳信」一事，而如今這件事太子已經眼睛綠了般的盯著，魏青岩只得從皇上那裡下手來保侯府安穩，保他二人的安穩。

東宮太子是皇儲，皇帝如若賓天，太子登基，他們這一系人恐怕就過不上安穩日子了。

可雕字傳信一事能保得了命嗎？林夕落心中沒底，她看不到此事更深遠的意義所在，即便魏青岩說了，她也是糊裡糊塗。如今在女人堆裡還沒爭個明白呢，何況男人的事？

「我都聽你的。」林夕落最終仍是點了頭，「反正你不怕我出醜就行，別人家的夫人都是賢良淑德、溫婉賢淑，我卻被傳了匠女之名，跋扈潑辣、蠻不講理……」

「還挺有自知之明的。」魏青岩故意調侃，林夕落嘟嘴瞪眼，魏青岩哈哈大笑，林夕落氣得咬他一口，「討厭，你嫌棄我？」

「不嫌棄，我喜歡！嗯……就愛妳這樣的，刁蠻潑辣、蠻不講理，我都愛！」魏青岩仍然忍不住笑，林夕落把手伸至他的腋下使勁兒地撓，他的笑聲更甚。

魏海正從外匆匆進門，聽見這聲音當即止步，撓頭左右看了看，這是大人的聲音嗎？居然能笑成這種模樣，不是五奶奶懷了吧？

魏海停步站在門口等著，冬荷端了茶來，躡手躡腳不敢出聲。魏海起身謝過，繼續等。笑聲漸漸消失，可兩人呢喃聲音依舊沒停，魏海心裡想著事兒，卻沒發現這院子裡的丫鬟僕婦們全都沒了影兒，待一杯茶喝完，忽覺這屋內的動靜兒怎麼不對了呢？

呃……魏海猛然呆住，怎麼大白天就這麼急色，大人果真是大人，不分場合、不分時間啊！

可……可侯爺要他傳的急事怎麼辦？

等吧，再急也沒有這事兒急！

宣陽侯破口大罵：「雖說你如今受皇上賞識，可也別忘了你是老子的兒子！你姓的是魏不是周，平時與各位王爺針鋒相對便罷了，如今連太子你也不放在眼中，你這是想找死！」

魏青岩歸來那一日，進宮將皇上的旨意傳完就走，周青揚欲留他一同用膳，魏青岩卻急急趕去福鼎樓，而且一連多日都沒再入宮，連上朝都不去。

宣陽侯只覺得這兩日太子看他的目光都帶著怨懟和憤恨，今日朝散之後，特意讓他留下，推心置腹地說了幾句抱怨的話，話題自是魏青岩，周青揚只問魏青岩是否對他有什麼不滿？

宣陽侯能說什麼？自當是斥罵魏青岩屁事不懂，回去好好教育，周青揚便罷了。

因為雕字傳信一事，太子本就與侯府出現了裂痕縫隙，如今再被魏青岩踩一腳，宣陽侯是上不去也下不來，這種滋味兒實在難受。回到家中當即就把魏青岩叫來，孰料派了魏海去，快一個時辰才把人請來。

架子大啊！宣陽侯氣惱不已，魏青岩一進門他便劈頭蓋臉一頓臭罵，罵至最後沒了詞兒，卻見魏青岩坐於一旁優哉游哉地喝茶。

宣陽侯怒惱，「你……你想氣死老子不成？」

「將雕字傳信一事交上去，太子往後會怎樣對待您？」魏青岩話語緩慢冷淡，好似尋常閒談一般，不等宣陽侯回答，繼續道：「會當您是個隨意使喚的老奴才，而我們這些人則是一群隨意使喚的小奴才。如今邊境戰休，您還握兵權在手，皇上定會多疑，可您將這雕字傳信一事上供太子，皇上怎麼想？他還健在，您就如此逢迎太子，恐怕不等太子登基，您這個老奴才和我們這些小奴才的命就沒了，還尋思什麼世子位承繼之事？眼光想放得遠，也不能不顧眼前！」

魏青岩最後一句話頗重，宣陽侯啞口無言，半晌才道：「此事本是一件隱祕之事，你若不上供給皇上，太子怎會有這等心思？」

「忠君愛國，忠的自是皇上，主動說是邀功，被動說是謀逆。軍權握在手，還有這般隱祕之事，無人能不多心。」魏青岩站起身，語氣沉冷：「年歲大了就不要跟著添亂，您不當我是兒子，可我還姓這個魏字，不會做出有違侯府之事！您信不過我，有本事您就把仲良那塊扶不上牆的爛泥塑成一塊磚，我就心服口服！」

魏青岩走到門口，又補言道：「下次不要再用刀對著夕落，我絕不再忍！」

看著魏青岩消失的身影，宣陽侯癱坐在椅子上，這小子成氣候了，他壓制不住了！

魏青岩與宣陽侯爭執之時，林夕落也沒閒著，正接待剛剛來她院子探望的四奶奶齊氏。

大包小包的補品藥品堆了滿地，齊氏笑著道：「如今有喬醫正為弟妹開方子，嫂子也沒什麼可多說的，早間妳四哥聽說了此事，特意讓我送來些吃補的東西，卻不知五弟妹什麼忌口、什麼不忌口，索性全都送來。本是怕五弟妹心有顧忌，還以為嫂子不懂事亂送東西，與妳四哥說了，妳四哥卻說五弟與五弟妹不會怪罪，便這般拿來，妳挑揀著用就是。」

林夕落看著那一堆物件，恐得不少銀子，伸手不打笑臉人，她總不能給扔出去？

「多謝四哥、四嫂了，不過這太多了，莫說只是尋常吃補，恐怕補個三年五年的都夠用了。」林夕落口中逢迎，心裡頭卻在納罕齊氏出手這般大方，她哪裡來的銀子？

按說魏青山曾任地方官，俸祿不低，油水不少，可家宅府邸的花銷也不輕。齊氏的娘家出身一般，不是富足大戶，這隨意出手就是幾百兩銀子，她哪來這麼多錢？

林夕落也曾想是否對齊氏帶著偏見，可她無論怎麼想都覺得這花銷與四房的收入不相配……

「謝什麼，都是一家人。」齊氏說到此，破天荒地沒打算繼續嘮叨，「今兒為孩子們請了先生，眼瞧著快到了，得回去瞧一瞧，改日再來探望五弟妹。」

「嫂子慢走。」林夕落起身送至門口，齊氏帶著丫鬟們離去。

青葉與秋紅收攏好物件，過來說：「奶奶，這些都是貴重的補品，上次您送了羅夫人與羅小姐才是一小包，四奶奶卻拿來一大包。」

「這得多少銀子啊？四房這麼闊綽？」

林夕落擺手讓她們收起來，「先放起來，回頭喬太醫來時，讓他看看這些東西是否有古怪。」

秋翠應下，拿著庫房的鑰匙便去做事，冬荷便在一旁提醒道：「今兒跟著四奶奶來的丫鬟不是細雨……」

林夕落道：「嗯？不是細雨？那是誰？」

細雨是齊氏的貼身丫鬟，若非有別的急事，會跟著齊氏不會換成別人。

冬荷搖頭，「奴婢也不認識。」

「那就再看著吧，四房的事，咱們也管不著。」林夕落想起齊氏如今在幫侯夫人管府中雜事，那姜氏如今在做什麼？是否該尋個機會去探望一下這位三嫂了……

魏青岩從宣陽侯那裡出來便直接去了麒麟樓，臨走時派了侍衛來告知林夕落。林夕落便讓人去三房的院子看看姜氏在不在，如若在，她要過去。

丫鬟來回姜氏等著五奶奶，林夕落便帶著冬荷、秋翠往那方行去。

姜氏正在院子裡忙著幫孩子們收攏書箱，林夕落進去時她正在叮囑那個小的，上課不許胡亂說話，更不許睡覺，而幾個孩子見到林夕落來，立即行禮，接著便討要大蘿蔔印章。

「聽仲恆哥哥說起過印章，如今要上學了，五嬸娘也賞一個！」魏仲嵐與春菱在一旁厚臉皮開口，姜氏埋怨地攆他道：「少在這裡瞎胡鬧，還不快去收拾東西？」

「嬸娘……」春菱害怕，撒嬌地撲了林夕落的懷裡，林夕落抱著她，「三嫂，瞧您把孩子們嚇得……去吧，拿個蘿蔔來，嬸娘刻給妳就是了。」

魏仲嵐大喜，跑至廚房去取蘿蔔，姜氏搖頭苦笑，「難為妳了，這幾個孩子確是喜歡妳，妳一來就都纏著不走。」

春菱連連點頭，林夕落一邊餵著她吃果子一邊道：「都是自家的侄子侄女，什麼纏不纏的？我也喜歡跟他們一起玩。」

姜氏笑容更多一些，林夕落說起了齊氏去送了物件：「說起來可嚇我一跳，三嫂，並非是我多心，四嫂曾說過家中出身一般，可如今瞧她送的東西可比我的花銷還大，按說這不該得了便宜還賣乖，收了人家的禮還在背後排擠人家，可我怎麼就心裡頭不穩當呢！」

姜氏聽她這話，甚是驚訝，「送了妳何物？」

「人參、鹿茸、燕窩、雪蛤，而且都是精品中的精品，除此之外，還有各式各樣的膏品。每樣都是一整盒，夠用好些年的。」林夕落說完，姜氏的臉色也有疑惑，「昨兒晚間倒是也來送了我不少物件，雖說沒有送妳的多，可也不是尋常的物件，我還在納悶她這是什麼意思。」

姜氏說完，又說起孩子們：「早間她特意來說請了先生，讓我這幾個也都跟著去學一學，三爺覺得如此甚好，這不，還給他們收攏書箱。」

「縱使侯夫人讓她幫襯著管理內宅雜事，也不至於這樣張揚吧？大嫂就沒意見？」

林夕落話中帶有試探，姜氏自當聽得出，「大嫂？大嫂如今寡居，出來能說什麼？如今侯夫人也不提世子位了，用不上她在一旁出主意，五弟妹，妳可要盯好自己的身子。」

姜氏突然來了這麼一句，讓林夕落有些驚詫，「三嫂？」

「說句不中聽的，妳可莫生氣，想當初五弟過世的那位夫人，就是侯夫人護著她生孩子護出了事，嫂子知道妳更有主意，可該叮囑的還是得說，妳三哥與我雖在府裡說不上話，可這眼睛都沒瞎！」

姜氏把這話說完，苦笑著舒了口氣，「說出來就痛快了，不然我憋了好些天，心裡難受。」

「嫂子……」林夕落對姜氏更親一層，「怎會怪您？您跟三哥都是好心，這事兒也正是我擔憂的，可如今侯夫人不再似以往對我橫眉瞪眼，反倒是齊氏接二連三地繞個不停，我心裡頗有顧忌。」

「她？她也不過是個跑腿兒的罷了。」姜氏說起齊氏，多有袒護，「妳也不必對她太過上心，她能拿得出這麼多禮，背後恐也有侯夫人的影子，好歹方太姨娘還在，她也沒轍。」

林夕落對姜氏的話並不贊同，卻沒有立即反駁，是否真的別有用心，可不是單純的一兩句話可以評價，但今日姜氏這般提醒，她確也更謹慎了一分。

與其防著她們下手，不如就先看看她們想如何下手。她們盯著自己，她不能坐以待斃，魏青岩在侯府不像以前那般沒話語權，她也該出手動一動了……

過了幾日，林夕落又將喬高升叫來，這次問的不是她自己的身子，而是侯夫人的。

「說起來你好似為宣陽侯府的諸位夫人診脈探病許久了。」林夕落開門見山就這一句，讓喬高升不知所以，這上門就如此問，五奶奶想幹麼？

喬高升心中忐忑，點頭道：「有些年頭了，公侯伯府的夫人們多數都尋卑職診脈下藥。」

「是因為只要給你的銀子多，你什麼藥都能下吧？」林夕落的話，讓喬高升縮了脖子，苦笑地道：「五奶奶，您怎麼又提起了……」

林夕落扭頭讓冬荷將屋中的丫鬟們都帶走，冬荷與秋翠也在門口守著。

屋中只有喬高升與林夕落，喬高升有些心焦，左右探看半晌，忍不住道：「五奶奶，您這是有何吩咐？」

「五爺的前夫人難產而死，與你可有關係？」林夕落這話一出，嚇得喬高升當即跪了地上，只差沒哭出來，「哎喲，五奶奶，這話您可不能隨意亂說，卑職這老脖子可還想要呢！」

「你慌什麼，這不是將丫鬟們都清出去了？你給我說說，當時侯夫人都讓你用了什麼法子？我不過是為了戒備一二而已，不會找你算舊帳的。」林夕落話語隨意，喬高升可不敢隨意答，掙扎躊躇半天，這才開口道：「五奶奶，這事兒您讓卑職說，卑職也不能完完全全保證說了您就沒事了，畢竟不止卑職一個大夫，女人生子，無論是涼了、冷了、受風了，都容易出事兒，何況還要依著不同人的不同體質而定，譬如五奶奶您是個身子健康的，這就無大礙。」

喬高升話說得磕磕巴巴，而後才開始教林夕落該預防些什麼事，「……這些東西都比不過人心情低落，這些對您是沒妨礙的，您的脾氣誰敢惹？」點上火就著，這說不定有了孩子脾氣更大了……

後半句喬高升自然是腹誹沒說出口，林夕落用心記下，又問道：「前夫人的性子很軟嗎？」

「探脈時在侯夫人那裡見過，印象最深的就是說話如蚊吟般細弱……」喬高升仔細想了想，「別的便不太知道了。」

喬高升的模樣不像是有所隱瞞，林夕落也曾聽人說起過那位夫人性子弱。

而喬高升提及心情低落，又道前夫人性子軟，雖未明說，無非也是在給她提個醒。

侯夫人的手段可夠陰損的，合著在醫藥上不做明顯的手腳，更是半絲孕婦禁藥都沒有，她自然無責任，只是藥量加大，還整日裡讓人家受氣憋屈，心裡不舒坦……

這樣養到臨盆時，再動上點兒手腳，這位前夫人哪還有命了？

正面的對峙林夕落不怕，怕的是暗波湧動，這種事兒防不勝防……

她吩咐了喬高升一番，而他剛出門，就見到侯夫人派來的丫鬟，直接將他請去了筱福居。

林夕落聽著秋翠說完後，不由冷笑，「看著吧，這老婆子指不定會有什麼動作。」

「這喬太醫靠得住嗎？」秋翠有些不放心，「奶奶，這可不是小事兒。」

「自當不會，何況我如今還不到那時候。」林夕落摸摸自己的肚子，緩緩地道：「但我可以先讓她們預演一次……」

侯夫人未留喬高升太久便讓他離去了，而林夕落這方沒去見侯夫人，她也沒有派人來請，兩人互相盯著對方的動作，表面上卻一片平靜。

平靜太久終究會有人忍不住要打破，過了幾日的功夫，便有人忍不住登了郁林閣的院門，而前來探望林夕落的人不是侯夫人，卻是齊氏。

齊氏突然到訪，林夕落沒有太過驚訝，讓冬荷上了茶，有些疲倦之色地待在一旁，齊氏忍不住道：「可是打擾了五弟妹？」

「四嫂可別這般說，什麼打擾不打擾的？我這兩日就是睏得厲害，這什麼時辰了卻仍想睡。」

「五弟妹是太勞累了，聽說前些日子喬太醫來為弟妹診脈，怎樣？可說了身子調養得還好？」

齊氏想問的自是有沒有喜，可這話她硬生生地嚥了回去，而是盯著林夕落瞧，她是生過孩子的人，對這等事最眼熟了，根本不用問得清楚，否則將來若出了事，豈不是會賴到她頭上……

林夕落眨了眨眼睛，「那是好久了吧？冬荷，喬太醫是不是又該過來了？」

「奶奶，喬太醫上一次是說十日後再來，如今才過去四天。」

「才四天，怎麼覺得這般長似的……」林夕落嘀咕著，冬荷又特意送來一杯暖茶，與齊氏的茶不同。

齊氏看到這杯茶陡然一驚，又見到林夕落拿了茶後，下意識地摸了下肚子。

「五弟妹怎麼喜好暖茶了？」齊氏笑著問：「平時看妳都飲花茶，可是嫌最近天氣涼了？」

「四嫂說的是，這兩天總覺得屋中冷，怎麼天氣變得這般快？」林夕落抿了一口，隨即捧著茶杯暖手，齊氏則喋喋不休地說起了天氣，林夕落則手拄著額頭，沒一會兒就閉了眼睛。

齊氏看在眼中，嘴忽然停下，欲看林夕落是否睡著了，卻見林夕落猛然醒來，連忙道：「嗯？四嫂說哪兒了？我這卻是睡過去了……」

「五弟妹這是太累了，這可不行！女人家最要緊的就是身子，何況妳還這般年輕？還是進去歇歇，我這就回了。」齊氏一句都沒有再多問，起身便欲離去。林夕落好似巴不得她趕緊走，即刻讓冬荷去送。

齊氏又叮囑幾句便匆匆離去，而林夕落這會兒睡意全無，眼睛瞪得比誰都大。

過了一會兒，冬荷從外歸來，「四奶奶這一路上都在叮囑要為奶奶做什麼樣的補品，奴婢說如今奶奶的飯食都由陳嬤嬤一個人負責，不允別人插手，改日讓陳嬤嬤與四奶奶學一學，四奶奶就沒再問了。」

秋翠在一旁忍不住笑，「冬荷姊姊真是會說。」

「咱們奶奶的飯食的確是陳嬤嬤負責的，奴婢可沒說謊矇人。」冬荷說著也忍不住吐舌頭。

林夕落嘆口氣，「如今就看她們有何動作了。」她心裡倒不希望齊氏真的有什麼禍心，魏青山與魏青岩的感情不錯，比不得與魏青羽深，卻也比魏青煥要親上許多。

如若齊氏對她下手，魏青岩會怎麼辦？

他甚是珍惜兄弟情分，如若再失一位，他的心裡恐怕會很難受吧？

郁林閣的院子中又恢復了以往的平靜，甚至比以往更靜幾分。

想著今天與林夕落見面的場景，再見郁林閣丫鬟婆子們竊竊私語的模樣，讓齊氏按捺不住，晚間用過飯就奔著筱福居而去，但她去見的並非是侯夫人，而是方太姨娘。

「今兒又去見了五弟妹，她疲憊困倦，連尋常的茶都不喝了，用的是暖茶，媳婦兒在琢磨她是否有孕了？」齊氏私下與方太姨娘在一起，自是沒有了在侯夫人面前的刻意逢迎巴結，而是如以往那般平淡。

「嗯？」方太姨娘挑了眉，「單純只是這樣也不見得是有喜了，妳何必如此緊張？」

「媳婦兒倒是問了她的貼身丫鬟，說是吃食都由陪嫁來的嬤嬤盯著，如今天氣雖已深秋，可還未入寒冬，她卻怕冷得厲害，這種狀況不是有喜了還能是何？」齊氏嘆了口氣，「說起來媳婦兒還真不盼她有了，四爺與五爺的感情深厚，而侯夫人又讓媳婦兒去盯緊了，媳婦兒夾在中間真難做人。」

「妳能嫁了這府裡來，還不是侯夫人選的？自當要聽侯夫人的話。」

方太姨娘變了臉色，齊氏苦澀道：「可……可四爺怪我，我該怎麼辦？」她心裡猶豫，「而且林夕落這丫頭一來是林家大族出身，二來為人也不錯，何況她已對我有所戒備，不似與三嫂那般親近。」

方太姨娘也嘆了氣，「這事兒先沉一沉，看侯夫人的意思吧，如今她也只是有那麼點兒小反應，還說不上是懷了。」

「到那時再告訴侯夫人，她又要斥罵媳婦兒無能窩囊了。」齊氏說起府中事：「整日裡在侯夫人面前聽呵斥，就是個跑腿兒挨罵的，這日子過得可真不舒服。」

「都是我個老不死的拖累你們，改日我死了，你們就都鬆快了，也不用被侯夫人拿捏了……」方太姨娘突然掉了眼淚兒，讓齊氏驚慌，「哎喲，太姨娘，您別哭啊，媳婦兒這不是都來請您拿主意的嗎？」

「我能有什麼主意，還不得問侯夫人？一輩子是奴婢，即便……即便是姨娘，也是老奴才！」

「媳婦兒這就去告訴侯夫人還不成？絕對不讓太姨娘去被呵斥，受委屈！」齊氏咬牙把這句話說出口，方太姨娘這才算是甘休，哭夠了，索性又躺在床上歇息，而齊氏讓丫鬟服侍好，便離開了方太姨娘的小院。

齊氏站在門口，心裡頭也酸澀得很，在心中不停地斥罵：哭哭哭，怎麼不哭死算了！一遇上這等委屈事就會掉淚，而魏青山知道了就罵她……她這是什麼命呢？

齊氏終究拗不過方太姨娘的眼淚，在門口平息心裡的怨懟後，便往侯夫人的院子裡去。

齊氏將她所見到的事原原本本地說了，侯夫人大驚，「這麼快？可掐算日子了？」

「什麼日子？」齊氏懵懂不明，這懷孕還要算日子？懷了就是懷了！

侯夫人斥罵齊氏腦子反應慢，當即叫來花嬤嬤，吩咐道：「妳去尋那丫頭院子裡的婆子們算一算，如若她這時候有了，那應該是上個月懷的，可上個月老五不在府裡，她這肚子裡懷的是誰的孩子？快查！」

林夕落自不知道自己隨意一齣裝睡的戲，會讓侯夫人迫切地查她是否在外偷了漢子，此時正在為剛剛回來的魏青岩倒茶。

「今天林家老爺子到了麒麟樓，與林豎賢相談，有意讓他至都察院任職，林豎賢來與我商議，他好似很不情願。」魏青岩說起林豎賢，不免又提及李泊言：「他已經開始學雕字了嗎？」

「開始動手了，他只為了傳信，學的與仲恆不是一種方式，只求速度了。」林夕落想著林豎賢，他如今這種狀態去都察院，合適嗎？

「先生來尋你商議，恐怕是不想去吧？」林夕落這般說，魏青岩點頭，「只是他不想，其實他合適，都察院就是雞蛋裡挑骨頭的活兒，引經據典把活的人說成死的，這事兒他最拿手。」

林夕落噗哧一笑，「瞧你說的，先生知道你這般評價他，恐怕是睡不著了。」

「沒有，我說完他倒是眼前一亮，而且我與他商議好，第一個彈劾的摺子就是彈劾我。」魏青岩說完，林夕落忍不住瞪大眼睛，明擺著就是在問：你有病吧？

魏青岩捂著她的眼睛，鬆開手她還在瞪，魏青岩摟過她的細腰，將其拉入懷中，「瞪我作甚？這是好事。」

「讓林豎賢彈劾你，還是好事兒？」林夕落忍不住嘴快：「他不管怎麼做都是姓個林字，而且還是被祖父私下尋關係調去都察院，去了就彈劾你，這些事瞞得過老百姓，可瞞不過朝堂上的官，瞞不過皇上，少拿什麼大義滅親來搪塞我，你這又揣著什麼鬼主意？」

林夕落盯著他那張看似冷峻的臉，其實這個男人心中最腹黑，鬼點子最多。

魏青岩見她嘟嘴瞪眼蹙眉的小模樣，不由笑了，「妳這是擔心我，還是擔心妳那位先生？」

「再說這話，我可咬你！人都成你的了，還拿這事兒逗弄我！」林夕落初次沒與他調侃，魏青岩也收了心，認真地道：「這件事不得不做，不提侯府，先看林家，妳祖父二品左都御史之位雖堅不可摧，可他已年過六十花甲，而其下幾房子嗣，林政武被撥任戶部郎中，妳三伯父林政齊與六伯父林政肅，一個在吏部說不上話，另一個整日吃喝玩樂耍女人，岳父大人如今在太僕寺任一要職，可這些人有何人能承你祖父之位？」

「沒有，一個都沒有！」魏青岩說到此，話語更重一些：「林家能得百年之興，乃因三代人都是言官，御史就是皇上的另外一雙眼睛，眾官厭惡言官是因為怕，怕才有尊、才有敬，所以林家百年之名才得來於此，可這一代斷層了，所以妳祖父才有意拉攏林豎賢，因為他合適，他也做得了！」

「你的意思是，豎賢先生為人剛正不阿、油鹽不進，一心循聖人之道，誰的臉面都不顧，所以才合適？可他如今不是正迷糊著？」林夕落苦笑，合著皇上這雙眼睛就得用這種人？性子都跟茅坑裡的石頭一般又臭又硬，誰的面子也不賣嗎？

魏青岩搖頭，「他之所以迷茫是因為胸有大志無地發揮，心裡有話說不出來，翰林院的修撰怎能合適他？罵人才最適合他。」說到此，忍俊不禁，「還真合適，林家向來就出刁嘴毒舌啊！」

林夕落一怔，隨即反應過來這也是在說她。

小拳頭一頓捶，魏青岩故意「哎喲」幾聲，林夕落歇下，問起為何第一個摺子就要彈劾他。

「先生隨祖父的足跡而行，的確合適，能一展抱負，祖父也尋到了林家的承繼之人，可幹麼第一個摺子就彈劾你？」

「木秀於林風必摧之，我成為皇上身邊的親信之人，回來又與太子不和，他才是皇上之子，而我不是。」魏青岩的語氣中有些澀苦，「何況連兒子都能懷疑之人，怎麼會對他人沒有戒心？皇上遇刺、頂撞太子、宣陽侯府的世子位遲遲不定、雕字傳信與福陵王，都和我有關，皇上心裡怎能舒坦得了？」

「可你讓豎賢先生彈劾你，這不是明擺著故意的嗎？」林夕落這般說，魏青岩搖頭，「他彈劾我才能在都察院的眾多御史中嶄露鋒芒，而林家與侯府也會對立起來，太子如今正對侯府心存怨懟，自當樂意扶持林家。」

「可豎賢先生一直居於麒麟樓，這事兒眾人都知道，不會有人懷疑你是故意的嗎？」林夕落仍然存疑。

「找人彈劾自己，誰這般有病？」魏青岩自嘲，林夕落豎起食指點著他的鼻尖，咬牙道：「你，就是你有病！」

「那妳就是藥。」魏青岩的大手滑下，摸著她圓滾滾的俏臀，她扭捏地推搡，反倒更激起他的慾望，林夕落目光閃過一絲狡黠，小胳膊摟上他的脖頸，魏青岩有些忍不住，覆下身來將她壓在身下……

「我好嗎？」林夕落撒嬌媚誘，一雙杏核眼半瞇著，所露柔情極是誘人。

魏青岩啄著她的小嘴，「當然。」

「你喜歡我嗎？」林夕落又嬌問，魏青岩再啄一下，「喜歡。」

林夕落忍不住抿嘴笑，魏青岩突然停手，向下摸去，整個人僵住，臉上說不出是什麼表情。

「今兒不行呢，小日子來了！」林夕落哈哈大笑，看到魏青岩臉上的憤慨，笑得更歡。

「妳故意的！」魏青岩咬牙切齒，只覺得下身堅挺脹得難受，林夕落便用腿圈在他的腰上，「要不要尋個通房？你瞧這院子裡的丫頭誰合適？」

「少說這種話！」魏青岩翻身躺在床上，依舊把她拽入懷中，頂著她的小屁股，「妳眼裡的男人是不是除卻房事便不會做別的了？」

「難道不是？」林夕落看著他，魏青岩朝她的屁股狠拍一把，「別人是，爺當然不是！」

「那就陪著我說話吧。」林夕落拽著他的手放在小腹上，魏青岩的手極暖，像個暖爐……

林夕落今兒也並非是因為齊氏來故意裝相，即便故意裝不舒服她也沒那演技，而是趕上小日子本就難受，這才藉機演了一場戲，只看侯夫人與齊氏有什麼反應了。

窩在魏青岩的懷裡甚是溫暖，小腹也不那般酸痛，很快便睡了過去。

魏青岩撫摸著她的長髮，調皮的人熟睡時倒多了一分嫵媚，又見她嘴角輕翹，不知夢裡在想著什麼壞事？

他無心睡，可她摟著他的手臂不放，他只得這般躺著，一邊思忖著各方政事。

翌日一早，林夕落還沒起身，就聽見院子裡響起若有若無的訓斥聲……

這又怎麼了？林夕落習慣性的往床邊一摸，那方卻沒有人。出了什麼事？

林夕落抻了抻腰，當即叫著冬荷，冬荷從外匆匆而來，「奶奶，您醒了？」

「怎麼回事？五爺呢？」林夕落看向窗外，冬荷忙道：「有侍衛來找五爺，五爺就走了。」

「那怎麼還有爭吵聲？」林夕落洗漱過後去了淨房，冬荷跟過去道：「早間有個婆子胡亂說話，被陳嬤嬤發現了，正在問話，擾了奶奶了。」

林夕落蹙眉，陳嬤嬤尋常鮮少斥責下人，這會兒怎麼不顧場合就訓起人來？

「妳去問一問怎麼回事。」林夕落正與冬荷說著，秋翠從外進來，一手揪著個婆子，連拖帶拽直接推了地上，只差要拎著掃帚打一頓了。

冬荷忙去前面問事兒，秋翠的聲音極小，不一會兒，冬荷快步進來，「奶奶，秋翠說是這個婆子在傳您有孕了。」

「有孕？」林夕落看冬荷難堪的臉色，不由問道：「問的不是這話吧？說什麼難聽的了？」

「奶奶，都是她們胡亂說，說您……說五爺不在的時候，您出府，結果現在有了……」冬荷臉色甚是難堪，剛剛與秋翠在外說時，秋翠不敢來回稟，冬荷只得硬著頭皮來。

林夕落臉色冰冷，「可就她一人如此說？還有何人？」

「陳嬤嬤逮著她的時候，她正在跟另外一個婆子數奶奶的小日子，您昨兒的小日子剛來，她們還都不知道。」冬荷說完，也是一臉憤恨，「太過分了，這種事也敢胡亂傳！」

「這恐怕不是她們說的吧。」一驚一乍後，林夕落反倒是平和下來，這種事哪裡是個婆子隨意能說的？

她在淨房收拾好，便出去正堂用早飯。

那婆子就在桌子旁，哆哆嗦嗦地跪在地上不敢說話。林夕落坐於桌前吃粥，根本不搭理她，可越是這般，婆子越是害怕。

這位五奶奶向來是有不順心的事當即就說，從來沒這般隱忍過……

林夕落的心裡並非不生氣，而是在琢磨此事該怎麼辦。

會有這番謠傳，恐怕是昨兒齊氏與侯夫人回了所見所聞，如若此時她真的是有了身孕，上個月魏青岩不在侯府，這定會被人詬病……她是應該把此事鬧大，還是掩蓋住，看她們有何動作？

齊氏是個可憐人，但可憐之人必有可恨之處，是她先挑起的事，怨不得自己下狠手了。

林夕落一邊吃一邊想，這頓飯用得極慢。

冬荷端上來一杯暖茶，林夕落起身又回了寢間……

而侯夫人此時正在聽著丫鬟回話。

「早間多嘴的那位婆子被五奶奶叫去了，至今都沒放出來，而且絲毫動靜兒都沒有。」

侯夫人大惱，「她——她這是心虛默認了？給我叫老三家的來，這個賤女人，絕不能讓她敗壞這個家！」

這一整日，林夕落都沒有問過被拽進屋中的婆子一句話。

婆子是大廚房裡管刷洗的，平時就是個舌頭長的，幹活的時候抱怨勞累，不幹活的時候抱怨月銀少，故而大廚房的僕婦們都給她起了個綽號：冤大媽。

冤大媽已經在屋子裡跪了整整一天，只覺得兩個膝蓋已毫無知覺，可她不敢起身。

笑話，正說著五奶奶小日子的事便被陳嬤嬤逮住，挨了好一通揍不說，還被帶來見五奶奶。

冤大媽本尋思五奶奶若問話，她定要一五一十地說，這絕非是她的話，而是聽別人順嘴說起，她才聯想到五奶奶小日子的事。

主子這等私密之事，按說下人們不該知道，但大廚房卻是個例外。

林夕落小日子時，陳嬤嬤都要做一些暖食送上，不似尋常做一些小涼菜。五奶奶喜好涼口菜，只在不舒服的時候才換上熱菜，故而這些廚房的僕婦們也都記了日子，冤大媽自當也知道。昨兒有人忽然提及五奶奶小日子到了，怎麼還沒讓做熱菜？冤大媽便上了心，掐指頭一算，早過了啊，難不成是懷了？

幾個老婆子閒得沒事兒做，自然就說起五奶奶來，湊了一起七嘴八舌說著話，冤大媽忽然想起來，五爺上個月可不在府裡啊，這若是懷上……可她還沒等把事兒說完，就被陳嬤嬤揪住，一頓大嘴巴抽了臉上不容她多嘴亂說，又被秋翠姑娘帶進屋中就這般跪了地上。

冤大媽只覺得自己太冤了，忍不住心中又抱怨起命不好來，可抱怨了一天，五奶奶都不搭理她，她這才開始害怕，至此時，她巴不得馬上抱著五奶奶大腿好生求饒，否則還不得讓她跪死在這裡？

瞧見林夕落從外歸來，冤大媽哭著上前哀嚎道：「五奶奶饒命啊！五奶奶饒命啊！」

因跪了整日，冤大媽整個人已經僵硬，這一喊一嚎卻撲在地上。

林夕落看著她，吩咐秋翠：「用抹布堵上，我不想聽。」

秋翠應下，更是拿繩子將人捆上，免得她亂動。冤大媽眼淚汩汩而落，只覺得自己冤枉得不得了，五奶奶怎能這般狠，連話都不讓說，這不明擺著心裡有鬼嗎？一定是心虛，那孩子一定不是五爺的！

冤大媽這般想，陳嬤嬤來上菜，雖仍然是小碟小菜，只有一碗熱湯，但林夕落只喝了熱湯，那涼菜全都讓冬荷與秋翠用了。

冬荷收攏好碗筷，取來疊好的棉巾袋子放於一旁，「奶奶，您這月的小日子好似許多，會否是喬太醫開的藥鬧的？是否要請他來問上一問？」

「無妨，過些日子再叫他來吧，這幾天府裡頭正亂著呢。」林夕落說完，下意識往冤大媽那方看一眼，冤大媽驚呆癡傻，那棉布她自當認識，而五奶奶的話她耳朵沒聾也聽得清楚，合著五奶奶是來小日子了？怎麼就無人知曉呢？

冤大媽更覺得自己冤，這五奶奶不說，怎能怪她亂想？她可真是冤得很啊！

可嘴巴被堵著，冤大媽一句話都說不出，林夕落本以為今兒侯夫人不會再有動作，孰料青葉卻傳話來說是三奶奶到了。

三嫂怎麼來了？林夕落略有意外。

她本以為侯夫人不是派了嬤嬤來，就是讓齊氏來，卻沒尋思是姜氏。

魏青羽與魏青岩的關係非同一般兄弟，即便是姜氏問及此事，她恐怕也不能如對待齊氏那麼冷待。吩咐冬荷去迎姜氏進門，姜氏的臉色不太好，匆匆進門，見林夕落正坐在窗前看書，後方倚著靠枕，腿上蓋著絨被，臉色略有蒼白疲累，這模樣瞧著不就是……

姜氏站在門口沉嘆一聲，進了門，將丫鬟們都打發出去，坐在林夕落的旁邊道：「五弟妹，這……怎麼會出這種事？」

「什麼事？」林夕落笑著看她，姜氏說不出口，說起被侯夫人叫去的事：「她叫我來看一看，我這一聽，心裡就慌了。妳三哥說這事兒先別告訴五弟，弟妹，妳可是有什麼苦？跟嫂子說說。」

林夕落終究是在外奔波的人，魏青岩不在，難免遇上什麼惡事是她不得已……

「三嫂。」林夕落知她是好心，卻仍翻了白眼，「本尋思這件事不願把您拽進來，可那老婆子還真會用人，您只當我將您攆走就是，這件事您別插手了。」

「這……這到底是怎麼回事啊？」姜氏有些急了，林夕落撩開被子，姜氏一怔，看到床邊擺著的物件，不由瞪大了眼，「這……這不是懷了？」
林夕落冷笑，「嫂子就當不知道吧，這種事都是猜，我看她們能猜出多少花樣來。」
姜氏一時緩不過來，坐了半晌，便道：「這事兒最好不要張揚，縱使不是對妳的名聲有礙，嫂子說話不中聽，可這也是為妳好。」
「名聲是否有礙，就看侯夫人想怎麼辦了。她三番四次地拿捏我，今兒一張臉，明兒又換了一張臉，我整天忙著五爺的事，還得分出心神來應付她，我哪有這閒工夫？」林夕落說到此，嘆了口氣，「三嫂，三哥與五爺的關係是這幾個兄弟當中最近的了，這件事將您捲進來我可不願意，您還是聽我的，這件事就當我把您攆走了，您什麼消息都不知道。」
「夕落，何苦呢？」姜氏初次叫了她的名字，手也按在她的小手上，「妳比嫂子性子烈這我知道，可女人的名聲最重，即便這件事沒有，妳也要顧忌五爺心裡怎麼想。」
「嫂子疼我，這我知道，當初嫁來的時候，我就沒什麼好名聲，如今她們想推我身上的是要命的事，我怎能就這麼忍了？何況我也想知道五爺對這件事怎麼看，您得替我保密。」林夕落臉上的笑讓姜氏心思更沉一分，還不等她再說話，林夕落立即朝門外大喊：「冬荷、秋翠，把三奶奶送回去！快，送回去！」
這一聲叫嚷，讓院子中所有豎著耳朵的都不由得一驚。
五奶奶可是惱了？
姜氏有些躊躇，面色凝重，卻也只能悶頭轉身走了，她知道林夕落這般做也是為她好，可她真不願府中出這種事。

捌之章◆挑撥分權任偏聽

晚間魏青岩歸來，看到那被捆綁的婆子，一句話都沒問，洗漱後與林夕落躺臥在床上閒聊。

「今兒林豎賢已經去了吏部辦調動手續，明天便正式去都察院上任。」

「這麼快？」林夕落想起早先說的，「之前還說過些時日皇上要召他去西北行宮隨任呢。」

「皇上只看重他的字，而不是他的人。」魏青岩直接將手放置她的小腹上，「還疼嗎？」

林夕落的心裡一暖，靠在他的肩膀上，「不疼了。」今兒從早到晚，她的心裡其實一直有些過不去這個坎兒。

當初只想試探侯夫人知曉她有孕會是什麼模樣，可侯夫人卻能翻出一頂綠帽子給魏青岩戴，如今連姜氏都知道了，旁人還能不知？這件事她心中不平，更覺得沒這般簡單，可她忽略了什麼呢？

魏青岩見她心不在焉地沉默著，摸著她的小臉問道：「怎麼了？」

「沒事兒。」林夕落下意識地回著，可這件事不說她又忍不住，「我這麼整日在外奔波著，是不是名聲不好？何況身邊還是那位不著調的王爺？」

魏青岩聽她這般說，倒是笑了，「妳還顧忌名聲？」

「這不是怕你心眼兒小？」

「我心眼兒小嗎？」

「不小嗎？」

「小嗎？」

「我不過是問問而已。」林夕落不願與他鬥嘴，「你不介意，就怕別人拿這件事當把柄說嘴，你在心裡頭不舒坦……」

「妳又想做什麼事了？」魏青岩這麼問，倒讓林夕落一驚，「我沒想做什麼。」

魏青岩看著她躲閃的小模樣，「不想說就不說。」

「青岩……」林夕落趴在他的身上，「你想要兒子還是女兒？」

「兒子！」魏青岩斬釘截鐵，「一定要兒子！」

「女兒不好嗎？」林夕落皺眉，魏青岩狡黠一笑，「女兒被別的小子占便宜，我怎能忍？兒子娶多少媳婦兒，老子都替他養了！」

「不生了！」

「生！」

「今天生不了……」

「睡吧！」

魏青岩將林夕落安撫睡著之後便輕輕起了身，披上一件外衣輕步出門，連在外守夜的冬荷都沒有聽到聲響。

夜空浮雲飄蕩，月光時而明亮時而暗淡，魏青岩站在門口，手指為哨，輕吹一聲如鳥鳴般的聲響，遠處房頂陡然出現一人，一身黑衣勁裝，除卻一雙眼睛之外，看不清楚半分面貌。

「大人。」

「說。」

「五奶奶不舒服被誤解為有了身孕，而且日子不對。」

魏青岩的神色偏冷，「其他的事呢？」

「二爺與二奶奶仍舊在院中不允出門，大房沒有動靜兒。侯爺請了兵指揮使與副將教仲良少爺兵法與拳腳，他每日親自看管。三爺與三奶奶仍舊在一旁不動，四爺被侯爺拽著做雜事，四奶奶與太姨娘、侯夫人走得近。」

魏青岩聽完，略微點頭，「五奶奶怎麼做你守著就是，不用出面干涉。」

「是！」

「讓你一名能殺千人不留足痕的人窩在侯府裡看護個女人，你覺得委屈嗎？」魏青岩看著他，頤指之氣讓他惶恐片刻，才拱手道：「卑職不敢。」

「護著她。」魏青岩話語平淡：「她是我這輩子最重要的人了。」

此人目瞪口呆，他跟隨魏大人多年，從未見他對一個女人有如此評斷……

「卑職盡力守護！」

「去吧。」魏青岩擺手，此人退後三步，輕輕一躍，藉著石凳之力竄上房頂，瞬間消失在夜色之中。

魏青岩轉身回了屋中，冬荷依舊沒有醒來，林夕落這會兒或許因小腹不適眉頭緊緊皺著，小手還在一旁不停地拍，好似在尋找那能讓她安心熟睡的臂膀。

魏青岩褪去外衣，將手臂搓熱，伸至她的懷中。林夕落迷迷糊糊地摟住他的手臂，才又睡去。這丫頭……魏青岩的臉上不禁露笑，就這樣擁著她闔上了眼。

翌日清晨，魏青岩沒有離開郁林閣，夫妻二人起身洗漱過後正準備用早飯，外面傳來丫鬟的回稟：「四奶奶來了。」

林夕落下意識看了一眼魏青岩，魏青岩則道：「請進來吧。」

丫鬟一怔，見林夕落也點頭，立即出門去請。

齊氏進門就見魏青岩橫在桌前用飯，口中的話好似個雞蛋噎了嗓子眼兒，半晌沒緩過神來，而後見兩人都在看她，只得擠出笑來道：「五弟也在，今兒沒出去？」

「四嫂這麼早，有什麼急事嗎？」林夕落皮笑肉不笑，她自當知道齊氏趕來是做什麼的，昨晚她把姜氏「攆」出去，侯夫人與齊氏自當知道，如今恐怕是侯夫人又讓她來，繞著彎子問一問，卻沒尋思魏青岩還在。

這等話，她當著魏青岩的面兒問不出口吧？

齊氏見林夕落這般問，笑著道：「哪裡有什麼急事？昨兒聽三嫂說五弟妹身子不適，這才趕過來看一看……」說著，往魏青岩那方看，顯然是想知道魏青岩到底是知道還是不知道……

魏青岩面無表情，「勞煩四嫂了，她身子不適，我自當留在院子裡守著，不勞煩四嫂費心。」

「五弟親自護著弟妹，讓人豔羨得很呢。」齊氏臉上笑得甚是僵硬，只尋思若他知道林夕落有孕，而且還不是他的，他會是什麼心情？

齊氏心裡頭想著，不由在林夕落的身上來回打量，林夕落也不拒絕，就由著她看，嘴上逕自吃用著早飯，好像什麼事都沒有一般。

這到底是有沒有啊？齊氏心中不停腹誹，可魏青岩不走，她不敢問。

夫妻兩人湊了一起用飯，魏青岩親自看顧著飯菜的冷熱，不允她用涼的，連窗子都要求關好，不能被風吹著，這股子體恤的勁兒，讓齊氏越發覺得林夕落定是懷了，否則哪個大男人能照顧得這般周到？

林夕落見魏青岩這做派，心中也在奇怪。

這又不是剛在一起，尋常她小日子的時候，他也沒如現下這般殷勤照料，眾人本就懷疑她有孕出軌，這不是火上澆油嗎？

原本齊氏來此的模樣還有些不敢確定，如今的眼神看去，好似百分百篤定了這事兒一般。

林夕落瞪他一眼，魏青岩更是殷切，撫著她的腰道：「用過了？扶妳進去歇一歇？」

落井下石！

林夕落一口粥沒嚥下去，嗆咳不已，魏青岩為她擦嘴擦臉，「這麼不小心，讓四嫂笑話妳。」

「羨慕還來不及，怎麼能笑話呢！」齊氏連忙接了話，林夕落掐了他的腿一下，魏青岩狡黠一笑，而這一會兒，魏海從外匆匆趕來回稟事，魏青岩便去了前書房，離開正院了。

林夕落心裡這個臊啊！這人今兒抽什麼瘋？演戲也太過了！

齊氏在一旁不知該說什麼才好，本是準備一肚子的話，如今半句都說不出來，因為那都成了廢話了。可不從林夕落的嘴裡問出個一二三來，她實在不敢去找侯夫人回稟。

侯夫人那架勢巴不得將林夕落浸了豬籠，最次也要休回林府讓她永遠不能出院子的門，她怎敢不回個確切的消息？

林夕落讓丫鬟們撤掉飯菜，由冬荷扶著往屋裡走，「四嫂，如若不急就進來說吧，外面的椅子坐著硬，硌腰……」

林夕落尋常是最不顧忌享樂之人，現下卻嫌椅子硌得慌，這顯然是有了。

齊氏這般尋思著，便跟著林夕落一同進了內間，「五弟妹，這身子怎麼了，忽然這樣難受？剛剛進門還看妳院子裡捆了個婆子，犯什麼錯了？」

昨兒那冤大媽被秋翠抓至院子裡捆了一宿，齊氏早間來郁林閣，進了主院的門就看到這一幕。之前聽說林夕落抓了個亂嘴的婆子，想必就是這個了……

「犯什麼錯兒？整日裡胡言亂語的，我這人也是心善，莫說換作侯夫人，就是換做四嫂您，恐怕都得賞上百十個嘴板子！別提了，氣死我了！」林夕落坐了軟榻上，嘴上還在不停地嘀咕著：「如今這身子也不知道怎麼了，吃東西沒胃口，連尋常愛喝的茶也不敢用了，怕冷、怕風吹，雖說總睏，可卻睡不踏實。」

林夕落說完，看向齊氏，故作不知地問道：「四嫂，您有過這種時候嗎？」

齊氏心裡翻了白眼，她當然有，不過那是有孕的時候……

但林夕落有意隱瞞，她怎能將這層窗戶紙給捅破？

「五弟妹是不是太累了？小日子準嗎？」齊氏這話問出，林夕落故作一驚，「嫂子怎麼連這種事都問！」

「怕什麼？都是女人家，這等事有什麼不好意思說？哪裡不舒服，跟嫂子說，嫂子能幫得上忙的，定當盡力。」齊氏那急迫之色讓林夕落的笑意沉了下來，「要是不準怎麼辦？」

「是不是有了？」齊氏的話下意識出口，林夕落的臉色更沉，卻是半個字都不再說，就這麼直直地看著齊氏，把她看得忐忑不安。

「弟妹，這般看著嫂子作甚？有了豈不是好事？」齊氏繞著彎子，林夕落冷笑道：「嫂子，您這心裡頭想得可夠多的了。」

「這有什麼不敢說的？懷了就是懷了……」齊氏的神色也淡定下來，沒了之前那股子殷切，如今她可以肯定林夕落就是有孕不敢告人，可她心裡更納罕的是魏青岩怎能不知道？

如若不知道，剛剛為何那般殷勤呵護？可若知道了，他不會算日子嗎？就算不出這孩子不是他的？齊氏仍有疑惑，故而不敢咬牙硬逼著林夕落承認有孕，否則她哪裡還需浪費如此多的口舌？

「我有什麼不敢說的？嫂子，您這心裡想什麼呢？我怎麼覺得您想歪了？」林夕落話語緩慢，聲音極冷，齊氏沒等回話，林夕落又開始攆人了，「四嫂，院子裡的事挺忙的吧？您如今幫母親管著府中事，還有空在此與我閒聊，就不怕母親惱了責罵您？」

「五弟妹身子不舒坦，我怎能不關心？」齊氏已經篤定林夕落心虛要攆她走，可越是這樣，她越不能走。

林夕落面露惱意，「您還是走吧，我今兒身子也不舒服，就不留您了。」說罷，看向冬荷與秋翠，「妳二人送四奶奶出門吧。」

「五弟妹這是要攆我走？」齊氏當即站起身，冷笑一聲，「說句心裡話，嫂子本也不願意揭了妳的短，可對不起侯府的事，嫂子也不得不管。五弟妹，妳可是有了身孕了？是怕這孩子不是五爺的，妳不敢認吧？」

齊氏的嘴臉陰損，林夕落心裡卻真的生氣，她本顧念著魏青岩與魏青山的兄弟之情，可如今這刀已經橫了脖子這兒，她還怎麼忍？

「四嫂，您這般做，就不怕四爺恨您？」林夕落起了身，「我顧忌著兩位爺的兄弟之情，但妳不顧忌可怨不得我了，咱們這就去母親那裡說道說道，我倒要看看她向著誰！」

齊氏見林夕落陡然變臉，不由得大驚失色。

怎麼？難道是她說錯了不成？

齊氏的眼睛上上下下打量著林夕落的肚子和屁股，顧不上什麼妯娌情分，即刻嚷道：「五弟妹，我這般做，四爺怎能恨我？我這也是為了五爺好，我總要為五爺著想！」

林夕落冷笑，「這事兒怪不得四嫂，我自認是錯兒，那咱們就去母親那裡說一說！」

齊氏往後縮，林夕落往外拽，這會兒顧不得小腹不舒爽，這般拉拉扯扯地將齊氏塞進了轎子裡，吩咐侍衛抬著就往侯夫人那裡去，根本不允齊氏下來。

齊氏心驚膽顫，心裡只想著到侯夫人那裡如何說，林夕落卻沒著急，看著齊氏的轎子離開正院，她才披上一件外袍，穿上暖鞋，吩咐秋翠道：「妳去侍衛府邸找魏海的父親魏管事，然後讓他去通知四爺，就說四奶奶說錯了話，跟五奶奶吵鬧起來，如今鬧至侯夫人那裡去，讓他快些來攔一下。」

「您這時候還顧忌著四奶奶？」秋翠自當明白林夕落之意，她這是要為齊氏解圍。可齊氏這般待她，怎能饒過此人？剛剛那副臉色變得好似熱烈火焰瞬間變成九尺寒冰，讓人心裡極冷。

「這事兒單找四奶奶麻煩有何用？不能讓侯夫人全賴了四奶奶身上，否則我還是會被她想辦法給拿捏住。」林夕落顧不得多說，只得讓秋翠快著些，「別耽擱了，快去！」

秋翠應下跑著就去，冬荷安靜地為林夕落鋪展好衣裳，沒有秋翠那麼慌忙。

林夕落站在原地將此事前前後後想了一遍，瞧時間差不多才上轎往筱福居趕去……

行至筱福居，齊氏已經在此，站在一邊滿臉委屈，而不單單是她，連方太姨娘也已經在此坐著，瞧著三人的臉色，顯然也沒能將事全都說完。

聽見丫鬟通稟，看到林夕落進門，齊氏眼圈裡的眼淚更甚，可她忍不住心虛難堪，往後又縮退幾步，不敢說林夕落半句……

林夕落向侯夫人請了安，侯夫人看她這模樣，忍不住道：「這又是怎麼回事？妯娌兩人吵什麼吵？縱使心裡有不痛快，也要顧忌著老四和老五的兄弟情分，都給我跪下！」

侯夫人一臉冷意，齊氏剛剛說得糊裡糊塗，有確定、有懷疑，本是對林夕落有孕之事十拿九穩地判定，可林夕落這臨走之時的翻臉又讓齊氏猶豫了。

齊氏如今實在不知道林夕落是故意裝蠻橫掩藏心虛，還是壓根兒就沒有這事。

可無論是齊氏所言，還是昨兒姜氏所說，都很明顯是林夕落肚子裡有了，還能有錯不成？

侯夫人想不到這會是林夕落挖的坑，可她的話嚷出，齊氏當即走上前跪在侯夫人跟前，林夕落卻不以為然，尋了個凳子坐了一旁，「我又無錯，為何要跪？」

「妳——」侯夫人氣惱極了，「如今我這老婆子說話是不算數了，那妳倒是說說，為何與妳四嫂鬧成這樣？」

「這事兒我也不知道是誰心思髒，愣是能將我的不舒坦想歪了，這等腌臢事我卻是說不出口的。」林夕落慢聲細語地說，她不怕侯夫人大怒大鬧，她就怕侯夫人不怒不鬧，整日裡掰著手指頭躲在角落裡算計她，這種隱在暗處的刀她煩透了。

侯夫人咬牙切齒，花嬤嬤則看向了方太姨娘，這會兒總不能讓侯夫人下不了台，她是妾，又是魏青山的生母，這事兒只得怪至她的身上。

方太姨娘沉了沉，依舊是那副和藹的模樣道：「夕落，何必這般大鬧？剛剛老四家的說妳是身子不好，這才過去看看，可好似是有孕了，但日子又不對，可剛說這一句妳就翻臉了，這到底怎麼回事？縱使她說的有錯，妳也不必這般大庭廣眾的鬧騰，打斷骨頭連著筋，都是一家人，她有錯妳說清楚就是，妳四嫂嘴快，沒心沒肺，但其實是好意！」

方太姨娘曾是侯夫人的貼身丫鬟，自當明白侯夫人想說什麼，想問什麼……

侯夫人盯著林夕落的肚子，明擺著是等她開口。

林夕落看著方太姨娘，雖是一派好言好語的模樣，可其安的是什麼心就不一定了。

「我剛剛也說了，不知哪個髒心爛肺子不得好死的人將我想得那般齷齪。我縱使脾氣不好，可我做過什麼對不住侯府的事？林家大族百年名號，就容這群不要臉的如此敗壞？我倒是要問一問，憑什麼這般想我？這到底是誰對誰錯？」

林夕落話音剛落，侯夫人接口道：「是就是，不是就不是，妳在此廢話什麼！」

侯夫人忍不住氣惱，指著林夕落的鼻子當即罵道：「妳這身子到底怎麼回事？給我說個清楚，侯府容不得妳如此撒潑耍賴，不顧忌臉面！」

「妳是個老娘們兒，我是個小娘們兒，不過是來個小日子不舒坦，被妳們想成這等模樣，到底是誰不顧忌臉面？打斷骨頭連著筋，我就從來沒見過往自家人腦袋上潑汙水的，妳們要說這樣做無妨，明兒我就去將侯府門口的牌匾上潑上一層綠漆，被外人好生戳一戳侯府的心窩子，看看是誰能這般不要臉！」林夕落當即翻了臉，抄起桌子上的茶杯就給砸了。

齊氏一驚，盯著她的褲子不放，侯夫人只覺得這顆心停跳片刻，而方太姨娘滿臉的不信，委委屈屈地道：「一個小日子，至於妳那般興師動眾的？」

「怎麼？還要我脫褲子給您瞧瞧不成？」林夕落說著，隨手又砸了一個茶杯，「我今兒還要侯夫人給我做個主，我到底是哪兒對不住侯府，對不住五爺，讓妳們這般噁心我、懷疑我！不給個說法，我就吊死在這屋子裡，咒妳們全都不得好死！」

林夕落說著，背後的一個藏寶閣架子就給推了一旁，精品物件稀里嘩啦的全都碎了。

侯夫人嚇得大驚失色，本是要斥罵她，卻被花嬤嬤攔住。

花嬤嬤使了眼色給她，又看了看齊氏，這眼神再明白不過，這時候可是她們占不住理，只能讓四奶奶來擔這個責任了，否則無論是被侯爺知道，還是被魏青山、魏青岩知道，這可都不是小事。

侯夫人只覺得這一顆心糾結得難受，這時候她要還不知是林夕落故意設的套子，那她可就白活幾十年了。

「掌嘴！」侯夫人指著齊氏，當即下定決心斥罵：「胡言亂語，這等事妳不老老實實問個清楚，怎能這般尋思妯娌？四爺教不好妳，我就來替他教一教，還想讓妳幫著管一管侯府之事，孰料妳如此不中用，心思如此邪性，豈不是敗壞了門風？來人，給我掌嘴！」

侯夫人話一出口，齊氏大驚失色，「母親饒了我啊，母親，這事兒怪不得我……」

一旁的婆子們躊躇不敢上前，這可是一位夫人啊，打了她，還不得被記恨上？

方太姨娘也知侯夫人之意，眼瞧著林夕落在一旁冷瞧著不肯甘休，她便咬牙上前，揪著齊氏的衣領一巴掌接一巴掌地抽下，又跪在地上哭著道：「侯夫人，都是我的罪過，是我沒輔佐好四奶奶，我親自來！」

方太姨娘抽著齊氏的臉是一下都不輕，幾巴掌下去，她的臉上就出了血印子。

侯夫人看在眼中，氣在心裡，她氣的是林夕落用這等手段對付她，更怨恨方太姨娘和齊氏做事不利索。

林夕落沒想到方太姨娘會這般下手，又想起剛剛花嬤嬤私底下為她遞話。

花嬤嬤……侯夫人有她這一個老僕人也是造化了，可惜幫情不幫理，這事兒最該挨揍的就是侯夫人，可她高高在上，卻是別人替她挨打。林夕落巴不得幾句話把侯夫人氣死，氣死這個老太婆，一了百了，能省多少心？

眾人正在躊躇之間，門外有人回稟：「侯爺到！四爺到！」

眾人一聽，立即驚了，方太姨娘陡然停了手，看了看侯夫人，又看到被打得傷心欲絕的齊氏，猛的開始抽打起自己的臉來，而且一邊打還一邊歇斯底里地叫嚷，這聲音格外響亮淒慘，莫說傳出屋子，恐怕旁邊側院守門的婆子們都能聽得一清二楚：「侯夫人，都是我不對，是我沒教好她，她一句話說錯了，我抽自己還不成嗎？我實在對她下不去手了，侯夫人，饒過她們吧，她們小，不懂事……」

方太姨娘抽打自己的巴掌可比打齊氏狠多了，才一巴掌下去，她的嘴角就滲出了血，嘴角撕裂，手上染紅，那模樣甚是觸目驚心。

侯夫人氣急敗壞，雖驚訝方太姨娘的做派，卻只能忙著侯爺，顧不得去攔她。林夕落沉默地站在一旁，這個方太姨娘可不是個踏實人，這般做恐不僅僅是想博得侯爺的同情了……

宣陽侯與魏青山進了門，魏青山看到方太姨娘與齊氏都在地上跪著，臉上蒼腫流血，哭成淚人兒，他的臉當即了沉下來。

宣陽侯的神色異常難看，只盯向了侯夫人。

魏青山上前扶方太姨娘與齊氏起身，臉上憤恨之色毫不掩飾，看向林夕落的目光更為複雜。

剛剛的確是侍衛府邸的魏管事向他通稟此事，但魏管事是魏海的父親，也告知他是五奶奶院子的大丫鬟去回的話。魏青山出門正遇上宣陽侯，父子二人來到此地卻是這般模樣。

魏青山知道自己是庶子，還有太姨娘在，他做事也一步一個腳印，不敢貪功冒進。

雖不像魏青羽那般退一步風平浪靜，但夫勇之心常在，可生母的牽扯、媳婦兒上上下下討不得好，這也的確讓他有些畏首畏尾，無所作為。

本尋思這次回到幽州城內，侯府大爺已過世，不會再出現這亂七八糟的煩心事，孰料……

這些心眼兒魏青山不願意細想，無論是什麼心思，方太姨娘與齊氏兩人臉上的巴掌印跡是真的，那流下的紅是血，這些都是真的。

方太姨娘淚如雨下，傷心欲絕，不顧魏青山前來攙扶，當即就又跪在宣陽侯面前，哭著道：「侯爺，都是我的錯兒……」

「起來，帶下去。」宣陽侯滿臉厲色，意圖將此事圓了。

魏青山心裡過不去，他要將此事問個究竟，這件事不明不白，更不說誰對說錯，那他的生母與媳婦兒都挨了打，難道就這麼算了？

魏青山直接問向侯夫人：「母親，這到底怎麼回事？」

雖說於規矩他叫侯夫人一聲母親，可於心，他過不去這個坎兒。

侯夫人看向宣陽侯，壓根兒不理魏青山，淡言道：「這事兒還是別當面說的好。」

魏青山橫在宣陽侯面前，雖沒開口，可那模樣明擺著不給句話他就不這麼算了。

宣陽侯冷哼一聲，只看向林夕落，壓著怒意道：「妳又闖了什麼禍？」

林夕落向來是不畏懼宣陽侯的，侯夫人想私底下說，誰知她會說成什麼德性，便不顧侯夫人的顏面，當即道：「我老老實實在院子裡待著，各個都去找我的麻煩，挑我的不是，怎能是媳婦兒闖禍？不過是身子不爽利，偏偏說我給五爺戴了綠帽子，這事兒我是忍不了的。父親來得正好，這事兒怎麼辦，您給說說吧，要是沒道理，我這就搬回林府住，不在侯府受這份窩囊氣了！」

眼瞧著林夕落這說辭，侯夫人指著她罵道：「如若不是妳整日在外東跑西顛，老五不在家妳都不肯停了這雙腳依舊出去，別人怎麼會如此誤解妳？旁人家的媳婦兒都在院子裡大門不出二門不邁，遵規守禮，晨昏定省，這些妳不做便罷了，惹得侯府雞飛狗跳的，妳還有理了？」

「妳給我閉嘴！」宣陽侯怒火攻心，猛斥侯夫人。

侯夫人驚愕，翕著嘴，不知道該說什麼才好。

花嬤嬤當即扶著侯夫人坐於一旁，林夕落冷笑，看向宣陽侯，「父親，這委屈我是該說還是不該說？您當初可是允了兒媳出入侯府不用遵那份規矩，何況兒媳來來回回地奔波不也是為了侯府？如今被栽了這麼個罪名，我是真不敢認！」

魏青山聽了這話，心裡也氣惱不過，他雖實誠但不是傻，雖說自己的媳婦兒和生母有錯，但還不都是侯夫人吩咐的？

他與魏青岩兄弟情深，而之前又是林夕落派人繞著彎子告訴他到此地平事，否則方太姨娘與齊氏指不定會被打成什麼模樣，這事兒他絕不能忍。

「父親，這事兒您還是與母親說一說，孰是孰非、誰對誰錯都說清楚！」

魏青山這話說出，無非也是針對著侯夫人，破天荒的第一次，之前從未有過。

侯夫人滿臉吃驚，林夕落這死丫頭與她沒完便罷了，如今連魏青山個庶子也與她對峙起來？她可是堂堂的侯夫人，怎能受這等屈辱？

侯夫人咬牙切齒，心裡憤恨，看向宣陽侯，歇斯底里地大嚷：「侯爺，您讓我閉嘴不如讓我去死！我是侯府後宅的女主人，我連斥罵兒媳、斥罵姨娘兩句都做不得主，還不如賞我一根白綾讓我吊死算了！」

侯夫人出言威脅，宣陽侯是氣惱不已。

他之前三番五次地阻攔，卻都攔不住侯夫人對五房的偏見和打壓，如今她這般說，顯然也是在跟自己對峙，這個女人怎麼這般不省心！

宣陽侯始終不願在子女面前惹出事端，「先這般罷了，稍後再說，該做什麼都做什麼去！」

「不行，今天必須要給我說清楚，往後這侯府的內宅到底是不是我說了算，如若由我說了算，侯爺還是莫要插手，如若您偏插手不可，那就讓我死在這兒！」

侯夫人的聲音銳利刺耳，她不得宣陽侯一句話便不甘休，她是侯夫人，如若這般不了了之，往後她說的話誰還肯聽？

林夕落站在一旁不吭聲，魏青山剛剛聽了她的話，顯然也知道這件事與齊氏分不開，也是從這兒引出的事。

給自己的弟弟扣綠帽子這事兒，魏青山自覺有愧，但如今此事已經上升到他無法阻止的程度，可怎麼辦是好？

魏青山看向方太姨娘和齊氏，齊氏捂著臉哭個不停，這股子眼淚讓魏青山更覺得心煩，可看向方太姨娘，她雖嘴角有血，臉上掌痕清晰可見，可目光卻一直盯著侯爺與侯夫人……那目光中沒有委屈，有的卻是一股他無法參透的貪婪和急切。

魏青山心中陡然一緊，他對自己會萌生這樣的念頭感到恐懼。這樣看著方太姨娘，她卻絲毫感覺都沒有，怎麼會這樣？魏青山彷徨無措，四處亂看，陡然看到了林夕落這位五弟妹，目光沉定下來。

此事與林夕落牽扯甚深，可她卻站在一旁喜怒無色，怎能這樣冷靜？難道是事先想好的？

他不信，傳言這位五弟妹跋扈張揚，可他從魏青岩待她的態度來看，此女絕非那樣的人。

魏青山只覺得頭疼無比，實在理不清此事該如何是好……

宣陽侯與侯夫人仍在對峙中，侯夫人不屈不忿，寧死也不退後，更不允宣陽侯不了了之。

她出身貴門，嫁給宣陽侯這大周國第一位憑藉戰功而封侯爵的男人，本覺得是豪傑英雄而甚是自豪，可她書香門第，他土匪糙人，她喜好花前月下詩書酒茶，他喜好大碗吃肉大碗喝酒，夫妻之間與其說是相敬如賓，不如說是貌合神離。他對侯府中的事向來頤指氣使，似對待下屬下命令一般，她怎能容忍如此之人？

男主外，女主內，可他的手屢屢伸得如此之長，過了這麼多年的日子，她委屈了這麼多年，如今為了林夕落這個臭丫頭，為了那姨娘和他庶出的兒子，他居然在大庭廣眾之下讓自己閉嘴？他如今已經連自己這夫人的位子都要踹上幾腳，不允她坐得穩，那她活著還有什麼意義？

宣陽侯的心裡也有猶豫不忍，一日夫妻百日恩，雖說侯夫人規矩大、事兒多，但她出身高，書香門第的講究多，他忍了也就罷了。

幾十年夫妻了，終歸有幾分情意在，孰料她越做越過分，單是對魏青岩與林夕落兩人的事他已經千叮嚀萬囑咐多遍，可她就是不肯放過，逮住一件事糾纏沒完，如今的宣陽侯府哪裡還是之前的侯府？

「這是何必呢？」宣陽侯看著眼睛已瞪出血絲的侯夫人，又將屋中站著的人看了一圈，「子女都在，妳何必呢？」

「侯爺，我終歸是這府裡的女主人，不是您的奴才！」侯夫人話語平淡下來，可她心底的怒意極盛，任憑一旁的花嬤嬤如何勸阻都不肯聽。

「何人當妳是奴？」宣陽侯心中也湧了氣。

「後宅自有我來管轄，不是您兩句交代、一句命令就可以的，您還當我是這府裡的夫人嗎？啊？」侯夫人最後一個字帶著顫抖地質問。

宣陽侯的眉頭緊皺，「我對妳的交代不也是為府邸好？」

「如何是為侯府好，您為何不說清講明？」

「朝堂之事怎能與妳一婦道人家多說？還要本侯向妳一一回稟不成？妳太過分了！」宣陽侯徹底動怒，他沒想到侯夫人如此難纏，這哪裡是個有品有德的婦人？比之潑婦都不如！

侯夫人看到他目光中的厭惡，眼裡湧了淚，「我是您的正妻，我為何不能知道？」

「妳不能知道。」宣陽侯聲音沉下來，「妳如若覺得如此對妳不公，往後就在侯府中休養，不要再提白布條子自盡之言。本侯是刀砍出來的爵位，不是守規矩守出來的，更不是被嚇出來的。」宣陽侯看向方太姨娘，「往後府裡的事妳先幫襯著管一管，不要再勞煩侯夫人了。」

「婢妾遵命。」方太姨娘當即應下，侯夫人瞬間昏厥過去……

侯夫人昏過去又醒來，卻沒有如她所說尋根白綾吊死，而是悶在筱福居正院的屋中不肯見人，連宣陽侯都不見。

方太姨娘與齊氏被魏青山帶回小側院，沒有請大夫來看病，而是讓侍衛取了點兒傷藥來敷面，以免留下疤痕。

不請大夫是宣陽侯下的令，家醜不可外揚，既然是有膽子鬧，那就都忍著疼。

宣陽侯撂下這句話便走，臨走時那充滿殺意的目光在林夕落的身上停留許久，終究冷哼一聲，闊步離去。

林夕落沒有半絲懼意，平淡如常，宣陽侯的目光就好似那「狼來了」的故事，幾次拔刀衝著她都沒下手，單純瞪上兩眼想將她嚇死，這豈不是笑話？

不過，宣陽侯與侯夫人的對話讓她頗為感慨，宣陽侯覺得一句令下，女人只遵從便罷，還要知道原因？而侯夫人則覺得你下令可以，但要說清楚緣由，否則她這位夫人不就是個奴才？

一個憑刀砍出爵位的大老粗，一個書香門第出來的貴家女；一個拿遵規守禮當狗屁，一個拿禮儀尊卑當命根子；一個覺得天罩著地，一個覺得地拖著天。性格上毫無交集的兩個人，怎麼就過了三十來年？還生子養孫？

夫妻本是同林鳥，雖說還沒各自飛，可這兩顆心已經飛至遠處，包辦婚姻害死人啊！

林夕落帶著丫鬟們回了郁林閣，一路上她都在尋思宣陽侯所下的令。

如若不是侯夫人當著眾人的面硬逼侯爺表態，宣陽侯恐不會下令讓侯夫人休歇，讓方太姨娘接掌管事。於理來說，一個太姨娘是沒有管轄府事的資格，侯夫人如若身體有恙，理應長房來接管，而大夫人如今寡居，自不可能出面，至於魏仲良，一沒有世子之位，二未及弱冠娶親，定然也不可能，那便是要二房接手。

可上一次侯府出事，就是魏青煥與宋氏引出的爭端，故而宣陽侯也不會讓他們插手，這就選了方太姨娘。

方太姨娘……林夕落腦中回想著她剛剛那副狠色和貪癡的模樣，這個女人恐也不是省油的燈，但她不足為懼。

這算是輕鬆些了嗎？林夕落感嘆後自問，或許是輕鬆些，可她的心裡卻半點兒喜意都沒有。

回到郁林閣，林夕落從小轎中起身下來就見到魏青岩在院中喝茶看書，那恬靜的模樣讓林夕落想起他當初養傷的情狀。

林夕落走過去，從他手中抽出書本，「這是在看什麼呢？」

話語說著，直接探向書封上的字，《粉妝遊記》。
林夕落的臉色通紅，扔下書本，呸了一口道：「這都什麼呀！瞧你在此認真看書，還以為你在讀聖典兵書，孰料卻是看這種東西！」
魏青岩哈哈大笑，拽著她坐在自己的腿上，「怎麼？這等書就不該認真地看嗎？」
「不該看！」林夕落說完也覺得自己霸道了些，「起碼不該當著眾人的面在院子裡看！」
「那咱們回屋看去？」魏青岩的手揉上她的小蠻腰，「還不舒服？」
「累了。」林夕落嘆氣，說了剛剛在侯夫人院子裡的事：「……侯爺惱了，如今讓方太姨娘掌府事，不讓侯夫人管了，不過四哥與四嫂恐怕關係也僵了。」
林夕落鉅細靡遺把事兒說了一遍，魏青岩一點兒意外都沒有，反而安撫道：「不必擔憂，興許四哥還會來跟妳道歉。」
「跟我道歉？」林夕落撇了小嘴，「我可不敢想！」
魏青岩只笑不答，陪著林夕落開始雕木佛。
麒麟樓快要開張，五奶奶既然是東家，自然要親手雕兩件精品放置其中。她繪圖細雕，魏青岩在一旁幫忙刻出型來，夫妻兩人不是初次把玩這些事兒，林夕落覺得魏青岩甚是聰明。
莫說是用雕刀，就是他腰間隨身帶著的匕首都能刻得遊刃有餘，雖說只是刻出個木胚子來，但那也不是尋常人能做得到的。
林夕落知道魏青岩也有意學刻字傳信，夫妻倆不用多說，就這樣會心會意地動著手。
沒過多大一會兒，秋翠過來回稟道：「五爺、奶奶，方太姨娘身邊的嬤嬤來回事，您是見還是不見？」
這麼快就派人來了？

林夕落驚訝，魏青岩則沒什麼表情，擺手道：「叫進來吧。」

秋翠看向林夕落，應下便去，林夕落看著他問道：「你想見？」

「聽聽她說什麼，然後再看是否與四哥繼續接觸。」魏青岩道出他心中的打算，林夕落思忖片刻也覺得這般甚好，不過方太姨娘派來的嬤嬤卻讓林夕落更驚訝。

「回五爺、五奶奶，方太姨娘身子不爽利，讓老奴來回一句明天五奶奶是否有時間？如若有閒功夫又不出府的話，早間便請您到正堂去一趟。」

「請我去正堂作甚？府事又不是我管的。」林夕落心存疑問，直接問出。

那嬤嬤笑著道：「不單請了您，還有三奶奶、四奶奶，老奴不知太姨娘是何心思，只是前來通稟五奶奶一聲，不知五奶奶可有時間？老奴好去給太姨娘回一聲。」

「那就告知太姨娘明兒一早過去。」

林夕落點頭應下，那嬤嬤立即告退，連林夕落賞了二兩銀子都不肯收，而後推脫不掉便留下一兩，還回來一兩。

小家子氣！林夕落心裡對方太姨娘手下的嬤嬤這般評價。

有什麼樣的僕人便有什麼樣的主子，這位太姨娘恐怕也大度不到哪兒去了……

送走了那嬤嬤，魏青岩與林夕落也沒再對此事說什麼，可林夕落卻感覺出魏青岩今日甚是高興，至於高興的原因他沒有說，林夕落也沒有問，可她卻能感覺出侯夫人被拘起來丟了掌事之權，讓他的笑意更濃了一些。

翌日一早，林夕落用了早飯就去了侯府的正堂，這是管事們才來的地界，她當初也是幫襯大房應承葬禮的時候，才來此地待過幾日。

姜氏已等在此，方太姨娘與齊氏還沒見蹤影，瞧見林夕落來，姜氏立即拽著她到一旁問起昨日的事來。

林夕落不允三房插手，故而昨兒聽了消息，姜氏也沒露面，這自然是合林夕落心意的。如今兩人相見，林夕落便把事兒原原本本地告知，姜氏聽及齊氏變臉，眼睛險些瞪出來，連連感嘆道：「她以前接人待物很有禮貌，性格直爽大度，根本沒出過這種事，如今怎麼變成了這樣？」

「三嫂，人總會有變的。」林夕落說完，姜氏又嘆道：「幸好弟妹告誡不讓我插手，否則……」否則挨打的不就是她？而三爺的生母已經過世，誰來給他們撐腰？

「今兒叫咱們來，不知這位太姨娘要幹什麼？」姜氏也猶豫，若非聽林夕落說起昨日的事，她還會親近太姨娘與齊氏，可如今……她心裡開始遲疑了。

「誰知道是要幹麼？昨兒侯爺剛下了令，她又即刻去請，不看僧面看佛面，終歸是要來的，何況……也要看一看她是何態度，不提齊氏，可還有四哥呢！」林夕落說起魏青山，姜氏也有同感，立即點頭：「昨兒聽了這件事，妳三哥本想去看一看他，而後見我阻攔，他便休了這個心，只等著我回去告訴他今兒方太姨娘的態度，而後再做打算了。」

果真是兩兄弟，沒想到魏青羽也是這心思！

林夕落點了點頭，只等著方太姨娘和齊氏了。

本是定好的時間早已過去，孰料兩人還沒出現，林夕落心中更沉，與姜氏協定再有一刻鐘不到，兩人便回去，可兩人話音剛落，門外便有人通稟：「太姨娘、四奶奶到！」

姜氏與林夕落再次坐好，方太姨娘與齊氏先後進門。

昨兒吵鬧得那般凶，今日再見面，齊氏更多的是尷尬，臉上的傷被輕紗遮著，而太姨娘的嘴角還略有些腫。

「來得有些晚了，妳二人等久了吧？」方太姨娘依舊是以往那軟柔的模樣，禁不住嘴疼，又苦笑地道：「在侯府待了這麼多年，還從沒到過正堂來，身邊的僕婦們記錯了路，這才來晚了，妳二人不要怪罪。」

「太姨娘昨兒才傷了，今兒就出門，怎麼不休兩天？」林夕落是絕對不信這說辭的。

齊氏目光來回躲閃，終究忍不住上前道：「五弟妹，別怨嫂子，昨兒我也是……迫不得已。」

「說這個做什麼？」林夕落一笑，看了姜氏一眼，繼續問道：「過去的事不便再提，不知太姨娘今兒讓我與三嫂來此有何事？」

林夕落開門見山，方太姨娘也沒再寒暄個不停，直接道：「我請妳與三奶奶來，自當是讓妳二人幫襯著管侯府的事，還能是何？」

姜氏瞪大了眼睛，林夕落則凝眉，方太姨娘說出這等話來，她是打的什麼主意？

「我只是個姨娘而已，即便是跟隨侯爺，這名分也擺在眼前，登不了大雅之堂，妳們是各院子的主子，自當要來幫襯著管一管府中事，總不能侯爺將此事交由我，便都我一手把控，這不合規矩。」

「府中事我不懂，索性妳們妯娌幾個商議一下，各自分上一攤子，而我能管什麼也分一點兒給我，免得我不好向侯爺交代。」

「我一個在院子裡過活三十來年的婦人，心中已經沒有什麼期望了，只想著四爺能有一份事業，少爺、小姐們都能順順利利地長大成人也就心滿意足了，總之，這事兒，我們各自盡力吧。」

林夕落一整日都在琢磨方太姨娘的這些話。

早上方太姨娘說完這些話時，讓姜氏和林夕落都甚是驚訝，齊氏還走到林夕落的面前鞠躬賠罪，眼淚劈里啪啦地往下掉著訴苦，好似林夕落若不點頭原諒她，她就要跪地求饒了。

林夕落沒轍，只得微微點頭算將此事揭過，可方太姨娘的話卻在她的心裡縈繞不去，她總覺得方太姨娘不是這麼單純的人，可她為何要這麼做呢？

林夕落承認自己不是反應快的人，但她向來習慣自保，便一口咬定不參與侯府中的事，但如若忙不過來她會搭一把手。

方太姨娘似乎早已想到林夕落會這般強硬地拒絕，只在臨分開時依舊道：「還是要請五奶奶幫忙，事兒不會太大，不會讓五奶奶過度勞煩……」

冬荷在一旁看著林夕落沉默凝思，換了一杯暖茶道：「奶奶，您心裡頭拿不定主意了？」

林夕落嘆了口氣，「太姨娘讓眾位奶奶都過去幫忙，有三奶奶、四奶奶和我，而三爺、四爺和五爺卻是侯府庶出的一系，算是與大房和二房徹底對立起來。太姨娘是想把這幾個人都捆了一根繩子上，真出了事都脫不了干係，誰能不盡心盡力？何況她是太姨娘出身，下面的這些管事打雜的都是侯夫人的人，她說話能用心聽才怪，如今拽著三奶奶和四奶奶是為了找幾張站得住腳的嘴罷了。」

林夕落再次沉嘆一聲，又道：「如今有這幾個人給她當嘴傳話，她只是做了第一步，我更納悶她後續會怎麼做？若真是如她所說想給兒孫闖一片天地倒好，就怕她野心不小，何況她這招以退為進太厲害了，我不想被她捆了繩子上，那就要絲毫不管侯府的事，可五爺留我在侯府作甚？就是要在內宅扎下根來闖出自己的分量，我如今是不知該怎麼做好了。」

「奶奶，當初侯夫人在的時候，侯爺都允您自己管院子裡的事，如今太姨娘接手，您不依舊是自己管著院子嗎？她還能對這院子挑出花去？」冬荷嘟嘴說著，林夕落卻輕敲桌案，「這是現狀，可總不能這樣晾著……」

冬荷話語中有幾分心疼：「您又要管府外的事，還要顧忌著府內的事，太操勞了。」

「操勞又怎樣？這府門裡過日子怎能有清閒的時候？」林夕落剛抱怨完，門外傳來聲響：「五奶奶，林府的十三爺來求見。」

十三叔？他怎麼又找上門來了？

林夕落朝門口擺手讓人請他進來，她換了一身衣裳出門相迎。

林政辛今日前來也是焦頭爛額，喬高升那方答應林夕落幫她辦事還銀子，可林忠德這老爺子誓不甘休，偏偏要喬高升賠禮道歉才行。上次林夕落派人過去說合兩句，林忠德不得不暫且放下，可每次見到林政辛都要發一通火。原本老爺子極其寵愛這幼子，如今卻徹底變了味兒。

我這是招誰惹誰了！林政辛一邊往屋子裡走著，一邊在心裡頭抱怨。這件事他是沒了轍，還得讓自己這九侄女親自出面才行，否則他回家就得對著那張怒氣老臉，這就像心裡被堵了塊石頭，連喘氣都失了節奏。

行進正屋之內，林政辛看到林夕落，當即抱怨開來：「可把我給坑苦了！」

「不應該啊，你還有苦悶的時候？」林夕落笑著讓冬荷給他上了茶，「這都下晌了還跑來，老爺子沒揪著你回府？」

「這事兒不辦完，家我是回不去了！」林政辛沒了品茶的雅興，一口熱茶全都進了肚子，隨即開口道：「妳可知道，如今老爺子一看到我就問喬高升幫妳做什麼事，能連林府的名聲都不顧？他不過是一個太醫而已，即便是醫正，也不能高過林府的名聲，妳這方到底出了什麼棘手的事，怎麼不回娘家找他？」

林政辛喋喋不休，哀嘆道：「我被他念叨得焦頭爛額，妳如若再不露面，我恐怕是要被老爺子的唾沫星子淹死了！」

「至於嗎？」林夕落側頭看著他，「你可別矇我，老爺子的唾沫星子如若能淹死你，恐怕早就看不到你的影兒了，還巴巴地回府去？往常老爺子想斥你兩句，恐都尋不到人影吧？」

「我……我這不是怕老爺子一時想不通鬧出事？」林政辛梗著脖子說這話，斷了片刻，接著道：「喬高升算個什麼東西，我這是為林家的名聲著想！本就有多少雙眼睛盯著，老爺子若較真起來，豈不是越鬧越凶？反倒是讓人看了笑話，何況九侄女妳還要用喬高升為妳做事呢！大局為重，大局為重嘛！」

「說謊都不帶臉紅的，你也真好意思……」林夕落嘴唇輕動，嘀咕出來的話卻格外清晰。

林政辛噎住，「怎麼就說謊了？」

「你再不承認？」林夕落雖喚他一聲十三叔，可兩人從沒把輩分當回事，特別是吵架強嘴的時候，這事兒更拋至一邊。

林政辛撓頭，「我不承認。」

「那我就立即讓喬高升來，把他閨女許個好人家，人家閨女也不小了……」林夕落說著就要喊人，林政辛當即道：「許什麼人？他老子那種模樣，她能有什麼好？」

「好歹喬高升也是堂堂太醫院的醫正，這身分可不低。」林夕落翹著腿兒故意調侃，林政辛則道：「我沒定此事，妳不許將她許人！」

「憑什麼啊？你又不是她爹！」林夕落瞧著林政辛抓耳撓腮的模樣，忍不住笑起來，林政辛瞪她一眼，「故意拿捏妳叔父，妳還懂不懂規矩？」

「規矩？那行啊，堂堂的錢莊大管事的，喬高升欠的銀子你還來吧！」林夕落揚著手，林政辛苦笑，「行了，我承認還不行？我是怕老爺子找上門去，把此事給鬧開！喬家那女的已經上吊過一次了，我這不是怕再出人命嗎？」

「喬家出了人命，你怕什麼？」林夕落陰陽怪氣，林政辛一拍桌子，理直氣壯地嚷道：「老子喜歡她行不行？行不行？」

林夕落哈哈大笑，連在一旁的冬荷和秋翠也轉過身去笑得前仰後合，從來沒聽哪位爺喜歡女人跟打仗一般，何況這位爺雖是五奶奶的叔父，可他才年過十五歲……

秋翠有些嫉妒那喬家的小姐，也不知她長成什麼模樣，能讓十三爺如此心儀？

林夕落笑個不停，倒是把林政辛笑得面紅耳赤，也不顧叫差了輩分，當即道：「別笑了，我的九姑奶奶，幫我想個轍行不行？」

「哎喲，笑死我了！你喜歡你就定親啊，在這兒猶豫什麼？」林夕落想忍著，可看到林政辛那揪成一團的臉，又是大笑。這幾日府裡全是亂事，她一直未能開懷，可林政辛一來，卻讓她笑得這般暢快，這果真是林家的活寶……

林政辛坐在一旁，拍著大腿道：「我這不是擔憂她爹嗎？」

「她爹怎麼著？」林夕落笑得嗓子有些乾了，抿著手裡的茶，「你還怕我拿不住他？」

「可終歸要叫一聲岳父，這事兒不好辦啊！」林政辛說到此也有些不好意思，「這事兒妳斟酌吧，這丫頭給我留著，她爹給妳搞定，老爺子那邊妳去說！」

「我幹麼去說？我個晚輩還能給叔父議親不成？」林夕落瞪眼，「我不幹！」

林政辛眼睛睜得碩大，「那我就不走了！」

「不走就不走，冬荷，去前院給十三叔收拾出一間房來，正巧讓他陪著仲恆一起讀書行字！」林夕落說完，林政辛立即軟了下來，「妳就這麼絕情？」

「你是在給我出難題！我在眾人眼睛裡已經是跋扈潑辣了，林家如今就被人盯著規矩，你還讓我去壞規矩？」林夕落也不是硬逗林政辛，而是立即就想到了問題所在。林政辛的婚事還得林忠德說了算，而他會找上門來，顯然是林忠德不答應。

林政辛嘆了一口長氣，「就這麼難嗎？」
「你喜歡到什麼程度？」
「就見過一次，可一次就忘不了……」
林政辛話音剛落，門外小丫鬟來稟：「奶奶，喬家小姐的下人送了帖子來，求您相見！」
正主子到了……

喬錦娘在門外的馬車上等著，心裡頭也忐忑不安，更多的是不平與委屈。
她自幼生在醫藥之家，覺得父親是天，母親是地，兄長更是她可依傍的人，可隨著年紀漸長，他們的所言所行和做出的事讓喬錦娘心中的標竿逐漸改變，上次父親矇騙她去茶樓用飯，女兒家難得出府一次，她格外高興，可遇見的人以及之後聽到的傳聞讓她心中的標竿徹底坍塌。
父親居然想拿她抵債？她難道還不如家中存的那根百年老參？
喬錦娘自盡不成便閉口不語，而這次母親千叮嚀萬囑咐，讓她來見一見侯府的五奶奶，只說這是牽扯他們一家子的主子，她要是想讓爹娘這條命還留著，那就去見。
喬錦娘終歸是女兒家，心思也是軟的，掐算著時間應是用飯之前，她匆匆趕來一見，興許這位五奶奶用飯之前就讓她走了，她也不必停留太久。
前去遞帖子的小廝回稟五奶奶請她進去，喬錦娘掛好面紗下了馬車，從側門進了侯府，上了侯府的小轎直接抬往郁林閣。
林政辛此時正在與林夕落爭吵，他執意要見一見喬錦娘，即便不在此地見，他去別的房間偷偷看兩眼也行。可即便嘴皮子磨破了，林夕落就是不答應，這女子能因名節之事上吊自盡，絕非是她爹那麼不著調的人，如若林政辛真的暴露出來，她可怎麼辦？

林政辛縱使有意娶喬錦娘，可他才十五歲，有什麼變化都說不準。

「不行！你如若再不走，我立即讓人送喬家女子回府去，不見！」林夕落出言威脅，林政辛又退一步，「我去仲恆的院子裡陪他讀書可行？」

「他正在用功，不用你去攪亂。」

「那我去找侄女婿談事！」林政辛搬出魏青岩，林夕落聳肩，「五爺出門了，沒在府裡。」

「真不讓我留下？」林政辛磨磨蹭蹭，只想磨蹭到那喬家女子進了門，他不見也是見到了，豈不是更好？

林夕落知道他的小心思，眼瞧著時間不早，立即吩咐秋翠：「去，把十三爺帶出去，絕不能讓喬家女子發現他！」

「我……」秋翠手足無措，她怎麼帶？那可是十三爺，比五奶奶還高一輩呢，何況……何況是個男人……

林夕落見秋翠在原地不動，急著道：「找侍衛抬出去啊！」

秋翠臉色一紅，她還以為五奶奶要讓她親自動手，羞愧地跑出了門，沒過一會兒侍衛便到。

林政辛哀嘆一聲，「我今兒何必要來呢？看得到吃不到，我記妳的仇！」說著，出了門，繞開正院的道，從園子後方離去。

緣分就是奇怪的東西，越是想見越見不到，可林政辛已經決定不見了，卻又見著了。

因喬錦娘顧忌著自己的身分，進了郁林閣就要求從側路前去拜見五奶奶，她一來不是正官三品人家的小姐，二來其爹娘都稱五奶奶是主，那她就是低人一等，怎能走郁林閣的正路？

而就這樣的心思，林政辛便與她走了個正面。

青衣小轎，只有兩個婆子抬著，郁林閣的人自當都認識林政辛為何人，這人雖是年幼，卻是五奶奶的長輩，故而停轎請安，而林政辛卻直盯著那轎子，對婆子們的請安只隨意點了點頭。

喬錦娘不知道外方是什麼人，只聽著婆子們請安稱之為「十三爺」。女子墨守陳規，不能揭了轎簾偷看，可請安之後為何還不走？

婆子們也都在納悶，這位十三爺怎麼了，盯著轎子發愣？她們是走還是不走啊？

「十三爺？」終究有人沉不住，上前探問。

林政辛猛然緩過神來，卻發現眾人都在看他，心裡覺出自己發呆孟浪了，只得板起了臉，「不走在這裡等什麼？往後再有各府的小姐來見妳們五奶奶，妳們自當要在前有個引路的，這般孟浪地遇見，旁人還當妳們的五奶奶失了禮數。」

「十三爺說的是，老奴知錯了。」婆子挑眉應下，心裡頭卻甚是委屈。

五奶奶從來都不尋思規矩的事，怎麼這位向來也不遵規矩的十三爺也忽然變了？

「別以為五奶奶平時不恪守規矩就都懶惰無憂，那是五奶奶良善不苛待妳們，可不是她不知道規矩，讓妳們不懂規矩！下次再讓我遇見，就都等著挨板子！」林政辛說著，扭頭便走。

婆子們各個臉色如被炸糊了的土豆一般難看，十三爺這是抽什麼風？

喬錦娘在轎中聽著此人一席話，心裡生出敬畏之情，能如此為女眷著想的男子，定會是一偉丈夫。十三爺年歲應該很大了吧？不過聽聲音似還年輕……

不過，他怎麼知道轎中之人會是位小姐呢？

這股子念頭不過是一閃而過，婆子們抬起轎子繼續往前走，喬錦娘便收回了心，只思忖稍後與五奶奶見面之事。

林夕落自當不知兩人在路上偶遇之事，喬錦娘進門請安，她便在這女子身上來回打量。

怪不得林政辛一眼就相中了，這喬錦娘可是一點兒都不像她爹啊！

瓊眉鳳眼、鼻樑高挺、小嘴柔潤，這張臉的五官單拿出來並非美得不可方物，可湊至一起卻讓人感覺舒服。

「起來吧，冬荷，給喬家小姐上茶。」林夕落吩咐了冬荷，顯然就是對此女甚是滿意。

喬錦娘自不知道這裡面的事，只在冬荷端茶上來的時候又起身謝過，隨即便眼觀鼻、鼻觀心地坐在一旁。

「不用這般拘著，瞧妳規規矩矩地坐著，我的腰都跟著酸。」林夕落也並非寒暄，這喬錦娘屁股只占了三分之一的椅子，全都靠腰腿撐著，脊背挺得直直的，看著就累。

早先她嫁給魏青岩之前也學過這些規矩，想起來就覺得渾身酸軟。

喬錦娘聽了這話，又往後坐了一點兒，仍然沒有全都靠在椅背上，「五奶奶大度之名，民女已經聽說，如今親眼相見，便知確實如此。」

「大度？」林夕落心中驚愕，臉上卻打量了喬錦娘半晌，「名聲一事，妳倒是看得很重……」

喬錦娘臉上赤紅，「民女自幼習書學禮，從未有半點兒逾越之態，可……女子名節事大，何況還是被家人所汙。」喬錦娘說到此，可謂是與喬高升劃清界限，她如今聽得母親所言，也知道父親的名聲不佳。

「哀莫大於心死，其實是好死不如賴活著，妳這心思恐也太偏激了一些，什麼能比命重要？」林夕落看她這樣，實在不敢苟同，被人潑兩句髒水就上吊？如若換作她，豈不是早死個千八百回了……

喬錦娘搖了搖頭，「民女並非迂腐之人，只是當時心哀了。」

林夕落聽她這般說，也感慨萬分，被自己的爹賣了抵債，這事兒一般人心中還真的過不去。

「那妳可知道，妳父親執意讓妳來見我所為何事？」林夕落覺得喬錦娘不是個癡傻的，她也有心要調問一番，畢竟是林政辛看中的人，她自當要謹慎。

喬錦娘面露疑惑，搖頭道：「只聽母親說五奶奶要見民女，而且往後五奶奶是喬家的掌舵人，這是何意民女不懂，但也依照母親的吩咐做。」

林夕落翻個白眼，「是妳父親有意將妳嫁給我的叔父，所以讓妳先來見一見我，看能否入得了我的眼。」

喬錦娘面色瞬間蒼白青紫，只覺得是受了侮辱，「民女……」

「行了，別這副模樣，告訴妳不是讓妳難堪，而是讓妳心中有數，該為妳自己想一想了。妳那個爹心眼兒太多，恐怕一分嫁妝都不會給妳，只是拿妳抵了欠我的債。」林夕落只見她快要哭出來，也沒有緩言，而是繼續道：「妳即便再死一次也無濟於事，不如好好活著，想想未來的日子怎麼為自己過才對。」

「民女怎能為自己的婚事作主……」喬錦娘喃喃自哀，林夕落卻道：「妳父親想讓妳嫁的人也足夠配得上妳，我的叔父更是錢莊的大管事，如今也甚是年輕，虛歲十六歲，即便定了親也要過上幾年才正式成親。」

叔父？喬錦娘陡然想起剛剛路上遇見的人，雖只聞其聲未見其人，但那僕婦的稱呼不正是十三爺？會是他嗎？

喬錦娘略有心亂，臉上紅白青紫之色來回地變化……

林夕落似是隨意說起，可目光一直盯著喬錦娘的臉，而這一會兒，送林政辛出門的侍衛前來回稟：「回五奶奶，十三爺已經離開侯府了。」

「嗯，下去吧。」林夕落這一說，喬錦娘的心一顫，果然就是那個人！

「想什麼呢？叔父有意娶妳，可也顧忌著妳那位爹，這事兒不好辦呢！」

林夕落緩緩地嘀咕著，喬錦娘的臉如桃一般潤紅無比，立即起身行至林夕落跟前，跪在地上道：「父親既然讓民女來見五奶奶，想必定會遵五奶奶之意，民女只求此事由五奶奶作主……」

喬高升這兩天可謂是心急火燎，滿嘴起泡。

前日喬錦娘見完五奶奶歸來之後，依舊悶在屋中一句話都不說，連她的娘上前，她都無語，這可讓夫妻兩人急了火。

喬高升的媳婦兒整日裡與他吵架，吵得喬高升耳朵都起了繭子，他更不敢去侯府問五奶奶，這到底是怎麼回事啊！

其實林夕落只囑咐喬錦娘回到家中不要將今日所見所聞說與喬高升聽，而喬錦娘又聽聞喬高升讓她來見五奶奶是看她可否配得上那位十三爺。雖說父母之命要遵從，可喬錦娘柔順的外表下其實有一顆剛烈的心，對此她實在心中哀傷，索性回來一句不說。

一句不說，怎麼問都不說，打死也不說！

喬高升軟硬兼施，喬錦娘就是不開口，好似當這位父親是個隱形人一般。喬高升有心出口斥罵她兩句不孝不敬，可一尋思自己做的這些事，實在罵不出口。

家裡頭亂了兩天，他按捺不住，有意去找五奶奶問上一問了。

可林夕落這時候卻無心思搭理喬高升，她正忙著侯府中的差事。

方太姨娘依舊是派了活計給她，府中事不用她管，卻將侍衛營的進出花銷交由她責管。

侍衛營的府邸就在侯府的東角，其管事便是魏海的父親。即便是換了別人管，這事兒也終究繞不過林夕落的眼睛，索性把此事交由她，貌似大度，其實也是不得已罷了。

林夕落聽方太姨娘天花亂墜的說辭沒有半分表情，只答應下來，而後便讓魏海的父親取來侍衛營歷來的花銷，朝著方太姨娘去要銀子。

掌管侯府內宅銀錢的人本是侯夫人，而侯夫人被侯爺給駁了權，方太姨娘說出的話，那幾個管銀錢的嬤嬤也都沒轍。

「府中物品庫的大鑰匙在我們手中，可銀庫的鑰匙在侯夫人的手裡，太姨娘與我們說，可我們也沒銀子拿出來啊！」

「這事兒還得去求侯夫人。」

兩個管帳的嬤嬤滿臉哀苦，這事兒可是主子們之間的爭鬥，可別落了她們頭上……

方太姨娘滿臉的驚詫，好似忽略了此事。

侯夫人給了大庫的鑰匙，卻沒將錢庫的鑰匙交出來，那這事兒豈不是仍繞不開侯夫人？

林夕落在一旁悶聲等著，也不開口，這兩個管帳嬤嬤所言她自當聽了心中，瞧著方太姨娘那模樣恐也沒轍吧？

侯夫人……一哭二鬧三上吊，上吊已經不管用了，孰料她還留了一手。

這老婆子應是想等著看笑話吧？

方太姨娘想了許久都沒能想出辦法來，只得先讓兩位帳房嬤嬤離去，沉了片刻，才與林夕落笑言道：「五奶奶，這事兒都是我忽略了，我卻是初次知道的，沒想到是這樣，不過侍衛營用銀錢急，妳不如去尋侯夫人回一聲？」

這是想把燙手山芋扔過來？

林夕落嘴角輕撇，「太姨娘說笑了，我又不是侯府的掌家人，怎能輪到我去找母親要銀子？」

「事有情急……」方太姨娘也不隱瞞，「也是我不知該如何面對侯夫人才好了。」

「太姨娘，妳別嫌我話說得難聽，侯爺可吩咐妳來掌家，我去要銀子？這不是抽侯爺的臉嗎？

何況妳與侯夫人的關係比任何人都近，侯夫人的脾氣再大，也會體恤妳的，妳至於如此嗎？」林夕落笑著道：「侍衛營的這份銀子也不算急，但終歸是護著侯府的人，這天也越發冷了，冬裝補不全，該有生病了的，生了病那藥費可不便宜，何況侯府總不能欠外面的帳，侯爺可一向有體恤手下官兵的美名，這事兒妳得斟酌。」

林夕落說完便起了身，「事情已經與妳這兒說了，如若銀錢撥下了，妳再派人來傳我。」

「五奶奶！」

「太姨娘還有何事？」林夕落雖然客套，可這笑容之間所保持的距離甚是疏遠……

「妳真的不肯去見侯夫人？」方太姨娘面露乞求，可這話卻是個坑。

什麼叫不肯去見？若被有心人聽見，這就又成了她搗亂了。

之前在這上面吃過太多虧，林夕落心裡重複一遍就覺得好笑，「太姨娘說笑了，我怎會不肯？可這事兒輪不到我出頭，我不能逾越。若是我出頭，母親恐會怪罪我不敬長輩。」

林夕落說罷，行了福禮，轉身就往外走。方太姨娘再次輕喚，林夕落卻沒有留下……

齊氏從後方出來，湊上前道：「沒想到她居然不肯，按說不應該啊？那侍衛營一直都在五爺的手中，出了事，她承擔得起嗎？」

「即便這府裡吃不飽飯，侯爺也絕不會容忍侍衛營餓肚子，她不答應並非是她的錯兒，而是咱們想錯了。」方太姨娘坐在一旁，「這女人不簡單，瞧著撒潑賣傻，可心眼兒比任何人都多。」

「她好歹也是林家出來的人。」齊氏嘆了口氣，「如今怎麼辦？您去找侯夫人要，要不然讓三嫂去？她能不能答應？」

方太姨娘微微搖頭，感嘆一句道：「除了五奶奶之外，換成其他人都要不來銀庫的鑰匙……去請齊大管事吧！」

林夕落往郁林閣行去，這一路上都在琢磨著方太姨娘。

這一柄軟刀子不是好應對的人，不過她終歸是身分不夠，故而沒有強迫自己去做什麼，但率先就拿侍衛營的銀錢開銷說事，想讓她去尋侯夫人要銀庫的鑰匙，這事兒真是好笑。

林夕落可不信是她剛剛想起來銀庫的鑰匙在侯夫人那裡，恐怕是早就知道，就等著她出面要銀錢，才將此事提出來……

壞人想讓她來當，惹出了事她們來撈好處？

林夕落雖說厭惡侯夫人，可不見得厭惡她就要與方太姨娘這些人站了一條線上，這群人如今不都指望著魏青岩？

提及魏青岩，林夕落想起了魏仲恆，這孩子已經刻了許久的大蘿蔔，不知如今進展如何了。

想到此，林夕落吩咐眾人先去書房，而此時魏仲恆正拿著大蘿蔔雕絲，一絲一絲，雕出的弧度比牙籤兒還細，粗細同等，連成一根不斷。小黑子在一旁凝神屏氣，生怕出點兒聲，少爺這手一抖，五奶奶留的作業便交不上了。

可耳朵一動，小黑子聽到有腳步聲傳來，再過片刻，看到林夕落的身影，忍不住心氣，即刻道：「少爺，五奶奶來了！」

小刀一劃，蘿蔔絲碎成幾截……

小黑子縮了脖子，魏仲恆雖有遺憾，卻並未生氣，將蘿蔔與雕刀放好，上前幾步向林夕落請安行禮，「嬸娘。」

「怎麼樣了？」林夕落看著滿院子的蘿蔔皮，笑得燦爛。

自林豎賢被調去都察院，魏仲恆與林天詡便不再去麒麟樓習課，改在家中讀書行字，更多的精力是放在雕蘿蔔上。他當初看著嬸娘的小手遊刃有餘，可輪到他動手怎就如此之難？

魏仲恆起初覺得這事兒太滑稽，可真的動起手來才發現其中的千難萬難，這不僅僅是培養手藝，更是鍛煉心性，無論外界出了何事，心沉至深，才能夠不為外界紛擾所動……

魏仲恆的心得體悟越來越多，也慢慢喜歡上雕蘿蔔，每日讀書行字之後便拿著小刀不鬆手，小黑子這陣子做的最多的事不是為少爺刷洗毛筆，而是洗大蘿蔔。

「五奶奶今兒來得正巧，仲恆少爺已經能將蘿蔔絲刻得極為細膩了，不知什麼時候能換著雕點兒別的？」小黑子插嘴，被魏仲恆猛瞪一眼，「不許胡說！」

小黑子縮了脖子，林夕落讓丫鬟們收拾這院子，她則帶著魏仲恆進了屋。

看著書桌上仍然擺著紙筆墨硯，林夕落道：「寫一頁字給我瞧瞧。」

魏仲恆一怔，似不明白五嬸娘為何會如此要求，但他習慣性的聽從林夕落的話，當即點頭，洗手研墨。想了一想，隨即寫下一句話：黃河尚有澄清日，豈可人無得運時。

「嬸娘請看。」魏仲恆寫完擱下筆，恭恭敬敬地將字遞於林夕落的手中。

這字比以往多了幾分大氣，而這兩句話也顯見是心境開了……

「心裡頭可是想通了？」林夕落滿意的一笑，魏仲恆被如此評價，嘿嘿傻笑，「都是嬸娘教導有方，侄兒如今只覺得雕字有趣，對其餘之事都無興趣。」

林夕落只笑不語，雖說魏仲恆習此「藝」是宣陽侯的手段，將來恐怕也不單純為興趣而用，可這些話她不願現在就說。

時間久了，魏仲恆終究會隨著年齡的增長逐漸放開眼界和心境，她要是現在就說，就是在他剛剛萌生出的興趣上潑一盆冰水，這種做法太殘忍了。

兩人敘談片刻，門外有人匆匆跑來：「奶奶，您快些回院子吧，林家來人了，林府出事了！」

林家鬧出事的原因在於林豎賢上摺子彈劾魏青岩。

雖說這事兒是魏青岩早先與林豎賢協商好的，但林家眾人並不知道。

今日早上事情一出，朝堂頓起軒然大波，林家自己人已快將人腦袋打成了狗腦袋。

林政武斥罵林豎賢裡外不分，而林政齊則站到了林政武的對立面，林芳懿如今在太子身邊伺候著，他雖未言明投靠太子，但林豎賢這番動作不正合了太子心意？

何況林政齊這輩子咬牙就跟林政武對立，無論他到底是對與錯，故而林政齊與林政武進了林府家門就開始吵，吵出了天，吵出了地，已是快把三歲剛記事的糗事都翻出來算帳了。

兩人越吵越凶，林政肅自是幫著林政齊，而林政武這位嫡長子尋不到幫手，一咬牙便將過錯轉到了林政孝身上。

這才又派人去尋林政孝，可惜林政孝正在景蘇苑與魏青岩談事，林家的下人等候許久才等到七老爺。拽著林政孝回林府後，眾人已經面紅脖子粗，又開始了新一輪的嘴架。

林老太爺本就對林豎賢這做法頗有說辭，待林豎賢私下與他講了魏青岩對此事的態度，老爺子才緩下心來，覺得如此也無錯，可轉眼就見幾個兒子人腦袋打成了狗腦袋，不由氣火攻心，連連怒罵，可罵到林政孝這兒還沒等張嘴，忽然心急氣短，昏了過去。

林家大亂，這才有人來侯府找林夕落，告知她此事情急，生怕她見不到林老太爺最後一面。

「怎麼會這樣？」林夕落也有些急，這時代可不似前世老人們活個七八十歲那般尋常，而是年過六旬就已算年老了，這可別出了事。

「九姑奶奶，您別愣著了，快回去吧，別來不及了……」林家的下人就快抹了眼淚兒，林夕落瞪他一眼，「急什麼？人還沒出事呢，你就開始哭喪，喪氣！」

府。秋翠，去找喬太醫，帶他直接去林府。」

「奴才也是著急……」

林夕落看這下人也是情急，便讓他暫且休息一下，「你先喝一口水，稍等片刻，一會兒隨我林府。秋翠，去找喬太醫，帶他直接去林府。」

「是，奴婢這就去。」秋翠應下即刻就去通稟，林夕落披上外衣，上轎奔著侯府正門而去。

剛下了轎子準備上馬車，林夕落就聽秋翠從後方追來，「怎麼？喬太醫沒尋到？」

「巧了，喬太醫正在門口求見五奶奶，奴婢剛讓侍衛出門就遇上了，他是來尋您問喬家小姐的婚事！」秋翠臉上帶著喜意，林夕落立即道：「那都快上車，到了林府再說。」

秋翠應下又去吩咐馬車，而喬高升聽了這話，瞪眼道：「這就去林府？可還沒談親事下定呢，我去合適嗎？」

「談什麼下定，這是救人，您快上去吧！」秋翠不容他多問，一把將喬高升推上馬車。

喬高升這一絆一磕，摔進車廂內，「哎喲」一聲慘叫，秋翠立即吩咐侯府衛隊啟程，隨即連跑帶跳地上了林夕落的馬車。

「可是累壞了，快歇一歇。」冬荷遞給秋翠一個棉巾，因事急，她們兩人都被林夕落叫上馬車來，沒讓隨之步行而去。

秋翠擦了擦臉，吐了舌頭道：「喬太醫還嘀咕著這般去林府不合適，奴婢知道五奶奶急，將他一把推上了車！力氣用得大了些，讓喬太醫摔著了，稍後如若告奴婢的狀，奶奶可得替奴婢擋著了！」

「他恐怕沒心思告狀了。」林夕落想起喬高升，這一去林府，他還不得滿心惦記著給她閨女的婚事定了？

不過老太爺這時候若真的病重，可不是好事。

林夕落雖然對林忠德少了幾分敬重，可這老爺子是林家的頂樑柱，三位還算拿得出手的兒子各分一派，林政武跟隨齊獻王，林政齊恐怕是太子麾下，而自己的父親這方都依著魏青岩和她而動。樹倒猢猻散，那時候再提林家，恐怕就沒了如今的百年名號，而是一鍋臭湯了。就算自己的父母已離開林家，也會遭受衝擊，他們頭上可都掛著這個「林」字。

林夕落不願再多想，只盼著老爺子能安然無恙地緩過來……

（未完待續）

漾小說 97

喜嫁 肆

國家圖書館出版品預行編目資料

喜嫁 / 琴律著. -- 初版. -- 臺北市 :
麥田, 城邦文化出版 : 家庭傳媒城邦分公司發行,
2013.07
 冊 ;　公分. --（漾小說 ; 97）
ISBN 978-986-173-955-7（第4冊 : 平裝）

857.7　　　102009921

著作權所有・翻印必究
本書如有缺頁、破損、裝訂錯誤，請寄回更換
Printed in Taiwan.

城邦讀書花園
www.cite.com.tw

作　　者　琴律
封面繪圖　若若秋
責任編輯　施雅棠
副總編輯　林秀梅
編輯總監　劉麗真
總 經 理　陳逸瑛
發 行 人　涂玉雲
出　　版　麥田出版
城邦文化事業股份有限公司
104台北市中山區民生東路二段141號5樓
電話：（886）2-25007696　傳真：（886）2-25001966
發　　行　英屬蓋曼群島商家庭傳媒股份有限公司城邦分公司
104台北市中山區民生東路二段141號2樓
客服服務專線：（886）2-25007718；25007719
24小時傳真專線：（886）2-25001990；25001991
服務時間：週一至週五上午09:00~12:00；下午13:00~17:00
劃撥帳號：19863813；戶名：書虫股份有限公司
讀者服務信箱：service@readingclub.com.tw
麥田部落格　http://blog.pixnet.net/ryefield
香港發行所　城邦（香港）出版集團有限公司
香港灣仔駱克道193號東超商業中心1樓
電話：852-25086231　傳真：852-25789337
E-mail：hkcite@biznetvigator.com
馬新發行所　城邦（馬新）出版集團【Cite (M) Sdn Bhd】
41, Jalan Radin Anum, Bandar Baru Sri Petaling,
57000 Kuala Lumpur, Malaysia.
電話：(603) 90578822　傳真：(603) 90576622
Email：cite@cite.com.my
美術設計　洸譜創意設計股份有限公司
印　　刷　鴻霖印刷傳媒股份有限公司
初版一刷　2013年7月30日
定　　價　250元
I S B N　978-986-173-955-7